시각과 정체성

태평양을 넘어서는 시노폰 언술

시각과 정체성

태평양을 넘어서는 시노폰 언술

스수메이 지음
고혜림 · 조영경 옮김

學古房

애덤, 팀, 그리고 레이에게

나는 동업자이자 동료인 프랑수와스 리오넷의 프랑코폰Francophone 연구에서의 중요한 작업을 통해 '시노폰 연구'를 하도록 자극을 받았다. 지난 8년간 소수자 문화에 대한 초국적 연구와 비교 연구에서의 결과는 함께 펴낸 책《소수 트랜스내셔널리즘Minor Transnationalism》(2005) 뿐만 아니라 또 다른 공동 작업들로 이어졌고 그 성과들이 지금 이 책을 만드는 데 도움이 되었다고 할 수 있다. 프랑수와스 리오넷이 준 지적 영감과 깊은 우정에 대해 매우 감사하고 있다.

이 책이 나오기까지 여러 해 동안 나의 지적 여정에 있어서 함께한 수많은 멘토들과 동료들, 친구들과 학생들이 있어서 나는 행운이었다. 레이 초우, 아리프 덜릭, 게인 허섀터, 레오 어우판 리, 롭 윌슨, 메이페어 양은 감사하게도 부분과 완성 원고들을 각 단계에서 읽고 도움을 주었다. 타이 바로우, 스테판 찬, 잉잉 치엔, 쿠에이펀 치우, 알렌 춘, 크리스 코너리, 프레이젠짓 두아라, 탁 후지타니, 테드 휴터스, 밍옌 라이, 핑후이 랴오, 량야 리우, 리디아 리우, 데이비드 팔럼보 리우, 테츠치 마루가와, 위에 멍, 스테파니 맥도널드, 토시오 나카노, 아이화 옹, 수잔 페리, 안드레아 리먼슈니터, 리사 로펠, 하운 세이시, 차오화 왕, 사우링 신시아 웡, 원신 예, 리사 요네야마도 원고에 여러모로 도움을 주었다. 에리카 리, 커티스 린, 미라나 메이 세토, 가젤

타지미리, 레지나 웨이는 훌륭한 연구 보조원으로 있어 주었다. 학회 미국 의회(ACLS), 미국 철학학회와 장징궈 기금회의 국제 학술 교류에서 외부 연구 기금을 지원했으며 UCLA 교내에서는 대학 자체의 기금, 국제교육원, 아시아 아메리카 연구, 그리고 미국 문화 연구기관으로부터 지원을 받았다. 캘리포니아 대학 학장으로부터 5년간 지원받아 초국가적, 초식민주의적 연구를 여러 캠퍼스에서 연구 단체와 진행하면서 학문적 지평도 훨씬 확장할 수 있었고 내가 있는 곳의 동료들 그룹에 알리 베다드, 마이클 부르다, 미셸 클레이튼, 길 호크버, 에프린 크리스틸, 레이첼 리, 세이지 리핏, 엘리자베스 마천트, 캐서린 맥휴, 헤리엇 뮐른, 투후옹 응엔보, 라파엘 페레즈토레스, 제니 샤프, 도미닉 토마스와 헨리 위는 함께 작업할 수 있는 훌륭한 학문적 공동체를 제공해주었다. 강의하고 있는 세 개 학과인 아시아 언어와 문화학과, 비교문학과, 아시아 미국인학과의 동료와 벗들에게도, 누구인지 알겠지만 모두에게 마음으로부터 우러나오는 감사를 전한다. 출판사의 편집자인 리드 말콤와 메리 세브란스, 그리고 카피 편집자 메리 레이 윌리에게도 완전한 전문성과 지지에 대해 감사하게 생각한다.

마지막으로 팀과 레이가 보내준 응원과 즐거움, 그리고 애덤으로부터의 무한한 지지가 없었더라면 책을 지금까지 써오거나 혹은 앞으로 더 계속 쓸 수 없을 것이다. 이 책을 내 삶에서 가장 중요한 이 세 사람에게 바친다.

1장은 〈세계화와 소수화: 리앙과 유연성의 정치학Globalization and Minoritization: Ang Lee and the Politics of Flexibility〉(New Formations: A Journal of Culture/Theory/Politics 40 (Spring 2000), 86-101쪽)을, 3장은 〈젠더와 욕망의 새로운 지정학: 타이완과 홍콩 미디어에서의 본토 여성들의 유혹 Gender and a New Geopolitics of Desire: The Seduction of Mainland Women in

8

Taiwna and Hong Kong Media〉(Signs: Journal of WOmen in Culture and Society 23, no.2 (겨울 호 1998), 298-320쪽)을, 4장의 일부는 〈타이완 미디어에서의 '중국 본토'에 관한 수사법he Trope of 'Mainland China' in Taiwan's Media〉 (Positions: East Asia Cultures Critique 3. no.1 (Spring 1995), 149-183쪽)을 수정 보완한 것이다. 학회지들의 재출판 협조에 감사드린다.

한국에서 화인디아스포라 문학을 연구하는 데 있어서, 그들의 문학을 단순히 화인의 이주의 역사 속에서만 논의하는 것은 종종 매우 협의적인 부분에 한계를 두고 바라보는 것처럼 보인다. 화인디아스포라 문학이 가지는 로컬적 특수성을 넘어서는 보편성은 범국가적이고 초국가적 정체성을 담보하고 있다는 것인데 인간의 근원적인 존재에 대한 물음과 고민이 발견된다던지 높은 수준의 문화적 형상화 과정을 거쳐서 표현되는 수사학적 가치 등등을 따져볼 때 더욱 그러하다. 화인디아스포라에 의한 문학은 세계문학이 탄생한다고 여겨지는 틈새적 공간 속에 존재하는 문학 형식들을 바탕으로 하고 있으며 민족국가 단위의 문학의 경계를 넘어서고 있음으로 인해 주변부로 치부되기도 한다. 하지만 지속적인 문화번역의 과정 이후에는 비대칭적이고 불균형적인 관계도 넘어서는 시기가 올 것이며 그 간극은 금세 좁혀질지도 모를 일이다. 디아스포라가 국내 문학과 문화학에서 2000년대 이후 서서히 사용이 증가하고 있는 점, 그리고 2010년 이후 무렵부터 '화인'에 대해서도 중문학계에서 상당히 관심을 가지고 다루고 있다는 점, 나아가 2020년인 지금 '화인디아스포라'에 이어 '시노폰'이 대두되고 있다는 점 역시 주의 깊게 살펴볼 필요가 있다.

한국의 중문학계에 불현듯 찾아 온 듯한 시노폰문학이라는 용어는 여전히 낯섦이라는 감정이 덧대어 있는 느낌이다. 중국대륙과 대륙의 문학연구 풍토 및 대륙의 문학을 대상으로 하는 연구가 주종을 이루는 국내 중문학계의 큰 흐름 속에서 '화인'의 문학을 다룬다는 것은 다음과 같은 몇 가지를 전제해야 한다는 것을 의미했다.

첫째, 중국대륙뿐만 아니라 한국에서까지 중심부를 구성하는 학문을 한 발 벗어나 손쉽게도 주변부로 취급되는 대상에 대한 연구를 하는 데 따르는 소외와 배제에 관한 것이다. 이 같은 소외와 배제는 어쩌면 연구의 대상인 화인디아스포라들이 속한 상황과도 크게 다르지 않다. 둘째, 주류 속에 편승되지 않음으로써 전통적이고 규범적인 학문을 하지 않는다는 일종의 오해를 덧입게 된다는 것이다. 중국대륙 문학을 연구하고 중국대륙의 학풍을 배워서 한국에서 재현하는 것이 아마도 지속가능한 연구의 경제적 토대를 마련할 수 있는 가장 빠른 길일 수도 있다. 하지만 로컬 연구와 주변부를 연구하는 것은 기성학문군에 진입할 수 있는 장벽을 낮추는 데는 큰 도움이 되지 못했다. 셋째, 연구자들마다 각기 다른 화인와 화인디아스포라에 대한 범주 및 정의의 차이가 있으며 이것이 융합적이고 공동의 학문의 장으로 확장되기에는 아직 미성숙한 단계에 있다는 점이다.

그럼에도 불구하고 이처럼 화인과 그들의 문학을 연구하는 것은 몇 가지 좋은 점이 있다. 우선 중국문학계의 보수적인 흐름 속에서 무엇보다도 심장이 두근거리는 살아 숨 쉬고 변화하는 작가와 그들의 문학을 바라보는 데 가장 큰 의미가 있다. 현재 진행중인 문화현상을 인문학적 사고와 문화학적 이론을 바탕으로 접근한다는 것은 인문학에서 할 수 있는 가장 실용적이고도 즉각적인 실행적 연구라고 할 수 있다. 둘째, 이 분야 연구를 지속하는 데 있어서의 장점은 한국과 중국대륙을 조금만 벗어나더라도 같은 방면을 연구하는 훌륭한 학자들과 연구집단을 충분히 찾을 수 있다는 점이다. 게다가 해외의 학자들의 시각은 중국대륙 중심주의 시각으로부터 굉장히 자유로우며 연구방법론에 있어서도 다원화되어 있을 뿐만 아니라 연합 학문과 연구의 장으로 이어지는 데 대한 거부감이 적은 편이다. 셋째, 인간과 인성을 위한 학문을 지향하는 데 있어서 과거보다는 현재와 미래 시점을 다루고 있기 때문에 이런 시각이 지금의 삶에도 도움이 된다는 점이다.

화인들에 대한 연구는 로컬리티 연구와 같이 인문학과 사회학의 접점에서도 비교적 규모와 중요도에 있어 진지하게 다루어지는 주제이며 연구범위와 영역이 점차 확대되어 가고 있다. 영미권의 철학적 흐름과 연구의 동향에 민감한 한국 국내 학계도 점차 미국의 화인에 대한 연구로 지평을 넓혀가고 있는 실정이다. 국내 대학의 학제가 학부로 변화하고 또다시 지역학으로 변화하고 있는 것 역시 영미권의 아시아문화학과의 형태로부터 상당 부분 벤치마킹된 것으로 감지되고 있다. 21세기 이후로 점차 활기를 띠고 주목받는 화인에 대한 연구는 현재진행형이며 북미 화인문학과 문화 연구, 동남아시아 화인문학과 문화 연구, 일본 화인문학과 문화 연구, 한국 화인문학과 문화 연구로 점차 확대되고 있다. 이와 동시에 화인문학과 문화에 대한 연구는 지역적 특수성을 담보하면서 로컬적 성격을 담고 있는 세계문학시대에 적합한 연구 분야인 것이다.[1] 시노폰[2]은 화인과 화인문학 연구의 확장형 패러다임이다. 화어계 혹은 화어어계문학으로 번역되기도 하는데 이 책에서는 시노폰을 그대로 사용하고자 한다.

스수메이 교수와 처음 대면을 했던 것은 2013년 무렵 타이완의 학

---

1) 고혜림, 〈상상된 중국과 장소 그리고 정체성〉,《중국학》72, 2020, 283.
2) 한국의 중문학계에서 시노폰이라는 용어를 그대로 사용하기 시작한 것은 2017년부터이며 이는 국내의 학술논문 김혜준, 〈시노폰 문학, 세계화문문학, 화인화문문학〉(2017)을 참고할 수 있다.

회에서였다. 스수메이 교수가 기조연설을 통해 시노폰문학에 대한 소개와 또 다른 중심을 다뤘던 장면이 아직도 생생하다. 당시 화인문학으로 박사학위를 받은 나는 학위 논문 작성 당시부터 스수메이 교수와 이메일을 주고받으며 면식은 없었지만 서로의 이름을 알고 있는 상태였다. 나는 박사 논문의 발전적 연구에 큰 도움이 되었던 스수메이 교수의 책에 대해서 언급하면서 이 책이 한국에 소개되면 좋겠다는 취지로 함께 결코 짧지 않은 시간 동안 이야기를 나누었다. 한국에 화인문학 관련한 책이 전무했던 당시 학계의 분위기 속에서도 국내 중문학계가 점차 화인문학과 같은 중국대륙 외의 중문학에도 관심을 가지게 되자 스수메이 교수와의 만남 이후로 책이 반드시 국내에 소개되면 좋겠다는 믿음을 이어가던 차에 번역출판을 제안하게 되었다. 스수메이 교수는 제안과 동시에 흔쾌히 번역에 동의했고 중국문학을 하면서도 영어를 능숙하게 이해하는 사람이 번역해주기를 원한다고 전했다.

  스수메이 교수를 두 번째 만난 것은 2019년 4월 UCLA에서 있었던 'Sinophone Conference'에서였다. 스수메이 교수에 의해서 시노폰이라는 주제로 한 곳에 모인 세계 각지의 연구자들은 문학뿐만 아니라 사회학과 문화학과도 연계하여 연구 성과를 나누어 주었고, 그 현장의 열기와 학문적 분위기는 중문학의 미래를 느끼고 보여주기에 충분했다. 그 자리에서 시노폰문화와 문학과 관련한 국가별 지부로의 확산에 대한 논의도 있었으며 이와 더불어 계속 정식으로 학회를 개최하여 뛰어난 연구들을 공유하고 연대하여 지속가능한 시노폰 논의의 장을 마련하고자 하는 장기적인 청사진도 펼쳐졌다. 이 모든 연구확산 및 주관과 학자들간의 연대의 가운데에 스수메이 교수가 있었다. 직접적인 만남은 총 두 차례였지만, 학회 현장에서 학자들을 서포트

하고 그들에게 최고의 존중을 보여주며 학문후속세대들에 대해서도 따뜻함과 포용력으로 대하는 스수메이 교수의 모습은 인상적이었다. 수년 간 주고받은 이메일과 스수메이 교수의 연구성과들을 보았을 때도 그녀는 학문적으로 새로운 거대한 집단이나 무리의 중심으로 권위를 높이거나 학문적 주도세력을 응집하고자 하는 모습보다는 주변에 훌륭한 인적 네트워크들을 형성하고 그들에게 적합한 대우를 하면서 활동의 장을 마련해주고자 하는 모습으로 더 강한 인상을 남겨주었다.

이 책이 연구와 출판 지원을 받기를 바라는 마음에 몇 곳과 접촉했지만 역자의 본래 전공이 영문학 계통이 아니라서 지원금이 무산된 경우도 있었고, 책의 저작권과 인세 관련한 문제로 조율하던 과정 중에 협의에 이르지 못하는 시간이 지지부진하게 길어지다 보니 원서의 출판사인 UC Press의 편집장이 두 번 바뀌기도 했다. 최종적으로 저자인 스수메이 교수가 직접 나서서 UC Press로부터 한국 내 판권을 저자가 모두 거둬들이고 전적으로 역자에게 위임한다는 협약서를 보내오게 되었다. 이에 더해서 당시 스수메이 교수는 상업적 활용이 아닌 순수한 학문적 열정에 대한 믿음으로 판권을 걱정하지 말고 번역을 진행하도록 하자는 의사 표시까지 해주었다. 저자의 지극한 응원과 호의에 힘입어 이 책은 드디어 번역되어 출판에 이르게 되었다. 번역의 과정에서 고려대학교의 조영경 선생님이 화인문학을 비롯하여 번역의 취지 및 번역의 전체 과정을 충분히 이해한 다음 학문적 열정을 보태어 주기로 흔쾌히 동의하였고 공동 역자로 참여하여 책의 절반 분량을 번역하였다.

비록 사전에 나오지 않는 단어도 있고 문장 구조도 복잡하여 번역이 쉽지 않았지만, 스수메이 교수의 저작물이 방대한 정신적 영역까지 건드리고 있으면서도 아주 비판적으로 중국어권 문학과 문화현상들을 조망하고 있다는 점은 분명하다. 이 책을 읽게 되는 미래의 연구자와 독자들 역시 스수메이 교수의 거시적인 시각을 통해 통찰하는 바가 분명히 있을 것이라고 믿는다. 시노폰 문학은 새로운 시각을 통한 사유 방식의 전환을 찾고 있기 때문이다.

이 책이 나오기까지 수많은 분들의 도움이 있었다. 번역에 있어서 좋은 의견을 주신 부산대학교 인문학연구소의 이효석 소장님, 역자들이 힘들고 포기하고 싶을 때마다 응원하며 학문적 도반이자 힘이 되어 준 고려대학교의 고운선 선생님, 박사과정을 할 때부터 항상 학문적으로도 멘토가 되어주고 물심양면 응원과 도움을 주시는 동의대학교의 강경구 교수님, 부산대학교의 김용규 교수님, 인제대학교의 유병태 교수님께도 감사드린다.

조영경 선생님도 감사의 글을 적었다. 공역자로 참여하는 순간부터 관심을 가지며 틈틈이 상황을 물어봐주셨던 동국대학교의 김양수 교수님, 연구자로서의 자세와 나아갈 길에 대해 애정 어린 격려를 해주시는 서울대학교의 박정구 교수님, 제주대학교의 조흥선 교수님, 동덕여대의 홍준형 교수님, 대학원생과 강사 생활을 꿋꿋이 할 수 있게 살뜰히 챙겨주신 고려대학교의 김윤수 선생님께 감사드린다. 또한 누구보다 딸을 당신의 미래라 여기고 지지해주시는 부모님과 사랑하는 남동생 그리고 나의 예민함을 너그러움으로 감싸주는 그에게 이 자리를 빌려 미안하고 고맙다는 말을 전하고 싶다.

영문 참고문헌과 주석 입력 및 교정에 도움을 준 이경규 선생님,

막바지에 전체 글을 일람하면서 오탈자 등의 교정을 도와줬던 김윤자 소장님, 더불어 상업적인 가능성보다도 국내 중문학의 학문적 발전가 능성에 더 가능성을 두고 책의 출판에 적극적으로 도움을 준 학고방의 명지현 팀장님 이하 교정을 도와주신 선생님들과 편집부 분들께도 감사드린다. 혹여 원저에서의 의미가 다른 의미로 전달이 되거나 오역이 발견된다면 이는 전적으로 역자의 책임이며 추후 수정의 기회가 있을 때 수렴하여 반영할 수 있도록 노력하겠다.

2020년 겨울
(역자를 대표하여) 고혜림 씀

표기법에 대해서

이 책에서는 가능한 한 타이완, 홍콩, 중국의 다른 실제 표기법들을 사용하도록 하고 있으나 일반적으로는 미국의 학술적 관용 병음 표기법에 근거해서 사용하도록 한다.

화보목차

서문

영화표 가격은 250 타이완달러였다. 나는 그 영화를 보는 12명이 안 되는 관객 중 한 명이었다. 영화관은 한 열에 15석쯤이고 8열 정도로 비교적 작아서, 나는 모든 빈 좌석을 쉽게 느낄 수 있었다. 불빛이 어두워지자, 두 개의 녹색 비상구 표시는 스크린 옆에 위치한 문 위에서 눈에 띄게 환해졌다. 견디기 힘든 수준까지 음량이 커지자 영화음악이 지지직거렸는데, 이는 타이베이 세계시민주의를 성급하게 재현한 타이베이 시 외곽에 위치한 영화관들의 특징이라 할 수 있다. 영화관 밖에는 각종 가게와 차들로 거리가 붐볐고 중간급 정도의 생존과 쾌락 - 수입품, 로컬푸드, 가판대, 값싼 재미거리와 서비스 등 - 이 넘쳐났다. 타이베이의 영화관들이 영화의 스릴감을 극대화하기 위해 볼륨을 높였다면, 중허中和의 영화관들은 음량이 더 컸다. 타이베이 영화관의 고결함이 부재한 중허 영화관은 이를 보완하기 위해 관객들에게 요란한 소리를 틀어대고 거리의 혼잡함과 경쟁한다.

나쁜 음질은 뜻밖에도 배우들이 구사하는 만다린의 다양한 억양을 귀에 더욱 선명하게 들리도록 했고, 환상적인 카메라가 그 자체로 자리를 잡을 기회를 가지기도 전에 이미 환상의 4번째 벽을 무너뜨렸다. 그렇게 많은 억양으로 된 러브스토리에 몰입하는 것은 정말 어려운 일이었다. 억양들이 생겨난 - 이 경우에는 타이완, 홍콩, 중국, 말레이시아 - 그 지정학적 공간들 사이에서 차이와 긴장을 불가피하게 중시하는 억양들. 고도로 미적이고 중력을 거스르는 쿵푸 장면들에 설득

되는 것 또한 도전이었다. 쿵푸 장면들은 그 자체로 이미 비현실적이었지만, 배우들이 전달하는 대사에 시대착오적인 음색과 어휘들이 수반되었다.

소위 중국어 영화 특히 무술 장르는, 대체로 '완벽한' 발음과 말투로 말하는 만다린의 이야기였다.[1] 통일되고 일관성 있는 '중국인' 공동체에 대한 환상이 만들어지고 지속되도록, 사투리로 말하는 배우들의 대사는 보통 더빙된다. 이전에 타이완어로 된 영화는 그 자체로 게토였고, 홍콩에서 만들어진 광둥어로 된 영화는 중국어를 사용하는 다른 지역으로 수출될 때, 관례대로 만다린으로 더빙되었다. 따라서 이 특별한 영화 〈와호장룡Crouching Tiger, Hidden Dragon〉에서 그렇게 많은 억양들을 듣는 것이 거슬렸다. 리앙李安 감독이 실수했던 건지 아니면 그 목소리들을 더빙할 예산이 충분치 않았던 건지 궁금해질 정도로. 더욱 결정적으로, 그 억양들은 등장인물들이 관계가 필연적인 일관성 있는 우주에서 살고 있다는 생각을 무너뜨리고, 영화 내에서 장르적 관습에 따른 영화적 내러티브의 설득력 있는 진행을 방해한다. 주연배우인 저우룬파周潤發가 거친 홍콩 스타일의 광둥어 억양이 가득한 만다린으로 사랑과 충성이라는 고상한 이상을 중얼거릴 때, 그의 단어들이 가진 고전적인 서정성은 만다린을 말하는 사람이 보기에 어색한 전달이라 느낄 정도로 극명한 대조를 이룬다. 고전적인 서정성의 발음이 현대 타이완 스타일 멜로드라마와 연애소설에서 유래되었다는 점은 또 다른 문제라 하겠다.

1 미셸 여(양쯔총楊紫瓊. 말레이시아)

2 장천(張震. 타이완)

3 장쯔이(章子怡. 중국대륙)

4 저우룬파(周潤發. 홍콩)

　서로 다른 억양들 사이의 부조화는 이상하게 역설적으로 거리의 불협화음과 평행선을 이루는 듯 보인다. 너무나 많은 목소리, 각양각색의 소음들. 하지만 그 불확실하고 두서없는 소음 속에서도 삶은 계속된다. 절대 대도시가 될 수 없는, 대도시의 복제품인 중허는 어느쪽이든 신경 쓰지 않는 것 같다. 게다가 중허 거주자의 대다수는 만다린보다는 타이완어, 더 정확히는 민난어를 쓰고, 그들의 정치적 충성 성향 또한 만다린을 많이 쓰는 타이베이와 달리 명백히 타이완 독립으로 기울어져 있다.

　불확실함과 두서없음은 〈와호장룡〉과 배경을 적절히 묘사하고, 이러한 무협 영화들이 영원한 중국과 본질적인 중국성을 필연적으로 내포해야 한다는 환상을 드러낸다. 영화에서의 무술 장르는 무협 소설이라는 문학 장르와 밀접한 관계가 있고, 허구의 역사인 경우가 많지만 발음과 구문은 고전적인 경우가 많고, 이 두 형태는 또한 아이러니컬하게도 중국 이외의 지역에서 발전하고 완성되었다. 영화 장르의 기원은 20세기 초반 중국으로 거슬러 올라가지만, 해당 장르의 고전들은 중국이 고립된 공산주의 국가였던 1960년대와 1970년대에 홍콩과 타이완에서 제작되었다. 1960년대와 1970년대의 맥락에서 소위 중국 고전문화에 대한 타이완과 홍콩의 관계는 역설적이게도 수십 년 후의 상황보다 덜 양면적이었다. "중국 고전문화"는 국민당 정부의 타이완 통치를 위한 합법적인 메커니즘 중 하나였다 - 공산주의 중국이 아닌 타이완의 중화민국이 정통 중국문화의 수호자라는 논리. 이 논리로 인해 타이완의 중국 본토인은 현지 타이완인, 하카족, 원주민보다 문화적으로 우세하다는 것이었다. 홍콩의 경우에는, 영국 식민주의가 홍콩 주민들 사이에서 중국에 대한 향수를 불러일으켰다. '철의 장막' 뒤에 중국을 안전하게 숨겨둔 채, 홍콩과 타이완은 대중 매체에서 중국 고전문화의 향수를 불러일으킴으로써 자신들의 정통 중국성을 자유롭게 주장했다. 비록 양면성이 존재했고, 제대로 된 중국 대륙 중심에 대한 향수, 재창조, 저항이라는 모순되는 결과들이 발견되었지만(특히 반공주의적인 다양성), 정치적 동기에 의한 향수 추구는 무술 장르를 중국 고전문화를 대표하는 판타지로 자리잡게 했다. 그런데 정통에 대한 환상적 형상화의 이 계보를 깡그리 무시하는 듯한 〈와호장룡〉은 개봉과 동시에 각종 한어를 쓰는 다양한 지역 사회의 관객들에게 엄청난 충격을 안겨주었다. 〈와호장룡〉만큼 이렇게 많은 사투리를 남발하고, 시대가 흘러도 이 영화장르에 대한 동일한 기대를 갖고 있는 관객들의 불만을 대담하게 무릅쓴 다른 무협 영화는 없었다. 예상할 수 있듯, 이 영화는 오스카 시상식에서 최우수 외국어

영화상을 수상하고 재개봉할 때까지, 흥행 성적이 초라했다. 이 영화에 대한 할리우드의 검증은 중국, 타이완, 홍콩 사이에서 영화의 협상과 거래가 정치경제적 측면에서 행해진다는 태평양 저편의 문화정치학 영역을 시사한다.[2] 우선 언어적 불협화음의 중요한 함축적 의미를 살펴보자.

이 영화의 언어적 불협화음은 다양한 지역에 살고 있는 각종 한어 사용자들의 이질성뿐만 아니라 각종 한어의 이질성을 보여준다. 궁극적으로 그것이 보여주고 증명하는 것은, 내가 시노폰이라 부르는 다양한 목소리다. 중국 밖 그리고 중국과 중국성의 주변부에 있는 문화 생산지의 네트워크, 그리고 그곳에서 중국대륙 문화의 이질화 및 현지화라는 역사적 과정이 수 세기 동안 이루어져 왔다는 점이다. 이 영화에서 들리는 것, 그래서 보이는 것은, '중국', '중국어', '중국성'과 같은 구성 개념 간의 복잡한 관계 속에서 문화 생산의 중요한 장소로서 시노폰 공동체들의 지속성을 확인시켜 준다.

더 정확하게는 이 영화에서 사용되는 중국어는 중국의 대다수 민족인 한족의 언어인 한어漢語로 알려진 만다린, 즉 '보통화普通話'다. 중국에는 공식적으로 한족 이외에 55개의 다른 민족(중국 정부는 '민족'이라 부른다)이 있지만 한어가 표준어로 통용된다. 우리는 영화에서 주연 배우들 4명의 목소리를 통해 억양이 다른 한어를 듣는다. 하나의 표준어에 대한 여러 가지 억양은 표준어 외의 살아있는 언어를 가리킨다는 면에서 더 강력한 메시지를 드러낸다. 표준어를 통해 획일성의 헤게모니를 표현하려는 시도는, 획일성으로 불협화음을 숨기기를 거부하는 직설적인 표현을 통해 좌절된다. 만약 이 영화가 어느 정도 시간적으로 애매모호한 '중국'을 액션과 서사의 공간으로서 표현한 것이라면, 그것은 표준성과 정통의 균열을 일으켰던 복제품 도시 중허와 같다. 여기에서 중국성은 지정학적인 국경을 넘어 다양한 억양으로 나타나며, 중허의 영화관 스피커에서 요란하게 울려 퍼지는 시끄럽고 불편한 소리처럼 관객들을 당황하고 생경하게 한다. 시노폰은 더 형편없거나 더 괜찮은 복제품일 수 있는데, 가장 중요한 것은 소비하기 어렵다는 것이다. 왜냐하면 성공적인 소비는 하나의 언어를 사용하는 '보통화'(베이징 기준)와 단일의 중국성 또는 일치화된 중국과 중국문화의 관점에서 완벽한 봉합을 암시하기 때문이다. 이 상황에서 시노폰은 난이도, 차이, 이질성의 가치를 특히 중시하지만, 쉬운 봉합을 방해한다.

여기에서 중요한 점은 복제품은 절대 원본이 될 수 없고 해석의 한 형태라는 것이다. 원본이 되고 싶거나 원본과 경쟁하려 할지 모르나 이 바람 자체는 원본과 거리가 있는 별도의 해석된 독립체라는 것을 내포한다. 해석은 일대일의 동등한 행위가 아니라, 역사적으로 명확한 이해가 필요한 불확실성과 복잡성을 나타내는 다양한 행위자들, 다양한 지역과 지배적인 문화 사이에서 발생하는 사건이다. 홍콩에서 영국의 식민주의 종료, 타이완의 독립의식 발생 및 체계화, 중국의 정치경제적 강자로의 부상, 미국이 주도하는 아시아와의 문화교류 증대, 중국성을 재구성하는 미국의 이민자 예술가들과 영화제작자들의 부상이 진행된 시기에 문화 거래와 협상의 영역은 유동적으로 바뀌었고 시노폰 언술의 억양들은 잘 보일 뿐만 아니라 더 잘 들리게 되었다.

만약 중허가 수도 타이베이의 복제품이라면, 이 영화는 완전함과 일관성의 환상을 무너뜨리는 제국의 변질된 복제품이다. 오래된 미메시스 이론인 복제품으로서의 표현은 시노폰 문화 생산에 대한 문자 그대로의 설명이 되어, 아마 더 표상적으로 국경 없는 새로운 세상에서의 불확실함의 흐름에 맞설 수 있게 될 것이다. 이는 이 영화가 미국에서 왜 그렇게 인기가 있었는지를 설명할 수 있을 것이다. 따라서 중심의 긴장감이 나타난다. 이 서문의 뒷부분에서 보다 자세히 설명하겠지만, 시노폰이 언어의 경계를 따라가는 반면, 시노폰 영화와 예술은 글로벌 무대로 나아가는 동시에 '중국 문화'에 대해서도 사뭇 다른 태도를 취한다. 이는 시노폰 시각 작업이 지역적으로 그리고 전세계적으로 위치하는 것을 매우 중요하게 만든다.

언어와 시각 사이의 이 긴장감은 미국에서의 〈와호장룡〉에 대한 반응으로 더욱 드라마틱해진다. 만다린에 대한 언어적 능력이 없는 미국 관객들이 이 영화를 이해하는 방식은 오로지 화려한 할리우드 영화 스타일과 영어 자막에 국한되었는데, 이 둘은 중국이 언어적, 문화적으로 일관성 있다는 착각을 쉽게 불러일으켰다. 중국성의 반反표준화로서 시노폰과 이국적이고 아름다운 외국문화로서의 중국어는 미국 관객 수준의 인식과 반응에서 의미가 없어진다. 특정한 언어에 국한되지 않는 시각은 필연적으로 언어와 공동체를 초월하는 소비를 가능하게 한다. 이 시각이 점점 더 정체성 투쟁을 분명히 표현하기 위한 포럼과 도구, 광범위한 범위와 보편적인 호소력을 가진 바람직한 수단이 되어온 것은 놀랄 일이 아니다. 따라서 중국성에 대한 리앙 감독의 시노폰은 그의 미국성에 대한 그의 중국성이다. 정체성에 대한 그의 투쟁은 맥락에 따라 달라진다. 이 영화에서 시노폰과 관련된 불협화음은 획일적인 중국성과 반대 위치에 있을 수 있다. 하지만 획일적인 미국성에 반대하는 그의 투쟁 속에서, 그의 대안은 〈결혼 피로연The Wedding Banquet〉같은 그의 다른 영화들에서 보이듯, 틀에 박힌 중국성에 도전하기보다는 그것에 의해 제한된 것처럼 보인다. 여기에는 특정 힘의 논리를 보여주고 민족 주체(타이완인)가 소수(타이완계 미국인)가 되게 함으로써 다층적인 분화를 통해서만 나타나는 복잡성과 다양성을 감소시키는, 초국가적 정치경제학적 표현을 엿볼 수 있다.

(한 매체에서 다른 매체로, 중앙에서 주변부로, 중국에서 시노폰으로, 그리고 반대로) 표현과 해석을 하면서, 글로벌 무대에서는 쉽게 지워질지도 모르는 다양한 맥락들이 관여하게 된다. 글로벌함은 가장 크고 중요한 맥락으로 간주된다. 따라서 시노폰의 지정학적 특수함과 그 지역 내 역학관계를 쉽게 지울 수 있다. 하지만 위의 〈와호장룡〉에 대한 이해에서, (몇몇 현대 이론의 경우와 같이) 이질성과 다양성을 주장하는 것은 분석 또는 논쟁의 마침표가 될 수 없다. 추상적 개념으로서의 이질성은 그 자체로 쉽게 보편화될 수 있는 것이어서, 분류되는 대신 세계 다문화주의의 양성적 논리에 포함되어야 하는 고된 작업이 불필요하다. 따라서 이질성과 다양성을 활성화시키는 것은 무엇보다도 역사적 존재임을, 특정한 상황에 처해 있음을 의미한다. 왜냐하면 모든 다양성들이 같은 방식으로 다양하지 않고, 모든 이질성들이 같은 방식으로 이질적이지 않기 때문이다. 문제는 내용 또는 구조의 문제로, 이는 역사, 정치, 문화, 경제와 같은 지역적이고도 전 세계적인 범주들에 의한 중층결정에 민감하게 반응한다.

이러한 맥락에서 프로이트Freud의 중층결정 개념을 사용하는 것은, 성욕과 무의식이 다양한 원인의 결과인 것처럼 시노폰 장소에서의 문화 형성이 다양한 요소들에 기인한다고 제안하는 것이다. 다양한 요소들은 "각각 해석의 특정 단계에서 자신만의 일관성을 가진 채, 다른 중요한 시퀀스로 구성될 수 있다."3) 아리프 딜릭Arif Dirlik이 말한 대로, "중층결정은 사실 모든 역사적 사건들은 (무한하지 않은) 다양한 이유에 의해 발생하고, 역사적 경험을 구성하는 각각의 요소는 (무한하지 않은) 다양한 기능을 가지고 있음을 상식적으로 인식하는 것에 불과하다."[4]

또한 레이먼드 윌리엄스Raymond Williams는 중층결정을 문제가 많은 단일결정 경제학에 대비되는 "다양한 요소에 의한 결정"으로 간단히 정의했다. 즉 중층결정은 "역사적으로 발생한 상황과 관습의 내재된 복잡성"[5]을 더 잘 분석하도록 도와줄 수 있다. 연속적이고도 불연속적인 다양성을 인식하면서, 시몬 드 보부아르Simon de Beauvoir는 나아가 다른 맥락에서 다음과 같이 제안했다. "역사적 이해와 인과 관계에 대한 문제제기 없이도 예측과 그에 따른 행동이 가능할 수 있도록 시간의 형태 안에서 이해할 수 있는 시퀀스들의 존재를 인식하는 것으로 충분하다."[6] 보부아르는 역사적 이해의 가능성과 주관성을 연결하여 행동을 가능하게 한다. 시노폰이라 불리는 범주의 신조어의 생성과 인식은 그 자체로 시공간의 형태 안에서 "이해할 수 있는 시퀀스들"로 인식된 실제와 행동의 한 형태다.

언어학적으로 시노폰이라 정해진 영상작업의 분석과 이해를 위해 다양한 맥락을 가져와야 하는 것은 점점 더 세계화되는 세상에서 시노폰이 직면한 과제다. 정체성 실천을 위한 시각적 실천은 리앙의 영화가 보여주었듯이, 그것 나름의 함정을 동반한다. 왜냐하면 인류 역사상 그 어떤 시기보다 현대가 주요 식별 수단으로서 시각이 가지고 있는 지배적 위치의 정점이자 최후의 승리를 보여주기 때문이다.

글로벌자본주의 내 시각성

시각 문화 연구에 있어서 역사성을 띠는 것은 서로 다른 규모의, 세계적인, 현지의, 지역의, 지역 간의, 그리고 그 사이에 있는 다른 모든 가능한 매개체의 역사를 의미한다. 그러나 규모의 크기에 상관 없이, 현대사라는 국면에서 글로벌자본주의가 어떻게 발현되는지는 시각적 문화가 위치한 일시적인 매트릭스에 의해 결정된다. 이 단계 에 대한 글로벌자본주의의 구체적인 일시적 표시는, 시각으로 궁극적 인 전환을 하는 문화 형성에 있어서의 새로운 발전과 폭넓게 보조를 맞춘다. 스튜어트 홀Stuart Hall은 세계 대중문화가 언어의 경계를 쉽고 빠르게 넘나들 수 있는 이미지에 의해 어떻게 지배되는지 지적했다.[7) 프레드릭 제임슨Fredric Jameson에게 "문화적 전환"은 이미지로의 전환 으로, 이미지 자체는 범용품이 되었고 비디오는 당대의 뛰어난 예술 형식이 되었다.[8) W.J.T.미첼W.J.T.Mitchell은 현시대에서 대중 매체가 지 배하는 상황을 묘사하기 위해 "그림을 이용한 전환"이라는 용어를 만들었다. 그가 강조하길 이 용어는 "순진한 모방으로의 복귀, 대표성 의 상응 이론의 복제, 그림을 이용한 '존재'라는 새로운 형이상학이 아니라, 오히려 시각성, 기구, 제도, 담론, 신체, 형상성 사이의 복잡한 상호 작용으로서 그림의 포스트언어학적, 포스트기호학적 재발견"이 다.[9) 비非서양의 문화상품에 관해서, 시각성으로의 전환은 전례 없는 수준의 해석가능성과 투과율의 전조가 되었다. 왜냐하면 언어를 뛰어 넘는 영상 작업, 더빙되거나 자막처리가 된 영화가 그 어느 때보다 손쉽게 국경을 넘나드는 것처럼 보이기 때문이다. 세계무대에서 아시 아 영화의 부상과 인기, 할리우드에서 아시아의 영감을 받은 영화의 성공은 영상 작업의 경우 언어적 문턱이 상대적으로 낮아 다양한 문 화 지리적 공간에 걸쳐 더 쉽게 해독, 소비 가능함을 보여준다. 심지어 일각에서는 영화가 우리 시대의 공통어가 되었다고 주장했다.[10)

　하지만 시각적 전환을 인정하는 것은 그다지 내키지 않는 일이었 다. 20세기 초 이래 사진과 영화 같은 시각적 표현의 신기술이 주목을

30

받으면서 마르틴 하이데거Martin Heidegger와 같은 철학자들이 큰 불안감에 휩싸였는데, 자주적 주체에 관한 하이데거의 비평은 그가 말했던 "세계의 회화화"에 관한 비평과 연관되기 때문이다. 세계의 회화화는 세계와의 거리두기를 포함하며, 동시에 표현을 통한 세계의 조작, 통제, 점령과 관련된다.11) 현전의 존재론에 대한 자크 데리다Jacques Derrida의 비평 또한 시각에 대한 불안의 표현으로 볼 수 있다. 비록 자크 라캉Jacques Lacan은 시각적 메타포를 자주 활용했고 자신을 구성하는 거울 단계에서 환상의 중요성에 대해 논했지만, 시야와 명확성보다는 그것의 사각지대를 강조하면서 (프로이트와는 반대로) 대체로 부정적으로 해석하기도 했다. 라캉은 거울 단계의 거울 속 정체가 전前사회적이고 환상에 불과하며 자아도취적이고 전前상징기적이며 공격적인 가능성이 있다고 주장하면서, 시야의 한계를 보완하는 '오인méconnaissance'의 개념을 강조했다.12) 하이데거에서 라캉, 데리다를 거치며 유럽 철학의 언어론적 회전은 강화되었고, 이 언어론적 회전은 계몽주의적 휴머니즘을 반대하는 자세에 맞게 시각을 폄하하고 글쓰기를 지식과 표현의 가장 좋은 수단으로 여기는 것으로 발전했다. 앞서 인용한 글에서 미첼은 ('존재'는 회복될 수 없다는 그의 주장을 근거로) 후기구조주의 언어론적 회전 '이후' 그림 이론을 구성하려 했는데, 그의 이론은 후기구조주의와 반대되는 것이라기보다는 함께 하는 것이다.

현대의 많은 서양 사상가들은 시각에 대한 의구심을 공유하며, 현대 시각이론을 자세히 설명하기 위해 후기구조주의에서 다른 개념들을 가져온다. 현대사회가 기 드보르Guy Debord에게 스펙터클의 사회, 미셸 푸코Michel Foucault에게 감시의 사회였다면, 조나단 크레이리Jonathan Crary에 의하면 포스트모던은 감시와 스펙터클을 하나로 합쳐

버려 더 이상 분간할 수 없는 상태가 되었다.13) 시각적 회전을 수반하는 것은 더 효과적으로 봉합되고 잘 훈련된 사회뿐만 아니라 시각 이미지들이 결국 자신들의 창작자와 조작자들을 파괴할지도 모른다는 두려움이다.14) 시야의 중심 위치 – 시각 중심주의라고 표현되는 – 에 대한 이전 사상가들의 깊은 불신은 각기 다르게 치환되어 오늘날까지 계속되고 있다.15) 포스트모더니즘에 있어서 스펙터클의 사회는 감시의 사회뿐만 아니라 더 적절하게는 모조품의 사회(장 프랑수아 리오타르Jean-François Lyotard)에게 자리를 내줬다. 합리적인 시각주의는 추상적인 표현주의에 자리를 내줬다. 그리고 기술복제(발터 벤야민Walter Benjamin)는 형태가 사라질 정도로 전자복제에게 자리를 내줬고 심지어 노동마저 전자화되고 디지털화되었다(폴 비릴리오Paul Virilio).16)

이러한 걱정들은 결국 비릴리오의 '시각 기계'라는 경각심을 불러일으키는 개념에서 정점을 찍었는데, 이 개념은 컴퓨터화된 디지털 파워가 인지를 자동화하고 시각을 산업화하여, 인간의 눈이 완전히 대체될 뿐만 아니라 조지 오웰George Orwell의 《1984》에서처럼 시각 스크린이 만능 감시기구로 기능하게 된다.17) 이미지들은 형상화될 수도 그렇지 않을 수도 있다. 현실을 반영하기보다 모조품 안에서 작동한다. 인식 가능한 관점을 없애며, 이에 따라 주관성도 같이 없앤다. 끊임없이 빠르게 복제하고, 경계에 구애받지 않는다. 종국에는 우리까지 파괴할지도 모른다. 우리를 여러 방식으로 억압하는 이 어마무시한 이미지 앞에서 구미의 지식인들과 학자들이 표현한 것은 애도의 문화라 할 수 있다. 바바라 마리아 스태퍼드Barbara Maria Stafford는 이 애도를 글쓰기의 우월성에 대한 문화적 편견이 커뮤니케이션의 시각적 형태를 평가 절하하는 로고스 중심주의의 또 다른 형태라고 비판했다.[18] 마틴 제이Martin Jay가 600페이지에 달하는 도서《눈의 폄하 Downcast Eyes》에서 시각 중심주의에 대한 비평을 비평한 것 역시 시각성에 대한 현대적 재평가의 한 징후다.

구미의 지식인들이 글로벌자본주의 이념 안에서 이미지의 기능, 즉 비언어적 의미를 가장 최신의 대변인 또는 대리인으로 생각했다면, 전 세계의 다양한 '소수'지역에서는 시각 문학과 시각에 대한 명백히 다른 견해를 찾아볼 수 있다. '소수'를 단순히 저항 활동과 이단적 관점을 제안하는 것으로 정의할 수 있다면 말이다. 일례로 데보라 풀 Deborah Poole은 두 개의 서로 다른 시각성 체제의 공존에 주목해 왔다. 식민주의, 제국주의, 자본주의의 사상적, 담론적 수단으로서의 시각성, 저항을 위한 부호화, 재부호화, 해석이 가능한 기호론의 열린 장으로서의 시각성이 그것이다.[19] 후자에서 자주 인용되는 이론은 롤랑 바르트Roland Barthes의 푼크툼이라는 개념이다. "장면으로부터 분리되고, 화살처럼 튀어나와" 시청자를 "뚫고" "찌르고" "멍들게" 하는 돌발적이며 신랄한 디테일 또는 특징 말이다.[20] 유사하게 페미니스트 미술사가인 그리셀다 폴록Griselda Pollock은 시각 이미지들이 "알고자 하는 의지와 그에 따른 힘의 관계가 더 예측 불가능한 … 매혹, 호기심, 두려움, 욕망, 공포의 작용에 의해 뒤얽히는" 지점에 위치한다고 주장했다.[21] 시각 이미지들은 특정 영역에서 글로벌자본주의 뿐만 아니라 이념의 견제를 넘어설 수 있다. 또한 우리는 다른 문맥에서 데이비드 하비David Harvey를 참고해 시각 문화가 자본의 힘을 전용할 수 있는 방법에서 희망을 찾을 수 있음을 제안할 수 있다.[22] 마지막으로, 이미지와 시각성의 미덕에 대한 바바라 스태퍼드의 일반론은, 인지과학을 통해, 시각성은 지능에 대한 탁월한 메타포이고, 시지각적 인식은 현재 지식의 구조적 형태임을 주장할 것이다.[23]

시각과 시각성에 대한 이 익숙한 이분법은 계층, 젠더, 인종의 위치에도 예측 가능한 방식으로 영향을 미친다. 지배적인 철학담론과 지적 담론은 시각성의 헤게모니를 폄하하고, 저항적 관점은 시각성을 반대 담론을 대변하고 피압박자의 욕망과 환상을 투영할 수 있는 가능성으로 본다.[24] 비슷한 이분법적 견해는 다양한 일상의 영역뿐 아니라 거의 모든 표현 매체를 통해 표현되었다. 일례로 문학은 헤게모니적 견해를 담을 수 있다/문학은 反헤게모니적일 수 있다. 소비는 자본주의에 의해 봉합되고 생산의 관계를 강화한다/소비는 아무리 작아도 단체의 활동이다 등등. 예측 가능한 이분법에서 명백히 드러나는 것은 이것이 특정한 매체(글쓰기 또는 시각성)나 특정 활동(소비 또는 생산)이 본질적으로 헤게모니적이거나 저항적이라는 본질주의에 기초할 수 없고, 오히려 일상에서 해당 매체와 활동이 사용되는 구체적인 맥락이 헤게모니와 저항의 스펙트럼 안에 놓이는 위치를 결정한다는 점이다. 매체의 구체적인 활동과 사용 용도의 중요한 기능이 해당 지역과 기타 맥락에 의존하기 때문에 특정 표현에 대한 지정학적, 공간적, 역사적 맥락은 시각적 표현의 다양한 중층결정을 구성하는, 무한하지 않으며 필수적인 요소들을 이해하기 위한 필요지식이 된다. 문제는 시각성이 본질적으로 나쁘거나 좋다는 게 아니라 정치적, 이데올로기적, 문화적으로 다른 의미를 가진 시각성의 서로 다른 기능들과 관행들이 존재하고 이것이 맥락에 따라 바뀌기도 한다는 것이다.

세계화 이론의 반대론자들이 종종 간과한 것은 바로 미화된 지역이나 악마로 묘사되는 세계 이외에도 다양한 수준 또는 규모의 맥락이 존재한다는 것으로, 이들에게 있어 세계화는 마치 여전히 유형의 파괴 대상이 될 수 있는 국가의 경계표지인 민족국가 차원에서 주로 발생한다고 인식하는 것 같다. 하지만 현대 자본주의를 진정 세계적으로 만드는 것은 민족국가들이 분산되고 있어서가 아니라(결국 민족국가란 비교적 새로운 발명품이다), 자본주의 자체가 분산되어서다. 현대 자본주의는 대체로 유럽중심주의와 국가에서 빠져나와 전 세계 구석구석에 퍼졌는데, 여기에서 구성단위는 더 이상 단순한 국가가 아니라 "국가 하위의 지역"과 "자금의 경로 위"에 있는 모든 장소의 단위다.[25] 디아스포라는 예상대로 보편화된 반면 국내, 비非국가적, 다른 초국가적 단위는 자본의 움직임을 위한 중요한 공간으로 부상했다. 이러한 맥락의 파편은 현대자본주의 단계 이전에도 존재하지 않았던 것은 아니나, 자본주의의 분산된 정도와 강도는 전 세계의 자본주의에서 전례가 없다. 이러한 분산으로 우리는 다른 규모의 분석과 주의력이 필요한데, 이는 보편주의적인 인지 매핑과도 거리가 멀지만 동시에 특화된 지역 연구와도 거리가 멀다. 세계와 지역 사이에, 보편적인 것과 특정한 것 사이에는 우리가 인식하는 것보다 훨씬 다양한 층과 규모와 맥락이 지리적, 문화적 단위 아래, 사이, 안팎에 존재하는 것이 사실이다. 역사의 '장기지속'에서, 어떤 배경요소는 사건들을 필연적으로 야기하지 않고도 구성할 수 있다.[26] 하지만 이 요소는 구체적인 사건의 더욱 직접적인 이유로 추적될 수 있는 것들과 함께 역사의 중층결정을 구성한다.

이 전례 없는 자본주의의 분산 속에 시각성을 위치시키는 것은 첫째로, 이미지들과 다른 시각작품들이 훨씬 더 강하고 빠르게 이동하고 흩어지며 큰 규모의 자본과 함께 이동한다는 점을 강조하는 것이다. 타이완-홍콩-중국 지역에서 자본의 특정한 이동 경로를 따라 타이완해협을 왕복하고, 전 세계 특히 태평양과 같은 바다를 가로질러 미국 등지의 이민사회에 도달한다. 이미지 이동의 속도와 강도는 가장 집중적이고 대표적인 방식으로 현대 글로벌자본주의를 특징짓는 시공간 압축의 전형을 보여준다. 위성 텔레비전과 인터넷은 지역 방송을 시노폰 공동체에 실시간으로 전송하고, 비행기를 자주 타는지와 상관없이, 다양한 사회적 맥락 속에서 동시에 생활하는 것이 가능하다. 동시에 경화, 전자 또는 가상화폐로 이동하는 자본은 타이완의 원주민 마을부터 복수 여권을 소지한 베이 에리어Bay Area의 "유연한 시민", 밴쿠버의 "괴물의 집"에 사는 사람들까지 지역사회를 만들어내고 재구성하며 변형시킨다.27) 타이완 예술가는 동시에 타이완계 미국인일 수도 있고(리앙), 홍콩 영화제작자는 동시에 영국인, 중국인, 홍콩주민일 수도 있다 (쉬커徐克 처럼 특정 시점에 베트남인일 수도 있다). 이민자 중국인 예술가(리우훙劉虹)는 자신이 중국인인 동시에 중국계 미국인이라 주장하며 역사와 문화를 자유롭고 손쉽게 활용한다. 사업상 중국 남부에 사는 타이완의 국외 거주자들은 그들의 (중국 정부와 우호적인 관계를 유지하고 전략적으로 '하나의 중국' 이데올로기를 따르도록 요구하는) 사업 이해관계와 (중국 정부에 맞서는) 타이완 민족주의 사이에서 망설이고, 둘 다를 수용하기 위해 유연해지기를 강요받는다. 이들은 중국에서 살고 일하지만 고향에 대한 향수를 달래기 위해 타이완에서 방송되는 위성 텔레비전 프로그램들을 본다. 타이완과 중국 사이를 편리하게 이동하려는 이들의 욕구로 인해 중국 춘절 양국간 직항 하늘길이 일시적으로 열리기도 했다.

둘째로, 위에서 제시한 바와 같이, 글로벌자본주의 내에 위치한 시각성은 그 맥락이 다양하고, 결정적인 맥락이 예상하지 못한 장소에 종종 존재한다는 것을 의미하기도 한다. 왜냐하면 이미지들과 다른 시각작품들이 여러 곳을 돌아다니고 각기 다른 장소에서 다른 것을 상징하며, '운반 도중의 의미' 뿐만 아니라 '활동의 의미'라 칭할 수 있는 것을 말 그대로 행사하기 때문이다. 미첼의 말을 빌리자면 '이미지는 다리가 있다.' 이미지는 어딘가로 가고, 사회 속에서 살아가며, 종종 예측하지 못한 곳으로 나아가며 뜻밖의 연관성과 연결성을 갖게 된다. 다리 여부와 상관없이, 이미지가 이동하는 과정에서 일부 요소를 획득할 수도 상실할 수도 있으며, 의미는 불가피하게 새로운 맥락에서 '새로운 기능을 하며' 특정 장소와의 연관성을 구축한다.[28] 다시 말해서 차이뿐만 아니라 유사성을 만들어내고, 통약불가능성뿐만 아니라 새로운 조합과 연결을 만들어낸다. 만약 시력이 인지와 유사한 유형이라면, 이동하는 이미지들은 창의적인 도약을 촉발해 이전에는 서로 관련이 없던 두 용어 사이에 새로운 불협화음뿐만 아니라 새로운 친밀감을 불러일으켜 다양한 의미의 영역을 가능하게 할 것이다.[29] 즉 관계의 용어가 이원대립과 이분법을 넘어서는 것이다.

셋째로, 이미지들을 글로벌자본주의 내에 위치시키는 것은 이미지들이 손쉽게 잉여가치를 생산하기 때문에 상품화와 상품 페티시즘의 쉬운 표적이 된다는 역설을 인정하는 것이다. 하지만 내가 다른 곳에서 "세계 다문화주의"라 말했던 것의 "정통의 가치, 로컬리티, 역사, 문화, 집단의 기억, 전통"을 이용하면,[30] 상품화된 시각문화는 자신도 모르게 본국의 이데올로기를 넘어 대안적 상상의 장소가 될 수 있다. 이 역설의 논리는 2가지로 작동한다. (1) 문화주의는 탁월한 상품화의 목표일 수 있지만, 정치적으로 생산된 상품화한 문화의 도용은 때때로 소외된 사람들에게 필요한 생존 전략이다. 자본주의적인 도용과 예술의 정치적 창조성은 다양한 조합으로 동시다발적으로 발생할 수 있다. 같은 정도의 인식은 아니지만 계급을 바탕으로 한 활용 불가능한 예술의 이상을 제시하는 것은 엘리트주의뿐만 아니라 순수주의의 위험을 무릅쓰는 일이다. (2) 상품화한 시각문화는 정통을 만들기 위한 주요 매체가 아니고, 정통을 상품화한 생산은 정통성의 개념을 지워버린다. 그래서 제한적으로 사회적 정체성을 중시하는, 자기 민족 중심적인 문화주의자의 정통성 주장은 문제가 많은 것으로 드러난다. 소외된 사람들이 대륙과 본국 문화 헤게모니에 대한 정통성에 도전하는 것은 종종 상업 수단을 통해 상업 무대에 정확히 표현된다. 비록 〈와호장룡〉과 같은 영화들이 할리우드 상업주의 내에서 그리고 그것의 기저를 이루는 정치경제학을 기반으로 한다 해도, 중국 중심주의에 반대하는 '중국성'의 비非중도적이고 비非표준화된 표현을 가능하게 한다. 영상작업의 의미, 기능 및 가치의 대차대조표를 신중하게 조율해야 하고, 국내, 국외, 국제적인 다양한 맥락을 포함해야 한다. 이런 의미에서 영상작업은 다른 맥락에서 새로운 기능을 할 때 완전히 모순되거나 심지어 반대되는 의미를 나타낼지도 모른다.

넷째로, 생산과 소비의 시각적 방식이 가진 강렬함으로 인해 글로벌자본주의에 새로운 가치의 위치가 존재한다는 것을 인식하는 것은 그리 어려운 일이 아니다. 한편으로는 영화, 텔레비전, 예술, 인터넷 등등에서 시각 매체의 생산이 지속적으로 증가하고 있으며 이례적으로 많은 사람들이 관련 업종에 종사하고 있다. 예를 들면 홍콩 영화는 질과 양, 스타일의 특수성에 있어서 사실상 발리우드와 할리우드에 필적하는 국가적 영화의 역할을 한다. 하지만 봄베이와 할리우드가 거대한 민족국가 내에 위치한 도시라면, 홍콩은 1997년까지 심지어 그 이후로도 도시 그 자체였다. 다른 한편으로는 시각매체의 전례 없는 포화상태는 사람과 시간의 관계를 근본적으로 바꿔놓았다. 자본주의적인 이치대로 시간이 즉 가치라면, 사람들은 그 어느 때보다 영상작업 소비에 많은 시간을 쓰고 있고 그 결과 더 많은 가치가 부여되고 있다. 루드비히 비트겐슈타인Ludwig Wittgenstein은 간단하게 설명했다.

"인간의 시선은 사물에 가치를 부여하는 힘을 가지고 있다. 동시에 그 가격 또한 같이 올라간다."[31]

시각 매체의 가치는 그것을 보는 사람들의 숫자에 의해 평가되므로, 드라마 시청 시간은 해당 드라마 제작자에게는 광고 수입이 된다. 예를 들면 조나단 벨러Jonathan Beller는 관심의 가치 이론을 주장하기까지 했는데, 즉 인간의 관심이 가치를 생산한다는 것이다. 영화가 무의식을 더욱 식민지화함에 따라 관객들의 관심을 사로잡는 영화들은 더 많은 가치를 획득할 뿐만 아니라 사회적, 이데올로기적, 심지어 정치적 타당성까지 확보한다.[32] 다른 관점에서 보면, 관객성은 주관성의 표현에 영향을 미치는 일종의 감정노동이다. 경제적 가치 외에 사회성의 잉여가치, 이데올로기적 합의, (비)정치화가 이 과정에서 생산되고 이를 계측할 필요가 있다. 만약 상품 페티시즘의 마지막 형태가 구경거리로서의 이미지이고 자본의 축적이 이미지와 구경거리의 축적에게 자리를 내주었다면,[33] 우리는 사물들 사이의 환상에 불과한 가치－관계를 보여줌으로써 노동의 관계를 모호하게 하는 상품 페티시즘에 대한 마르크스의 고전적 개념에 새로운 내용을 기록해야 할 것이다.[34] 글로벌자본주의 내에서 이미지 상품은 그 자체로 가치 있는 사물이 되었고, 그것의 파편화되는 성향은 페티시의 대유법적 본질로 균일하게 번역된다. 그래서 사물들 사이의 환상에 불과한 가치－관계는 더 이상 환상이 아닌 실제가 된다. 노동의 '인간'관계는 이 과정에서 설 자리를 잃고 모호해진다. 이 과정이 진행되는 방식과 수단이 이미지의 전 세계 문화를 바꿔놓았다.

이는 우리에게 이미지의 생산, 소비, 축적에 있어 힘의 격차를 주장하는 글로벌자본주의 내 시각성의 정치경제학에 대한 질문을 던진다. 누가 생산할 자본을 가지고 있는지, 누가 소비할 여력을 가지고 있는지, 누가 축적할 수 있는 능력을 가지고 있는지 – 이는 정치경제학의 필연적인 질문들이다. 특히 구 식민주의보다 덜 위협적으로 보이는 신 식민주의가 실현되면서 글로벌자본주의가 식민 과정을 심화시키고 확대했기 때문이다. 서양/비서양이라는 신식민주의 관계를 분열시키고 복잡하게 만드는 것은 이 시노폰 지역 내에서 공유된 문화와 역사(중국이 타이완에게) 또는 순수한 자본주의적 팽창주의(타이완이 동남아시아에게 또는 홍콩이 중국에게) 같은 당당한 주장을 통해 작동되는 다양한 지역적 하위 식민주의다. '시각적 경제'에 관한 풀의 제안은 이 점에서 매우 유용하다. 그녀는 시각적 경제를 구성하는 4가지 핵심 축을 언급한다. (1) 시각적 이미지는 사람, 아이디어, 사물로 이루어진 종합적인 조직의 일부다. (2) 시각 영역의 조직은 사회관계, 불평등, 권력과 관련성이 높다. (3) 그 조직은 상품으로서 물질적인 것의 생산과 교환뿐만 아니라 사회의 정치적, 계급적 구조와 관계가 있다. (4) 시각적 이미지는 세계적으로 거래되는 사물이다.[35] 그래서 글로벌자본주의 내 시각적 경제를 주장하는 것은, 새로 변장한 낡은 형태의 권력을 계속 비판하는 것일 뿐만 아니라, 우리 시대의 과도한 시각성이 만들어낸 새로운 가치에 의해 생산된 새로운 형태의 권력을 비판하는 것이기도 하다.

시노폰 시각 문화는 국가 안, 국가 간, 국가 밖의 서로 다른 맥락에 있는 다양한 시각적 경제와 함께 하며 각종 한어를 구사하는 사람들의 전 세계 각지로의 이동과 이주의 역사를 따라간다. 기존의 가치와 상상력에 이의를 제기하고 새로운 가치와 상상력을 창조한다. 층을 이룬 공모와 저항과 투쟁한다. 시각 형태로 보다 순조롭게 경계를 넘나든다. 언어의 특수성으로 인해 동시에 현지의 특성을 지닌다. 시각과 언어 사이의 이 변증법은 중재자뿐만 아니라 글로벌과 로컬 사이의 긴장감을 조성하며 시노폰 시각 문화적 표현을 역사, 맥락을 고려해 위치시켜 손쉬운 해체나 성급한 자축을 예방해야 한다.

글로벌자본주의 내 정체성

글로벌자본주의 내에서 시각이 가지는 중요성은 시각이 정체성을 구성하고 표현하는 보다 중요한 수단이 되고 있음을 의미한다. 가장 넓은 의미에서 정체성은 우리가 스스로를 인식하는 방식이자 다른 사람들이 우리를 인식하는 방식으로, 보는 것과 보이는 것의 변증법에 의해 구성된다. 따라서 정체성은 결국 표현의 문제이며 표현 속에서 그리고 표현을 통해 존재한다. 다양한 시각 매체가 홍수처럼 쏟아지는 지금 이 시기에, 정체의 시각적 중재는 어쩌면 표현에 대한 연구에서 근본적인 지위를 얻었을지도 모른다. 오늘날 정체성을 구성하고 협상하는 자원의 역사적 본질은 시각적 특성에 크게 의존한다고 말할 수 있다. 인쇄 매체가 계속 설 자리를 잃어감에 따라, 시각적 전환은 글쓰기에 기반을 둔 상상력에서 국가 정체성과 같은 집단의 정체성뿐만 아니라 개인 정체성과 관련하여 이미지 기반의 상상력으로의 이행을 의미한다. 국가 정체성과 다른 정체성이 상상되어지는 매체, 태도, 스타일은 간단히 말해 엄청난 변화를 겪었다. 예를 들면 마틴 제이는 예술에 있어서 르네상스 시대의 원근화법설과 데카르트의 합리적 주제를 연관짓고, 서술 지향적이며 인상파적인 네덜란드의 유화와 시장경제에서의 부르주아적인 주제와 연결짓는다. 또한 '묘사의 대상이 되는 현실의 불투명함, 난해함 그리고 이해할 수 없음'을 중시하는 바로크 양식과 현대적 주관성과의 연관성을 보여준다.36) 비록 제이가 이 3가지 시각적 체제를 동일화한 것이 지나치게 도식적일지라도 시각의 방식, 주관성의 방식, 생산의 방식 사이의 결합을 보는 이론화의 역사적 충격은 유용하다. 이러한 맥락에서, 현대적 순간에 시각의 역사적 특성은 설치와 비디오아트 같은 예술적 장르의 발전뿐만 아니라 영상기기(카메라, 영화, 비디오 등등)의 기술 발전을 감안해야 할 것이다.

눈과 '나' 사이의 관계, 특히 카메라와 '나' 사이의 관계가 점점 정신분석가, 마르크스주의자, 포스트구조주의자의 접근에 의해 다양하게 조합되면서 시각성에 대한 연구에 있어 주된 이론적 이슈 중 하나로 부상한 것은 놀랄 일이 아니다. 본다는 것은 세상에서 자신의 위치를 만드는 것이라는 존 버거John Berger의 일반적인 개념뿐만 아니라 카메라에 의한 시각적 무의식의 발현이 새로운 지각 방식의 도래를 가져왔다는 벤야민의 개념을 인용한 웬디 에버렛Wendy Everett, 카메라 눈이 점차 눈을 대신하거나 의미한다는 R. 버넷R. Burnett의 주장, 위에서 언급했던 비릴리오의 "시각기계"가 있다.37) 눈이 할 수 있는 것, 할 수 없는 것, 하지 못하게 되는 것 - 응시자와 응시 대상자가 되는 것(어부를 응시하는 프로이트의 정어리 통조림), 쳐다봄, 흘낏 봄, 감시(원형 교도소에서 인공 시각에 이르기까지), 봄, 관찰 그리고 시각적 기쁨 - 은 그래서 가장 중요하고 어쩌면 맹목적인, 분석 연구의 주제가 되었다.

문화연구, 포스트식민 연구, 영화 연구, 정신분석 연구에서 겹치는 분석 포인트 중 하나는 정체성의 구성에서 권력의 위치적 관계를 나타내는 시선의 구조다.38) 이 구조는 욕망에 의해 완전히 침투되는데, 이 욕망은 라캉이 시각적 충동scopic drive이라 불렀던 것이다. 피사체의 외관은 제한적인 반면 상대방의 시선은 만연해 있다. "나는 오직 하나의 지점에서만 보지만, 나의 존재는 모든 지점에서 관찰된다."[39] 분명히 라캉의 도식에서 시각적 영역의 중앙에는 이미지 또는 스크린이 위치하고 있으며, 이는 응시자와 응시 대상자의 관계를 중재한다.[40] 그 스크린의 중재는 인식과 오인식의 변증법을 이용하여 시각적으로 포화된 세상 속 정체성의 다양한 이미지와 스크린의 시각적 묘사를 통해 우리가 보는 정체성과 보이는 정체성 사이의 중재를 위한 적절한 메타포로 작용할 수 있다. 더 깊이 살펴보면 거울에 비친 모습은 아이로 하여금 (오)인식을 통해 자신의 자아를 구성하게 한다는 상상의 거울 단계에 대한 라캉의 개념은 정체성과 주관성에 대한 문제에 대해 영화와 다른 시각 기술을 다룬 연구에서 전용되고 수용되어 왔다.

예를 들면, 프랑스의 영화 기호학자 크리스티앙 메츠Christian Metz는 라캉의 도식을 영화 분석에 적용해 영화를 '상징되길 바라는 과학적 상상'으로 규정하고, 동시에 거울단계에서의 상상의 자아 형성을 복제하고 (시선의 오이디푸스적 구조를 통해) 상상계를 건너뛰어 상징계로 나아갔다. 보이는 대상이 물리적으로 부재하기 때문에 영화가 보여주는 것은 결핍된 모습이다. 이는 욕망이 극 속에서 결코 완전히 성취되지 않고 미뤄지도록 한다. 하지만 그 결핍은 욕망의 오이디푸스적 삼각형에서 부모의 성관계를 아이가 보는 것과 같은, 영화적 절시증이 '승인되지 않음'을 보여주기도 한다.[41] 이런 이유로 영화 관람은 상징적 존재에서 사회적 존재가 되는 오이디푸스의 과정과 유사하다. 이 과정에서 관객은 다양한 단계의 동일시를 하게 된다. 자신의 시선에 따른 동일시(주된 동일시), 캐릭터에 대한 동일시(2차 동일시), (두 번째 화면, 눈의 망막과 상호작용을 하는) 카메라에 대한 동일시. 이러한 도식에서, 영화는 변화하는 시선 구조 속에서 그리고 정체성 형성과정 속에서 서로 다른 형태의 동일시를 통해 상상과 상징 사이의 이행이 발생하는 통로 역할을 한다.

페미니스트 영화학자들은 이러한 보편주의 이론에 이의를 제기할 것이고 영화의 동일화가 본질적으로 젠더를 반영하고 남성의 제도를 규범으로 만든다고 주장할 것이다. 왜냐하면 동일화는 늘 오인되기 전에 (알려진 것을) 인식하기 때문이다.[42] 그로 인해 여성 관객의 주관성은 시선의 구조 속에서 길고 복잡한 관계를 설정한다. 다른 페미니스트 이론가들은 라캉의 영화적 도용뿐만 아니라 가부장적 편견에 기반한 라캉의 시각적 이미지 활용을 비평했다. 뤼스 이리가레Luce Irigaray가 여성을 남성의 부정적인 거울 반사로 표현한 것, 여성들이 그 거울을 불태우고 스스로를 역반사되게 만들 필요가 있다고 신랄하게 비평한 것은 유명한 예다.[43] 트린 T. 민하 Trinh T. Minh-ha처럼 민족, 문화 차이의 문제에 더 민감한 관점은 빈 거울의 무한한 영향이 원래의 '나'라는 개념을 뒤로 미루고 대상과 대상, 대상과 물체 사이의 환상적 관계를 해체시킨다는 동일한 거울구조로 비평한다.[44]

여기에 항상 젠더를 반영한 이데올로기가 등장한다. 만약 이데올로기가 '세상에 대한 가상적인 표현'이고 그것의 구조가 반사적이며(루이 알튀세르Louis Althusser) 영화가 "가상의 기술"(메츠)이라면[45] 영화는 이데올로기적인 질문에 대한 완벽한 수단으로 간주될 수 있다. 이 공식에서 관객은 영화의 이데올로기 장치에 의해 질문받고 봉합된 대상이 된다. 한 형식주의 이론에 따르면 영화는 관객을 지명하여 그 관객에게 장소를 정해주고 특정한 여행을 가게 한다.[46] 다르게 말하면, 그 관객은 이데올로기적인 질문의 미장센에 있는 알튀세르의 '배우'다.[47] 알튀세르부터 메츠까지 특히 장 루이 보드리Jean-Louis Baudry는 영화를 탁월한 이데올로기적 장치로 보는데, 라캉의 영향을 받은 이 특정한 의식구조는 영화를 이데올로기적 장치로 비판적으로 보기 때문에 '장치 이론'으로 불린다. 이 이론의 미술사적 버전은 미첼이 에르빈 파노프스키Erwin Panofsky의 도상학과 알튀세르의 이데올로기를 상호간 구성요소로 통합한 것이 될 것이다. 이데올로기적 비평이 도상학적 인식을 필요로 하는 반면 도상학은 그 자체가 이데올로기다.48) 물론 장치 이론은 마르크스와 관련이 있다. 그는 이데올로기의 도치 기능을 강조하기 위해 암상자를 비유했다. 암상자가 도치를 통해 작용하는 것처럼 이데올로기도 현실의 도치를 통해 작용한다. "이데올로기의 암상자는 현실과의 관계(그것은 도치된 형태를 반영한다)를 유지하는 동시에 그것을 불가사의하고 모호하게 만든다." 이데올로기와 암상자는 둘 다 어두운 방이라서 현실을 비추지 않고 모호하게 하며, 계급의 지배라는 역사적 특징을 숨기고 있다.49) 당연히 장치 이론은 보편적이고 반역사적이며 가부장적 편견을 되풀이하고 영화 매체의 급진적인 잠재력을 배제한다는 비난을 받아왔다.50)

이에 따라 우리는 시각 이미지의 사회적 본질로 되돌아오게 되고, 시각성과 정체성의 관계에 대한 분석은 역사를 참고해야 한다. 그러므로 정신분석 같은 보편주의 이론과 장치 이론이 유럽 이외에서도 유효하기 위해서는 완전히 역사화되고 맥락과 관련될 필요가 있다. 나는 영화가 '산업' 자본주의의 산물로서(몽타주와 시간을 다루는 다른 정식 기술을 사용하여) 일시적으로 주관성에 유연성을 더했고, 현대 영화와 다른 시각매체가 '글로벌' 자본주의 산물로서 일시적인 압축은 강도와 속도를 똑같이 높이기 때문에 훨씬 더 공간적으로 유연한 초국가주의의 구조를 띤다는 것을 상정하고자 한다. 이러한 초국가주의는 사람들의 이동의 강도 및 통신기술의 발달과 상호연결에 대한 우리의 향상된 세계적 인식에 의해 부분적으로 만들어진다. 이 모든 것은 인간의 식민지화가 점점 더 철저해진 결과다. 오늘날 다른 사람들이 이용할 수 있는 이미지들의 레퍼토리, 질적으로 그리고 양적으로 더 커진 다양성은 대체로 훨씬 더 다문화적이고 초국가적이어서, 분산되어 있는 글로벌자본주의와 흩어져 있는 세계적인 영상문화에 대해 이야기하는 것을 가능하게 한다.

글로벌자본주의 내 시각문화의 발전과 정확히 같은 비율로, 오늘날 정체성의 역사적 특징은 그것의 시각적 중재에서 주로 찾아볼 수 있다. 정체성의 초기 형성이 식민지 사람들을 지배하거나 식민지 시대의 제국주의적인 권력에 저항하기 위한 투쟁 과정에서 주로 국적과 민족성에 의해 결정된 반면, 현대의 정체성은 훨씬 더 미묘하고 분열되고 다양하다. 언어적, 문화적 경계가 국경과 일치하지 않는 경우가 많아지고 있는데(그것들이 이전에 완전히 일치했다는 것은 아니다), 소국분할화가 늘어남에 따라 국경과 지역 경계를 구분짓는 차이가 더욱 미세해지고 있고, 그 기준이 너무 세분화되어 과도한 투자가 되기도 한다. 지역적 차원의 차이와 같은 정체성을 이렇게 과하게 드러내는 것은 정체성 정치라는 비판을 받아왔다. 인종에 근거한 지역적 정체성 투쟁이 비난받은 반면 종교적 근본주의가 세계적인 차원에서의 정체성 정치를 한다는 비난을 받지 않았다는 사실은, 자신의 지역 사회 안에서 다른 사람에 대한 두려움이 정체성 정치라는 비난을 촉발시키는 것임을 암시한다.[51] 비록 정체성 정치 즉 경직된 의미의 정체성에 기반을 둔 정치는 정체성에 기초한 투쟁의 오용 징후일 수도 있지만, 정체성 정치에 대한 비평은 목욕물(정체성 정치)에 아기(정체성)를 내던져버리는 의도치 않은 결과를 가져왔고 사회적으로 거듭 변화되어온 차이에 기초한 정치의 가능성을 효과적으로 차단하였다.

따라서 사티야 모한티Satya Mohanty 등이 주장했듯이 전면적인 지지 또는 거절보다는 좋은 정체성과 나쁜 정체성, 차이에 대한 좋은 정치와 나쁜 정치를 구별하는 것이 반드시 필요하다. 이 두 가지는 모두 보편적인 제스처다. 글로벌자본주의에서 정치는 반드시 의도에 따라 움직이거나 같은 방식으로 다른 지정학적 경계를 넘나들지 않기 때문에, 정체성에 기초한 투쟁은 맥락에 따라 상이한 결과를 낳거나 제약을 만들어낸다. 하지만 모한티에 따르면, 정체성에 대한 인식론적 지위를 먼저 인식해야 한다.

> 정체성은 우리가 특정한 방식으로 세계를 읽을 수 있게 하는 이론적 구성이다. 이런 의미에서 그것들은 가치가 있고, 인식론적 지위를 진지하게 받아들여야 한다. 정체성 안에서 그리고 정체성을 통해서, 우리는 우리의 가치를 정의내리고 우리의 약속을 고쳐나가는 것을 배우고 공동의 미래에 질감과 형태를 부여한다. 정체성 정치의 본질주의와 포스트모던적 지위에 대한 회의적인 태도로 인해 우리의 사회적, 문화적 정체성들의 실제 인식론적, 정치적 복잡성이 심각하게 과소평가되었다.[52]

정체성은 자의적이지 않고 경험으로부터 구성되어 생겨나는 것이므로 우리가 경험을 이해하여 지식으로 삼도록 하는 이론이다. 가장 중요하게는, 정체성은 평가 가능한 이론적 주장이다. 일부는 권한을 부여하고 다른 일부는 억압적이며 스스로 생산하기도 하고 강요되기도 한다.[53] 정체성은 사회적으로 생산적일 수 있는데, 사르트르와 관련된 négatités처럼 "부정하는, 파괴하는, 변화시키는, 그렇지 않은 것을 상상하는" 그리고 지배적인 서술에 의해 강요된 정체성에 저항하도록 한다.[54] 이러한 의미에서, 피압박자는 사회적으로 혁신적인 정체성을 만드는 데 있어서 '인식론적 특권'을 가질 수도 있고,[55] 새로운 정체성이 끊임없이 형성되고 있기 때문에 정체성을 역사적인 구성체로 인식하는 것도 가능해진다.56) 따라서 소위 정체성의 현실주의적 이론으로, 우리는 정체성의 다른 표현들에 대해 다소 혁신적이거나 퇴보한다고 평가할 수 있고, 분석을 위해 영상작업의 정치적인 잠재력 또는 정착이 강조되도록 할 수 있다. 타이완의 정체성처럼 헤게모니에 저항하는 투쟁을 위해 구성되는 정체성이 과거에는 비슷하거나 다른 목적을 위해 다른 형태로 존재하지 않았다는 것이 아니라, 현대의 특정한 지정학적 상황 때문에 저항적일 뿐만 아니라 심하게 역사적인 성격을 띠게 되었다는 것이다.

위의 요약으로부터 정체성의 현실주의적 이론 그 자체가 정체성과 주관성에 대한 끝없는 유예라는 포스트모던적 축배에 대항한다는 것이 확실해졌다. 마찬가지로 딜릭과 같은 비평가들은 글로벌자본주의의 유연한 논리를 따르는 포스트모던적 개념의 유연한 대상이 치르는 정치적 대가에 대해 우려를 표했다. 유연한 생산이 유연한 노동자들에게 의료 및 다른 혜택 없이 다양한 일을 하면서 끊임없이 교체되길 요구하기 때문에, 대상이 죽었다는 선언은 노동자의 사망과 그 맥을 같이한다. 다른 말로 죽은 대상들은 노동자 계급의 주체, 소수자들, 그리고 여성인 경향이 있는데, 그들은 더 많은 대표성과 주관성을 부르짖고 그들의 저항 이유를 뒷받침할 정체성을 구성하고자 하는 움직임과 때를 같이한다. 딜릭은 유동적인 대상의 위치에 대한 포스트모던 논쟁은 결국 "소외에 대한 페티시화"라고 강력하게 결론을 내린다.57) 역사적으로 되돌아보면, 매우 다른 이론적 어휘를 사용하고 자기를 반영한 티를 꽤 내고 있음에도 불구하고 소외에 대한 높은 모더니즘적 페티시화는 오늘날까지 계속되어 온 것 같다. 계급, 젠더, 인종 결정요인은 눈에 보이지 않지만 두 가지 경우에서 모두 완전하게 작용한다. 사미르 아민Samir Amin은 보다 단순하게, 여러 언어를 사용하는 다양한 정체성이 서양의 휴머니즘과 개인주의에 의해 통일된 주체가 가지는 강요된 동질화보다 우선하는 존재 조건이라고 주장했다. 편파적이진 않지만, 우선 통일된 주체를 도입하고 평가하기 위해 다양한 정체성을 문제 삼도록 선언하고 나중에 다양한 정체성을 재선언하기 위해 통일된 주체를 부인하는 것은 삼단논법적이다.58) 이는 포스트 구조주의적 사업에 의해 입증되었고 그 사업은 우리가 알다시피 통일된 주체에 대한 비평에 의존한다. 하이데거가 영화와 사진을 통한 세계의 회화화에 대해 의심했던 것을 상기하자. 그것은 앞 절에서 언급했듯이 인간의 세계정복을 예로 들면서 대상화한 대표성이 인간을 보편적인 주체로 구성하도록 한다는 주장에 정확하게 근거를 두고 있다.59)

따라서 주관성에 대한 포스트 구조주의적 개념을 반대하는 비평은 이중적이다. (1) 계급으로 결정된 소외 경험을 일반화함으로써 주관성과 정체성에 대한 개념을 필요로 하는 사람들이 그것을 사용할 수 없게 만들었다. (2) 비평이 계획했던 것은 서양 철학의 통일된 주관성에 대한 다른 환상적인 구조에 대항하는 '내부' 투쟁이었다. 그 승부는 특정 계급에 해당하는 서양 중심의 지역에서 행해졌지만 소위 고등이론, 철학의 발전과 보조를 맞추고자 하는 서양 밖의 사람들을 끌어들였다. 그렇다면 시급한 일은 쓸모있는 것과 쓸모없는 것, 저항하는 것과 헤게모니적인 것, 다루기 힘든 정체성과 변화시키는 정체성을 구별하는 것이다. 정복을 주관화(최근 우울증을 주관성에 대한 일반 심리학적 질병으로 보는 것을 관련 예로 들 수 있다)60)의 필수불가결 요소로 보고 억압을 해명하는 의도치 않은 위험을 내포하는 장치 이론과 정신분석 이론을 벗어나보면, 여기서의 암묵적인 가정은 정체성

이 특히 저항적인 성격을 띨 때 주관성을 만든다는 것이다.61) 변화
시키는 정체성은 주관성을 확인하는 한 형태다. 이는 새로운 제국
을 섬기는 다국적기업 앞에서 파편화되어 무기력해진 포스트 구조
주의적 대상과 대조된다. 그래서 마뉴엘 카스텔Manuel Castells은 그의
3부작 《정보 시대The Information Age》의 2권을 《정체성의 힘The Power
of Indentity》이라고 적절하게 제목을 붙였는데, 이는 문화적 정체성이
"부, 정보, 권력의 세계적 네트워크를 계획한 가치와 이해관계에 반대
하는 주요 기반 중 하나였음"62)을 강조하기 위함이다. 집단 정체성은
세계화와 유럽 중심의 세계시민주의에 도전하며 강력하게 표현되었
고 민족성, 로컬리티, 국가를 대신하는 다양한 저항적 움직임처럼 수
동적인 움직임뿐만 아니라 페미니즘과 환경운동 같은 주도적인 움직
임도 가능하도록 했다.63)

　　위에서의 통찰력 특히 카스텔의 통찰력을 바탕으로 하면, 글로벌자
본주의 내 정체성의 6가지 주요 유형을 구별하는 것이 가능할지도
모른다. (1) 종교적 근본주의를 뒷받침하는 것과 같은 근본주의적 정
체성으로, 이것은 세계적 차원의 정체성 정치로 인식될 필요가 있다.
(2) 국내외 다문화주의를 활용하여 시장 거래를 통해 수익을 창출하
는, 상업화된 정체성 (3) 국가와 신新식민지주의적 장치에 의한 이데
올로기적 대화를 통해 스스로를 정당화하여 권력 분배 현상을 유지하
는, 정당화하는 정체성 (4) 경험에 뿌리를 두고 이를 세계를 이해하는
수단으로 보는, 인식론적 정체성 (5) 지배와 억압의 권력에 저항하기
위한 인지와 지식으로부터 발달된, 저항하는 정체성 (6) 새로운 공동
체의 출현을 지원하고 변화를 가져오는, 변화시키는 정체성.64) 이 정
체성들은 상호 연결되어 있음은 물론이고 서로에게 스며들어 있다.
하지만 차이점들은 정체성 정치에서 균일하게 배제될 수 없는 복잡한

관계의 접점으로서, 글로벌자본주의 내 정체성에 대한 논의를 개선하는 발견적 고안으로 쓰인다. 이 책의 역할은 글로벌자본주의의 맥락에서 지역적, 광역적 또는 세계적으로 차이를 만들거나 만들지 않을 수 있는 시각적으로 중재된 정체성을 분석하고, 시노폰 태평양 특정 지역에서의 사람들의 흩어짐을 분석하는 것이다.

시노폰 언술

천 년이 넘는 기간에 걸쳐 중국에서 전 세계로 흩어진 인구는 오랫동안 중국 연구, 동남아시아 연구, 아시아계 미국인 연구의 하위 분야로 연구됐고 미국에서도 아프리카 연구와 라틴 아메리카 연구 분야에서 일부 연구되고 있다. 중국 사람이 이주한 지역을 연구 범위로 설정하는 이 분야는 화인 디아스포라 연구로 불려 왔다. '화교'의 전 세계적 분산을 의미하는 화인 디아스포라는 이들의 출생지와 고국뿐만 아니라 민족성, 문화, 언어를 기반으로 하는 하나의 보편적인 범주로 간주한다. 이 개념은 오늘날 널리 채택되어 통용되고 있지만, 대단히 문제가 많다. 예를 들면, 네이멍구자치구 출신의 만주인과 몽골인은 화인 디아스포라의 일원으로 여겨지거나 여겨지지 않을 수도 있는가 하면, 중국에서 이주한 신장지구의 위구르족 또는 시장지구/티베트의 티베트인은 일반적으로 화인 디아스포라의 일원으로 여겨지지 않는 경우가 많다. 화인 디아스포라 포함 여부의 기준은 민족성이 얼마나 중국화하였는지로 나타나고, 이는 물리적 거리를 초월하여 만연해 있는 한족 중심주의를 드러낸다. 일반적으로 통용되는 화인 디아스포라라는 용어는 대체로 한족의 디아스포라를 의미한다는 사실이 완전히 생략되는 경우가 많기 때문이다. 다시 말해서 오늘날 '중국인'이라는 단어는 민족적, 문화적, 언어적 표시를 가장한 국가의 표시 노릇을 하고 있다. 중국에 총 56개의 공식적인 민족이 있고 이보다 훨씬 많은 언어와 사투리가 전국적으로 사용되고 있다는 사실이 간과되고 있기 때문이다. 일반적으로 널리 알려진 중국어는 국가에 의해 시행된 표준어일 뿐으로 한족의 언어인 한어를 칭한다. 대부분의 사람들이 떠올리는 중국인은 주로 한족에 한정되며 중국문화라는 것 역시 한족의 문화를 가리킨다. 요컨대 '중국인'은 다른 모든 민족, 언어, 문화를 제외하고 오직 한족을 지정하는 범위 내에서만 민족성의 범주 기능을 한다. 중국성이란 특정 민족의 성향이 아니라 여러 민족의 성향을 총칭하는 것이기 때문에 '화교ethnic Chinese'라는 용어는 심각하게 잘못된 명칭이다. 이러한 민족성 환원주의로 중국성을 한족 중심주의로 한정하는 것은 미국인을 백인 앵글로색슨족으로 한정 짓는 것과 크게 다르지 않다.

중국에서 온 모든 것을 뒤섞은 '중국의Chinese'라는 단어는 중국 안팎에서 함께 만들어온 것이다. 이는 19세기 이후 서구 열강이 중국 내 많은 다양성과 차이를 무시하고 피부색을 기준으로 중국인을 정의한 인종차별 이데올로기까지 부분적으로 거슬러 올라갈 수 있다. 역설적으로 이는 중국 관영의 통합 의도와 제대로 맞아떨어졌다. 특히 1911년 만주 지배가 종식된 후 중국 관영은 서양으로부터 자국의 문화적, 정치적 자율성을 강조하기 위해 통일된 중국과 인종적으로 차별된 중국성을 드러내는 일에 앞장섰다. 이러한 맥락에서만 우리는 서양 선교사들에 의해 제창된 '중국의 민족적 특징'이라는 개념이 왜 19세기 전환기부터 중국 안팎에서 서양인과 중국인 사이에서 똑같이 지지를 받고 있는지, 그리고 왜 현대의 중국에서 계속 설득력이 있는 생각인지 이해할 수 있다.[65] 인종차별을 기반으로 한 경계표지로서 중국성을 보편화하려는 그들의 염원을 이해하기 위해 이보다 더 좋은 방법은 없다. 서구 열강의 입장에서 이는 중국인에 대한 초기의 반半 식민지화와 중국 내 소수민족에 대한 관리를 정당화할 수 있는 좋은 명분이다. 중국과 한족에게 있어 인종차별의 개념은 3가지 목적에 부합한다. 인종차별을 받는 국가의 입장에서 20세기 초 제국주의와 반半 식민주의에 저항하는 것, 자아에 관한 서양의 관념을 내면화한 자기 성찰의 실천, 그리고 마지막이면서 가장 중요한, 소수민족의 요구와 국가에 대한 기여를 억압하는 것이다.

'중국인'과 '중국성'이라는 포괄적인 용어가 안고 있는 문제점에 대한 이 짧은 설명으로부터 우리가 알 수 있는 것은, 이 용어가 중국 밖에 있는 다른 민족과의 접촉뿐만 아니라 내부에 있는 여러 민족과의 대립을 통해 활성화되었다는 점이다. 이 두 용어의 의미는 가장 포괄적인 것 같으면서도 가장 배타적이다. 그래서 보편적인 동시에 특별하다. 더 정확히 말하면, 이 용어는 보편성을 가장한 특별성으로 중국, 중국인, 중국성을 단순 일반화한 서양의 관점을 부추기는 결과를 가져왔으며 19세기 또는 그 이전부터 중국의 문화적, 정치적 영향력에 반기를 들기 시작했던 일본과 한국 같은 다른 아시아 국가에도 여파를 미쳤다. 따라서 '중국인'과 '중국성'은 본인의 의지와 무관하게 이 범주로 분류되었거나 자기도 이 범주에 속한다고 적극적으로 주장하는 사람들을 뒤섞고 조종하는, 낙인과 버팀목의 의미를 동시에 지닌 용어라 할 수 있다.

화인 디아스포라에 대한 연구는 중국에서 동남아시아의 여러 국가(특히 인도네시아, 말레이시아, 태국, 필리핀, 싱가포르 등)로 이주하여 그곳에 체류하고 정착한 사람들의 지역화 경향을 강조함으로써 중국인과 중국성의 범위를 넓히기 위해 노력해왔지만, 중국성은 민족적 또는 인종적 혼합이 완벽하게 명백한 경우를 제외한 지역에서는 여전히 민족성의 범주로 취급되고 있다. 예를 들어 '화교'들이 자신의 고국인 중국으로 돌아가기를 열망하고 있다는 중국의 민족주의적 미사여구와 인종차별을 기반으로 해외 거주 중국인을 영원한 외국인으로 정의한 서양의 중국성을 통합된 범주로 보려는 화인 디아스포라에 의문을 제기하는 것은 아주 중요한 일이다. 동남아시아, 아프리카, 남아메리카를 가로지르는 포스트식민 국가에서 거주하는 시노폰인은 역사적으로 그 지역의 구성요소로 자리매김을 했다. 이들 중 일부는 민족국가가 존재하기 훨씬 전인 6세기부터 동남아시아에 터전을 잡았고 이는 국적에 따른 다양한 정체성 라벨을 지속하기에 충분한 시간이었다.66) 이들이 단지 중국인 조상을 가진 태국인, 필리핀인, 인도네시아인, 싱가포르인으로 살지 못하게 막고 있는 것은 누구인가? 이들이 정착해서 사는 나라의 다른 시민들처럼 여러 언어를 사용하고 다문화적인 생활방식을 누릴 수 없도록 방해하고 있는 것은 누구인가?67) 마찬가지로 미국에 사는 시노폰인이 중국계 미국인의 신분으로 살거나 중국계 미국인이 되는 것을 방해하는 자는 누구인가? '중국계 미국인'이라는 단어는 말 그대로 '미국인'이라는 뜻이다. 미국의 중국인 입국금지 법안, 베트남 정부의 화족(중국인이 조성한 지역사회) 추방, 중국인을 상대로 한 인도네시아의 인종 폭동, 필리핀 내 중국인 아이 납치 등 다양한 인종차별적 배척 행위를 고려해보자. 중국인을 인종, 민족의 표지로 구체화하면 위에 열거한 사례처럼 중국인을 배척, 박해하고 희생양으로 삼는 결과로 쉽게 이어지게 된다.

화인 디아스포라에 관한 연구는 중국에서 다른 나라로 이주한 사람들이 새로운 보금자리에서 지역주민으로 정착하기를 바라고 있다는 충분한 증거를 제시한다. 싱가포르의 경우, 독립적인 도시국가가 되기도 전에 그곳으로 이주한 중국 지식인들은 새로운 거주지를 문화의 중심지로 삼았다. 그들은 난양南洋이라는 새로운 범주를 만들어 정체성을 확립했고 자신들의 문화가 해외에 있는 중국문화의 연장선이라는 주장을 받아들이지 않았다.[68] 현지에서 태어난 인도네시아의 페라나칸과 말레이시아의 혼혈 바바 역시 자신들만의 독특한 혼종 문화를 발전시켰고, 중국의 '재再중국화' 압력을 거부했다.[69] 중국계 미국인들은 오랫동안 자신들을 시민 평등권 운동의 소산으로 여겨왔고 중국과 미국의 '이중 지배'와 조종에 저항해 왔다.[70] 중국계 태국인들은 성을 현지식으로 바꿨고 태국의 사회구조에 거의 완전하게 흡수되었다. 1930년에 창당된 말레이시아 공산당은 영국에 저항하는 가장 활동적인 반식민지주의 단체 중 하나였고 당원의 다수는 중국인이었다.[71] 시암의 루크진, 캄보디아와 인도차이나의 메티스, 페루의 인혜르또와 치노촐로, 트리니다드와 모리셔스의 크리올, 필리핀의 메스티조처럼 혈통을 추적하면 중국인 조상의 흔적을 찾아낼 수 있는 인종적 또는 민족적 혼혈인구를 계속 중국인으로 지정하고 관리하는 것이 과연 이치에 맞는지, 그리고 이러한 정책의 목적과 이 정책으로 누구에게 이익이 돌아가는지에 대한 의문도 제기할 필요가 있다.[72] 우리는 수백 년의 세월이 흘렀음에도 순수인종과 순수민족을 구분하기 위해 끈질기게 혈통의 기원을 추적하려는 어떤 이데올로기의 실행을 계속 목격하고 있다. 외부에서 가해지는 압력이든 내재화된 압력이든, 이러한 인종차별적 이데올로기의 기반은 흑인의 피가 단 한 방울이라도 섞였으면 흑인으로 간주하는 미국의 한 방울 원칙과 크게 다를 바 없다.

물론 세계 각지에 퍼져있는 시노폰 이주자의 정서는 다양하며, 첫 이주자들은 대부분 상인이거나 심지어 막노동꾼이었기 때문에 분산의 초기에는 일시 체류자라는 정서가 강했다. 새 거주지에 머무를 것인지 아니면 떠날 것인지에 대한 이주자의 의도에 따라 이들의 지역사회 통합 의지를 측정하는 메커니즘도 달라진다. 하지만 그토록 오랜 역사적 기간에 걸쳐 시노폰인들이 모든 대륙에 두루 분산되었다는 사실을 고려했을 때 중국인의 정체성을 정하는 기준인 중국성, 더 정확히 말하자면 여러 등급의 중국성이라는 화인 디아스포라의 우산개념이 과연 유효한지 생각해봐야 한다. 예를 들면 현재의 개념 하에서 누군가는 상대적으로 '더' 중국적이고 다른 누군가는 '덜' 중국적일 수 있다. 중국성을 평가, 측정, 정량화할 수 있게 되는 것이다. 그래서 화인 디아스포라 분야의 저명한 학자인 왕경우Wang Gungwu, 王賡武는 '중국성의 문화적 스펙트럼'이라는 개념을 주창했다. 실제로 그는 홍콩에 있는 중국인은 "상하이에 있는 동포만큼 완전한 중국인은 아니지만" "역사적으로" 봤을 때 상대적으로 더 중국적이며, 샌프란시스코와 싱가포르에 있는 중국인은 "복합적인 비非중국인 변수"를 더 많이 가지고 있다고 언급했다.[73]

화인 디아스포라의 또 다른 저명한 학자인 린판Lynn Pan은 미국에 사는 중국인이 자신의 문화적 기반을 잃었기 때문에 "중국성을 상실했다."고 말했다. 심지어 판은 중국계 미국인의 시민 평등권 운동 참여는 "기회주의"에서 비롯된 행동이었다고 비난했다.[74] 그녀의 말에서 우리는 20세기 초 샌프란시스코 차이나타운의 이민자 부모가 미국 문화에 물든 자녀에게 모범적인 중국인의 기준에 미치지 못한다며 텅 빈 대나무 심장竹星이라 비난하고, 중국 본토에 거주하는 민족주의적 중국인이 해외 동포보다 더 중국적이라고 으스대던 모습을 볼 수 있다. 만약 어느 중국계 미국인이 백인을 정통으로 인정하는 인종차별적 방정식이 만연한 미국에서 영어를 잘한다고 칭찬받을 수 있다면, 충분한 정통 중국성을 보유하지 않은 그는 중국에서 중국어를 잘한다고 동등하게 칭찬받을 자격이 있다고 볼 수 있다. 다만 후자의 방정식은 영토를 중요시하느냐 아니면 정통을 우선시하느냐에 따라 달라질 수 있다.

화인 디아스포라에 관한 연구에서 우리의 시각을 가로막는 2가지 요소는 기본적 원리로서의 중국성 너머의 것을 볼 수 없다는 점과 미국(미국에서는 민족 정체성과 태생 국적이 분리될 수 있다)의 민족 연구, 동남아시아 연구(이곳에 사는 시노폰인들은 점점 동남아시아인으로 받아들여지고 있다), 프랑스어권 연구(프랑스어권에서 프랑스어를 사용하는 중국인은 프랑스 공화주의 이념에 따른 프랑스인으로 간주한다)처럼 여러 언어를 기반으로 한 포스트식민 연구와 같은 여타 학문적 패러다임과의 소통이 부족하다는 점이다.[75] 화인 디아스포라에 관한 대부분의 학문적 연구에서 '중국계 미국인'은 좀처럼 언급되지 않는다. 심지어 홍콩인 또는 타이완인조차 홍콩 또는 타이완에 사는 중국인으로 인식되며 제대로 다뤄지지 않는다.[76] 이는 중국 내에서도 명백히 반역사적이다. 중국에서 미국에 사는 중국인을 칭하는 용어는 해외 거주 중국인(화교華僑)에서 중국계 미국인美籍華人으로 점차 변화하였고, 홍콩과 마카오 동포港澳同胞 그리고 타이완 동포臺灣同胞 역시 홍콩인香港人과 타이완인臺灣人으로 바뀌었다. 화인 디아스포라 연구에 있어서 모국의 개념에 대한 과한 관심은 시노폰인의 세계적 분산이나 특정 국적을 가진 사람들 사이에서 민족성과 문화의 이질화가 증가하는 현상을 설명하기에 역부족이다. '장기 지속'된 세계화의 관점에서 봤을 때, 이질화와 혼종 형성은 오래전부터 예외적인 것이 아닌 일반적인 현상이다.[77]

나는 이 책에서 시노폰인의 분산에 대한 연구, 민족 연구, 지역 연구와 중국인 연구 간에 다리를 연결하는 것뿐만 아니라 시노폰의 분산과 프랑스어권, 포르투갈어권, 스페인어권, 영어권 세계와의 상관관계도 규명해보고자 한다. 이러한 이유로 이 책에서 언급하는 시노폰의 개념은 다양한 각종 한어가 구사되고 쓰이는 중국 밖 세계의 지역들을 두루 포함한다.78) 시노폰은 대도시의 언어를 사용하는 비非대도시 지역들처럼 식민지 역사를 가지고 있다. 중국이 문화의 제국이었을 당시 한족의 문학적, 고전적 문자는 동아시아 세계의 공통어였고, 동아시아의 학자들은 한자를 이용하여 소위 필담笔谈의 형식으로 의사소통을 할 수 있었다. 이는 프랑스어권의 탄생과 비슷한 것으로, 프랑스어권은 프랑스 제국의 팽창과 아프리카와 카리브 해 지역 일부에 대한 프랑스 제국의 문화적, 언어적 식민지화를 통해 주로 형성되었다. 스페인 제국을 통해 형성된 라틴 아메리카의 스페인어권, 영국 제국의 인도, 아프리카 영어권과 포르투갈 제국의 브라질, 아프리카 식민지화 역시 같은 방식으로 새로운 문화적, 언어적 권역을 형성하였다. 물론 모든 제국이 동일한 방식으로 식민화한 것은 아니고 언어의 식민지화와 이에 따른 영향 역시 다양한 수준의 강요와 협력을 통해 이루어졌고 성공의 정도도 지역마다 달랐다. 하지만 이 제국들이 공통으로 남긴 것은 문화적 지배가 언어에 준 영향이다. 예를 들면 표준 일본어와 한국어에는 지금까지도 한족의 고전 문자가 현지화된 형태로 계속 남아있다. 일본어의 간지와 한국어의 한자가 바로 그것이다.

하지만 몇 가지 사례를 제외하면 당시 중국 밖의 시노폰 공동체는 중국의 엄격한 식민화 또는 포스트식민화의 영향을 받지 않았다. 이는 프랑스어권과 스페인어권처럼 포스트식민지화된 언어 기반 공동체와 시노폰의 가장 큰 차이점이지만, 이들이 공유하는 유사점도 몇 가지 있다. 한족이 인구의 다수를 차지하는 정착민 사회인 싱가포르는 영어 사용자 정착민의 나라인 미국과 비슷하다. 17세기경에 정착한 한족이 인구의 대부분인 타이완 역시 종주국으로부터 정식으로 독립하려는 의도를 가졌던 식민지 시대의 미국과 비슷하다. 타이완의 상황은 프랑스어권 퀘벡과 비슷하다. 퀘벡은 대략 82%의 인구가 프랑스어를 주 언어로 사용하는데, 타이완에서 만다린을 쓰는 타이완인의 비율도 이와 비슷하다. 타이완 내 국민당 정권에 의해 강요된 획일적인 중국인 정체성이 오늘날 현지화한 새로운 타이완인의 정체성에 점차 자리를 내준 것처럼, 퀘벡 내 프랑스계 캐나다인의 정체성 역시 "조용한 혁명"79)의 과정을 통해 현지화한 현대 (프랑스계) 퀘벡인의 정체성에 점차 자리를 내주었다. 국민의 다수가 민난어를 사용하고 나머지는 하카어와 다양한 토착어들을 사용하고 있는 오늘날 타이완의 다중 언어 사회에서 만다린은 공식 언어 중 하나에 불과하다. 마지막으로 정착민 사회로서의 타이완은 15세기에 포르투갈인이 정착하여 아프리카에서 온 다양한 이민자들과 혼혈인종 사회를 형성한 카보베르데와 상투메 포르투갈어권과 비교될 수도 있다.80)

동남아시아 각지에 정착한 시노폰 중에서도 중국 정부가 표준으로 지정한 만다린을 쓰는 이는 드물고, 자신들이 이주한 시기와 살던 장소에서 사용했던 다양한 옛날 언어를 쓰는 사람이 많다. 언어는 중국의 안팎에서 각기 다른 방식으로 진화했기 때문에 이주의 '시기'는 무엇보다 중요하다. 예를 들면 한국에 사는 한족은 산둥어와 한국어를 섞어서 말하며 두 언어의 문맥, 구문, 문법은 하나의 문장에서 섞일 정도로 종종 혼용된다. 이와 같은 현상은 특히 남한에 사는 2~3세대 산둥인에게서 두드러진다. 초기에 타이완 정부의 지원과 남한과 중국의 외교관계가 재정립된 이후 중국 정부의 지원으로 현지인들이 마련한 교육제도를 통해 한어를 배웠음에도 불구하고 그렇다. 다른 지역과 마찬가지로 이곳에서 사용되는 한어는 문어일 경우에만 표준으로 쓰이며 말할 때는 산둥어가 사용된다. 또한 한국에서 사용되는 산둥어는 중국 산둥 지방에서 쓰는 산둥어와 다르다. 사실 다양한 종류의 방언이 산둥어로 불리고 있는 실정이다. 동남아시아에서 차오저우어, 푸젠어, 하카어, 하이난어를 구사하는 사람들, 홍콩에서 광둥어를 구사하는 사람들, 미국에서 다양한 방언과 칭글리시 또는 피진어를 구사하는 사람들도 사정은 비슷하다. (영국 해협에 정착한) 바바처럼, 해협 중국인은 말레이 사투리뿐만 아니라 영어도 쓴다.[81] 원형을 이루는 중국과의 언어적 관계를 완전히 포기한 곳도 있을 뿐만 아니라 다양한 수준으로 혼성화한 언어가 두루 사용되고 있다는 것은 말할 필요도 없다.

시노폰은 중국과 관련된 다양한 각종 한어의 일부를 구사하는 것이 선택의 문제이자 여러 역사적 시작의 문제이며, 따라서 시노폰이라는 것도 이들이 사용하는 언어가 어떤 식으로든 유지되어야만 존재할 수 있다는 사실을 인식하고 있다. 이들이 구사하고 있는 언어가 사라지면 시노폰의 개념도 축소되거나 유명무실해지지만, 설사 그런 일이 일어나더라도 슬퍼하거나 향수에 젖을 필요는 없다. 프랑스어권의 아프리카 국가들은 식민지 시대의 언어를 유지하거나 버리고 고유의 언어적 미래를 강구하기 위해 다양한 수준으로 노력해왔다. 따라서 화인 디아스포라의 구상과 달리 시노폰은 민족성이나 인종 대신, 번성하고 있던 소멸하고 있던, 이 언어를 사용하는 공동체를 더 중시한다. 국적이라는 속박에 영원히 매이지 않는 시노폰은 본질적으로 초국가적이고 범세계적인 속성을 가지고 있으며, 다양한 형태의 각종 한어가 사용되는 곳이라면 어디든 시노폰의 범주에 포함될 수 있다. 비주류의 속성을 가진다는 이유로 시노폰이 사는 영역은 대체로 한족이 주류를 형성하는 사회-이양 이전의 홍콩 및 타이완과 싱가포르-뿐만 아니라 모든 대륙을 가로지르는 이민자 지역사회에 국한된다.[82]

게다가 1997년 이전 홍콩의 민주당원 또는 오늘날 타이완의 독립주의자의 관점에서 보면, 시노폰 언술에는 중국의 헤게모니에 대항하는 반식민지적 의도가 배어있다. 시노폰은 공간을 기반으로 한 일상의 실천이자 경험이며, 따라서 현지의 수요와 조건을 반영하기 위해 끊임없이 변화하는 역사의 형성 과정이다. 시노폰은 중국성의 다양한 구조를 그리워하는 곳이 될 수도 거부하는 곳이 될 수도 있다. 본토에서 멀리 떨어졌지만 민족주의와 반反중국정치가 만연한 곳일 수도 있고, 진짜든 상상의 산물이든 중국과 아무런 관계가 없는 곳일 수도 있다. 영어를 구사하는 사람이면 꼭 영국과 관련이 있어야 하는 것은 아니듯이, 중국과의 어떤 역사적 친연성으로 인해 각종 한어를 구사한다고 해서 현대의 중국과 묶일 필요는 없다. 다시 말해서 시노폰 언술은 인간이 표현할 수 있는 영역 내에서 가능한 많은 다양한 형태를 띨 수 있고, 시노폰의 가치 철학적 입장은 반드시 중국에 의해 정해지는 것이 아니라 현지, 지역 또는 세계적 상황과 열망에 의해 좌우되는 것이다. 시노폰 언술에는 거절, 결합, 승화의 변증법보다는 하나 이상의 요소 즉 언제나 택할 수 있는 대안에 의해 중재가 이루어지기 때문에 적어도 3중 변증법이 존재한다.

따라서 시노폰은 중국과 위태롭고 문제적인 관계를 유지한다. 프랑스어권과 프랑스의 관계, 스페인어권과 스페인의 관계, 영어권과 영국의 관계처럼 애매하고 복잡한 관계다. 시노폰의 지배적인 언어는 표준 한어일 지도 모르지만, 한어도 역동적인 언어적 권력 갈등에 연루될 수 있다. 주요 언어의 지위를 가진 표준 한어는 비표준화, 혼종화, 세분화 그리고 때로는 전면적인 거부의 대상이 되어 소수의 다양한 언술들이 탄생하는 결과로 이어지기도 한다. 질 들뢰즈Gilles Deleuze와 펠릭스 가타리Félix Guattari가 '소수 문학'이라 칭한 개념을 빌어 설명하면, 시노폰은 결국 소수 또는 소수화된 사람들이 다수의 언어를 이용하여 만들어낸 '소수 언술'이라 할 수 있다. 이 과정에서 소수는 다양한 건설적 또는 파괴적 목적의 실현을 위해 다수의 언어를 도용하거나 이의를 제기한다. 중국성과 중국 국적을 확보하기 위해 형식적으로 표준 한어를 사용하는 중국 내 소수민족과 중국 밖에서 중국의 지배력에 저항하는 사람들을 이런 유형의 시노폰 언술의 대표적 사례로 들 수 있다. 다른 한편으로 시노폰은 지역에 특화되어 다양하고 다른 형태로 존재하는 현지 언어이며, 각 현지에서 사용하는 언어의 의미와 중요성을 주요 언어 관점에서만 판단할 필요는 없다. 시노폰은 자체의 언술을 통해 자율성을 가지게 되기 때문이다.

영원히 중국을 자신의 문화적 조국 또는 가치, 민족주의 등의 원천으로 삼고 되돌아보며 향수에 젖는 유형의 시노폰은 중국 중심주의를 언술할지도 모른다. 하지만 현실에서는 중국 중심주의에 대항하는 강력한 언술을 들려주는 시노폰이 주류를 형성하고 있다. 예를 들면 타이완 시노폰은 토착어도 사용되고 있는 타이완의 다중언어를 지역사회의 한 측면일 뿐이며, 계엄령 이후 타이완의 문화담론에는 "중국과의 작별"을 상징적으로 언술하는 요소가 매우 많다.[83] 한편 1997년 이전의 홍콩에서는 시노폰이 엄습해오는 표준 '보통화'의 헤게모니에 대항하여 광둥어를 원어로 숭배하는 현상이 나타났다.

저자의 전문 지식의 한계 때문이겠지만 이 책에서 조사한 시노폰의 시각자료는 현대 타이완과 반환 이전의 홍콩 및 현대 미국에 국한된다. 하지만 라틴아메리카, 아프리카, 유럽, 동남아시아를 가로지르는 다양한 지역을 조사하기 위해 더 많은 작업이 진행될 필요가 있다. 시노폰 연구의 목적은 화인 디아스포라와 '문화적 중국'처럼 중국과의 관계를 의무화하는 또 하나의 보편적 범주를 만들자는 것이 아니라 이렇게 정의된 범주 하에서 어떻게 관계가 다양해지고 문제의 소지가 생겨나는지 그리고 왜 대중 관계는 지역, 글로벌, 국가, 초국가, 무엇보다 정착과 일상의 장소라는 다각적이고도 다多가치론적인 맥락에서 시노폰을 정의하는 많은 관계 중 단지 하나가 될 수밖에 없는지를 조사하는 것이다. 따라서 시노폰은 새로운 형태로의 탈바꿈을 시작하는 순간 점차 사라지는 과정을 겪을 수밖에 없다. 현지화한 주민들이 지역의 언어로 지역의 문제를 표현하기 시작하면서 초기 이주자와 그들의 후손이 고민했던 문제들은 점차 뒤편으로 물러나고, 시노폰이라는 개념은 결국 존재의 의의를 잃게 된다. 따라서 분석과 인지의 관점에서 정의된 시노폰이라는 범주는 구체적인 공간과 시간적 특성을 갖게 된다.

시노폰을 가장 분명하게 표현하는 시각 매체는 영화와 TV로, 시노폰의 모습을 가장 활발하게 제작하고 있는 곳은 타이완 시노폰, 1997년 이전의 홍콩, 그리고 다음으로 미국(주로 LA, 뉴욕, 샌프란시스코에서)의 이민 TV방송과 영화 제작물이다. 개념미술, 유화, 설치미술, 디지털 아트와 같이 예술을 지향하는 매체에서 중국어를 구사하는 예술가들은 종종 시노폰의 감성을 뚜렷하게 전달한다. 작품을 만들고 감상하는 일은 주관적인 체험이고, 시각자료는 글에 담긴 문자적 의미에 의존한다는 사실의 범위 내에서 이를 감지할 수 있다. 설화적 관점에서 시각성을 이해한 미커 발Mieke Bal의 설명을 빌리면, 시각

예술작품 앞에 위치한 시노폰은 감상자의 시선을 끄는 초점의 역할을 하고, 감상자 앞으로 여러 예술작품이 지나가고 스토리가 만들어지면서 시노폰은 주관성을 획득하게 된다.[84] 이미지 문화로서 뿐만 아니라 미첼이 "이미지텍스트"라 칭했던, 여러 학문을 가로지르는 종합적인 시각성의 관점에서 바라보면 일부 설치미술과 개념미술의 문자적, 서사적 뉘앙스에서 시노폰의 속성을 발견할 수 있다. 인터미디어와 인터세미오틱의 속성을 가진 이미지텍스트는 이미지의 다양한 문자적 응용과 문자의 이미지적 응용을 포괄하는 일종의 통합 예술이다.[85] 시노폰의 개념은 시각적, 문자적 요소를 모두 수용하며 용어로 묘사하기 어려운 특정 중국어를 구사하는 예술가의 작업을 커버할 수 있는 확장성을 지니고 있다. 과거의 시노폰 예술작품은 주로 예술가의 민족성에 의해 정의되었고 작품이 현지 맥락과 사용되는 언어 ‑시각적, 청각적, 문자적‑와 맺은 관계는 고려되지 않았다.

　시노폰이 각종 한어로 쓰인 문학에 있어 매우 유용한 범주라는 점 또한 유의해야 한다. 과거에는 중국 내에서 중국어로 쓰인 문학과 중국 밖에서 중국어로 쓰인 문학의 구별이 다소 애매했고, 이로 인해 중국 밖에서 표준 한어로 썼든 아니든 한어로 쓰인 문학은 방치되거나 사멸되는 경우가 많았다. 영어권에서 'Chinese literature中国文学(중국에서 온 문학)'과 'Literature in Chinese华文文学(중국어로 쓰인 문학)'을 별도의 범주로 분류하면서 혼란은 더욱 가중되었다. 영어로 된 두 용어에서 단일성의 속성을 가진 'Chinese'라는 단어의 사용은 중문Chinese과 화문Sinophone의 구분을 지우고 자연스럽게 중국 중심주의로 빠지는 효과를 발휘했다. 마찬가지로, 한어로 쓰인 중국계 미국문학을 지정할 명확한 방법도 없었다. 이에 쏘링웡Sau-ling Wong은 "영어권의 중국계 미국문학"과 "시노폰의 중국계 미국문학"으로 구별하여 지

정했다.[86]

　중국계 미국문학의 분야에서 한어로 쓰인 문학은 체계적으로 무시되거나 미국 사회로의 동화를 거부하는 '반反미국적'인 요소가 담겨 있다는 이유로 정치적 의심을 받아왔다. 국적과 인종을 각각 기반으로 하는 '중국문학'과 '중국계 미국문학'의 어느 쪽에도 끼지 못하는 시노폰은 지금까지 자신만의 정체성을 표현할 수 있는 범주를 확보하기 위해 애써왔다. 이런 의미에서 중국 내 소수민족에 의해 쓰인 문학을 시노폰 문학으로 간주하는 것 또한 가능하다. 왜냐하면 자주권을 갈망하든 억압당한다고 느끼든 이 작가들 중 일부는 외적 또는 내적으로 식민 지배하에 있다고 생각하고 있기 때문이다. 한어로 글을 쓰더라도 이들의 감수성은 정치 문화적 중국과 한족 지배적인 한족 중심주의를 근간으로 하는 획일화된 중국성에 대해 애매한 입장을 취하고 있다. 제1세계 안에 '제3세계'라는 범주가 존재할 수 있듯이 시노폰도 중국 내 주변부에 존재한다. 혹시라도 만약 중국의 주류가 문화적, 언어적 정통성을 포기하고 '한'은 강의 이름을 지칭하는 단어에 불과하고 '중국'의 개념은 긴 역사의 궤적을 구성할 뿐이라는 사실을 받아들이는 경우가 발생한다면, 중국성은 다양한 종류의 언어와 문화로 구성된 시노폰이라는 단어로 교체될지도 모른다.

　시노폰과 중국, 중국성 간의 관계가 복잡하듯이 시노폰의 정착지와 일상이 이루어지는 장소의 관계 역시 복잡성을 띠고 있다. 예를 들면 다양한 시노폰 지역 또는 중국으로부터 이주한 1세대 중국계 미국인의 입장에서 미국의 문화, 언어와의 관계는 똑같이 양면적이고 복잡하지만 질적으로 다르다. 시노폰이 자신을 중국성의 지배적 구조와 구분하듯이, 이들은 미국 생활을 통해 얻은 경험을 바탕으로 한 절박함에서 미국성의 지배적 구조와도 자신을 구분한다. 즉 시노폰은 중국성과 미국성의 지배적인 구조 둘 다 이질화하면서 자기만의 주관성을 지키는 것이다. 일부에서는 이런 현상을 내가 이 책에서 비평한 포스트모던의 중도추구라며 과시할지도 모르고, 다른 일부에서는 자신의 정치, 문화적 의미를 언술하는 데 있어서 지역성을 단호하게 주장할 수도 있다. 시노폰이 자신의 균형과 의의를 확보하는 토대로서 장소의 요소는 중요하다.

요컨대 시노폰의 정의는 장소가 기반이 되어야 하고 형성과 소멸의 과정을 지켜보기 위해서는 시간의 요소도 고려해야 한다. 예를 들어 20세기 후반에 타이완이 국민당의 본토 중국인 식민주의를 인식하고 평화롭게 정부를 전복하면서 시노폰이 자의식이 강한 범주로 자리를 잡았지만, 1997년에 중국의 정치에 필연적으로 통합된 홍콩에서는 시노폰이 약화하기 시작했다. 광둥어, 타이완어 그리고 다양한 각종 한어를 구사하는 최근의 미국 내 이민자 지역사회에서 정착지에 대한 이민자들의 심리적, 사회적 정서는 전통적 믿음보다 점차 커지지만 정치적 성향은 상충하는 극단적인 모습을 보이는 경우가 많다. 먼저 이민 온 자들이 다원성과 평등을 위해 주류 문화를 이질화하려고 주류로 다가가지만, 새롭게 유입되는 이민자들의 잇따른 물결은 시노폰의 명맥을 지속시켜 유지한다. 하지만 영어와 (다양한 사투리의) 한어로 영화를 제작하는 리앙과 같은 시노폰 감독, 독선적인 대도시 세계인들보다 오히려 더 모험적이고 제약이 없는 문화적 세계시민주의를 표명하는 우마리Wu Mali 같은 시노폰 예술가, 그리고 타이완과 1997년 이전의 홍콩 및 시노폰 미국에서 내놓은 인상적인 영화와 예술은 시노폰 문화의 활력과 진화를 아낌없이 드러내고 있다. 시각적 매개를 통해 문화와 언어의 해석이 더욱 명료해지는 세계화의 트렌드 속에서 시노폰은 지역에서의 경험을 통해 중국과 중국성을 비스듬한 각도에서 바라보는 열린 범주로 자리하게 된다.

공식적인 프랑스어권의 역사를 보면서 우리는 시노폰의 개념 역시 중국 관영에 의해 전용될 위험을 안고 있다는 경고의 메시지를 얻을 수 있다. 제도적 개념으로서의 프랑스어권의 경우, 프랑스 관영은 미국의 문화적 패권의 강력한 압박을 반박하기 위해 의도적으로 프랑스어권의 반식민지주의적 정서를 무시하고 다원성의 상징으로서의 가능성을 강조할 수 있다.[87] 프랑스어권은 쇠퇴하고 있는 프랑스 문화의 세계적 영향력을 일시적으로 보관하는, 프랑스제국의 따뜻한 그림자 아래에 있는 제국의 잔해에 비유할 수 있다. 불행하게도 이러한 상황은 프랑스의 세계적 영향력을 꿈꾸는 새로운 환상의 도구로 쓰일 수 있고, 제국주의 시절을 그리워하는 향수의 도구가 될 수도 있다. 화인 디아스포라의 개념도 비슷한 결과로 이어졌다. 중국을 기원으로 설정하고 암암리에 중국의 세계적인 영향력을 과시하는 용도로 쓰이게 된 것이다. 시노폰은 많은 개념을 총칭하는 단어로, 인간이 체험하는 문화와 언어의 관점에서 봤을 때 획일적인 정의로 한정지을 수 없다. 하지만 시노폰이 중국 밖에서의 정착, 중국 내에서 가진 소수의 지위, 장소와 시간에 특정한 언술을 고집함으로써 시노폰의 역사적 속성이 정의된다. 일본과 한국의 전근대적 시노폰 세상 같은 고전 중국 왕조나 중국성의 독점권을 외치는 신흥 중국 왕조를 외치기보다는, 중국 내 소수자 그룹을 제외한 현대 시노폰 언술은 이러한 주장에 반응할지 아니면 모조리 무시할지 선택할 수 있는 입장에 서 있다. 지난 2세기 동안 일본은 두 차례의 중일전쟁을 선동하여 중국을 군사적으로, 그리고 한문을 대체한 자국어 운동을 통해 상징적으로 '극복'하려고 했다. 한국은 그 저항이 더욱 간접적이었다. 한국은 17세기에 '사대주의' 사상을 맹렬히 비난함으로써 동시에 만주족에 대항하는 중국 문화의 수호자라는 정통을 만들고 있었지만,[88) 20세기에 들어 최근에 중국이 강대국으로 부상하기 전까지 중국의 영향으로부터 점차 멀어지면서 교육 체계에서 한자에 대한 의무적 연구를 단속적으로 폐지하였다.

내가 미술과 영화 제작의 표현 행위를 묘사하기 위해 '언술'이라는 용어를 사용한 이유는 시노폰 분야 내 다양한 시각적, 텍스트적 매체에서 일하는 사람들의 작업에 의의를 부여하기 위함이다. 샹탈 무페 Chantal Mouffe와 에르네스토 라클라우Ernesto Laclau의 정의에 따르면, 언술은 새로운 차이를 만들어내고 만일의 사태에 대비함으로써 보다 크고 방대한 분야에 참여하는 사회적 실천이다.[89) 중국의 방대한 분야가 이념적, 정치적 목적을 위해 필수적이고 고정적인 정체성 목록을 나열한다고 가정한다면 시노폰 언술은 그 정체성에 차이, 모순, 만일의 사태를 제시한다. 언술의 실행은 고정된 정체성을 전복시킬 뿐만 아니라 새로운 정체성의 가능성을 열어주며, 새로운 정체성은 새로운 사회와 문화의 형성으로 이어질 수 있다. 시노폰 언술은 문화의 생산과 실천 - 작명, 글쓰기, 예술 창작, 영화 제작 등 - 을 통해 중국이라는 거대한 상징성을 격파하며 구체화된 중국어와 중국성을 넘어서는 새로운 상징의 가능성을 제시한다. 이처럼 시노폰인의 언술은 차이로 고정성을 방해하고 부분성으로 전체성을 타파하는 방식으로 시노폰을 새로운 사회문화적 형태로 창조한다.

따라서 시노폰이 선호하는 방식은 풍자, 아이러니, 역설, 브리콜라주, 콜라주 등 상호텍스트성의 경향을 보인다. 하지만 이 상호텍스트성은 단순한 재기록이나 재발명이 아니라 새로운 정체성과 문화를 창조하기 위한 수단이다. 이렇게 해서 창조된 새로운 정체성과 문화는 지난 반세기 동안 시각문화와 대중매체에 크게 의존해 왔다. 예를 들면 1960년대부터 오늘까지 아시아의 다양한 시노폰 지역으로 전파되었던 홍콩영화가 시노폰이라는 상상의 공동체를 형성한 사례를 생각해볼 수 있다. 각종 한어를 조금 할 줄 알면서 남한에서 1960년대와 1970년대의 홍콩 뮤지컬과 무협영화를 보는 사람은 필연적으로 영화라는 매체의 정체성 맺어주기를 통해 다른 아시아 지역과 동남아시아 지역을 넘나드는 시노폰이라는 공동의 상상체에 편입된다. 이런 영화가 제공하는 풍부한 이미지는 과거와 현재를 연결하는 "비판적인 무리"를 형성하며 이미지는 역사적 의의가 있게 된다. 이런 이미지와 여러 변증법적 이미지는 널리 분산된 시노폰 지역으로 인해 비선형적이고 불연속적인 상태로 남아있지만, 현재를 통해 과거를 "투시"하는 대리인의 역할을 함으로써 시노폰을 초국가적이지만 역사적으로 구체적인 상상된 공동체로 구성되도록 도와준다.[90]

이 책은 중국, 아시아, 미국과의 문화적 관계와 초국가적 정치경제 속에서 문화적 언술의 다양한 상호텍스트성 단면을 통해 시노폰을 이해하기 위해 쓰였다. 이 책에서는 시노폰의 중층결정된 (복합적이지만 무한하지는 않은) 시공간적 언술의 축을 분석하고자 한다. 정체성이라는 것은 시간의 흐름과 함께 확립되며 연속적인 과정을 통해 이루어진다. 정치적 현실이 지속해서 변화하고 이에 적절하게 반응해야 하는 상황에서 낡은 정체성을 폐기하고 새로운 정체성을 확립하기 위해서는 시간이 필요하다. '중화민국'에서 '타이완'으로의 변화, 식민지 시대의 홍콩에서 (탈)식민 홍콩특별행정구로의 변화, 중국인과 타이완인에서 중국인과 타이완계 미국인으로의 변화에도 시간이 걸렸다. 마찬가지로 지정학은 공간의 개념을 바꾸는 효과를 지니고 있다. 타이완은 중화민국보다 공간적 상상 속에서 중국으로부터 더 멀어졌고, (탈)식민 홍콩은 식민지 시대의 홍콩보다 중국과 더 가까워졌다.

따라서 중국에 대항하는 문화적 민족주의의 언술은 타이완에서 더 두드러지지만, 홍콩 영화의 상상은 1997년 이후의 액션과 내러티브의 현장인 중국의 여러 지역을 포함하기 위해 점점 북쪽으로 이동하는 경향이 있다. 타이완해협을 건너 타이완, 홍콩, 중국 사이의 삼각관계는 명백히 불균형적이다. 정도와 방식은 다르지만, 타이완과 홍콩 둘 다 중국의 정치적 패권의 그림자 아래에 있음에도 불구하고 둘의 문화적 관계는 중국과의 활기찬 경제적 유대로 대체되었다. 이 관계는 수평적이라기보다 수직적이다. 대양 맞은편의 상황을 보면 북미의 시노폰인들은 각자의 지리적, 심리적 공간 인식에 따라 중국, 타이완, 홍콩 또는 자신들이 이주하기 전에 살았던 아시아의 다른 시노폰 지역과 더 가까워지거나 더 멀어졌다. 정착지에 내린 뿌리를 기반으로 다른 대양과 영토를 가로질러 분포된 시노폰인들은 자기만의 언술을 통해 공간과 장소 간의 관계를 창조적으로 정의한다.

이제 시노폰과 중국인의 차이점이 초국가적인 무대에서 어떻게 펼쳐졌는지 보여주기 위해 초반에 언급했던 영화를 현재의 시점에서 조명해보고 서문을 마무리하는 것이 좋을 것 같다. 널리 알려진 리앙 감독의 〈와호장룡〉과 장이머우張藝謀의 〈영웅Hero〉의 라이벌 관계를 한 번 생각해 보자. 이 두 영화는 수년의 간격을 두고 개봉되었지만, 소문에 따르면 장이머우는 리앙의 영화가 세계적으로 성공한 이후에 '진짜' 무협영화를 어떻게 만드는지를 세계에 보여주겠다는 목적으로 영화를 제작했다고 한다.91) 중국의 관객이 리앙의 영화를 보고 분노했던 이유 중 하나는 소유권과 관련이 있다 – 누가 이 장르를 소유하고 있는가 그리고 누가 이 장르의 타당한 후계자인가 하는 문제다. 중국문화의 핵심이라 할 수 있는 무술을 세계에 과시하는 주체는 타이완계 미국인이 아니라 중국 본토 출신의 보증된 제작자여야 한다는 것이다. 수년간의 지연 끝에 〈영웅〉이 마침내 2004년에 미국에서 개봉했을 당시, 장이머우는 여러 인터뷰에서 리앙의 영화가 세계적으로 성공한 덕분에 미국의 관객이 자신의 영화를 쉽게 수용할 수 있었다고 말했다. 하지만 동시에 〈영웅〉의 제작은 〈와호장룡〉이 개봉하기 훨씬 전부터 시작되었고, 따라서 자기가 리앙을 따라한 것은 아니라는 점을 누누이 강조했다.[92] 리앙이 고용했던 촬영기사와 〈와호장룡〉에 출연했던 여배우 중 한 명을 캐스팅했음에도 불구하고 말이다. 그는 리앙을 모방하고 있다는 의혹을 떨쳐내기 위해 같은 2004년에 미국에서 개봉한 두 번째 무협영화 〈연인House of Flying Daggers〉도 〈와호장룡〉 이전에 제작되었다고 주장했다. 요컨대 〈영웅〉과 〈연인〉 둘 다 리앙의 〈와호장룡〉 이전에 개발했기 때문에 모조품이 아니라는 얘기다. 〈영웅〉의 결말이 〈와호장룡〉을 그대로 베낀 것 같다는 비난 역시 자기가 먼저 개발했다는 감독의 단순한 주장에 의해 일축되었다.[93] 이처럼 개발 시점을 강조하려는 충동은 모조품이라는 의혹을 회피하고 반발을 무마하기 위함이지만, 무엇보다 그의 말에서 극명하게 드러나는 것은 그 안에 감춰진 정통성과 소유권에 관한 주장이다. 무협영화라는 장르는 엄연히 그 분야의 진정한 후계자인 중국인 감독의 소유인데, 어떻게 정통이 아닌 주체가 국제영화시장에서 그 장르로 성공할 수 있단 말인가?

　문화자료에 대한 소유권은 경쟁이 벌어지거나 문화적 공동체의 경계를 분명하게 그을 필요가 있을 때만 쟁점이 된다. 장이머우가 미국시장의 맥락 속에서 마케팅을 위해 〈와호장룡〉을 언급한 것은 이해할 수 있지만, 이 장르에 대한 소유권과 정통성의 권리를 주장하기 위해 리앙의 영화를 환기한 것은 납득이 되지 않는다. 5세대 영화를 민족적 알레고리의 전형으로 승격한 장이머우의 초기 영화들을 보면 중국성에 대한 그의 소유권의 전략과 방향이 계속 변화해왔음을 알 수 있다. 예를 들면 그는 서양 관객의 기호에 맞추기 위해 중국의 독재 정부를 비판하는 전형적인 오리엔탈리즘을 스스로 행사하는 한편 중국의 문화적 상징을 이국적인 것으로 묘사한 혐의로 비난을 받았었다. 〈영웅〉과 〈연인〉에서 그가 새롭게 선보인 전략은 정부에 대한 비판은 거둬들이고 중국 문화의 이국적인 묘사는 살린 것이다. 중국의 장로 정부에 의한 탄압을 드러냈던 민족적 알레고리가 영화 〈영웅〉에서는 제국을 찬양하는 방향으로 수정되었다.[94] 제국의 통일로 가는 길에 엄청나게 큰 희생이 요구되더라도 영웅은 공공의 '선'을 위해 희생해야 한다는 것이 영화의 메시지다. 장이머우 본인의 말을 빌리자면 "〈영웅〉은 대의, 나라를 위해 자신을 희생하는 것에 관한 영화다."[95] 하지만 역설적이게도 이 영화에 묘사된 진나라의 통치자는 너무 잔인하기 때문에 영웅의 희생은 천하에 왕국의 통일을 약속하고 전국시대를 종결짓는 결과로 이어진다. 평화를 위해 폭력을 정당화하며 제국을 옹호하는 이보다 더 노골적인 사례는 찾기 어려울 것이다. 상상속의 중국이 세계무대에서 부상하는 자화자찬을 표현하기 위해 휴머니즘은 뒷전으로 밀려났다. 〈와호장룡〉이 다양한 사투리와 언어를 사용하는 중국과 중국성의 관계를 보여줬다면, 〈영웅〉은 중국의 초기역사를 통해 이질적인 불안정한 상태는 통일의 과정을 거치며 필연적으로 단일화될 수밖에 없다는 메시지를 전하고 있다. 진나라 황제가 중국의 문자체계를 통일하고 (반대하는 학자들을 생매장하고 책을 태움으로써) 지식인의 반대를 물리쳤다는 평가를 받고 있다는 역사적 사실은 매우 의미심장하다. 요컨대 이질성과 차이를 억압함으로써 통일을 이뤄냈다는 것이다. 중국이 초강대국으로 부상하고 미국 제국과 경쟁하면서 제국의 시대가 다시 도래한 것 같다. 이런 의미에서 시노폰 지역은 제국이 충돌하고 결탁하는 가장자리의 영역에서 이질성과 차이를 유지하고 기념할 수 있는 문화 생산의 중요한 지점이다.

오늘날의 제국은 군사력뿐 아니라 대중매체를 통해서도 영향력을 행사한다. 따라서 일부에서 〈영웅〉이 중국뿐 아니라 보편적 민주주의를 명분으로 내세워 이라크를 침공한 미국의 제국주의까지 옹호하고 있다는 다소 억지스러운 추측이 나돌고 있다는 사실도 그리 놀랍지 않다. 영웅의 시대가 다시 도래했다－2004년 즈음에 할리우드에서 영웅을 주인공으로 내세운 작품이 급증한 것을 주목하자－그리고 이 영화들은 하나같이 스타 파워를 찬양하고 매스컴을 타는 인기 스타를 추종하는 컬트문화를 만들어냈다. 예술 작품을 둘러싼 벤야민의 아우라는 지금 대중매체의 스타 파워로 다시 태어나, 사무엘 웨버Samuel Weber가 역설적으로 표현했던 '대중 미디아우라'가 되어가고 있다.96) 여기에서 영화의 제작자와 관객 사이에 분열이 발생한다. 영화의 제작자는 완전한 주관성과 대중 미디아우라를 누리고, 관객은 주관성의 환상 또는 스타의 아우라가 내뿜는 차별적인 예속에 사로잡힌다. 이는 벤야민이 비유했던 혁명적 잠재력을 가진 대중의식과 거리가 멀다. 제작 수단을 통제하는 사람은 관객도 통제할 수 있지만, 〈영웅〉의 경우에는 제작자와 관객의 관계가 제국의 통치자와 통치를 받는 백성의 관계처럼 보인다. 이 영화는 다수가 소수를 감시하는 "시놉티콘"으로 기능하지만 관객의 시선과 환상을 사로잡는 매력을 지닌 소수에게 다수를 다스릴 수 있는 힘을 부여한다.97) 고전 여성주의 영화이론과 푸코가 원형 교도소 내 권력 이론으로 설파한 힘의 속성에서 언급한 것처럼 이제는 여성과 약자의 표시만이 감시의 대상이 아니다. 오늘날 감시받는다는 것은 유명인 신분을 가리키는 가치를 의미하며, 유명세는 곧 돈과 명성으로 이어진다. 이는 앞서 서문에서 논했던 관심의 가치이론으로 귀결된다. 감시받는 자의 관점에서 관심은 곧 가치다. 특히 〈영웅〉의 주인공이 진나라 황제에 대한 백성의 예속을 갈구했듯이, 관심을 추구하는 것은 결국 관객이 나에게 예속되기를 바라는 것이다. 제국주의 시절처럼 다시 중국 중심주의를 요구하고 있는 것이다. 현대판 천하의 제국은 세계 구석구석으로 확대된다. 이와 대조적으로 다양한 사투리로 중국 중심주의에 균열을 일으키는 시노폰은 시노폰 언술자들이 잠재력의 실천과 새로운 가능성의 상상이 곧 이미지 – 텍스트의 미래라는 생각을 진지하게 받아들일 때 변화의 역량을 확보할 수 있다.98) 이 역량의 수준에 따라 예술가가 태평양을 가로지르는 시노폰 지역에서 문화적, 정치적, 경제적 상황에 굴복할 것인지 저항할 것인지 아니면 초월할 것인지가 정해질 것이다.

제1장
세계화 그리고 소수화

식민지와 세계의 결합에 가장 효과적인 수단을 제공하는 것은 식민지적
만남으로 혼종된 주관성이다. - 아리프 딜릭, 《글로벌 모더니티》 (2006)

데이비드 하비가 묘사한 "유연한 축적체제"[1]가 통치한 후기 자본
주의 세계에서의 유연한 주체위치의 출현은 많은 사회과학자와 인문
학자들의 관심사가 되어 왔다. '유연성'이라는 단어는 당대 주관성의
생산을 후기 자본주의 과정과 엮으려고 한 "유연한 시민권"[2] 등의
개념에서 반복적으로 등장해 왔다. 유연성이라는 개념과 자주 연관
지어 생각되는 것은 널리 쓰이는 흐름의 은유다. 사람들의 대규모 이
주, 정보통신과 전자기술의 발달로 인한 시공간의 초압축, 돈과 상품
의 초현실적이며 실체가 없는 움직임 등은 모두 공간과 경계를 넘나
들며 자유롭고 유동적으로 움직이는 것처럼 보이는, 흐름의 특성을
띠게 되었다. 흐름에 대한 긍정적인 해석은 민족국가의 규율에 맞서
는 해방과 저항 가능성을 강조해왔고, 초국가적이고 디아스포라적인
공공 영역의 출현을 기록했으며, 새로운 범문화적 세계시민주의의 가
능성을 확인했다. "세 번째 문화"라는 개념이 좋은 예다.[3]
　흐름의 결과에 대한 유토피아적인 해석을 확장해보면, 혹은 좀 더

정확하게, 경쟁적으로 주관성의 탈영토화를 주장하고자 하는 동기에 의해 학자들은 성급하게 제3세계 포스트식민주의적 혼종성을 초국가적이고 일부의 주장처럼 포스트모던하다고 결론지었다. 예를 들면 프레데릭 뷰엘Frederick Buell은 많은 학자들의 저작물을 참고하여 제3세계를 현대의 복합문화적 형성으로서 대도시 중심보다 훨씬 더 앞서 있으며 "정세에 밝다"라고 주장하며, 제3세계의 식민적 혼종화가 대도시 중심의 세계화에 의해 야기되는 혼종성에 앞서기 때문이라고 주장한다. 뷰엘에 따르면 제3세계는 이와 같이 새로운 세계시민주의자들의 근원이 된다.[4] 이 논법에 따르면 현지의 체제를 파괴하고 대도시 문화를 강요했던 식민주의와 제국주의로 인해, 제3세계 문화는 어렵지 않게 혼종성을 과시할 수 있고 중심이 삼을 수 있는 세계적인 예와 모델이 될 수 있다. 비슷한 맥락에서 앤서니 킹Anthony King은 다민족, 다문화, 다수 대륙을 아우르는 도시 문화를 가진 제3세계 식민 도시들이 오늘날의 국제도시의 선구자가 되었다고 지적한다.[5] 여기에서 식민주의는 우연하고 아이러니컬하게 제3세계의 포스트식민주의적 민족국가 내에서 모범이 되는 초국가적이고 탈영토화된, 그래서 현대적이고 포스트모던한 주관성과 문화의 생산이라는 역사적 혜택을 가져왔다.

역으로, 식민지 이후의 사람들이 이민자로서 대도시 중심으로 이주한 것 또한 대도시 문화를 혼종화했고 이 중심들을 국제도시가 되게 했다. 특히 1965년 이후 아시아인들의 미국 이민에 따라 미국이라는 민족국가로의 동화라는 낡은 패러다임은 구시대의 유물로 간주되면서 주변부에 의한 중심의 분산화가 초래되었다.[6] 모든 아시아계 미국인을 언급하면서 리사 로우Lisa Lowe는 아시아계 이민자들과 아시아계 미국인들이 진정한 동화된 시민이 되는 것이 거의 불가능했기 때문에 이들의 동화될 수 없음은 사실상 이들로 하여금 미국이라는 민족국가를 향한 비판적인 저항의 공간을 개척하게 했다고 유사하게 주장한다.7) 미국이라는 민족국가의 인종 차별적 감시 활동 때문에, 동화될 수 없음은 활용하기 좋은 무기가 되었고 탈영토화된 주체위치는 민족국가에 불리하게 작용할 수 있다. 요컨대 식민지 이후의 이민자 단체의 언술에서, 지금까지의 억압의 '근원' – 식민주의, 제국주의 그리고 국가 인종차별주의 – 은 민족국가에 반대하는 건설적이고 저항적인 탈동일시의 근거가 될 수 있다. 그리고 이는 세계통합주의의 맥락에서 일종의 권력의 표시가 된다. 세계화 시대에 민족국가에 대한 충성은 더 이상 당연한 일로 여겨질 수 없다. 그리고 그것의 부재는 사실상 이민자와 소수자 양쪽에 대리성과 주관성을 감안해야 할지도 모른다.

글로벌자본주의가 선호하는 대상이 유연한 시민이라고 가정하고 이민자와 소수자는 이 주체위치로 특권적 접근을 할 수 있다고 상정한다면, 이 장에서 우리가 살펴봐야 할 질문은 이 유연성이 시노폰 영상 작업자와 시각적 예술가들의 작품에 어떻게 반영되는가이다. 시각 매체 중에서 영화와 비디오는 전통적인 조형 미술보다 국경을 훨씬 더 쉽게 넘을 수 있다. 나아가 타이완 출신인 리앙과 홍콩 출신인 우위썬吳宇森, John Woo과 같은 시노폰 감독들이 할리우드에서 성공한 것은, 매체의 해석가능성이 영화제작자들이 다른 문화적 맥락 속에서도 호소력을 가지며 실제로 그들에게 유연한 주체라는 지위를 부여하고 있음을 시사한다. 이러한 이유로 유연성에 관한 질문은 태평양 건너 시노폰 시각 문화의 정치경제학을 이해하기 위해 매우 중요하다.

이론상 쿠데타의 범위

뷰엘을 제외한 위에서 언급한 여러 학자들은, 자축의 어조가 저작물에 여전히 지배적으로 남아있을지라도, 한결같이 초국가적인 것의 이소 잠재성을 주장했다. 아이화 옹Aihwa Ong과 도날드 노니니Donald Nonini는 노동 착취를 더욱 강화하기 위해 다국적주의와 억압적인 민족국가가 어떻게 공모할 수 있는지를 지적한다.8) 로우는 새로운 국제 분업과 유연한 생산의 징후로 착취 노동자들의 억압을 강조한다.9) 아르준 아파두라이Arjun Appadurai는 이주가 어떻게 차이를 악화시키고 탈영토화된 근본주의가 인종 폭력을 고조시킬 수 있는지 경고한다.10) 이 이소 가능성들과 실제 중 어느 것에 대해서도 구체적이며 상세한 분석이 이루어지지 않았다는 점은 이들의 논쟁의 한계점보다는 이론적인 쿠데타를 일으킬 필요성을 보여준다. 이 쿠데타는 토박이이든 이주를 했든 항상 희생양이 되는 이민자와 소수자에 대한 억압적 관점을 전복하고, 초국가적으로 구성될 필요가 없는데 구성된 대상이자 억압적인 민족국가들에 의해 지배받는 그들에 대해 무관심한 관점의 제도를 포함한다. 뿐만 아니라 그것은 이민자와 소수자에게 더 많은 권한을 부여할 가능성이 높은, 국가적 영역에서 초국가적 영역으로 준거 틀과 담론을 확장하는 것을 의미한다.

내 생각에 이 쿠데타는 이론적 동시대성에 대한 욕구가 가장 강력한 동기로 작용했을 가능성이 크다. 포스트모던적 주관성과 연계된 탈영토화된 시민권의 부여를 통해 이민자와 소수자는 대도시의 주체로써 현대인의 지위를 획득하며, 이는 기존 근대화의 패러다임에서 서구 모더니티의 '과거'의 전형으로 간주되어 오던 것과 대조를 이룬다. 제3세계 주체에 적용된 유연성이라는 미사여구는 그들로 하여금 시간 계획상의 서구와 공존하도록 한다.[11] 하지만 이론적 동시대성을 추구하는 과정의 잠재적 위험은 역사적, 권력적 차이의 평탄화로 근대화 이론을 뒷받침했던 보편주의 같은 것을 역설적으로 반복하게 만들지도 모른다. 또 다른 보편주의의 덫을 피하고 역사적, 지정학적 특별함을 유지하면서 동시대성을 주장하는 것은 실로 엄청난 과제이다. 동시대성을 문화의 "평화로운 공존"이 아닌 "권력 구조의 동시적 존재"로 정의하는 것이 출발점이 될 수 있다.[12] 그러면 동시성은 울퉁불퉁한 지형에 있는 권력의 작동에 의해 매순간 표시된다.

지역학과 민족학 분야에 동시에 종사하면서 다양하게 대체된 이민자 학자의 관점에서 나는 유연한 주체(아시아인 세계시민주의자), 소수자 주체(아시아계 이민자와 아시아계 미국인), 민족국가에 대한 저항 사이 얼핏 그럴 듯해 보이는 일관성에 대한 우려가 있다. 나는 포스트식민주의적 주체와 소수자 주체에 있어 대리성을 확인할 필요성을 이해하고, 초국가적 영역에서 소수자 주체를 위해 새로운 형태의 단체들이 생겨나는 것을 본다. 하지만 나는 이 필요성이 통용되어 권력을 부여한 듯 보이는 어휘와 용어를 적극적으로 사용하는 것에 대한 부담을 감당해야만 하는지 궁금하다. 내가 걱정하는 것은 동시대성을 향한 이론적 전환에서 사용 가능한 용어들을 통해 '확인'되거나 '발견'된 것만큼 단체들의 생산과 체화된 관행이 충분한 검토 과정을 거치지 않았다는 점이다. 예를 들면 유연성의 주요한 결과가 무엇인지 자문하는 것은 유용할 수 있다. 유연한 축적체제라는 하비의 개념에서 유연성은 노동자와 재화 생산자가 아닌 자본가에게 힘을 부여한다 - 이는 극도로 일관성 없는 관행이다. 후기 자본주의 시기에 포디스트 생산 체계가 글로벌 영역으로 확장되며 국제적 노동 분업을 형성하고 노동 착취를 더욱 악화시킨 유연한 노동과정을 승인한 방식에서 보듯이, 유연성은 기동력과 경제력을 가진 소수의 특권인 동시에 전통적인 혜택도 없이 다양한 직업 간 "유연한 근무" 체계의 지배하에 두는 굉장히 폭력적인 관습일 수 있다.[13] "세계적인 것은 지배적 특성의 자기표현이다"라는 스튜어트 홀Stuart Hall의 통찰력 있는 발언은 전 세계 문화의 생산과 순환을 지배하는 극도의 불균형을 적절하게 포착한다.[14] 홀의 발언을 더 확장해서 보면, 오늘날 우리가 기념하는 소위 포스트식민주의적 혼성 문화는 대도시 문화의 부패한 혹은 가난한 버전으로 비쳐지고, 선구자라 하기에는 무리가 있다. 타이완 내 맥도날드의 확산은 대도시 문화의 필연성을 확인하는 것일 뿐, 미국 맥도날드의 본보기로서 문화의 혼종성을 공부할 기회는 아니다. 포스트식민주의적 혼종성은 대도시 중심이 본받을 필요성을 느끼도록 충분한 위협 또는 영감을 좀처럼 제공하지 않는다. 포스트식민주의적 세계시민주의가 대도시 세계시민주의와 어깨를 나란히 한 적도 없다. 포스트식민주의적 혼종성과 대도시의 혼종성은 두 개의 다른 역사를 상징하고 두 개의 매우 다른 경험에 기원을 두며 세계적으로 다른 '가치'를 지니고 있어 결코 같을 수 없다.[15] 이 포스트식민주의적 세계시민주의자 문화가 이주를 통해 메트로폴로 이동하더라도 심각한 양면성과 효율적인 견제 정책과 맞닥뜨리는데, 이는 노골적인 인종차별 또는 정통이라는 명목으로 차이를 금하거나 상업적인 이익 또는 자유주의적 죄의식의 용서를 목적으로 차이를 활용하는 다문화주의를 포함한다.

세계화와 다국적주의 연구에서 매우 자주 등장하는 흐름의 은유를 재검토하는 것도 반드시 필요하다. 흐름은 항상 지형에 의해 영향을 받는다 - 흐름은 특정한 윤곽, 레이아웃, 길을 따르며 이는 속도, 방향, 밀도에 영향을 미친다. 또한 흐름의 방향들은 늘 역사적으로 두드러진다. 예를 들면 역사상 식민지 이후의 사람들의 서양으로의 흐름은 주로 경제적 이동의 형식을 띠는 반면, 포스트식민주의적 장소를 향한 흐름은 주로 관광의 형태로 나타난다. 게다가 의미의 생산을 위해 흐름은 늘 특정한 시간과 장소에 구속되어 있다. 다시 말해서, 비록 맥락에 따라 끊임없이 변하기는 하지만 그 자체의 크로노토프를 가지며 그래서 고정성과 결정론을 거부한다. 고전적인 서사이론 또는 '참된 역사'가 종결을 통해 어떻게 서사성을 획득하는지에 대한 헤이든 화이트Hayden White의 유용한 토론에서와 같이 서술이 종결을 통해 의미를 획득하는 방법처럼,16) 흐름은 오직 하나 혹은 그 이상의 맥락 안에서 시공간적 구속의 순간에만 의미를 획득한다. 일상적 사물의 기교적인 배열과 현실주의적 서술의 자세한 묘사에 의해 만들어진 "현실 효과"처럼,17) 중대한 사회적 결과를 초래하는 더 큰 의미 – 효과는 준거법과 담론으로 뒷받침되는 지배적 기관에 의해 조성 조작되고 항상 권력에 의해 침투된다.

다른 은유를 사용하면서 에르네스토 라클라우와 샹탈 무페는 종결 또는 고정성의 이러한 특권적 매커니즘을 '결절점'이라 부른다.

> 의미를 궁극적으로 고정하는 것이 불가능하다는 것은 (의미를) 부분적으로 고정하는 작업이 있어야 한다는 것을 함의한다 – 그렇지 않다면 차이들의 흐름은 불가능할 것이다. 심지어 의미들 간의 차이를 만들어내고 전복하기 위해서라도 '하나의' 의미가 존재해야 한다. … 모든 담론은 담론성의 영역을 지배하기 위한 시도, 즉 차이들의 흐름을 억제하고 중심을 구축하기 위한 시도로서 구성된다. 우리는 이렇게 의미를 부분적으로 고정하는 특권인 담론 지점들을 '결절점'이라 부를 것이다. (라캉은 그의 '누빔점', 즉 의미화 사슬의 의미를 고정하는 특권적 기표라는 개념을 통해 이런 부분적 고정화를 강조했다. 이렇게 의미화

사슬의 생산성을 제한함으로써 서술을 가능하게 만드는 위치가 설정될 수 있다. 만일 어떤 담론이 어떤 의미도 고정시킬 수 없다면, 그것은 정신병자의 담론이다.)[18]

의미작용이 가능하기 위해서는 의미가 결절점에 일시적으로 잠시 고정되어야 하고, 결절점에 대한 특권적 접근을 할 수 있는 것은 제도, 조직, 개인이다. 권력과 지배에 대한 그들의 의지는 차이를 억압하는 담론을 통해 강력하게 표현되거나, 우리의 새로운 역사적 순간에 그들을 위협적이지 않은 장소로 보냄으로써 차이를 재억압한다. 예는 많다. 차이의 재억압에 너무 쉽게 빠진 다문화주의 담론이 대표적인 예다. 다른 예로, 식민지 이후 미국으로의 이동의 흐름은 우선권과 선호 측면에서 경제적, 정치적 난민들보다 이민 투자자들을 명백히 선호하는 이민 귀화국이 명시하는 결절점에 의해 좌우된다. 마찬가지로 이론상 늘 이동 중이고 소비가 연기되는 이미지와 돈의 가상 흐름은 그럼에도 불구하고 의미와 효과를 축적하거나, 라클라우와 무페의 표현에 의하면, 결절점에 직면한다. 이는 M - I - M(돈 - 이미지 - 돈)과 I - M - I(이미지 - 돈 - 이미지)라는 미쓰히로 요시모토Mitsuhiro Yoshimoto의 흥미로운 공식에서 자산은 "돈의 유통뿐만 아니라 끝없는 이미지의 순환을 통해 늘어난다" 즉 "소비되지 않는다"라는 설명과 일맥상통한다.[19] 그 끝없이 순환하는 이미지는 스튜어트 홀의 '지배적 특성'으로 주변부로부터의 도전은 연기되고 그들의 활력은 순환과 재순환을 통해 갱신된다. 반면 돈은 가상 형태일지라도 일부의 호주머니만 채워줄 뿐이다.

유동성과 고정성 사이에 필요한 긴장과 모순은 초국가적인 문맥에서 유연한 주체위치에 대한 분석을 통해 자세히 검토될 수 있다. 시노폰 감독 리앙의 초기 영화와 이에 대한 타이완과 미국에서의 엇갈린 반응에 대한 아래의 분석에서, 나는 의미의 결절점이 어떻게 문화의 유연한 언술'에 있어서' 그리고 문화의 유연한 언술'을 통해' 전 세계에 걸쳐 자기주장을 하는지 실증할 것이다. 리앙의 초기 작업에 존재하는 이 결절점들의 활동에 대한 나의 해석은 비록 하나 이상의 민족국가일지라도 민족국가에 특권을 주는 의미 – 생산의 지속성을 제안할 것이다. 타이완과 미국이라는 두 민족국가 사이의 병치와 상호작용 속에서 우리는 두 결절점 – 민족주의적 가부장제와 젠더를 반영한 소수화로, 아시아학과 아시아계 미국학에서 별도로만 논의되었고 함께 논의된 적이 없으며 이 특이한 혼합을 가능하게 만든 건 시노폰 연구다 – 이 어떻게 유연성 안에서 그리고 유연성과 함께 작용하는지 살펴본다. 나는 아래에서 이 두 결절점이 이용되는 방식을 간단히 설명한다.

일반 식민주의 연구뿐만 아니라 포스트식민주의적 사료 편찬에서 현지 민족주의는 저항이 언술된 두드러진 형태로서 중요한 담론적 구성이었다. 젠더를 반영한 담론으로 분석될 때, 민족주의는 내부의 여성주의적 명분을 억압하거나 식민지 남성성과 겨루는 가부장제와 남성성과 연합한 형태로 가장 자주 관찰된다. 파르타 차테르지Partha Chatterjee의 저작물《민족주의 사상과 식민지 세계Nationalist Thought and the Colonial World》와《국가와 그것의 파편들The Nation and Its Fragments》은 니라 유발 – 데이비스Nira Yuval-Davis의 유용한 책《젠더와 민족 Gender and Nation》에서 멋지게 요약한 젠더와 민족주의 사이의 관계에 대한 다양한 저작물들과 더불어 논의의 조건을 정의하는 데 도움이 되었다.[20] 제3세계에서 민족주의는 제3세계 대리성에 대해 양면적인 의미를 가지는 수동적인 문화적, 정치적 담론으로 간주되는 반면 내부의 반대와 차이 특히 여성층의 억압을 통한 권력의 일관성의 범위를 정한다.

반면 젠더를 반영한 소수화는 중국계 미국학 연구에서 친숙한 주제다. '젠더를 반영한 소수화'란 소수화 – 민족 주체였던 이민자를 미국 내 소수자 주체로 바꾸는 것 – 의 과정이 남성과 여성 간에 구조적 차이를 드러낸다는 것을 의미한다. 예를 들면 쏘링웡은 젠더가 어떻게 미국이라는 배경의 중국계 이민자들에게 민족화되고, 이 과정에서 문화 변용과 흡수에 대한 여성과 남성의 접근 방식이 달라지는지를 설득력 있게 주장한다. 여성 이민자는 남성 이민자보다 백인사회에 더 수월하게 동화되고 더 쉽게 받아들여진다는 점에서 '백인의 특성'을 더 손쉽게 획득하는 것 같다.[21] 주류를 이루는 표현들에서 중국계 미국인 여성은 인종보다 성별과 더 쉽게 연관 지어지는 반면(즉 성적 매력이 있고 덜 위협적인 존재로 인식된다) 중국계 미국인 남성은 성별보다 인종과 더 높은 연관성을 보인다(즉 인종차별을 당하고 고정관념 속에서 거세되거나 여성화된다). 중국계 미국인과 중국계 이민자들의 젠더를 반영한 소수화는 많은 학자들이 이미 주목하는 것으로, 중국계 미국인 남성 작가가 무시와 편견으로 고통받아온 반면 중국계 미국인 여성 작가는 늘 주류 독자와 언론에 의해 훨씬 많이 호의적인 환영을 받는다는 것을 한탄한다. 이런 이유로 Frank Chin과 같은 중국계 미국인 남성 작가들은 거세와 싸우기 위해 과도한 남성성을 구축해야 할 필요성을 인식하게 되었다.[22] 요컨대 이 두 결절점 – 민족주의적 가부장제와 젠더를 반영한 소수화 – 의 작동에서 '국가성'은 결국 관련 담론을 좌우하고 '국가적'이라는 범주는 여전히 의미의 중요한 결정 요인으로 남아 있다.

유연성과 결절점

만약 민족주의적 가부장제의 합법성의 영역이 제3세계 국가이고 젠더를 반영한 소수화의 합법성의 영역이 대도시 국가라면, 두 영역에 동시에 위치하고 있는 사람은 어떻게 이 두 결절점에서 작동하는가? 영화감독 리앙의 경우는 타이완 사람이자 동시에 타이완계 미국인인 사람이 유연한 듯 보이는 젠더와 인종 정치로 유연한 주체위치에 어떻게 영향을 주는지에 대한 흥미로운 예가 된다. 나에게 중대한 질문은 다음과 같다. 누군가가 민족 주체인 동시에 소수자 주체인 것은 무엇을 의미하는가? 사실, 유연한 주체로서의 리앙의 출현은 수십 년간 아메리카니즘이 확산된 타이완 내 미국의 문화적 헤게모니와 관련이 많다. 교육을 받은 타이완 사람들 사이에 미국 문화는 익숙한 것이 되어 타이완 출신 민족 주체가 어렵지 않게 미국 내 소수자 주체로 변할 수 있다. 타이완 내 아메리카니즘의 패권은 6장에서 자세히 다룬다.

감독으로서 리앙의 성공은 타이완의 중앙영화사에서 모두 제작한 저예산 3부작 '아버지가 가장 잘 아신다'(〈쿵후 선생Pushing Hands〉(1992), 〈결혼 피로연〉(1993), 〈음식남녀Eat Drink Man Woman〉(1994))와 함께 시작되었다. 이 영화들은 타이완에서 흥행에 성공했고 특히 〈결혼 피로연〉은 타이완 역사상 가장 성공한 영화였다. 〈음식남녀〉를 제외한 두 영화는 미국을 배경으로 하고 (세 영화는) 모두 문화적 갈등 또는 세대 갈등의 문제들로 시작해서 모종의 해결로 끝난다. 이민자를 테마로 하는 영화들은 리앙 전후로 많이 있었지만(이 중 2편의 대표작을 꼽자면 클라라 로우Clara Law의 〈안녕, 차이나Farewell China〉와 실비아 창Sylvia Chang의 〈少女少漁Siao Yu〉다), 이렇게 널리 관심을 끌고 박스 오피스의 성공을 얻은 것은 없었다. 리앙 영화의 성공은 스타일과 기술에 대한 평범한 의문보다 문화적, 정치적, 성적 이데올로기라는 보다 광범위한 질문을 던진다. 뒤에 나오는 나의 이데올로기 비평은 가부장제와 가부장적인 젠더 정치의 재구성, 첨예한 정치문제의 회피, 이성애 헤게모니 하의 동성애 포용 등이 이 영화들이 타이완 관객의 호응을 산 주요 특징이라는 점을 드러낼 것이다. 그 다음으로 미국 관객을 매료시킨 일련의 상이한 요소를 살펴보며, 초기 작품들의 특정 콘텐츠가 아시아와 미국에서 유연하게 표현될 수 있었는지를 살펴본다. 훨씬 더 미묘한 비판의식을 가지고 유연성을 활용한 그의 후기 영화들과 달리, 이 초기 영화들은 시노폰 영화들이 젠더와 국가의 축에 따른 권력의 불균형에 의해 구조화된 문화의 정치경제의 틀에 갇힐 수 있는지 보여주는 대표적인 예가 된다.

〈쿵후 선생〉에서 우리는 중국의 문화대혁명 기간에 가장인 주 선생이 홍위병의 난폭한 습격으로부터 아내나 아들 중 한 명만 보호할 수 있는 상황에 처함을 보게 된다. 훌륭한 가장의 도리에 맞게 그는 아내 대신 아들을 보호하기로 결정했고, 아내는 이후 죽는다. 아들인 알렉스를 위해 아내를 희생시킨 것과 다를 바 없는 이 장면을 통해 아들을 향한 가장의 절대적 헌신을 확고히 한다. 이 때문에 조금이라도 불효자로 보일 수 있는 알렉스의 행동은 도덕적 결함, 심지어 치명적인 결함으로 비춰진다. 현재 알렉스는 뉴욕에 거주하며 마사라는 이름의 백인 여성과 결혼했다. 주 선생이 아들과 함께 살게 되면서 백인 며느리와 겪게 되는 문화적 갈등으로 알렉스가 불편해하는 상황은 알렉스의 불효심 문제로 이어지고 두 문화를 매개해야 하는 알렉스에게 엄청난 압박감으로 다가온다. 영화 장면의 논리에서 동정의 대상은 늘 추방된 아버지로, 그의 가부장적이고 부계적인 성향은 동

5 영화 〈쿵후 선생〉의 타이완 포스터

정적으로 묘사된다. 그가 자신의 손자 제레미의 페니스를 엿보고 그
것을 전형적인 유교 가부장적 방식으로 가계를 이어나갈(传宗接代)
'대를 이을 핏줄(命根子)'이라 부르는 장면이 한 예가 된다. 영화 전반
에 걸친 그와 마사의 갈등은 주로 그녀가 전통적인 며느리의 역할을
이행하지 못함에서 기인한다. 백인 부인에 대한 매정한 묘사는 3부작
중 〈쿵후 선생〉이 유일하게 미국에서 개봉하지 않은 이유에 대한 설
명이 될 수 있다.[23] 미국에서 이민자로 있는 것에서 오는 가장의 페이
소스는 반복적으로 그의 도덕적 의리에 의해 보상받고, 아들에 대한
그의 무조건적인 헌신과 중국 예술 태극권(太極)에 대한 그의 뛰어난
경지에 의해 힘이 실리며, 그의 매력은 그와 사랑에 빠지는 타이완
출신의 우아한 미망인에 의해 확인된다. 중국(주 선생)과 타이완(미망
인) 사이의 어떤 잠재적 긴장감은 문화적 중국성 공유라는 미사여구
에 의해 호도되고, 범중국 동정심이 확립된다.[24] 여기에서 시노폰은

의심스럽게 일종의 범중국 문화주의와 동일시된다. 말하자면, 백인 미국에 대항하여 모든 시노폰 사람들은 '중국인'인 것이다. 〈쿵후 선생〉은 3부작 중 민족 주체에 가장 근접한 주체위치를 나타낸 유일한 영화다(비록 정치적으로 의심스러운 '중화'의 후원일지라도).

〈결혼 피로연〉에서 동성애자인 아들은 타이완에서 방문한 부모를 기쁘게 해드리기 위해 이성애 결혼식을 올려야 한다. 와이 텅의 백인 애인인 사이먼은 가부장적 가정에서 며느리라는 여성의 역할을 맡는다. 그는 좋은 주부처럼 부모에게 어울리는 선물을 사고 요리를 하고 이들을 챙기고 와이 텅이 소지품을 어디에 두는지 잘 안다. 부모의 허락을 받기 위해 영주권이 필요한 웨이 웨이라는 중국 출신 이주자 여성과 결혼하는 것처럼 연출하자고 와이 텅에게 제안하는 사람 또한 그다. 와이 텅의 부모를 처음 만날 때 사이먼은 중국 관습에 따라 수줍은 새 며느리의 역할에 걸맞게 초조한 듯이 행동한다. 따라서 여기에 구성된 사랑 이야기는 욕망의 이성애 경제에서 두 명의 여성(웨이 웨이와 사이먼)이 와이 텅의 사랑을 두고 경쟁하는 삼각관계가 된다. 이렇게 동성애를 이성애에 맞도록 처리한 것은 홍콩의 비평가 Lau Mun-yee로 하여금 〈결혼 피로연〉이 이성애 헤게모니를 전혀 전복시키지 않았다고 결론짓게 했다.[25] 물론 이 코믹 드라마 전체는 가장이 언제나 이긴다는 결론으로 이어진다. 만약 가장이 늘 그러하듯 이성애를 바란다면 그렇게 된다는 것이다. 비록 가장이 와이 텅과 사이먼 사이의 동성애 관계를 내내 알고 있었다는 게 결국 밝혀졌지만, 그는 와이 텅과 웨이 웨이의 결혼이 성사될 때까지 모르는 척했다. 웨이 웨이가 임신하면서 가장은 그가 원하는 것을 얻었고, 그는 사이먼에게 자신이 그들의 동성애 관계를 받아들일 것이라 알렸다. 타이완 관객의 눈에는 선의의 이중성이라 비춰질 이러한 행동을 통해 아버지의 가부장적 권위가 확인되었고, 이 권위는 예상 밖의 그리고 관습을 벗어나는 문제점에 유연하게 대응할 수 있음을 보여준다.

비슷한 방식으로, 여러 비평가들이 지적했듯이 세 딸의 러브스토리가 이야기를 지배하고 있는 듯한 〈음식남녀〉에서는 겉보기에 여성 중심의 내러티브로 보이는 것이 결국에는 부엌에서 여성의 자리를 되찾아주는 것으로 끝난다. 절제된 방식으로 나이든 홀아비인 아버지(〈쿵후 선생〉과 〈결혼 피로연〉에 출연한 배우와 동일한 배우)가 결국 영웅이 된다. 안 좋은 기운으로 가득한 세 딸들의 연애 경험과는 달리 아버지는 그의 딸 나이대인 애인과의 사랑을 비밀리에 키워갔다. 모두의 예상을 뒤엎고 (특히 그를 짝사랑했던 젊은 애인의 어머니) 아버지는 결국 그 젊은 여성과 결혼한다. 영화의 마지막 장면 중 하나는 현대식 아파트에서 만삭의 배로 흔들의자에 앉아있는 새 신부를 보여준다. 그의 로맨티시즘과 젊음은 젊은 여성의 어머니와 대조를 이루며 더 확연하게 드러난다. 그녀의 어머니가 그에게 접근하는 방식이 히스테리와 역겨움으로 점철되기 때문이다. 그의 남성성과 번식력 있는 섹슈얼리티는 그의 딸들이 사랑과 섹스를 둘러싸고 겪는 혼란스러운 경험과 대비된다. 영화의 마지막 부분에서 딸들 중 가장 커리어 마인드를 가진 항공사 중역인 둘째 가천은 부엌으로 돌아오고, 그녀의 요리는 아버지가 예전에 잃어버린 미각을 되찾아준다. 세 편의 영화 모두는 결론적으로 전통적인 가부장제의 손을 들어준다. 이제 전통적인 가부장제는 필요시 유연한 협상과 '선의의' 이중성을 통해 문제를 억누르고 타당성을 다시 증명하는 능력까지 갖춘 것이다. 이 영화들은 신시아 류Cynthia Lew가 매우 간결하게 특징지었듯이 '회복된 가부장제'에 대한 이야기다.26)

이 영화들이 타이완에서 대단한 성공을 거두고 타이완 관객들로부터 오랫동안 공감과 충성을 산 이유는 그 외에도 다양하다. 비록 리앙이 타이완 본토화론자의 중국으로부터의 타이완 독립에 대한 감정표현을 자제하고 있지만, 그의 성공은 타이완의 민족의 자랑으로 여겨진다. 그의 명성은 세계 문화의 무대에서 타이완의 지위 향상으로 여겨진다. 〈결혼 피로연〉과 〈음식남녀〉가 2년 연속 베를린영화제에서 대망의 황금곰상을 받으면서, 이 영화들은 타이완 영화계에서 전례 없던 국제적 관심을 받았다. 게다가 동성애는 서양의 선진문명이라는 또 다른 표시다. 동성애에 대한 영화 특히 동성애에 대한 묘사를 되도록 자제한 영화를 보는 것은 세계 시민의 자격을 갖추는 것이다.[27] 사실 21세기 초에 들어서면서, 동성애 친화성은 타이완의 수도 타이베이의 매력 포인트로 부각되면서 타이베이를 특징짓는 부분이 되었다. 국제 사회에 의해 인정받고 받아들여지기를 바라는 국가와 도시에게 동성애는 하나의 전략일지도 모른다. 미심쩍은 방법을 통해서라도 현지의 가부장제와 공존할 수 있다면 말이다.

따라서 이 영화들은 타이완의 국제적 이미지를 향상시킬 '국가적' 대표작이자 타이완의 성공적인 세계화의 귀감이 되었다. 1994년 아카데미 시상식에서 〈음식남녀〉가 최고 외국어영화상의 후보로 지명되자, 타이완 정부는 수백 명의 할리우드 유명 인사를 위해 타이완에서 요리사와 재료들을 공수해와 〈음식남녀〉에 등장했던 사치스럽고 호화로운 음식들이 가득한 연회를 포함하여 대대적인 홍보 캠페인을 진행했다. 리앙 자신은 타이완 관객을 겨냥한 인터뷰에서 타이완에 영광을 가져오기 위해 오스카상을 받고 싶다고 말함으로써 이 민족주의적 욕구를 돋우었다. 그가 1996년 〈센스 앤 센서빌러티 Sense and Sensibility〉로 최고 감독 부문에 후보 지명조차 되지 않자, 이에 대해 중국계 미국인 영화평론가 루옌Lu Yan과 제시 잭슨Jesse Jackson 목사는 각각 영화제 위원회를 인종차별적이라고 비난했고, 리앙은 타이완 지지자들에게 심심한 사과를 표했다. 그 후에 그는 "중국 영화계의 명예를 위해"라 말하면서, 자신의 차기 시노폰 영화가 골든 글로브 시상식과 아카데미 시상식 둘 다에서 최고 외국어영화상을 받게 할 것이라 약속했다.[28] 그리고 그는 2001년 〈와호장룡〉으로 아카데미 시상식에서 최고 외국어영화상을 수상함으로써 약속을 지켰다. 그는 또한 자신이 부친을 기쁘게 해드리기 위해 국제 사회의 인정을 간절하게 원했다고 밝혔다. 타이완 사회에서 부모들이 자식의 가치를 규정짓는 기준인 대학입학시험에서 떨어지고 〈쿵후 선생〉을 만들기 전까지 안정된 직업이나 어떤 취업 전망 없이 5년 동안 전업 남편으로 살았던 그는 타이완이 국제적으로 인정받기를 갈망한 만큼 아버지에게 인정받길 원했다. 따라서 우리는 개인적, 심리적 차원에서도 가부장제와 민족주의의 담합을 볼 수 있다.

이 3부작이 민족 주체의 관점을 분명하게 보여준다고 하면, 이는 동시에 소수자 주체의 관점에서 나온 문화의 대표성 또한 명확하게 보여준다. 소비 가능한 이국적인 물건들과 다문화주의에 대한 진부한 표현이 있다. 연회 풍습, 이국적인 음식, 에로틱하고 이국적인 여성, '태극권 동작' 등등. 하지만 이 부드럽고 다문화적인 영화의 표현에서 중요한 것은 민족 문화의 소수화뿐만 아니라 '타이완의 소수화'라 불릴 수 있는 것이다. 리앙 자신도 그러한 시사점을 알고 있는 것 같다. 1993년 〈차이나 타임즈 위클리 China Times Weekly〉와의 인터뷰에서 그는 오늘날 타이완 사람들이 미국에 있는 중국인 이민자들과 똑같이 서구화되었고 두 그룹 모두 서구화되기를 바라지만 중국의 가족주의와 유교 윤리를 유지하고 있다고 말했다. 그가 언급하기를 "서구화되는 과정에서 타이완 사람들은 이민자들이 하는 많은 일들을 이미 했다. 그들의 몸은 미국에 없지만 그들은 심리적인 이민자다. … 뉴욕 플러싱에 사는 것과 타이베이에 사는 것의 차이점이 무엇인가? 미국을 더 잘 알고 미국인을 더 많이 보는 것 말고는 별 차이가 없다."[29]

리앙의 통찰력 있는 언급에 따르면, 서구화는 필연적으로 본국에 있는 타이완 사람들을 심리적인 이민자가 되게 하고 타이완이 미국의 문화적 헤게모니를 따라야 한다는 이유로 타이완을 소수화하는 효과를 가지고 있다. 글로벌한 차원의 문화의 생산과 소비의 증가에 따라 국가적 문화 생산이 미국에서는 다문화주의라는 이름 하에 소수자 지위를 부여했을 뿐만 아니라, 지정학적인 타이완을 미국의 소수 '지역 국가'가 되게 했다. 따라서 일부 타이완 사람들이 타이완을 미국의 51번째 주라고 농담 삼아 부르는 것을 듣는 것은 놀랍지 않다. 왜냐하면 타이완 정부 관료의 80퍼센트 이상이 미국 대학교를 졸업했기 때문이다. 이에 대한 보다 진지하고 조직적인 버전이 1994년 7월 4일에 설립된 "클럽 51(51俱樂部)"이다. 클럽의 모토는 "뿌리는 타이완에, 마음은 미국에立足台湾心怀美国"로, 중국 역사학자 존 K. 페어뱅크John K. Fairbank가 타이완을 미국의 51번째 주로 만들자는 초기 제안을 지지한다. 클럽의 궁극적인 목표는 타이완의 미국 통합을 주요 안건으로 하는 국민투표를 요구하는 것으로, 만약 타이완 시민의 대다수가 동의한다면 그 제안을 미국 의회에 제출할 것이다.[30]

리앙의 영화 속 민족 문화로서 중국문화의 소수화 과정의 일부는 중국요리에 대한 집착을 포함하기도 한다. 리앙은 〈음식남녀〉의 시작 장면의 약 5분을 정교한 중국요리 준비 장면에 쏟는다. 영화 개봉 후 음식 평론가인 Suzanne Hamlin은 영화 속 음식을 주제로 두 개의 기사를 〈뉴욕 타임즈New York Times〉에 기고했다. 해당 기사는 "타이완식 조개볶음" 레시피와 영화에 나온 요리를 만나볼 수 있는 뉴욕 현지 중식당을 소개한다. 특히 눈에 띄는 것으
로는 "'음식남녀'에 등장한 요리를 주문
하려면 사전에 예약을 해야 합니다. 12시
간 전에 미리 예약할 경우, 영화에 나오
는 14가지 요리 중 원하는 것을 Shun Lee
West, 43 West 65th Street, (212) 595-8895
에서 맛볼 수 있습니다."31)라는 내용이
있다. 이 구절은 이국적인 것에서 자국의
것으로, 국가를 민족으로 바꾸는 묘한 변
화를 담아낸다. 타이완과 미국 간의 변화
를 중재하는 것은 중국요리다. 리앙은 이
변화를 전적으로 지지하는 것 같았다-

6 영화 〈음식남녀〉의 미국 포스터

실제로 그는 직접 뉴욕에 있는 이 중식당에 가서 고급스러운 요리들
로 가득한 테이블 앞에서 그 음식 평론가를 위해 포즈를 취했다.

　다문화의 미국 내에서 중국요리에 대한 페티시즘은 적절하게 성별
이 반영된 것이기도 하다. 〈음식남녀〉의 타이완 포스터는 (가부장제
를 되살리는 것을 강조하기 때문에) 전경에 존경받는 아버지가 수심
이 가득한 모습을 보여주는 반면, 미국 포스터는 관능적인 세 자매를
아름답고 아주 맛있어 보이는 중국 요리와 함께 보여주고 있다-빛깔
이 좋아 먹을 만하다(秀色可餐)는 중국어의 메타포를 문자 그대로 재
현한다. 한 비평가가 언급하길 "영화 속 인물들은 거의 음식만큼 잘생
겼다. 하나의 요리가 끝나면 그 다음 요리. 여성들은 날씬하고 매우
아름다우며 변덕스럽다. 남성들은 잘생겼지만 울적하며 여성들에 의
해 깨어나길 기다린다."32) 그리고 다른 비평가는 "등장하는 요리는
군침 돌게 생겼고, 딸들 역시 동일하게 맛있어 보인다."33) 여성을 맛

있고 군침 도는 소비성 아름다움으로 음식을 이용해 비유한 것은 영화가 속한 푸드 포르노 장르에 딱 들어맞는다. 하지만 더 중요한 것은 그것이 아시아 여성에 대한 전형적인 성적매력 부여 방식으로 이국적인 여성을 성적 대상화하는 것인데, 물론 이는 크게 놀랄 일은 아니다.

따라서 '아버지가 가장 잘 아신다' 3부작은 타이완 관객에게는 가부장제의 부활을 통해 민족주의적 감성에 호소하며 국제적 명성에 대한 타이완 사람들의 갈망을 상징하며, 미국 관객의 인정을 받기 위해 필요한 이국적인 요구를 동시에 아우른다. 타이완 관객에게 있어 이 영화들은 국가적 작품이다. 비록 이 '국가적'이라는 것이 가끔은 중국과 타이완의 관계에 대한 혼란스러운 명칭 때문에 여러 가지로 해석되어야 하지만. 미국 관객에게 있어 이 영화들은 국가적 작품이 소비성의 다문화주의로 소수화되는 과정을 보여준다. 겉보기에 민족 주체와 소수자 주체는 모순적으로 보인다. 하지만 이를 보다 자세히 들여다보면, 리앙은 잠재적인 모순을 영리하게 숨긴다. 세 영화 모두에서 가장들은 미국의 젠더 경제 바깥에 위치한다. 그들은 늙었고 다른 아시아 여성들의 사랑을 받지만 남성성과 여성다움의 지배적인 경제에 전혀 위협이 되지 않는다. 유일하게 매력적인 아시아 남성 인물인 〈결혼 피로연〉에서의 와이 텅 또한 게이 남자로 적절하게 무력화시켜 표준 남성에서 빗나간다. 따라서 정말 기묘하게 타이완 관객이 눈물을 흘리고 안도의 한숨을 쉬게 하는 것 - 가부장의 페이소스 - 은 미국 관객의 관음증적 쾌락에 아무런 위협이 되지 않는다. 민족 주체와 소수자 주체는 성공적으로 결합한다. 이에 더해 이국적 정취와 에로티시즘을 통한 중국문화의 소수화가 그 자체로 타이완에서 바람직한 소비 수단이 되었다는 충분한 증거가 있고,[34] 지배자에 의한 문화적 지배의 오리엔탈리즘 구조를 스스로 채용하는 것의 "위험과 유혹"에 대한 에드

워드 사이드Edward Said의 두려움을 확인해 준다.35)

타이완과 미국 쌍방의 정치적 관계라는 관점에서 국가와 소수자의 두 구성물은 밀접하게 연결되어 있다. 특히 타이완의 국가적 운명이 미국의 수중에 있는 것으로 보이는 상황에서 말이다. 분명한 것은 타이완 – 국제적으로 공인된 국가가 없는 나라, 민족국가가 아닌 국가 – 은 미국의 식민지 또는 소수 주처럼 행동한다는 것이다. 중국 정부와 전 국민은 미국이 타이완에 대해 언급하는 모든 말에 촉각을 곤두세우고 있다. 전직 대통령 빌 클린턴Bill Clinton이 1998년 중국 방문 시 공개적으로 발표한 3불 정책 – "우리는 타이완의 독립 또는 두 개의 중국 또는 하나의 타이완과 하나의 중국을 지지하지 않는다. 그리고 우리는 타이완이 국가로서의 지위가 요구되는 조직의 구성원이어야 한다는 것을 믿지 않는다." – 은 어떻게 타이완이 중미 관계 증진을 위해 희생될 수 있는지를 보여준 하나의 예다. 그렇지 않고는 타이완의 운명을 결정하는 미국의 힘을 새로운 형태의 식민주의라는 말 이외에 어떻게 칭해야 할까? 타이완을 향한 중국의 견제 정책에 이름을 붙이기 어려운 것처럼 말이다. 중국과 미국에게 있어서 타이완은 억제되어야 하는 소수자, 초강대국들 사이에서 풍전등화 같은 존재이다. 한편으로 미국 공화당 정부가 타이완을 중국에 대한 대항세력으로 쓰는 것은 주로 현재 고조된 중국 위협 담론과 결부되어 있는 냉전 정책의 연장선이다. 반면 미국 민주당은 중국과의 관계 증진을 위해 타이완을 희생할 의지를 항시 보여 왔다. 어떤 경우에서든 타이완은 주어진 순간에 백악관의 니즈에 따라 중국을 비난하거나 진정시키기 위한 유용한 협상 카드인 것이다.

3부작의 성공 이후 할리우드 진출이 본격화되면서 소수자 주체위치는 리앙에게 있어서 불가분의 주제가 된다. 그가 감독한 〈센스 앤 센서빌러티〉(1995)는 '타이완 출신 감독'이 전형적인 빅토리아 시대 영국을 정확히 담아냈다는 점에서 걸작이라는 일관된 호평을 받았다. 심지어 찰스 왕자는 왕실 시사회를 보기 전에는 영국이 이렇게 아름다운지 몰랐다고 고백했다. 리앙은 그의 영화제작 참여를 합리화하는 데 있어 해석의 비유를 명백하게 환기시키며 수많은 유연성의 전략을 구사했다. 타이완 관객들에게는 자신이 비록 영국영화를 만들었지만 타이완에서 자랐기 때문에 중국 영화인 것처럼 영화를 감독했다고 말했다.36) 서양 관객들에게 그는 선禪과 같은 무위, 유교의 윤리, '태극권'(그는 실제로 촬영기간 동안 케이트 윈슬렛Kate Winslet에게 '태극권'을 가르쳤다), "(전통적인) 가족관", 인仁(박애)과 의義(의례) 등의 유교의 개념과 같은 오래된 개념을 강조했다.37) 또한 리앙은 다음의 이유를 제시했다.

> 나는 제인 오스틴(Jane Austen)의 세계에서 매우 편안함을 느낀다. 왜냐하면 중국이라는 사회는 아직까지 봉건 문화와 효심에서 현대세계로 나아가는 과도기에 있기 때문이다. 여러 측면에서 중국인이 오늘날 영국인보다 19세기 영국을 더 잘 이해할 것이라 생각한다. 우리는 아직 그곳에 있기 때문이다.38)

> 사회적 풍자와 가족드라마를 내 영화에 한꺼번에 담으려고 노력했다. 스스로 인식하지 못한 채 이를 제인 오스틴에 담으려 했다는 것을 깨달았다. 제인 오스틴은 나의 운명이었다. 문화적 장벽만 극복하면 되었다.39)

빅토리아 시대 영국과 당대 중국성을 동일시하는 시간을 선형으로 바라보는 개념은 첫 번째 인용문에서 리앙이 주장하는 바의 전제가 되며, 중국성은 과거, 비非근대와 동일시된다. 두 번째 인용문에서는 이러한 동일화로 자신의 예술적 운명을 제인 오스틴에 두게 된다. 중국의 전통주의가 빅토리아 시대 영국에 관한 영화를 찍을 수 있는 정당성을 부여하는 것이다. 다른 인터뷰에서 그는 서구 근대성의 해방의 의미를 시사하면서 중국 여성의 전족을 중국의 잔혹한 전통이라 언급하였다.40) 동일하게 서양의 평론가들은 영국을 소재로 훌륭한 작품을 만들어낸 리앙을 합리화해야 했다 - 이런 이유로 토큰화 또는 모델 소수자 담론에서 종종 사용되는 보편주의를 다양하게 환기한다. 리앙은 어떤 문화에서도 보편적으로 존재하는 세대 간 관계, 가족의 문제점, 인간관계의 미묘한 부분을 묘사하는데 뛰어나고 "사회적 관습을 따르는 압박과 스트레스를 특히 잘" 이해한다.41) 따라서 회고하면 〈음식남녀〉를 "오스틴을 닮은 예리함과 중국 음식"의 만남이라고 평할 수 있을 것이다.42)

　해석이 가능한 문화 사이의 이 유동적인 결합으로부터 우리는 어떤 젠더 시사점을 끌어낼 수 있는가? 이 해석가능성의 젠더가 반영된 지위는 무엇인가? 다르게 말하면, 가부장제 부활에 집착하던 감독이 결국 영국에서 부계의 재산상속법을 비판하는 준 페미니스트 영화를 연출하게 될 때, 그 과정에서 무엇이 발생하는가? 리앙에게 영화의 소수자 젠더 시사점은 영화의 제작과 관람 양 측면에서 살펴볼 수 있다. 첫째로, 이 영화의 성공에 대한 리앙의 기여가 가려졌다. 비록 〈센스 앤 센서빌러티〉가 런던 비평가협회와 뉴욕 비평가협회로부터 상을 받고 골든글로브에서 최우수 시나리오상과 최우수 드라마상을 휩쓸고 아카데미 시상식에서 7개의 오스카상 후보에 올랐지만, 골든 글로브에서 최우수 감독상을 받지도 않았고 여러 사람들의 예상을 깨고 오스카에서는 최우수 감독상에 노미네이트조차 되지 않았다. 나는 여기에서 유연성이 끝났다고 생각한다. 직설적으로 말하자면, 인종차별은 리앙의 전략적인 유연성과 보편적인 호소를 의미를 생산하는 결정적인 순간에 중요하지 않다며 무시한다. 아카데미 시상식의 성별과 인종차별이 반영된 소수화는 바로 이러한 흐름의 과정이 끊기는 순간이자 결절점이다. 하지만 리앙에게 상이 부재한 것은 인종차별이라는 비난 외에도 해를 끼치고 있다. 그것은 리앙 감독이 이 영화의 (최우수 작품상, 최우수 시나리오상, 최우수 여우주연상, 최우수 여우조연상, 최우수 촬영상, 최우수 패션디자인상, 최우수 음악상) 후보에 올랐던 많은 그의 동료들과 달리 기계를 만드는 하나의 나사였을 뿐이고, 그의 행운은 단지 (최우수 작품상의 지정 수상자인) 감독이 그를 잘 '고용했을' 뿐이라는 것을 암시한다. 그는 단지 고용된 일꾼이었을 뿐이지 영화를 창조한 진정한 예술가가 아니었다. 한 평론가는 "리앙은 제인 오스틴의 열렬한 팬이 아니었다. 그는 톰슨 Thompson의 대본을 연출하기 위해 '고용되기' 전까지 제인 오스틴의 어떤 책도 읽은 적이 없다."43) (내가 강조함)라고 분명하게 지적한다.

따라서 같은 영화평론가 그라함 풀러Graham Fuller가 영향력 있는 《Sight and Sound》에서 이 영화를 뒷받침하는 비전은 엠마 톰슨이 만든 것이지 엔딩 크레딧의 '리앙이 감독한 영화'라는 말을 믿어서는 안 된다고 주장한 것은 놀라운 일이 아니다. 풀러는 영화 속에 아버지 존재가 부재함을 분석한 후, 여성의 권리를 박탈당한 대시우드 가문에서 큰딸 엘리노어가 '남성의 지위'와 서술에서의 '영웅적 역할'을 맡은 점에 주목한다. 이 논점을 확장하여 그는 엠마 톰슨이 "〈센스 앤 센서빌러티〉의 영화감독이고, 여성 운동가이자 영웅적 '남성' 대리인"이라 결론 내린다.44) 톰슨은 영화 촬영기간 동안 리앙과의 마찰을 회상한다. 그녀를 포함한 일부 배우들은 특정 장면 촬영방식에 대해 이견을 보였고, 리앙은 "깊은 상처를 입고 혼란스러웠을 것으로" 추정된다.45) "감독의 말이 법처럼 통하고", "의자, 재떨이, 젖은 수건, 티가 끊임없이 제공되는" 상황이 당연시되는 타이완에서의 촬영현장과 달리 영국 배우들은 리앙의 독재적인 감독 스타일에 과감히 도전했다.[46] 톰슨이 설명하길 "리앙에게 괴롭힘을 당하기 십상이다". "휴 그랜트Hugh Grant는 그를 '폭군'이라고까지 불렀다."[47] 촬영 초반 리앙은 동양인 폭군과 "자족적인 평정심"의 완전한 조합이었다.[48] 그는 권위적이기는 했지만 팀원들에게 (명상, 태극권, 행운을 비는 개회식을 포함한) 동양의 의식들 – 전형화된 권위주의, 이국적 정취, 영성을 포함한 모든 전형적인 '동양'의 수입품을 가르쳤다. 촬영이 끝날 무렵 리앙은 더 이상 폭군이라기보다는 타인의 의견을 경청하고 팀원들을 위해 샴페인과 중국음식을 사는 민주적인 감독으로 길들여진 느낌이 가득하다. 리앙의 할리우드에서의 감독 데뷔, 〈센스 앤 센서빌러티〉의 제작과 평판은 말괄량이 길들이기, 폭군의 여성화, 민족 주체의 소수화를 동반한다.

〈아이스 스톰Ice Storm〉이 다시 많은 사람들의 갈채를 받으며 개봉했을 때, 아시아 감독으로서의 리앙의 신뢰성은 1970년대 미국을 주제로 하는 영화 제작에 대해 다시 한 번 시험대에 오른다. 〈센스 앤 센서빌러티〉의 성공으로, 앞서 설명한 바와 같이 리앙이 뛰어난 감독력을 칭송하는 목소리들은 그의 감수성을 오스틴의 감수성과 호의적으로 비교했다. 반면 〈아이스 스톰〉은 이러한 공존 가능성에 대한 호의적 평가를 전혀 받지 못했다. 1997년 칸 영화제에서 프랑스 심사위원들은 〈아이스 스톰〉을 할리우드 상업영화라 낙인찍었고, 미국 비평가들은 미국을 정확하게 묘사하지 못했다고 비평했다.[49] 리앙이 먼 빅토리아 시대 영국이 아닌 1973년 뉴잉글랜드를 매우 부정적인 관점에서 해석하려고 하자 미국의 영화비평가들은 칭찬에 인색한 모습을 보였다. 너무 가까이에 있는 일이라 불편했을지 모르겠다.

유연성과 해석가능성

리앙이 타이완 관객들에게 호소해야 하는 순간에 타이완 민족 주체를 구현했다면, 때에 따라서는 미국 소수자 지위의 익명성을 선호하기도 했다. 리앙이 〈센스 앤 센서빌러티〉로 오스카 최우수 감독상 후보에 오르지 못했을 때, 그는 자신이 국가 대표가 되는 것 대비 개인으로서 스트레스를 덜 받는다고 거듭 말하면서 타이완 언론 기자들에게 그것을 인종차별에 의한 '국가적' 사안 또는 국가적 수치로 만들지 말 것을 간청했다. 같은 해 아카데미 시상식에서 단신인 청룽成龍, Jackie Chan이 장신인 카림 압둘 자바Kareem Abdul Jabar와 같이 무대에 섰을 때, 다양한 시노폰 커뮤니티의 중국어권 언론에서는 "중국인을 왜소해보이게 만드는"矮化中国人 할리우드를 고발하겠다는 반발이 들끓었다. 청룽은 자신을 귀찮게 하지 말라고 언론에 말했고, 리앙은 한 인터뷰에서 자신이 청룽의 반응에 전적으로 공감한다고 언급했다. 청룽은 "홍콩의 국보"라는, 리앙은 "타이완의 국보"라는 수식어로 영광을 누렸기에 소수화의 논리에 그들이 좌지우지되는 것은 홍콩과 타이완 두 곳 모두의 관객들에게 굴욕감을 주는 것과 마찬가지였다.50) 홍콩과 타이완의 경제력, 문화의 활력, 무술 노하우를 가진 이 스타들이 동일한 모욕적인 소수화의 과정을 겪어야 하는가?

리앙이 이 두 주체위치 사이를 편하고 유연하게 오가고 활용하는 방법은 해석의 문제, 더 정확하게는 태평양을 가로지르는 권력의 정치경제학에 대한 해석가능성을 생각해보게 만든다. 그의 3부작의 성공은 민족 문화의 해석보다는 (중국 또는 타이완이라는) 국가 문화의 해석의 공이 크다. 이 해석가능성은 미국 지방 거주자들을 대상으로 민족 문화의 손쉬운 동화, 상품화, 소비를 가능하게 했다. 여기에서 해석으로 사후에 꽃을 피울 수 있는 능력의 표시로서 저작물의 해석 가능성에 대한 발터 벤야민의 꽤 긍정적인 평가를 떠올리는 것은 아마 아이러니할 것이다.[51] 벤야민의 해석가능성이 문학 작품의 장수를 보장한다면, 리앙 영화의 해석가능성은 더 큰 초국가적 시장과 더 높은 수익을 의미한다. 만약 벤야민의 원전에 대한 해석가능성이 원전 자체와 해석 사이에 선형의 시간적 관계를 가정한다면, 리앙의 해석 가능성은 미국과 타이완 관객 둘 다에 의해 손쉽게 해석될 수 있는 유연한 암호의 해석에 기초를 두고 있다. 타이완과 미국 관객 둘 다의 반응이 동시에, 같은 시대에 일어난 것이도록. 하지만 쉬운 해석가능성에 의해 암호화된 이 동시성은 타이완과 미국 둘 사이의 신新식민지주의적 문화적 관계의 징후이고, 타이완은 이것에 의해 소수화된다. 이런 의미에서 해석가능성은 소수화된 자들이 중심에 접근하기 위해, 그리고 중심으로부터 인정받기 위해 필요한 방식이다. 국가의 문화규범과 민족의 문화규범 사이에서의 유연한 협상을 통해, 쉬운 소비와 동화가 보증된다. 이것이 바로 내가 '해석할 수 있는 지방색'이라 부르는, 현지 관객이 아닌 이들에 의해 완성된 해석가능성의 기대를 가진 지역의 국가문화다.

더욱이 〈센스 앤 센서빌러티〉와 〈아이스 스톰〉에 대한 반응은 리앙이 어떻게 유연성과 해석가능성 앞에서 좌절할 수 있고 어떻게 미국의 인종 정치에 의해 소수자 지위로 정확하게 다시 되돌아올 수 있는지를 보여준다. 다시 말해서 해석가능성은 위협적이지 않을 때에만 받아들여진다. 동화될 수 없음은 외국인으로서 그의 성공을 제한하기 위한 그럴듯한 변명이 된다. 이런 이유로 1973년 뉴잉글랜드의 문화규범에 따른 리앙의 해석의 정통에 대한 의심이 계속되는 것이다. 타이완 유래 시노폰 문화의 신식민주의적 소수화와 미국 내 이민자 문화 생산자의 인종차별적이고 젠더를 반영한 소수화를 공동 제작하고 변증법적으로 운영하는 것은, 지금까지 진정한 동시성의 생산을 제한해 왔고 앞으로도 그럴 것이다. 수많은 경계를 넘나든 것 같이 보이는 리앙 같은 사람에게도 말이다. 영화의 피상적이고 얄팍한 특성이 보다 광범위한 관객에게 다가가고 차이를 만들어내는 힘이 있다는 레이 초우Rey Chow의 말에 동의하지만,52) 누구 그리고 어떠한 조건이 충족되어야 하는지는 계속해서 자문할 필요가 있다.

만약 지배자의 조건에서 끌어낸 해석가능성과 유연성이 동화와 소비를 위해 쉽게 억제될 수 있다면, 제도적 결절점들이 보수적이고 대중적인 기준에 의해 소수자 문화와 이민자 문화 생산의 가치를 중재할 때, 이는 또한 권한 이양의 제한된 형태일 것이다. 주관성의 초국가적 패러다임을 환기시킴으로써 민족국가의 견제를 향한 유연한 주체의 저항 그 자체가 관련 민족국가들이 무엇을 허용하는지에 따라 달라진다. 대중소설과 영화와 같은 대중문화를 검토함에 있어 시장성은 늘 올바른 경계 표시 또는 올바른 소비자 겨냥이라는 게임이었기에, 유연한 주체와 민족국가 사이의 계약 관계는 특히나 두드러진다. 마케팅 전문가들은 국가별 상이한 문화적 차이에 항상 주의를 기울여왔다. 리앙 영화들의 창작과 반응 속에서 작동한 기라성 같은 권력 안에서, 위에서 살펴본 의미의 결절점들은 민족주의적 가부장제와 젠더를 반영한 소수화를 번갈아 극찬하며 국가적 특성으로 머물 것이다. 시노폰 언술은 다양한 권력의 역학관계에 맞닥뜨릴 때, 범중국성과 인종차별적 동화 정책이라는 문제가 많은 요구를 포함한 다양한 의미의 결절점들과 협상해야 한다.

제**2**장
페미니스트 초국가성

> 각 개인은 기존의 관계뿐 아니라 이 관계의 역사에 대한 종합이다 - 안토
> 니오 그람시, 〈철학 및 문화사 연구를 위한 서문과 접근에 대한 주석〉(캐나다, 1932)
>
> 이미지는 관계에 지나지 않는다. - 장 폴 사르트르, 《이매지너리》 (1940)

이 장에서 나는 페미니스트 초국가성이라 불릴만한 영역에서 페미
니스트 주관성과 교차하는 지점에 있는 특정한 종류의 초국가성을
검토한다. 여기서 '페미니스트'와 '초국가성'이라는 두 용어는 기정사
실로 받아들여야 하는 주어진 명제가 아닌 질문과 연구 분석의 대상
이다. 내가 '특정한 종류의 초국가성'이라 지칭한 이유는 국경을 넘나
드는 페미니즘적 작품에 나타나는 페미니스트 초국가적 집단 혹은
연합이 아닌, 이주로 형성된 '표현 방식'으로서의 초국가성으로 나의
논고를 제한하기 위함이다. 따라서 페미니스트 초국가성은 초국가적
페미니즘 또는 초국가적 페미니스트 실천과 구별되어야 한다.[1] 특정
한 종류의 페미니스트 초국가성을 살피기 위해 중국계 이민자 예술가
리우홍Hung Liu, 刘虹의 작업을 지정한 것은 이주, 중국으로의 복귀,
미국으로의 복귀를 통한 초국가적 교점에서 변곡을 이루는 다수의
문화적 및 교차문화적 의미의 결절점을 교묘히 오가며 젠더가 반영된

시각 경제를 명확하게 표현한 이민자 예술가로서의 그녀의 위치를 나타내기 위함이다. 리우훙은 주류 문화와의 관계에서 인종적 성격을 드러내는 비주류적 관점을 견지하는 이주의 결과로서의 민족 소수자 주체일 뿐 아니라, 1장에서 다루었던 리앙의 초기 작업과 매우 유사하게 자신의 작품 속에서 중국의 국가적 문화라는 범주를 문화 자본의 한 형태로 유지시켜 나가는 중국인이기도 하다. 이와 같은 두 주체위치는 모두 강력한 자유주의적, 휴머니즘적, 페미니즘적 감성이라 불릴만한 것으로 특징지을 수 있는데, 이는 다양한 형태의 억압에 대한 이항 구조적 비판을 촉발하기 쉽다. 이주 후 대체로 다양한 주체(중국의 가부장제, 모택동 사상의 국가, 미국이라는 국가, 서양의 시선)에 대항하는 적대감의 논리에 근거하여 이러한 페미니스트 주관성이 출현한 것은 일종의 해방에 대한 서사를 나타내는데, 이러한 해방의 서사는 그 자체로 비판적 연구분석의 대상이기도 하다. 이런 의미에서 이 장은 1장과 쌍둥이로 읽힐 수 있다. 1, 2장의 관심사는 태평양을 가로지르는 문화 이동의 논리로, 시노폰 시각 표현의 초국가적 정치경제학이다. 이러한 초국가적 경제 안에서 젠더를 반영한 구조화 - 한 명의 남성이자 소위 유명한 예술가, 한 명의 여성이자 소위 진지한 예술가 - 가 드러나며, 이 둘은 거울처럼 서로를 비춤과 동시에 서로를 내포하고 있다.

그러므로 페미니스트 초국가성에 대한 비판적 분석의 첫걸음은 내가 '세계적 다문화주의'[2]라 불러온 것 또는 코베나 머서Kobena Mercer가 분명하게 "미국 중심의 세계자본주의에서 '차이'의 다문화주의적 상품화"[3]라 부른 것 안에서 페미니스트 초국가성의 위치를 살피는 것이어야 한다. 세계적 다문화주의는 초국가적 표현의 정치경제 안에서 종종 세계 각국의 문화가 민족 문화로 전락하는 과정을 의미한다.

이런 이유로 국내의 아메리칸 스타일 다문화주의는 다른 국가적 문화를 이해하는 모델로서 세계적인 형태를 취하고 때때로 기능한다. 다문화주의라는 새로운 국제 체제에서, 국가와 국가적 문화의 세계는 점점 민족과 민족 문화의 세계가 되어 온 것 같다. 리우훙이 예술가로서 (미국 내 중국계 이민자라는) 국가적 다문화주의와 (국제적 지형에서 중국의 문화자본을 과시한 누군가라는) 국제적 다문화주의라는 두 논리에 내포된 페미니스트 초국가성을 실천하는 한, 우리는 두 가지 맥락에서 다문화주의의 표준화 '이후' 무엇이 발생했는가에 대한 질문을 할 필요가 있다. 문화와 민족성 관리의 더욱 복잡한 측면을 드러내는 이러한 다문화적 맥락에서 다양성이 가치를 가지는 주된 용어일 때, 우리는 예측 불가능한 곳에서 가능성과 결탁의 고리를 찾을 필요가 있다. 우리는 다음과 같은 질문을 해도 좋을 것이다. 표현의 방식으로서 비평이 의무감에서 발현되거나 예측 가능한 것이 될 때 혹은 소수자, 특정 민족, 국가의 문화노동자에 대한 일정한 기대를 충족시킬 때 비평은 그 자체로 공범이라 볼 수 있는가?

만약 대중영화시장의 초국가적 정체성화 과정이라는 맥락 속 (타이완 사람이자 동시에 타이완계 미국인인) 리앙의 유연한 주관성에 대한 나의 논고가, 정체성에 대한 다양한 시나리오의 약속이 사실은 국경선과 젠더 라인에 따라 형성된 많은 오래된 이원대립성과 계층구도를 되살릴지도 모른다는 것을 보여주었다면, 리우훙의 소위 순수예술은 무엇을 약속할 수 있는가? 순수예술의 소극적인 태도 – 대중문화를 부정하고, 따라서 프랑크푸르트학파 사상가들에 의해 유명해진 부정변증법의 논리로 문화의 물신화와 도구화를 거부, 예방하는 것4) – 가 그 자체로 상품화될 수 있는가? 만약 순수예술의 비장의 무기라 할 수 있는 예술의 자주성 그 자체가 자주성을 가장하는 방식에 의해

도구화 및 상품화와 위태롭게 관련이 있다면, 이것은 과연 놀라운 일일까?

리앙 작품의 분석과 마찬가지로, 나의 분석틀은 전통적으로 민족연구라 불리는 것과 지역연구라 불리는 것 사이를 넘나들 것이다. 이것은 리우홍의 작품이 미국에 거주하는 소수 민족으로서의 상황과 중국 역사와 문화에 깊이 연루되어 있는 중국 출신으로서의 상황을 모두 다루기 때문이다. 미국 내 중국계 이민자 예술가들이 '중국'과 관련된 것을 과거의 땅, 과거의 경험으로 정의하고 본인들의 작품에서 단절시켰던 냉전 시대와는 달리, 이제는 점점 더 많은 중국계 이민자 예술가들이 '중국'과 관련된 거대한 소재를 작품에 반영함에 따라 이같이 민족연구와 지역연구가 교차 혹은 어우러지는 추세는 점점 흔한 일이 되었다. 중국의 정치적, 경제적 힘의 부상이라는 특정한 세계화 맥락 속에서 중국 국가문화가 더 이상 부담이 아닌 문화적 자산으로 인식되면서 이러한 초국가성이 생겨난 것이다. 중국에 대한 지식이 21세기 미국의 지속적인 경제적 우위 유지에 중요하다는 인식의 확산과 함께 중국 음식 및 복장, 많은 도시의 차이나타운들과 같은 기존의 전형적인 민족적 중국문화에 질린 주류 미국인 시청자들 또한 중국 현지의 혹은 중국 출신의 '진짜' 중국에 더욱 가까운 문화를 탐험할 준비가 되어 있다. 중국이 세계에서 가장 큰 시장이라는 사실은 훌륭한 문명에 대한 문화적 지식을 넓히고자 하는 강력한 이유가 된다. 이러한 '진짜' 중국문화가 어떻게 (민족성과 소수화에 의해 제한되기는 하지만) 대의 경제에 종속되게 되었는지가 세계 다문화주의의 과정이다. 하지만 이 종속이 주관성에 대한 고전적 푸코 철학의 시나리오 상에서 하나의 활성화 메커니즘이 될 때, 우리는 이 종속의 논리 자체가 이민자 예술가를 위한 주관성을 얻기 위해 전략적으로 이용될 수 있다는 것을 발견할지도 모른다. 따라서 여기서 우리가 당면한 질문은 일반적으로 기대하는 것과 매우 다르다. '종속과 주관화의 이 과정이 실제 그 상황의 발생에 앞서 예상된다면 어떻게 될까?' 우리의 포스트모던 역사성은 우리에게 여기에서 지긋지긋한 반대 구조를 초월하여 생각할 것을 요구한다.

세계화하는 다문화 형성과정의 맥락 속에서 리우홍의 예술작품과 그것의 페미니스트 초국가성의 정치적 역학 관계를 구체적으로 분석하기 위해, 나는 아쌍블라주와 안타고니즘이라는 두 가지 다른 작동개념을 제안한다. 나는 각기 다른 주체를 다루는 리우홍의 시대별 작품을 정체성의 메타포적 아쌍블라주를 이루는 것으로 이해하기를 제안한다. 두 번째로, 함께 또는 개별적으로, 이 정체성들은 서로 다른 권력자에 대항하는 다양한 종류의 저항 또는 안타고니즘을 제기한다.

'아쌍블라주' :《American Heritage College Dictionary》제3판에는 '아쌍블라주'에 대해 다음과 같은 정의가 있다. "아쌍블라주 : 명사. 1a. 모이는 행위 1b. 모인 상태 2. 사람이나 물건의 집합, 모임 3. 기계의 경우, 부품이 서로 잘 맞음 4. 이것저것 다양한 물건들의 조각 작품." 첫 번째 정의에 따르면, 아쌍블라주에는 자발적 관점과 비자발적 관점이 둘 다 있다. 이는 정체성이 어떻게 (정체성의 파악이라는 작업을 통해) 예술가에 의해 적극적으로 형성될 수 있으면서도 동시에 (일반적으로 누군가의 정체성이 타인에 의해 정의되듯이) 자신의 통제력을 넘어 역사적으로 부과되는 불가항력적 구조가 되는지를 생각하는 데 유용하다. 두 번째 정의에서 집합, 병치, 사람과 물건의 집합, 조각들이라는 개념이 강조된다. 이런 물건의 집합은 세 번째 정의에서의 기계 또는 네 번째 정의에서의 다양한 물건들을 의미 있는 구성으로 모아놓은 입체적인 조각예술과 같은 유기적 통일체일 수 있다. 그렇다면 이 경우에, 정체성은 조각으로 이해될 수 있고(사실 리우훙은 그녀의 예술을 '정체성 조각들'이라 부른다), 그것들의 다양한 관계는 모임, 기계적 유기성 또는 기교 있으며 자의식을 반영하는 작품의 측면으로 이해될 수 있다. 메타포로서의 아쌍블라주는 정체성의 다양성과 그 다양한 정체성들의 상호 관계뿐만 아니라 정체성 형성의 복잡함을 이해할 수 있는 훌륭한 공식을 제공한다.

게다가 아쌍블라주는 다양성과 혼종성 – 혹은 예술용어로 말하자면 몽타주와 콜라주 – 이라는 정체성에 대한 정적인 개념보다 적극적인 차원을 내포한다. 예를 들면, 이것저것 다양한 물건들의 조각 작품으로서 아쌍블라주의 형태는 몽타주와 콜라주 둘 다와 구별된다. 몽타주는 '오르다'라는 의미의 프랑스어 'monter'에서 유래되었고, 이차원적인 예술을 가리킨다. 콜라주는 '붙이다'라는 의미의 프랑스어 'coller'에서 유래되었고, 이 또한 주로 이차원적이며 드물게 저부조低浮彫를 사용한다. 아쌍블라주는 '모으다'라는 의미의 프랑스어 'assembler'에서 유래되었고, 늘 삼차원적인 멀티미디어 양식이다. 이는 독립형이거나 패널에 장착되거나 틀에 낄 수 있다.[5] 아쌍블라주의 삼차원적 특성은 우리가 정체성 조각들을 시간적 차원과 공간적 차원 둘 다 가진 것으로, 따라서 역사의 존재뿐만 아니라 정체성의 형성, 구성, 생산에 관한 공간적, 지리적 맥락까지 가진 것으로 개념화할 수 있게 해준다. 나는 리우훙의 유화 및 멀티미디어 그림 전체가 하나의 아쌍블라주로서 그림 하나하나가 역사적이고 공간적인 조각이며 서로 다른 정체성의 서술을 구성하고 재연한다고 제안한다.

'안타고니즘' : 안타고니즘에 대해 가부장제에 대한 페미니스트의 저항, 이성애적 헤게모니에 대한 동성애자의 저항, 인종차별에 대한 소수자의 저항 그리고 도시의 투쟁, 생태계의 분투, 반反권위주의 투쟁, 반체제 투쟁과 같은 "저항의 형태"라는 표현을 쓴 에르네스토 라클라우와 샹탈 무페의 개념을 사용한다면,[6] 나는 리우홍의 작품을 서로 다른 맥락 속 다른 권력자에 대항하는 다수의 안타고니즘을 표현한 정체성들의 아쌍블라주로 본다. 이런 이유로 그녀는 한 그림에서 중국 가부장제의 여성억압을 비판할 수도 있고, 다른 그림에서 미국의 지배적 문화의 중국계 이민자에 대한 소수화를 비판할 수도 있으며, 또 다른 그림에서 서구의 중국 여성에 대한 엑조티시즘을 비판할 수도 있다. 때로는 별개로 작동하고 때로는 중복되고 교차하며 때로는 모순되기조차 하는 이러한 서로 다른 안타고니즘이 가능한 것은, 그녀의 작품들이 중국의 문화와 역사의 방대한 자원 안에서 특히 서구, 문화대혁명의 최근 역사, 그리고 이보다 정도는 덜하지만 중국계 미국인의 문화 및 역사와의 조우 속에서 자유롭게 움직이면서 구성한 정체성들의 아쌍블라주 때문이다.

리우홍은 1948년에 태어나 1984년에 미국에 왔는데, 48과 84라는 우연한 역사적인 날짜가 완벽하게 거울에 비친 모습이다. 매우 기량이 뛰어나고 모든 면에서 성공한 예술가로 여겨지는 리우홍은 많은 개인전과 단체전을 개최했고 많은 인터뷰, 기사, 카탈로그, 비디오에 등장했다. 관례상 리우홍은 사진으로 표현하는 현실의 진위성을 문제화하기 위해(그녀가 중국에서의 사회주의 리얼리즘 교육에 대해 비판적으로 접근한 것에 대한 메타포다. 그녀는 예술이 다른 표현이 아닌 오직 현실세계에서만 얻어질 수 있다고 배웠기 때문이다.) 그리고 그밖의 여러 가지 문제뿐만 아니라 기억, 시간, 역사의 느낌을 다루기 위해 사진을 가지고 작업을 한다. 그녀는 슬라이드 영사기를 사용하여 사진들을 캔버스에 비추고 나서 그 캔버스에 사진을 그리고, 그 과정에서 이미지를 바꾸고 수정한다. 그런 다음 특정한 효과를 위해 부조 조각품 또는 액자를 작품에 추가하기도 하고 완성된 작품 위에 아마인유를 떨어트린다. 이 작품들은 모두 크기가 매우 큰 편이다. 페미니스트 초국가성의 역설을 더욱 충분히 분석하기 위해 나는 10년 간의 그녀의 작품(1980년대 후기부터 1990년대 후기까지)을 안타고니즘의 목적 면에서 대체로 4개의 범주 혹은 정체성 조각으로 나눌 것이다.

정체성 조각 1
중국 가부장제에 반대하는 페미니스트 안타고니즘

리우훙은 베이징 영화 기록 보관소에서 발견한 책에 수록되어 있던 19세기 후반 매춘부의 사진들을 바탕으로 그림 시리즈를 그렸다. 이 책은 매춘부들, 이 경우에는 대단히 고급 매춘부들을 소개하는 손님 용 카탈로그 역할을 했을 것으로 추정된다. 이 그림들로 리우훙은 19세기 후반과 20세기 초반 중국 사회의 여성들에 대한 상품화, 에로틱 화, 대상화에 대해 명확한 주장을 하고, 그렇게 함으로써 중국 가부장 제에 반대하는 명백한 안타고니즘을 이야기한다. 그러나 이러한 이미지의 유혹적인 외관뿐만 아니라 페미니스트 초국가성의 정치적 관점에서, 이 인물 사진들은 중국과 미국 전반의 훨씬 더 복잡한 욕망의 구조를 제시하고 있다. 리우훙의 그림들은 미국에서의 전시와 소비를 위해 창작된 것이므로 중국에 앞서 서구의 시선이 먼저 예상되며 이러한 예상은 필연적으로 욕망의 구조를 추론하도록 만들고 여성 주체라는 문제를 애매하게 만든다.

〈Olympia〉(1992, 50×85×11, 도표 7)와 〈Olympia Ⅱ〉(1992, 34×86×7, 삽화 1)에 대해 분명한 페미니스트적 해석이 가능하다. 여기서 이 여성들은

단순히 시선의 대상일 뿐 아니라 실제 사창가의 성 상품이었기 때문에, 말 그대로 상품화의 대상이다. 리우훙은 ⟨Olympia⟩의 선반에 조화를 놓아 여성과 꽃 사이의 환유적 관계를 제시하고 전시라는 같은 목적을 공유함으로써 이 해석을 강화한다.

7 리우훙, "올림피아"

이와 유사하게 두 번째 아쌍블라주에서 같은 디자인의 선반이 복잡한 모양으로 생긴 목재 창틀뿐만 아니라 장식용 꽃병들을 떠받친다. 꽃병들과 목재 창틀은 둘 다 장식의 기능을 하는 반면, (⟨Olympia⟩에서도 보이는) 꽃병 아래의 빈 그릇은 여성에 대한 중국 가부장적 관념을 공허하거나 가치가 없는 것으로 규정하는, 리우훙이 자주 사용하는 암호이다.7) 이 그림들에서 명확하게 나타나는 서브텍스트는, 파리에서 처음 선보였을 때 센세이션을 일으켰던 마네Manet의 동명 작품이다. 수동적이고 눈을 피하는 여성의 누드를 묘사하는 대신, 마네는 자신을 응시하는 사람을 똑바로 맞바라보는 여성을 그렸다. 또한 같은 주제를 가진 이 그림과 그 다음의 그림에서 리우홍의 매춘부들은 모두 정면을 쳐다보고 있는데, 소문에 의하면 사진사들이 그렇게 하도록 지시했다고 한다. 리우홍은 그녀들이 정면을 응시하는 것에 관해 마네 작품의 맥락에서의 주체의 가능성을 제시한 것이라고 언급했다.[8] 응시의 이 기본 구조에서, 응시의 대상(중국 매춘부)은 응시자를 맞바라보고 심지어 응시자(중국 남자 소비자)에 의한 시선을 선취하여 그를 대상으로 바꾸기도 하며, 그들의 관음증은 이론상 불안정해진다. 이는 이 시리즈에 대한 가장 예측 가능한 수준의 해석으로, 우리는 페미니스트 안타고니즘의 대상이 중국 가부장제라는 이 해석을 해석의 제1단계로 부를 수 있다.

서구의 시선에 대한 예상은 어떠한가? 이 시선이 리우홍이 위치해 있는 미국 내에서의 그 그림의 시장성과 수집대상성, 예술로서의 지위를 결정한다는 사실을 고려하면, 이 시선에 대한 그녀의 침묵은 아주 흥미롭다. 여기에서 우리는 "백인 남성은 갈색 피부의 남성으로부터 갈색 피부의 여성을 구하고 있다"[9]는 역설적인 공식으로 백인을 원주민 여성의 구원자로 보는 식민 성 역학에 대한 가야트리 스피박 Gayatri Spivak의 예리한 평론을 환기시킬 수 있다. 무엇보다도 이는 초국가적 페미니즘이 현지의 가부장제를 전복시킨다는 목표를 가졌지만 결과적으로 어쩌면 백인 남성의 식민 가부장제의 공범이 될 수도 있다는 초국가적 페미니즘 혹은 제3세계의 윤리적 애매함을 드러낸다. 따라서 서구의 예상되는 시선과 그것의 영향에 대한 리우홍의 침묵은 문제가 될 수 있다. 이 침묵은 오리엔탈리즘적인 관객이 그림 속 중국의 올림피아들을 이국적이고 성적인 매력으로 바라보는 데에서 파생되는 자신들의 관음적 쾌락에 대해 신경쓰지 않아도 된다는 면죄부를 주기 때문이다. 즉 이 작품에서 비판의 대상은 중국 가부장제이지 오리엔탈리즘적인 관객이 아니다. 해석학적 순환의 밖에 놓여 '평론의 부담' 혹은 '구출의 부담'이 없는 오리엔탈리즘적인 관객들은 어떠한 자기 성찰적 판단도 유보할 수 있어서 그림을 보는 경험을 하는 동안 쾌락원칙을 부여한다.

알제리 학자 Malek Alloula가 다른 맥락에서 보여준 것처럼, 응시자를 똑바로 응시하는 매춘부는 식민 사진술에 있어서 성적으로 문란한 여성에 대한 오리엔탈리즘적인 서술을 약화하는 것이 아니라 오히려 강화시킬 수 있다.[10] 매춘부가 원래 사진사에 의해 카메라를 응시하도록 연출되었다는 사실은 이 논거를 뒷받침한다. 즉 매춘부의 대담한 응시는 기존의 관행을 거스르는 것으로, 에로틱한 매력으로 표현된 것이다. 이러한 접근은 오리엔탈화한 여성의 시선이, 그것을 바라보는 주체가 중국 가부장제가 되었건 서구가 되었건 간에, 과연 남권주의자와 오리엔탈리스트 욕망의 경제 순환성을 피할 수 있는가라는 의문을 가지게 한다. 중국의 맥락 내 남권주의자 욕망의 경제를 다시 드러내는 것이 리우홍의 의도였다 하더라도, 문제는 이와 같은 다시 드러내는 행위를 자동적으로 비평의 한 형태로 볼 수 있는가하는 것이다. 다시 드러내는 이 행위가 다소 정형화된 자유주의적인 페미니스트의 성향을 가지고 있기 때문에, 우리는 이것이 해석이라는 행위 속에서 원본의 생명력을 확장시킴으로써 원본을 강화하는 것은 아닌지 묻게 되는 것이다. 서구의 맥락에서 창녀의 이미지를 재생산함으로써 리우홍은 이 이미지의 동양적인 매력과 유혹적인 물질성을 유지했으며, 이 해석의 행위로 인해 이 이미지를 관람한 사람의 수는 더 많아졌다. 한편으로는 여기에서 담론의 2가지 기본 층 - 중국 창녀에 대한 사진의 대상화와 상품화, 사진에 대한 리우홍의 복제와 해석 -

은 서로를 상쇄해서 없애는 것이 아니라 보완하는 층으로 존재한다. 중국과 미국의 남성적 욕구는 중복되거나 복제적이다. 여기서 추정할 수 있는 페미니즘적인 의도는 아마도 진정으로 비평적인 명확한 가능성을 가지고 있는 응시의 가장 기본적인 이론에 의해 훨씬 오래전에 예상된 피곤한 몸짓일 뿐일 수 있다.

이 매춘부들의 성적 매력은 중국 남성 소비자를 위해 부분적으로, 더 나아가 그들의 서양식 액세서리로부터 생겨난다. 그들이 누워있는 천을 씌운 긴 의자와 특히 서양 상품으로서 세기의 전환기의 중국에서의 사진술의 문화적 의미에 근거하여, 이 사진들은 그 자체로 서구의 중재된 중국 남성 욕망의 다이어그램이다. 예를 들면 어떤 고급 매춘부가 서양 옷을 입고 (전화기 같은) 서양의 기술을 사용하는 것을 과시함으로써 초월적인 욕망을 끌어내는 것은 흔한 일이었다.[11] 세기의 전환기에 샌프란시스코 차이나타운에서 매춘부의 입장에서 쓴 한 전형적인 광둥어 노래는 이를 잘 묘사한다.

> 네, 난 당신에게 말하는 게 재미있어요,
> 지금은 서구적인 것이 유행이에요.
> 남자를 기쁘게 하는 이쪽 업계의 우리는 트렌드를 따라야 해요.
> 우리의 옷들은 새것, 유행하는 것이어야 해요,
> 팔아야 하고 전당포에 잡힐지라도.
> 우리는 원하는 모든 옷들을 살 거예요.
> 아름다운 미국 태생처럼 치장해요,
> 확실히 남자들이 우리를 즐거워할 거예요.[12]

식민지 인도에서 서구화된 여성들이 남성 민족주의자 서술에 의해 마치 매춘부처럼 비난받았던 것을 떠올려 보자.[13] 마찬가지로, 서구화된 중국인 이민자 여성과 미국에서 태어난 중국계 미국인 여성 2세 둘 다 그들의 남성 이민자 공동체에 의해 세기의 전환기의 샌프란시스코 차이나타운에서 매춘부처럼 행동한다는 비판을 받았다.14) 식민지화 혹은 소수화에 의해 위협에 놓이자 원래의 가부장제는 기존 문화의 경계를 넘은 여성들과 비슷하게 반응했다. 그것 – 매춘부들이 서구화되기를 기대하는 것 – 의 정반대는 아내/딸과 매춘부에 대해 다른 기대를 가진 남성 욕망의 이중 논리를 드러낸다. 선을 넘는 주체로서 매춘부들은 그들의 역할을 할 수 있다. 그들의 서구화는 그들의 성적인 자본을 늘린다. 그것은 중국 남성 자신들조차 비밀스럽게 또는 공개적으로 열망하는, 서구화에 대한 선택적 지지 과정이다.

초국가적인 맥락 아니 좀 더 구체적으로 말하면 미국의 미술시장과 대중의 맥락에 따라 젠더, 욕망, 서구화 사이의 관계는 더욱 중재된다. 이국적인 신체의 충분한 유사성 – 또는 위협적이지 않은 종류의 혼종성 – 은 서구 남성 관객에 대한 욕망의 동일한 논리를 복제할 수 있다. 그녀는 중국인이지만 몇몇의 친숙한 서양의 물건들에 둘러싸여 있다. 시선의 대상과 시선의 서양 주체 사이의 거리는 친숙한 물건들을 인식함으로써 잠깐 연결된다. 이 인식은 역사적으로 구체적이지만 또한 쉽게 시공을 초월하여 해석하기도 한다. 이 그림들이 색채가 풍부하고 시각적으로 즐겁게 하는 미술품이라는 사실은 이 해석가능성을 강조하는 데 도움을 준다.

성차별과 오리엔탈리즘이 모두 수십 년 간 소위 엄격한 비평의 대상이었다고 할 때, 정형화된 성차별 반대론자 또는 안티오리엔탈리스트의 입장은 오리엔탈리즘을 다시 확고하게 하려는 목적을 가진 알리바이의 역할을 하는 마케팅 전략 또는 무의미한 몸짓이 되기 쉽다. 성차별과 오리엔탈리즘에 대해 기대했던 비평을 넘어서는 것을 관객에게 요구하지 않음으로써, 우리는 광택이 나는 그 그림들에게서 태평양 양 쪽에 있는 남성 욕망의 결탁을 목격한다.

리우훙 자신은 시간의 경과라는 효과를 나타내기 위해 사용했던 아마인유를 떨어트린 것이 이 여성들의 이미지를 희미하게 만들었는지는 몰라도, 그럼에도 불구하고 모든 것이 갖춰진 장식용 의복을 입은 이 여성들의 광택 나고 색채가 풍부하며 화려하고 이국적인 그리고 굉장히 멋진 이미지는, 그들의 관객에게 관음증의 쾌락을 제공함으로써 그들을 창녀 구역과 황제의 하렘에 사는 중국 여성의 숨은 공간을 몰래 들여다보도록 유혹한다. 이 여성들이 쳐다보고 있는 것은 위에서 언급했듯이 작업으로 생긴 틀 안에서의 중국 가부장제이지, 성차별 혐의와 인종 차별된 성적 표현의 두려움에서 벗어난 오리엔탈리즘의 새로워진 유형의 무고한 쾌락을 누릴 수 있는 미국인 관객이 아니다. 여기에서 시선의 구조는 서양의 응시자를 용서한다. 그들의 주된 경험은 쾌락과 관음증으로, 리우훙의 페미니즘에 의해 역설적으로 정당화된다. 따라서 남성이든 여성이든 표면적으로는 페미니스트인 새로운 오리엔탈리즘적인 관객이 액자 밖에서 성공적으로 형성된다.

정체성 조각 2
마오쩌둥주의 국가에 반대하는 자유민주적인 안타고니즘

1993-1995년에 제작된 일련의 그림과 아쌍블라주에서, 리우훙은 다소 자유민주적이고 페미니스트적인 관점에서 마오 사상과 마오쩌둥주의 국가(1949-1976)에 반대하는 비평의 의도를 분명히

나타냈다. 이는 마오쩌둥주의 정치에 대한 자유민주적인 관점과 마오쩌둥주의 중국의 젠더 억압이라는 특정한 형태에 대한 페미니스트적인 관점을 포함하고, 두 관점은 서로를 보강한다. 이 작품들의 대표라 할 수 있는 〈Swan Song〉(1993, 61×91 5/8×3, 삽화 2)은 문화대혁명 모범 가극 〈홍등 The Red Lantern〉에서 〈프롤레타리아 계급이 인민의 해방을 위해 평생을 싸우다A Proletarian Fights All His Life for the People's Liberation〉라는 제목의 악보 두 패널로 구성되어 있다. 가운데에는 모범 가극 〈홍색낭자군 The Red Detachment of Women〉의 발레 버전에서 나온 두 명의 발레 무용수가 있다. 여기에서 노래 가사와 양성적인 무용수들은 계급투쟁이 최고라는 것과 여성다움의 억압을 강조한다. 리우훙은 인터뷰에서 마오쩌둥주의 국가가 권위주의적이라 생각하고, 그 국가에서 계급은 무용수들의 젠더 정체성과 같은 개인의 정체성을 대체한다고 언급했다. 이른바 마오쩌둥주의 국가는 여성을 전통적인 가부장제로부터 해방시키는 대신, 그녀들에게 여성의 젠더가 억압되고 가족의 로맨틱한 사랑이 계급 사랑에 의해 대체되는 마오쩌둥주의 가부장제를 심어주었다. 이 점에 관해서 메이페어 양Mayfair Yang, 杨美惠은 남성 규범을 감추는 남녀평등이라는 이름의 이 젠더 억압의 절차를 "젠더 삭제"라 불렀다.15)

〈Swan Song〉을 자세히 살펴보면, 마오쩌둥 시대 이전의 전통적인 가부장제에 의한 과도한 여성다움을 상징하는 전족과 앙증맞은 손 한 쌍을 그린 작은 동그라미들이 끼워져 있음을 알게 된다. 만약 전통적인 가부장제가 전족과 앙증맞은 손을 가치 있는 것으로 만들고 집착했다면, 마오쩌둥주의 가부장제는 남성적인 여성에 집착하여 그녀들의 여성적인 모습들을 지웠다. 이것은 명백히 반작용적인 역전이어서, 억압의 논리를 다른 극단으로 가져가서 되풀이한다. 전통적인 가부장제 하에서 여성들은 여성적일 수밖에 없다. 마오 체제 하에서 여성들은 그들의 여성다움을 숨겨야 한다. 이것은 다르긴 하지만 똑같이 문제가 많은 2개의 지배체제다. 여성의 전족은 마오의 중국에서 '해방'되었을지도 모르지만,16) 그 여성은 오히려 젠더 주관성이 전혀 없는 남성에 더 가깝게 되었다. 〈Golden Lotus/Red Shoe〉(1990)라는 제목의 초기 그림에서, 지나치게 젠더가 반영된 전족한 여성은 성별 구분이 되지 않는 여성혁명가와 비슷한 효과로 비슷하게 병치되어 있다. 이러한 극적인 대조만큼이나 기저를 이루는 비평 역시 도발적이다.

리우훙은 〈Reddest Red Sun〉(1993)에서 이와 같은 비평을 여러 문화가 섞인 것으로 확장한다. 이 작품에는 프린트된 〈My Spirit Storms the Heavens〉의 악보(〈홍등〉에서도 있었던)가 양산을 쓴 빅토리아 시대의 여성과 겹쳐져 있다. 여기에서 혁명담론에 의해 이동한 섹슈얼리티에 대한 마오쩌둥주의 규율은 말 그대로 빅토리아 시대의 새침함 및 섹슈얼리티 거부와 겹친다. 그렇게 함으로써 마오쩌둥주의 중국과 빅토리아 시대의 영국 전반적으로 여성의 가부장적 관리라는 것을 문화, 지리, 이데올로기를 초월한 일반적인 것으로 다룬다. 이 두 작품은 마오쩌둥주의 젠더정치에 대한 지식 없이는 이해하기 힘든데, 이러한 방식으로 그것들은 해석에 있어서 어느 정도의 노동의 필요성을 유지한다. 다시 말해서 그것들은 매춘부 그림 첫 세트처럼 손쉽게 소비할 수 없고, 의무적이고 너무 뻔한 페미니스트 비평으로 해석할 수도 없다.

리우훙은 〈아버지 날Father's Day〉(1994, 54×72, 그림 8), 〈할머니Grandma〉(1993, 101 1/2×60, 그림 9), 〈아방가르드Avant-Garde〉(1993, 116×43, 그림 10)에

8 리우홍, "아버지의 날"

서 마오 사상에 대한 그녀의 비판에 자전적 요소를 더했다. 이 세 그림 중 첫 번째 그림에서, 리우홍은 그녀가 아버지와 처음 만난 사진으로 시작한다. 리우홍의 아버지는 국민당 군대에 있었고 중화인민공화국 수립 후 평생 투옥되었다. 리우홍의 어머니는 연관되어 핍박받지 않기 위해 그와 이혼해야만 했다. 리우홍은 자랄 때 그녀의 아버지를 본 적이 없고, 몇 십 년 후 그녀가 미국에 있었을 때 그가 아직 노동수용소에 살아있다는 것을 발견했다. 그녀는 그의 석방을 성사시켰고, 이것은 그녀의 연약한 아버지를 잡고 있는 그녀 자신의 그림이자 정치적 박해에 대한 강력한 항의다. 여기에서 오른쪽 위에 있는, 대상성과 장식 기능을 나타내는 문틀 조각은 매춘부 그림에서와는 다른 기능을 제안한다. 조각은 변덕스러운 정치와 이념의 변화에 의해 나뒹군다. 그녀의 아버지는 잊혀진 사물, 오직 역사의 기록을 장식하기 위해 사용된 아주 작은 흔적 같다. 만약 그렇다면.

9 리우홍, "할머니"

여기에서 리우홍은 오려내기 기법을 사용하는데, 그것은 배경을 없애 관객의 시선을 사람에 집중시켜 강조해서 보여주는 것이다. 이 기법은 작품에 강한 감정적 성질을 더하여 관객을 감동시키길 원한다. 오려낸 모습은 보통 선동적인 칭찬 일색의 영역에 있다. 이런 이유로 이 작품과 다른 많은 작품에서 리우홍이 이 기법을 고의적으로 사용한 것은, 예술의 이데올로기적 사용을 비판하려는 형식적 의도를 나타낸다. 〈할머니〉에서 그녀는 또 평범한 사람인 그녀의 할머니를 축하하기 위해 오려낸 모습을 다시 새긴다. 오려낸 모습의 조각상 같은 성질은 할머니의 주름진 손에 특별한 관심을 갖게 한다. 그 손은 그녀가 견뎌온 고난을 시각적으로 보여 준다. 두 작품 모두, 오려낸 모습은 당면한 상황 또는 표시된 이미지의 배경을 없애서 그것들을 다른 맥락에 이동시킬 수 있도록 한다. 이와 같이 함축된 이동성은 어디서든 일어날 수 있는 일로서 평범한 사람의 억압에 대한 보편적인 차원을 더한다.

이 작품들 중 세 번째인 〈아방가르드〉는 젊을 때 군복을 입은 리우홍의 사진에 기반을 둔 것으로, 마오쩌둥주의의 젠더정치에 대한 그녀의 애매모호한 입장을 눈에 띄게 한 것은 오려내기 방식의 사용이다. 만약 오려낸 모습이 위에서 분석된 두 작품의 논리처럼 축하하는 것이라면, 여기에서의 무장된 모습은 남성적인 것과 여성적인 것 사이의 자본주의적 이원 대립성을 초월한 어느 정도의 대리성을 시사한다. 성별 구분이 되지 않는 여성에게 대리성이 있을 수 있는가? 이것이 우리가 마오쩌둥주의 중국에 대해 제기할 수 있는 유익한 질문으로, 마오쩌둥주의 중국에서는 젠더 규범이 남권주의적 전제를 숨겼지만 여성들은 자본주의 사회에서보다 법적으로나 다른 면에서 남성들과 더 동등했다.

만약 매춘부 그림에서 즉시 알아볼 수 있을 정도로 강조된 중국 문화가 예술가에게 문화 자산의 역할을 할 수 있다면, 마오 사상 또는 중국 정치사 또한 문화 자산의 역할을 할 수 있는지 질문하는 것이 유익할지 모른다. 마오쩌둥주의 사상의 중국 그리고 중국 이민자들에 의해 영어로 쓰인 일련의 트라우마 서술에서, 이러한 특정한 형태의 역사적 트라우마는 특히 쉽게 상품화된다는 점이 분명해진다.[17] 하지만 소수자들이 고백할 것이

10 리우훙, "아방가르드"

기 때문에 민족적 자서전이 변절의 장르라는 프랭크 진Frank Chin의 애도를 떠올릴 수밖에 없다.[18] 비록 진이 민족의 글쓰기가 되어야 하는 것을 규정할 때 그것의 남권주의적 전제에서 대단히 문제가 많더라도, 진의 비평은 또한 약간의 진실을 포함할지도 모른다. 만약 시장이 회고록과 자서전을 지탱할 수 없다면 왜 또 그것들이 그렇게 만연하는가, 그리고 왜 다른 장르에 비해 많지 않은가? 홍콩 작가 황비윈Wong Bik-wan, 黃碧云은 이 작가들에 대해 이렇게 말하고 있다. "영어로 글을 쓰는 그 중국인들은 값싼 놀이공원 안의 귀신의 집에 있는 고대

의 정신과 유령 같은 [문화적] 뿌리를 찾기 위해 문화대혁명, 큰 박해, 전족, 풍수에 대해 쓴다. 매우 싸고, 너무 가짜다."19) 황은 말을 얼버무리지 않고, "그들의 상처와 고통을 드러냄으로써, 그들은 묻는다, '나를 어떻게 도와줄 거야?'"라며 이 작가들을 현란한 피해자로 고발한다.20)

이는 마오 사상 하의 트라우마가 쓰이거나 시각적으로 대표될 수 없다는 말은 아니지만, 자신의 윤리적 입장을 결정할 수 있는 것이 그 표현방식이라는 말이다. 중국에 대한 피해망상 또는 금전적 이익을 목적으로 하는 '중국 위협'에 분명히 영합하는 그 서술은 복잡한 현상에 대해 다양한 관점을 보여주는 더 복잡하고 애매모호한 서술과 구별될 것이다. 이런 의미에서 마오 사상에 대한 리우홍의 몇몇 그림은 어느 정도의 애매성을 유지하는 윤리적인 구성으로 보일 수 있다. 그녀의 다른 작품들이 과도하게 여성화되고 시각화된 중국 여성을 통해 자유민주적인 페미니스트의 보편성에 호소할 수 있을지라도.

정체성 조각 3
소수자 주체에 대한 안타고니즘

리우홍의 모든 작품들 중 1988년부터 1990년대 중반까지의 그림들은 다문화예술에 관한 연구에 있어서 가장 호의적인 관심을 받고 있다.21) 리우홍은 미국에서 이주자이자 소수자 주체로 명백하게 자리잡고 있으면서, 푸코식의 복종 방식에서 소수화에 수반되는 주관화의 영향과 함께 소수화의 과정으로서 이주의 과정을 기록한다. 그리고 미국에서 그 복종 방식 맥락은 인종 차별된 배제와 유형화의 역사와 관련이 있다. 대부분 앞선 두 세트의 작품들과 동시에 그리고 약간 더 일찍 만들어진 이 작품들에서, 그녀는 문화중심지라는 중국 문화의 본질주의를 과시하기보다는, 자신이 소수자 상태인 것에 중점을 두고 그것을 미국으로의 중국인 이주 역사라는 측면에 위치시킨다. 그녀는 앤젤 아일랜드에 구금되었던 중국인 이민자의 역사를 그 시대의 사진을 페인트칠함으로써(〈관습들Customs〉(1996)), 19세기 중반 초기 이민자들에 의한 골드 마운틴의 환상을 20만 개의 포춘 쿠키로 만들어진 산 모양의 설치물을 전시장에 썩게 내버려 둠으로써(〈오래된 골드 마운틴Jiu Jin Shan〉(1994)), 미국의 광둥으로서 볼티모어의 역할에 초점을 맞춘 전시회에서 볼티모어와 중국 간의 무역로를 검토하고 미국 내 중국인에 대한 다양한 인종차별주의적 고정관념을 검토한다.

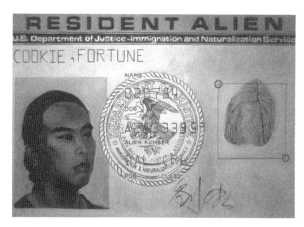

11 리우홍, "외국인증"

많이 화제가 되었고 무수히 재인쇄된 작품인 〈레지던트 에이리언 Resident Alien〉(1988, 90×60, 그림 11)은 리우홍의 영주권을 패러디한다. 그녀는 1948년에 태어났지만, 태어난 연도를 그녀가 미국에 온 해인

1984년으로 표시한다. 어떤 의미로는 새로운 생년월일로 미국에서의 재탄생을 표시하는 것일 수도 있다. 그녀는 수없이 많은 인터뷰에서 자신이 예술적 자유와 해방을 발견한 곳은 미국이라고 밝힌 바 있다. 그녀에게 있어 1984는 "미국에 도착한 후 독립적인 화가가 탄생"[22]한 해를 나타낸다. 하지만 그녀의 이민의 자유화 잠재력과 예술적 자유를 억압하는 중국 정부에 대한 그녀의 비판의 결합에 주목하는 그 순간, 우리는 그녀의 새로운 이름인 '포춘 쿠키' 즉 중국 문화에 대한 클리셰, 중국 전통에 대한 평범화, 인종간의 고정관념인 미국의 발명과 맞서게 된다. 그녀는 고정관념에 빠졌을 뿐만 아니라 '외국인 체류자'로 표시되었다. 이민귀화국과 영주권은 미국을 나타내고, 그것은 마오쩌둥주의의 탄압으로부터 잠재적인 자유를 제한한다. 3개의 정체성이 충돌한다. 그녀의 중국인 정체성, 그녀가 주장하고 싶어 하는 미국인 정체성, 그녀에게 주어진 미국인 정체성. 이 그림은 또한 이상하게 오웰적이다. 조지 오웰은 그의 소설 《1984》를 1948년에 썼다.

포춘 쿠키 고정관념을 더욱 허물기 위해 리우홍은 〈쿠키 퀸Cookie Queen〉(1995, 67×48)을 만들었다. 이 오려낸 그림은 위에서 언급된 볼티모어의 전시에서 19세기 그곳에서의 부산한 중국 무역을 기념하면서 최초로 공개되었다. 그것은 재즈가수 빌리 홀리데이Billie Holiday와 야구의 전설 베이브 루스Babe Ruth를 그린 그림 옆에 배치되었다. 홀리데이와 루스는 물론 많은 사람들에게 알려진 유명한 인물이지만, 여기에 그려진 포춘 쿠키 공장에 있는 이 여성 노동자는 익명이다. "그녀의 정체성 – 실제로 그녀의 인생에서 운명(포춘)이기도 한 – 은 우리에게 알려져 있지 않다. 왜냐하면 중식당에 가는 미국인은 사실상 기쁜 소식을 포춘 쿠키에 넣는 노동자들에게 관심이 없기 때문이다."[23] 병치라는 순진한 행동과 그것의 과시적인 부조화에 의해, 이 그림은 이름 없는 여성을 두 유명인사와 평등한 입장에 있게 하여 그들은 모두 똑같이 오려낸 큰 그림으로 기념된다. 〈Chinaman〉(1995, 75×36)과 〈Laundry Lady〉(1995, 72×38)와 같이 비슷한 주제를 가진 작품에서 리우홍은 인종 차별된 고정관념에 대한 건설적인 표현을 제공한다. 〈Chinaman〉이라는 제목은 19세기 이래 중국인 남성을 폄하하곤 했던 인종차별주의적 욕설과 관련이 있다. 한 평범한 라이온 댄서를 기념비적인 크기로 그리고, 너무나 기쁜 몸짓으로 그의 얼굴을 파격적으로 보여주고(이런 이유로 그는 더 이상 가면 뒤에 숨은 단순한 도구가 아니라 춤을 추는 이국적인 사자로 변한다), 그를 오려낸 모습으로 표현함으로써 리우홍은 영웅의 자질을 'Chinaman'이라는 인종차별주의적 고정관념의 탓으로 돌린다. 맥신 홍 킹스턴Maxine Hong Kingston이 같은 제목을 가진 그녀의 책에서 'Chinamen'이라는 용어를 'China Men'으로 수정한 것을 기억해내자. 그것은 'Chinamen'에서 왜소화된 'M'의 남성성과 품위를 되찾게 한 행위다. 그녀의 작업은 미국에 대한 중국인 남성 모두의 다양하고 중요한 공헌에 있어서 그들의 역사를 거세하여 서술하는 것을 거절하기 위한, 그들의 역사에 대한 서술표현이었을 뿐만 아니라 고된 역사적 재구성이었다. 리우홍은 여기서 그녀의 발자국을 따라가는 것으로 보일지도 모르겠다.

정체성 조각 4
서양의 시선에 대한 안타고니즘

리우홍은 〈사진작가와 여행자의 눈에 비친 중국의 얼굴The Face of China as Seen by Photographers and Travelers, 1860-1912〉이라는 제목의 모음집

에 있는, 서양 여행자들이 찍은 중국과 중국인에 대한 사진을 바탕으로 일련의 그림을 그렸다.[24] 아마도 리우훙이 다시 새기는 것이 중국적 대상에 대한 서양의 시선일 것이기에, 이 일련의 그림들은 매춘부에 대한 시선과는 다른 시선의 구조를 제공한다. 매춘부에 대한 그림에서, 한 중국인 이민자 예술가는 중국인 매춘부를 바라보고 있는 중국 남자를 보고 서양인 관객과 작품 구매자의 시선을 예상한다. 이 그림에서 중국인 이민자 여성 예술가는 중국 남자와 여자를 바라보고 있는 서양 남자를 보고 똑같이 서양의 시선을 예상한다. 둘 중 어느 경우에도 액자 안쪽의 외부적인 서양의 시선처럼 보이는, 이미 다층적으로 바라보는 것처럼 보이는 시각적 경제를 구성하는 공유된 예상을 우리는 받아들일 필요가 있다.

두폭화 〈기념품 Souvenir〉(1990, 48×64×8, 그림 12)에서 오른쪽 패널은 1904년 9월 상하이에서 촬영된 것으로, 나무 새장에 갇힌 중국인 수감

12 옛 상하이에서의 처형 원본 사진(1904.9.)

자 앞에서 포즈를 취한 잘 차려입은 서양 남자들의 이미지를 보여준다. 전시회 카탈로그에 따르면, 새장은 범죄자를 처형하는 형태였다. "무고한 자들에 대한 본보기로서, 중대한 범죄자들은 때때로 공개적으로 죽도록 내버려졌다. 수감자가 목졸려죽기 전까지 목 주변의 압력을 줄이려고 발끝으로 서거나 매달려있을 수 있도록 '새장'이 지어졌다."[25] 깔끔하고 잘 차려입은 서양인들은 수감자 및 액자 가장자리에 부분적으로 보이는 몇몇의 중국인 남자

들과 극명한 대조를 보인다. 이 백인 남자들 대부분의 얼굴 표정을 읽는 건 꽤 어렵다. 하지만 오른쪽에서 2번째 콧수염이 있는 남자는 활짝 웃고 있다. 또한 이 남자는 남의 시선을 의식하며 사진을 찍기 위해 포즈를 취하면서 카메라를 응시한다. 이 자세는, 이 이름 없는 사진에 리우홍이 붙인 제목이 시사하듯 서양인들이 집에 가져갈 '기념품'이라는 구경거리라는 새장에 갇힌 죄수의 기능을 강조한다.

리우홍은 이 사진을 그림으로 흉내냄으로써 2개의 동시적 역학관계를 제안한다. 한편으로는 사진 속 서양 남자들의 시선뿐만 아니라 그 사진의 의도된 서양 관객의 관음증적 시선에 대한 확실한 비판이 있다. 서양 남자들은 일단 수감자를 바라봤고, 그와 함께 포즈를 취한 다음 이 사진이 다른 서양 관객들에게 보일 중국의 잔학 행위의 목격자의 기록이 될 것이라 기대했다. 여기에서 이 시선은 모두 중국을 특이함과 차이의 전형이 되게 하기 위해 위치한다는 의미에서 꽤 획일적이다. 또한 사진에서 죄수에게가 아닌 사진사에게 분명하게 호기심을 보이는 중국인 남자들의 불완전한 이미지는, 그들 자신이 수감자에게 무관심하다는 것을 시사한다. 여기에서 이 역학관계는 일본 군인에 의해 참수되는 중국 혁명가를 흡족하게 보고 있던 중국인 구경꾼에 대한 악명 높은 사진의 역학관계를 연상시킨다. 20세기 초반 루쉰은 그 사진이 중국인 특유의 무관심과 무지를 본질적으로 표현한 것이라고 신랄하게 비판했다. 리우홍의 비판은 중국인의 무관심보다는 현대화하고 식민지화하는 것으로서 서양의 시선에 더욱 초점이 맞춰진 듯하다.

다른 한편으로 두 번째 해석은 리우홍의 예상을 반영한다. 리우홍은 사진에 기반한 자신의 작품을 보는 미국 관객이 수용하고 응시하는 첫 번째 역학 관계를 예상하고 있었다. 바꿔 말하면 여기에서 문제는 세 겹의 서양의 시선 사이에서 동시에 발생한다. 사진 속 사람들의 시선, 사진을 보는 사람들의 시선, 그림에 리우홍이 다시 새긴 사진을 보는 사람들의 시선. 리우홍의 목적을 이해하는 데에 능숙한 비판적인 관객에게, 세 겹의 서양의 시선은 관음증이 있는 사람이라는 그들의 위치성에 대한 무거운 윤리적이고 도덕적인 질문을 떠올리게 할 것이다. 다른 사람에게 세 겹의 시선은, 세 개의 서로 다른 역사적 순간으로부터 응시되는 사물에 대한 세 가지 형태의 위반을 구성하면서, 동일한 관음증적 시선으로 쉽게 무너질 수 있다. 사진을 바라보는 서양의 시선이 수십 년 동안 사진의 전시, 유통, 출판을 통해 늘어날수록 관음증은 강력해지고 확고해진다. 서양의 관객에게 있어 1904년부터 떨어져 있는 아버지와 아버지라는 이미지는 더욱 중국의 잔인함과 무관심의 전형이 될 수 있다. 그것의 원시주의는 시간이 경과함에 따라 강화된다. 중국이 세계 강국으로 부상하기 시작하면서 중국의 자긍심은 폭발적으로 높아지고 있으며, 결국 이 관음증은 당대 중국의 자존심에 상처를 안긴다. 이 상처는 애국적 자존심에 대한 정당성으로 쉽게 대체되고 애국적 자존심은 서양의 "중국의 악마화"라는 욕설과 옹호를 통해 스스로를 표현한다.26) 따라서 리우홍의 작품은 특이함과 민족주의라는 강압적이고 논리정연하지 않으며 사상주의적인 논리에 다시금 휩쓸릴 수 있으며, 그 과정에서 역설적이게도 그러한 논리의 수명을 연장시킬 수도 있다.

〈기념품〉의 왼쪽 패널은 첫 번째 정체성 조각에서의 매춘부 그림과 비슷한 논리를 반영하고 있다. 여기에서 당신은 지난 세기 동안 서양의 출판계에서 널리 유포된 중국 성애물 즉 에로틱한 동양의 고전적 예의 이미지를 가진다. 리우홍은 에로틱한 초점을 보지 못하도록 입체 상자와 그 상자 위에 빈 그릇을 배치했다. 표면상 취지는 (가장

13 리우훙, "기념품"

보고 싶은 것을 보여주기를 거부하는) 반反오리엔탈주의적이고 그 패
널 또한 역설적으로 동양의 성적 자극을 지탱하여, 그것을 더 연상시
키도록 하고 더 감추어 더욱 성적 매력이 있게 한다. 이는 스트립쇼의
욕망의 논리를 복제한다. 그 논리 안에서 일반 국민은 오직 스트리퍼
가 옷을 벗는 기간 동안만 관음증이 있는 사람이 된다. 롤랑 바르트는
옷을 다 벗으면 용두사미적 거세 또는 반反성적 자극을 초래한다는
것을 근거로, 관객의 욕망이 옷을 벗기까지의 기간 동안 어떻게 자극
되고 유지되는지를 보여준 것으로 유명하다.27) 따라서 시야로부터 필
수적인 부분을 가린 그 상자는 스트리퍼가 관음증 환자의 욕망을 지
속시키는 옷의 마지막 항목이라는 기능으로 계속 남아있을 수 있다.
결국 중요한 의도는 오리엔탈주의적인 에로티시즘을 소생시킬 수도
있다. 이것이 바로 내가 말하는 반反오리엔탈주의적 표현이 어떻게

오리엔탈리즘의 재확인에 빠지게 되는가라는 것이다.

물론 상처의 더 진부한 이미지는 여성 억압의 상징인 전족이다. 서양의 시선을 위해 전족을 표현한 것은 중국 민족주의자의 관점에서 보면 마치 더러운 세탁물을 말리는 것과 같다. 홍콩의 비평가 황비원에 따르면, 앞서 인용한 구절에서 알 수 있듯이 서양의 소비 논리에 굴복하는 것과 유사하다. 이름이 없는 작품 〈미상 Untitled〉(1991, 25 1/4×14 1/8×8)에서 리우홍은 전족 여성의 이미지를 기반으로 하여 서양인에 의해 찍힌 사진 위에 그녀의 변형된 발을 노출시켜 드러냈다. 예절 의식은 대개 여성이 그녀의 기형인 발을 노출시키는 것을 막았고, 그래서 이 전시회는 중국 여성들의 '무대 뒤에 있는' 이미지라는 드문 경우였다. 오리엔탈리즘적인 관점에서 보면 전족은 에로틱한 매력과 중국 남성의 도착을 나타낸다. 이런 이유로 여성에 대한 비인간적인 대우에서 중국의 후진성의 전형을 나타낸다. 페티시를 노출함으로써 오리엔탈주의자인 서양의 사진사는 관음증의 즐거움을 획득하는 한편 도덕적 우위를 획득하기도 한다. 장식용 유리 식물과 빈 그릇이라는 그녀의 상투적인 페미니즘적 이미지를 사용함으로써, 리우홍의 관점은 서양 사진사의 중국의 매춘부에 대한 평론과 함께 잠시 무너진 듯하다.

하지만 10세기경 시작한 전족에 대한 중국담론과 전족의 관행을 자세히 살펴보면 전족과 남성중심주의 사이의 안이한 동일시에 도전할 수도 있다. 역사학자 도로시 고Dorothy Ko의 전족에 대한 연구는 전족이 "완벽하고 영원한 의미의 핵심"으로 전락할 수 없고 그 등식은 19세기 중국에서 차례차례 개혁성향의 중국인에게 영향을 끼쳤던 서양인 선교사들에 의해 구성된 담론이었음을 보여준다.[28] 19세기 이전에는 심지어 청나라가 통치 초기에 전족을 금지한 가운데, 전족에 대해 반대하기도 찬성하기도 하는 가지각색의 담론들이 있었다. 중국 역사에서 여성에게 전족을 강요하는 칙령 또는 규칙은 한 번도 없었다. 거짓이겠지만 전족을 위해 전면적으로 단체를 설립하지 않았고, 하이힐이 특정 여성의 미의식과 행복감을 증진시킬지도 모른다는 것처럼 사회적 관행의 한 형태로서 전족 그 자체가 여성들에게 어떤 형태로든 작은 대리성을 부여했을지도 모른다고 말하는 것은 믿기지 않을 수도 있다. 전족의 기형에 초점을 맞춘 서양의 사진사와 다시 새기는 행위를 통해 이 초점을 반복한 리우홍 모두 전족에 상투적인 상징적 의미를 부여한다. 따라서 중국의 맥락에서 전족에 대한 다양한 의미는 '중국 남성에 의한 중국 여성의 억압'이라는 하나의 의미로 간단해진다.

서양 사진사의 시선은 중국 문화의 내면을 엿보는 시선의 관음증적 엿보기라는 이유로 리우홍에 의해 비판받았지만, 시선의 논리에 의해 미묘하게 회복되고 그 미술품을 보는 서양인의 시선은 다시 무고함으로 함축된다. 겹쳐진 서양인의 시선들 속에서 우리는 리우홍이 다시 새긴 것이 같은 것을 보강하여 새긴 것이라는 불협화음보다 일관성을 발견한다.

지금까지의 논고에서 나는 4가지 권력주체에 대항하는 다양한 그리고 지속적으로 변화하는 안타고니즘으로 전략적으로 명확하게 표현된 리우홍의 작품이 정체성 조각들의 아쌍블라주라는 점을 설명하고자 하였다. 한 편으로는 (중국인이라는) 국가적 관점의 주체위치와 (미국 내 소수자라는) 소수자주체로서의 리우홍의 위치는 모두 대상화와 고정관념에 대해 저항하는 위치로 보일 수 있다. 이러한 정체성, 주체위치, 안타고니즘들이 교차하는 지점을 나는 페미니스트 초국가성의 가능성으로 부르려는 것이다. 이러한 페미니스트 초국가성은 다양한 권력주체에 반대하는 다양한 주체위치를 취하는 것을 가능하게 하며, 이는 초국가적 예술가의 필생의 작업을 중층결정하는 헤게모니의 산재와 증식뿐만 아니라 당대 이민 경험의 복잡성의 증가를 반영한다.

예술작품 구매자와 미술관 애호가가 미술관을 방문할 때, 예술작품의 감상 혹은 수용에는 적어도 2가지 차원이 있다고 말할 수 있을 것이다. 첫 번째는 시각적인 것으로, 작품의 표면적인 모습을 가리킨다. 1990년대 이래 리우홍의 작품 대부분을 보면, 시각적인 것은 두드러지게 오리엔탈적이다. 이런 점은 일부 관객에게는 그녀의 작품을 즐기기에 충분한 이유가 되며, 이는 리우홍 자신은 비판적 의도가 있었다 하더라도, 그녀 자신이 스스로 오리엔탈화했음을 시사하기도 한다. 두 번째는 개념적 혹은 텍스트적인 것 즉 이러한 작품을 만들어내는 리우홍의 의도에 대한 그녀의 설명이다. 이는 미술평론가들과 학자들이 매우 반기는 일종의 비평적 우위를 제공한다. 따라서 두 무리의 관객들 모두에게 리우홍은 제공할 것이 있다. 그녀의 그림들은 판매 성적이 매우 우수하다 – 1996년의 〈마지막 시대Last Dynasty〉전시회에 나온 그녀의 그림들은 전시회 시작 전에 이미 모두 판매가 완료된 바 있다. – 그 뿐만 아니라 노만 브라이슨Norman Bryson과 같은 저명한 예술평론가들의 극찬을 받았다. 따라서 여기에는 1장에서 논의된 리앙과 비교할 때 다른 종류의 유연성이 있다. 즉 비평적 관점 혹은 시각적 차원이라는 서로 다른 측면으로 동시에 관객을 끌어들이는 유연성의 일종인 것이다. 역설적이게도 리우홍이 지닌 바로 이러한 초국가적인 페미니즘적 주관성으로 인해 그녀의 작품, 미술시장, 그녀의 작품에 대한 비평적 담론간의 거래가 가능하다. 매우 시의적절하게 발표된 가야트리 스피박의 글에서 스피박은 디아스포라적인 페미니즘적 작품에 구현된 초국가성의 인식론은 매우 문제가 많다며 애통해했다. 그녀는 장 프랑코Jean Franco의 언급을 찬성하는 듯이 인용한다. "다원론적 사회 안에서 여성으로서 말하는 것은, 그 형태가 드러나지는 않지만 사실상 기존에 지식계급을 하위계급과 분리시킨 특권과 같은 관계를 되살리는 것과 같다고 볼 수 있다."[29] 따라서 스피박은 다음과 같은 통렬한 질문을 던진다. 그렇다면 디아스포라가 될 수 없는 그 그룹들은 어떠한가?

나는 이제 리우홍의 작품을 통해 볼 수 있는 페미니스트 초국가성의 경제와 인식론에 대한 상세한 기술에서 다시 원점으로 돌아왔다. 경제와 인식론은 계급을 생산, 축적, 대표의 범주로 가리는 곡예 속에서 서로를 내포하고 있다. 나는 또한 비평을 위한 비평이 반드시 윤리적인 것은 아님을 보여주었다. 저항과 비평의 조건 자체가 이미 대본이 쓰여 있는 이벤트가 될 때, 그것들은 다른 전략적 목적을 위해 사용될 수 있다. 정치적 변화의 내용물은 시대에 따라 변화하며 따라서 정치적 변화를 위한 전술 역시 그래야만 한다. 정형화된 반反오리엔탈주의적 비평을 고수하는 것은 오히려 다시 오리엔탈리즘에 빠지는 위험을 초래할 수 있다. 다문화적인 미국예술 또는 중국계 이민자들의 예술에서 자기 민족학으로 치우치는 성향은 최악의 극단적인 경우 피해자학과 스스로에 대한 오리엔탈화의 결합체로 전락할 수 있다. 핼 포스터Hal Foster는 1990년대의 어떤 미국 예술을 "비참함의 추종"이라고 풍자적으로 비판하며, 비참함에 과도하게 집착한 나머지 결국은 그 비참함을 재확인시켜주는 것에 지나지 않는다고 했다.[30] 나아가 그는 민족지학 학자로서의 예술가가 쉽게 빠질 수 있는 함정에 대해 다음과 같이 서술했다. "예술가에게 준 인류학자적 역할을 기대하는 것은 그들이 민족지학적 권위에 질문을 던질 수 있도록 해주기도 하지만, 그만큼 그들이 그러한 권한을 가진 것처럼 만들기도 한다. 또한 제도적 비평의 확장을 촉진할 수도 있지만 그만큼 제도적 비평을 회피하는 결과를 초래하기도 한다."[31] 이 장에서는 오늘날 우리가 함께 살아가고 있는 다수의 초국가적 결탁 중 한 가지에 대해 다른 경로를 통해, 다른 강조점을 가지고 주의를 환기시키고자 했다. 초국가적으로 위치해 있는 시노폰의 시각 문화는 서로 다른 맥락에서 그리고 서로 다른 권력주체에 대해 가지고 있는 저항과 결탁의 영향을 직시하고 이에 대해 고민해야 할 것이다.

제3장
욕망의 지정학

사회의 주된 기능은 항상 욕망의 흐름을 성문화하고 내포하고 기록하는 것이었고, 제대로 막아지고 바뀌고 규제되지 않는 흐름은 존재하지 않도록 하는 것이었다. 원시 단계의 *영토 기계*가 이 임무에 부적합한 것으로 판명되었을 때, *전제군주 기계*는 일종의 과밀화 시스템을 구축했다. 하지만 *자본주의 기계*는… 완전히 새로운 상황에 처해 있다. 그것은 그 흐름을 해석하고 탈영토화해야 하는 과제에 직면해 있다.

- 질 들뢰즈와 펠릭스 가타리, 안티 오이디푸스 《자본주의와 분열증》 (1983)

1990년대 중반 타이완, 식민지 홍콩, 중국의 대중 영역과 학계 모두에서 경제 통합이 본격화 되었고, 이들의 단일 개체로의 가상적인 융합은 "위대한 중국大中華, Greater China"[1])이라 불렸다. 학자들은 공동제작과 문화적 '합작 투자合資'가 보편화되고 있는 대중음악과 영화 같은 대중매체의 발전[2])을 중심으로 이 통합의 문화적 징후와 결과를 분석했다. 한편으로는, 국경을 초월하는 전략적 시장 침투와 확장의 필요에 의해 공동제작물이 대변하거나 반대하는 '국가'가 명확하게 드러나지 않았다. 다른 한편으로는, 전자 매체의 보편화로 해당 국가 간 대중문화작품들의 교류가 훨씬 용이해졌다. 이 두 요소 - 정치적 애매성과 대중매체를 매개로 하는 문화작품들에 대한 쉬운 접근 - 의 복합적인 작용으로 해당 지역에서 관련된 '국가들'의 직접적인 개입으로부터 자유로운 공공 영역의 출현 가능성을 생각해 볼 수 있게 되었다. 여기에서의 핵심 질문은 일각에서 주장하는 바와 같이 이미 비슷한 문화유산, 언어, 풍습을 공유한다고 생각되는 타이완, 홍콩, 중국 간 문화 통합이 가속화되어 '초국가적인 중국문화' (또는 '범 중국문화' 또는 '글로벌 중국 문화')가 창출되고 있는가?[3]이며, 이는 21세기에도 여전히 중요한 질문이다. 이 장에서는 1990년대 중반 타이완과 식민지 홍콩, 중국의 대중매체에서 확인할 수 있는 정체성의 문제를 여러 각도에서 살펴보고, 그것을 젠더를 반영한 초국가적 욕망의 표현이라는 렌즈를 통해 검토한다. (4장에서 다루는) 중국의 타이완에 대한 미사일 위협에 따른 불안감, (5장에서 다루는) 후기 식민지 홍콩에 대한 중국의 봉쇄 위협을 젠더의 관점에서 다각도로 살펴본다. 이 장은 젠더 협상이 아닌 정체성 협상은 없다는 것을 사실로 상정한다. 고도로 불안한 상황에서 표출되는 가장 큰 두려움과 욕망, 가장 환상적인 자신감의 표현은 늘 젠더를 반영한 용어로 묘사된다.

이 지역에서 인지된 경제적, 문화적 통합에 젠더가 미친 영향과 거꾸로 통합이 특정 젠더 경제에 미친 영향에 대해서는 다뤄진 게 별로 없다. 따라서 이 장에서 나는 젠더와 대중매체의 관계 그리고 범중국의 공공 영역을 중점적으로 살펴본다. 중국 - 홍콩 - 타이완(당시에는 완곡하게 中 - 港 - 臺로 더빙이 되었다)[4]의 대중매체를 매개로 하는 문화작품에 반영된 20세기 후반 자본주의는 젠더 차원에서는 모순되는 2가지 제스처를 기반으로 한다. 즉 해당 지역 내 소비를 위한 대중매체는 시장 확대를 극대화하기 위해 전략적으로 현지의 가부장적, 민족주의적 정서를 억누른 반면, 현지 청중을 위한 대중매체는 현지의 가부장제와 민족주의적/본토화론적 정서를 부활시키고 재통합하려는 경향을 보였다. 후자 특히 타이완과 홍콩 미디어에서 다루는 본토의 젠더화된 주제는 해당 지역에서 고조되고 있던 정치적 긴장감과 불가분의 관계였다. 실제로 젠더 묘사의 현장은 정치적 불안감을 가장 집중시킨 곳이었다. 타이완 내의 문화적 토착주의에 대한 요구 증폭, 1997년 이전 홍콩의 문화계 종사자들이 중국에서 벗어나 독자적인 정체성을 구축하기 위한 진심어린 노력 등이 그 예다. 당시 중국 본토 여성들의 타이완과 홍콩으로의 이주 증가는 그 지역의 불안정한 정치적, 경제적 관계와 긴밀하게 얽힌 불안이 다양한 모습으로 발현되는 과정에 중요한 역할을 했고, 이로 인해 대중매체(신문, TV, 영화)에서의 중국 여성에 대한 묘사는 이 여성들의 위협에 대한 가부장적 제재, 타락(타이완의 '본토 자매' 사례), 그들의 견제와 흡수라는 환상(홍콩의 '본토 사촌' 사례)으로 넘쳐났다.

　타이완과 홍콩의 대중매체가 중국 본토 여성을 묘사하는 방식에서 나타나는 불안감을 분석하면서, 나는 인지된 경제통합이 결코 기정사실이 아니었으며 문화 정치적 통합으로 연결되지도 않았다고 간주한다. 문화와 정치적 영역에서 발견되는 괴리와 쟁점은 전적으로 자본의 논리에 따라 운영되는 일관된 범중국 자본주의가 출현했다는 안일한 서술에 이의를 제기한다. 또한 해당 지역 내 범중국 문화가 조성되었다는 손쉬운 주장도 부정한다. 더 구체적으로 말하면, 나는 정치 경제 문화적 불안이 혼재된 본토 여성의 모습이 해당 지역 내에 젠더화한 공공 영역의 출현을 일관되게 제한했고, 이러한 상황에서 충분히 고민해 볼 수 있는 '초국가화' 경향을 조직적으로 약화시켰다고 보고 있다. 여기에서 우리는 훨씬 더 복잡하며 완전히 새로운 문제에 직면하게 되는데, 이는 식민지 또는 신식민지 하에 있는 제3세계 민족주의적 가부장제가 여성 억압이 더 심하다는 젠더와 민족주의의 모순 관계라는 지배적인 패러다임을 벗어난다.5) 젠더와 민족주의에 관한 이전의 논의는 지정학적인 민족 국가와 반갑지 않은 침략자에 의한 침입이라는 영역에 국한되는 것이 일반적이었고, 이러한 이유로 여성은 2진법의 3항이 되어 식민지를 만든 남성과 식민지화한 남성 사이의 이원론 투쟁에서 배제되었다.[6)]

그러나 타이완, 홍콩, 중국 간 젠더라는 매개는 실제적으로는 대중매체와 사람의 이동을 통해 만들어진 초국가적이고 다각적인 사회현상이었다. 하지만 그것의 두서없는 구성은 감정적으로 '국가적' 성격을 띠었다. 하지만, 이 '국가적' 해석이라는 것이 실은 지극히 애매모호하다. 홍콩은 1997년 이후 ('일국양제' 정책에도 불구하고) 중국과 더욱더 긴밀하게 통합될 운명이었고, 타이완은 중국과의 강제 통일이라는 직접적인 위협을 받았고 계속 받고 있다. 이러한 이유로 '국가적'이라는 명칭은 타이완 인구의 대다수와 이제는 감소하고 있는 홍콩 대중의 격렬한 본토화론적 감정에 대한 정확한 표현이라기보다는 대략적인 표현이라 하겠다. 만일 초국가적과 국가적의 흐릿한 경계가 후기 자본주의 세계의 새로운 사회구성체를 특징짓고 그 세계에서 상품, 물품, 사람의 초국가적 흐름이 고도로 탈국가화, 탈영토화를 달성했다고 가정한다면, 1990년대 중반 중국 – 타이완 – 홍콩 상호관계라는 맥락 하의 구체적인 젠더 표현들은 초국가적 이주에 의해 인식된 정치적, 문화적, 경제적 위협으로 정치와 문화를 국가화 또는 영토화하려는 반대 움직임의 예라 할 수 있다. 결국 타이완을 필두로 하는 여타 시노폰 공동체가 사회적이든 문화적이든 정치적이든 통합을 반대했다는 점을 감안했을 때, '위대한 중국'이라는 개념 자체는 상당히 중국 중심적이다.[7)]

타이완과 홍콩의 현지 페미니스트들이 중국 여성에 대한 이슈들을 다룰 때 '국가적' 개념을 단순히 용인하거나 때때로 전략적으로 환기시켰다는 점은 다음의 분석에서 분명해질 것이다. 이는 중국 여성의 타이완과 홍콩으로의 이주, 중국에서 일하는 타이완과 홍콩의 사업가들 사이에 만연한 불륜이 현지 여성들의 이해관계를 심각하게 위협했기 때문이다. 같은 맥락에서 타이완과 홍콩의 페미니스트들은 해당 사회에서의 보다 광범위한 문화적, 경제적, 본토화론적 움직임과 연합한 것처럼 보였다. 대중매체 속 중국 여성의 가부장적 폄하에 대해서는 침묵하는 반면, 동일한 가부장적 남성이 중국 여성들과의 혼외관계를 통해 현지 여성들을 더욱 탄압하는 것은 용납하지 않았다. 진짜 피해자로서의 현지 여성들에게 집중하기 위해 민족주의가 전략적으로 용인되었다면, 민족주의의 쌍둥이라 할 수 있는 가부장제는 그럼에도 불구하고 학대의 주범으로 비난받았다. 이와 같이 당대 타이완과 홍콩에서의 페미니즘은 국가와 가부장제가 동일시되어 반反가부장적 목소리가 묵살되거나 반국가적이고 반역적이라고 낙인찍혔던 '여성 대 국가'의 이분법 모델을 벗어났다고 할 수 있다.[8] 여성 대 국가라는 이 패러다임은 여성해방을 성취하기 위해서는 민족해방이 선결되어야 한다고 주장했다. 국가와 가부장제를 분리하면 가부장제의 추정을 더 명확하게 묘사, 해체하고 저항할 수 있다. 역사적으로 발생한 구체적인 쟁점들을 통해 해당 지역의 젠더 관계를 다각적으로 분석하는 것은 변화하는 제3세계의 젠더를 연구하는 새로운 패러다임을 제안한다. 실제로 제3세계의 일부는 경제적 지위 측면에서 제1세계를 빠르게 추격하고 있으며, 국가 간 경계가 사라진 시대에 새로운 욕망의 지정학을 제시한다.

초국가적 페미니즘에 대한 관심이 증가하고 있다는 점을 감안하여, 정치 문화적 정체성이 불안전한 상황에서 초국가적 조직의 국경을 초월하는 활동이 어떠한 난관에 맞닥뜨릴 수 있는지도 본 장에서 다루려 한다. 엄연한 사실은 자본주의론의 남성우월주의적 기반이 지배적인 기준 프레임으로 보일지라도, 페미니스트들이 사회적 존재이고 성별문제가 본질적으로(정치적이든 문화적이든) 정체성의 구성요소라는 것이다. 스스로를 지정학과 의도적으로 분리할 수 있는 순수한 초국가적 페미니즘은 없고, 젠더를 반영하지 않은 지정학은 없다. 이런 이유로 페미니스트 초국가성은 태평양을 건너(본 장과 2장에서)서든 타이완 해협을 건너서든 엄밀한 조사를 요한다. 해당 지역에서의 공공 영역의 (불)가능성의 범위 또한 초국가적 페미니즘이 성립하기 위한 조건을 제한해야 한다.

사면초가의 지역사회

때는 1996년 설. 오렌지카운티 대법원의 중국여성 살인사건 재심이 지연됨에 따라 남부 캘리포니아의 시노폰 지역 사회는 중국인과 타이완인의 초월적 관계의 비극을 지속적으로 떠올려야 했다. 불일치 배심으로 끝났던 1심 때와 마찬가지로 지역신문들은 법정에서 매일 일어나는 일들을 현지 신문의 지역소식 섹션의 첫 번째 페이지에 실었다. 치정 범죄였다. 살해당한 여성은 타이완인 사업가의 중국인 내연녀였고 살인 피의자는 그의 아내였다. 이야기는 사업가 펑정츠P'eng Tseng-chi가 자신의 처자식을 타이완에 남겨두고 사업 확장을 위해 중국에 공장을 여는 과정에서 지란빙Ji Ranbing과 내연 관계를 맺으면서 시작되었다. 지란빙과 그들 사이에 태어난 갓난아기는 결국 남부 캘리포니아의 한 아파트로 거처를 옮기게 되는데, 그곳은 그의 법적 부인이 낳은 두 아이들이 거주하며 '어린 유학생小留学生'으로 유학하던 곳에서 멀지 않았다.9) 아내인 린리윈Lin Li-yün은 여러 차례 남부 캘리

140

포니아를 오가던 중 지란빙을 만난 적이 있다고 주장했다. 그녀는 몇 년 동안 지란빙의 존재를 알고 있었고, 지란빙과 그녀의 어린 아들을 잔인하게 살인했다는 혐의를 받았다.

해당 지역 간의 복잡한 정치적, 문화적, 경제적 관계를 고려하지 않는다면 이 이야기는 두 여성과 그들의 자식들의 삶을 망가뜨린 한 가장의 도덕적 결함이라는 그렇고 그런 또 하나의 사건으로 남는 동시에 가부장적 가치를 내면화하고 남편의 간통과 내연녀의 힘의 상징이라 할 수 있는 사내아이에 대한 분풀이의 전형적인 사례로 통할 것이다. 하지만 중국인과 타이완인으로 갈라진 남부 캘리포니아의 시노폰 지역 사회는 한 마음이라도 된 듯 남편 펑정츠의 잘못된 행동에 대해 언급하기를 꺼려했다. 지역 신문에 실린 살해된 내연녀에 대한 펑정츠의 공개적인 사랑 선언은 커뮤니티 내 중국인들이 지란빙의 간통이 진실어린 사랑의 행위였다고 주장할 수 있는 윤리적 무기가 되었고, 이들은 공개적으로 살해된 내연녀를 동정하고 그녀의 장례식에 참석하기 위해 남부 캘리포니아에 온 눈물범벅이 된 그녀의 아버지와 여동생에게 도움을 줄 수 있었다. 그래서 중국인들은 펑정츠를 비난할 수 없었다. 그의 도덕적 잘못을 비난하는 것은 살해당한 희생자와 그녀의 가족을 비하하는 것이 되었으며 중국인 이민자들은 그들과의 연대감과 공감대 형성이 필요했다. 반면 펑정츠는 타이완인 이민자들에게도 비난받을 수 없었는데, 이미 논란이 많은 중국인과 타이완인간의 불화가 악화될 것을 두려워했기 때문이다.

주목할 것은, 언어적 유사성으로 인해 새로운 중국인 이민자들이 종종 몬터레이파크와 같이 타이완인 거주 인구가 많은 지역에 정착해 일종의 불안정한 시노폰 공동체를 구성했다는 점이다.[10] 대신 타이완인들은 아내 린리원을 중심으로 결속력을 다졌고, 이후 그녀가 유죄

판결을 받자 일명 '린리윈의 친구들Friends of Lin Li-yün'이라는 협회를 1996년 어머니의 날에 설립하여 감옥에 있는 그녀를 주기적으로 방문하는 형태로 지속적인 지지를 보내고 주지사의 사면을 요청하면서 그녀와 그녀의 가족에게 법률적 및 심리적 상담을 제공하고 있다.[11] 과거 중국에서는 가부장적 권력의 원활한 작동으로 남성의 일부다처제가 허용되었다면 고국의 정치적, 문화적, 경제적 긴장감을 대변하는 다양한 이민자 집단 간 균열로 인해 남부 캘리포니아 시노폰 공동체에서 간통은 단순한 치욕 그 이상을 의미했다. 이 긴장감은 젠더의 역할과 기능을 복잡하게 하고, 반反가부장제에 대한 초지역적 목소리의 출현을 가로막는다.

다른 인종 집단과는 다르게 균열이 있음에도 불구하고 남부 캘리포니아의 시노폰 지역 사회를 공동체로 잠정 규정짓는다고 하면 타이완, 중국, 홍콩은 하나의 공동체라고 이야기할 수 없다. 1990년대 중후반 이들의 상호관계에서 직면한 위기 상황은 민족적 유사성과 경제적 독립성을 함축하는 말인 '위대한 중국'이라는 수식어를 만들어 강한 적대감을 숨기는 역할을 했다. 1990년대 중반 그리고 오늘날까지 중국은 '재통합'이라는 명목 하에 타이완을 정복하겠다는 위협을 끊임없이 하고 있는데, 이의 가장 과시적인 표현은 1996년 3월의 미사일 위기였다. 중국은 또한 홍콩 언론의 자유와 홍콩 시민들의 기본 민주주의 권리를 위협하고 축소시켰다. '영토분할'을 금지하는 '재통합'이라는 그럴듯한 사변은 홍콩과 타이완 모두에게 위협이 되는데, 특히 홍콩과 타이완은 중국의 헤게모니에 종속된다는 점에서 공동 운명체이자 홍콩의 중국 '반환'이 계획하고 있는 타이완 통일의 모델이자 시험장으로 간주되었기 때문이다. '반反영토분할'이라는 미사여구는 타이완을 견제하기 위해 중국이 동원할 수 있는 근거가 될 수 있었고,

홍콩 '반환'은 타이완에 대한 중국의 막강한 권력을 증명했다. '단지 시간문제'라는 것이다.

이러한 위기의 상황과 1997년 전야의 폭력이 난무할 수 있는 시기에 젠더는 어떠한 자리를 차지했는가? 리얼리즘이라는 얄팍한 가면 아래 타이완과 홍콩의 신문, 잡지, 영화에 묘사되는 중국 여성은 다양한 중층결정이 난무하는 나머지 '중국 본토 여성'이라는 하나의 범주가 일반적인 생물학적, 경제적 결정을 넘어서는 의미까지 내포하게 되었다. 비록 이들이 타이완과 홍콩에서 매춘부와 아내의 역할과 중국 해안도시('중국' 이상을 의미하는 부유한 지역)에서 타이완과 홍콩 사업가의 내연녀와 대리모 역할을 해온 장본인이었고,[12] 그런 이유로 그들의 묘사는 주로 '몸'이 되었지만 이들은 강력한 정치적, 문화적 의미를 함축하고 있었다. 그것은 내가 여기에서 젠더 쟁점의 핵심으로 생각하는 몸(상품화와 착취 대상의 억압의 상징)과 사회화(정치적 문화적 집합체의 상징) 간의 불안한 긴장과 상호구성 관계다. 실제로 몸과 사회화는 서로 얽히고설켜 사회화가 여성의 육체적 착취 문제에 우선할 위협마저 있다.

따라서 중국 본토 여성에 대한 언론 묘사를 이해하기 위해서는 '중국 본토'와 '여성'이라는 범주 각각에 대해 주의를 기울여야 한다. 둘이 필연적으로 공통분모가 있지만 말이다. 다시 말해 '중국 본토'를 주요 기표로 사용하기 위해서는 1990년대 중반 해당 지역 내 관계를 당시 상황에 맞게 정확하게 이해해야 한다. 반면 '젠더'에 집중하기 위해서는 '여성 밀매'와 국가 간 여성 이동이라는 초국가적 패러다임을 감안해야 한다.[13] 중국-홍콩-타이완이라는 혼란스러운 네트워크 안의 여성 밀거래(밀매와 납치)와 여성 왕래(자진 이주)의 '초국가적'인 측면은 몸으로서의 중국 여성들의 상품화, 교환, 갈취에 집중하도록 한다. 하지만 그들의 '국가적' 역사의 대립궤도는 '초국가적' 독해를 즉시 저해하여 몸의 독해를 문화적, 정치적 반감의 사회화의 독해로 대체한다. 그러나 서로 모순되는 것 이상으로, 과거 결속력에 대한 기억과 공유했을 것으로 추정되는 문화유산으로 인해 '초국가적'과 '국가적'은 상호 애매한 관계를 구성한다. 세 국가 모두 이 기억을 활용했다. 중국 정부는 이를 견제라는 미사여구로, 중화인민공화국의 문화보다 더 진짜인 '중국' 문화를 입증하고자 했던 당시 타이완의 국민당 정부,[14] 영국의 식민지배와 1997년 이후 중국 통치에 유화적 반응을 보인 상당수의 홍콩인들에 저항하는 지금까지의 홍콩 민족주의자(공산주의 옹호자이든 아니든)까지. 중국의 군사적 위협으로 타이완은 이 기억과 공유되는 부분을 점차 더 부인했지만, 타이완의 문화가 중국보다 우월하다는 전략적 주장과 같은 다양한 형태로 잔존한다. 홍콩의 입장에서는 5장에서 논하겠지만 1997년 7월 1일 '중국인이 되는 것'은 시끌벅적한 의식과 화려한 행사로 이 공유의 회복을 요구했다. 자유민주주의자들이 중국 통치에 대항하여 빈번히 시위를 벌였음에도 불구하고 말이다. 새로이 형성되고 있으나 상실 위협이 있는 홍콩의 문화정체성에 대한 전략 세우기와 독립국가로 국제적으로 인정받기 위한 타이완의 투쟁은 다양하고 모순된 방법으로 구성원들의 동일성과 차이를 활용하는 해당 지역 내 '국가적'과 '초국가적'에 대한 복합적이지만 명백한 기술을 필요로 한다.

결국 중국 여성들이 넘나드는 경계는 국경을 따르는 일반적인 언어적 경계가 아니었다. 타이완으로 이주한 중국인들은 타이완어와 흡사한 민난어를 구사하는 경우가 많았는데, 중국의 푸젠福建성에 유사한 언어가 있었기 때문이다. 홍콩으로 이주한 중국 여성들은 홍콩 사람들이 사용하는 광둥어의 변형을 구사했는데, 광둥어는 광둥广东성의 언어이기도 했다. 독립지향적인 타이완 지식인들에게, 경찰에 체포되어 TV 인터뷰를 하는 중국인 매춘부가 쓰는 타이완 식으로 변형된 만다린을 듣는 것은 심히 불편한 일이었다. 국가 정체성의 경계를 유지하고 감시하기 위해 필요한 '차이'가 효력을 잃은 꼴이 되었기 때문이다. 이런 의미에서 타이완의 독립에 대한 위협은 '유사성'의 위협이었다. 다수의 중국 출신 불법 이민자들이 타이완 해협 횡단에 성공한다면 중국은 타이완을 정복하기 위해 군사적 수단에 기댈 필요가 없다. 언어 또는 민족의 차이(두 나라 모두 한족이 다수 인종)라는 편리한 표시가 없다면 홍콩과 타이완의 문화적 상상은 차이를 인식, 생산, 통합할 수 있는 다른 무언가를 찾아야 할 터였다. 이러한 구체적인 맥락 하에 나는 1990년대 중반 타이완과 홍콩 미디어 내의 중국 여성에 대한 묘사를 해석하고 욕망의 새로운 지정학을 설정하고자 한다. 더욱이 중국 여성들의 타이완과 홍콩으로의 이주와 왕래는 살해된 중국인 내연녀 지란빙의 사례에서 볼 수 있듯이 태평양을 넘어서는 결과를 초래한다. 타이완, 1997년 이전의 홍콩, 남부 캘리포니아는 중국과 애매모호한 문화적, 정치적 관계를 가지는 독특한 시노폰 존을 형성했다.

'본토 자매'의 성상품화

> 새로운 국가의 상상의 공동체에서 여성은 오직 예약만으로 그리고 성적으로만 인정된다. - 레이 초우, 《참모의 정치 The politics of Admittance》(1995)

1990년대 중반 타이완의 '본토(중국) 자매'大陸妹라는 특정 의미 분야가 생성된 역사적 순간을 구성했던 접합적 요소에는 다음과 같은 내용들이 포함될 수 있을 것이다. 1990년대 초 타이완과 중국대륙 사이에 공식적, 비공식적 교류가 증가하고 양국간 교역이 전례 없이 증가했다. 하지만 1995년 6월 타이완 총통 리텅후이李登輝의 비공식적인 미국 방문에 대해 중국 정부가 표출한 분노의 폭풍은, 힘들게 일궈온 이들의 관계에 완전한 붕괴라는 위협이 되었다. 하지만 리 총통의 방문 이전에도 중국과 타이완의 관계에 대해서는 대중적 공식적 담론과 마찬가지로 깊숙이 불안이 파고들어 있었다. 이는 1995년 8월 중국이 타이완을 침공할 것이라고 예언한 자극적인 주장의 책《1995년 8월August 1995》이 편집증에 사로잡힌 타이완 독자층에 얼마나 어필했는지를 보면 알 수 있다. 그리고 1995년 8월이 실제로 닥쳤을 때 정치 분석가들과 신문 칼럼니스트들은 책의 시나리오를 바탕으로 실제 침략의 가능성에 대해 추측했다.[15] 1996년까지 양안해협에서 중국의 군사훈련이 눈에 띄게 타이완에 대한 정복 의지를 주장하면서 더 이상 상상력과 시장의 영역에 국한되지 않는 침략의 시나리오로 이행하자 이는 곧 타이완 외화의 대규모 이탈과 이민 광풍을 촉발시켰다. 또한 급격히 떨어지는 주가는 돌이킬 수 없을 정도로 기업 신뢰에 손상을 줄 것을 우려한 주식 시장 내부로부터의 의견에 따라 타이완 정부의 개입이 필요할 지경이었다.

1980년대 후반과 1990년대 초반의 타이완 독립을 중심으로 한 문화적 생산은 민주진보당 창당이라는 정치적 결정으로 번져가게 되었지만 독립에 대한 수사학은 중국대륙 정부의 압도적인 위협으로 인해 대중의 지지를 잃어가고 있었다. 독립에 대해 주장한다는 것은 침략으로의 초대나 다름없었던 것이다.[16] 1980년대 말과 1990년대 초는 타이완이 중국보다 경제적으로 더 발전해 있었다. 타이완은 중국에 현대화 기술을 가르칠 수 있었고 중국의 초기 자본주의시장을 정복하고 값싼 노동력을 착취하여 돈을 벌 수 있는가 하면, 문화적으로 '뒤처진' 중국보다 더 현대적이고 정교하다고 확신하게 되었으며 이는 중국과의 모든 거래에 대한 깊은 양면성으로 대체되었다. 타이완 경제가 중국에 너무 의존하게 되진 않을까? 긴장이 계속 고조된다면 타이완 기업들은 중국에 대해 투자에 손실이 생길 것인가? 더 작게 생각해본다면 중국의 타이완 사업가들은 중국대륙 자체가 점점 더 부유해지고 있을 때 여전히 그들의 경제적 우월성을 주장하는 부유한 동포들로 행동할 수 있을까? 달리 말하자면 중국의 시장 경제가 현대화되면서 타이완의 우월함을 보여주기 위해 어떤 문화의 이정표가 배치될 수 있을까? 아니면 타이완이 중국의 정치적 패권에 맞서 스스로를 위안할 수 있거나 혹은 그 패권에 저항할 수 있는 실체가 남아 있었는가? 경제 격차가 점차 해소되고 있을 때, 아이러니하게도 이것은 타이완 기업들의 노력 때문이었을까?

중국인들의 타이완에 대한 합법적 혹은 불법적 이민의 증가는 적개심을 줄이기보다는 오히려 타이완의 중국인들에 의해 오염되고 종국에는 인수되고 말 것이라는 불안감을 고조시켰다. 타이완의 노동력 부족과 남성들의 결혼 시장에서의 배우자를 구하는 데 있어서의 어려움 때문에 이주는 필요해졌으니 이것이 곧 일부 중국대륙 남녀들에게 있어서 '금 찾기'淘金 열망으로 불붙었다. 1990년대 중반 합법적이거나 불법으로라도 타이완을 찾아간 이들은 노동자로 선박과 건설현장에서 일하도록 모집되었고 여성들은 타이완의 '뱀 머리들'蛇頭(인간 밀수업자들)에 의해 매춘을 하도록 밀입국되었으며 결혼 서비스 기관들은 중국 여행을 조직하여 궁극적으로 중국인 신부들의 이주를 도왔다. 중국 남녀의 타이완 이주와 관련하여 중국 내 타이완 기업인들이 중국인 내연녀(情婦, 남부 캘리포니아 살인 사건 재판이 이를 예시함)를 챙기는 현상, 불임 부부 중 남편들이 중국에서 대리모를 찾는 관행도 만연해졌다. 이런 대리모들은 예견되는대로 부부 사이에 위기를 가져오기도 했는데 이 여성들이 유부남들에게 내연녀로 남기도 했기 때문이었다.

1990년대 중반 '본토 자매', 즉 '다루메이大陸妹'가 미디어 세계에 등장한 것은 대략 이러한 사회적 곡절의 교차점 안에 있었다. 타이완에서 이 다루메이는 누구였을까? 신문에서 보이던 성적 착취에 대한 선정적인 이야기로 포장된 대중화된 다루메이는 대부분의 경우 매춘부였으며 좀 나은 경우라 할지라도 다른 경우에는 성공적으로 자국민으로 위장하여 가수, 웨이트리스, 술집 호스티스 또는 미용사로 일하는 여자들이었다. 본토/대륙(다루, 大陸)이라는 단어는 경제적 후진성과 금전적 이득을 추구함을 의미했고 자매/여동생(메이, 妹)이라는 단어는 성욕과 젊음을 추구하는 수단을 의미했다. 메이는 고전적인 화어 용어로는 종종 여성 연인을 지칭하는 데 사용되며 좋지 않은 측면에서의 경쟁으로 따지자면 명백히 젊은 여성이 낮은 사회적 지위와 착취성을 가지고 있음을 의미한다. 다루메이의 두 가지 주요 기의는 돈과 성인데, 즉 착취자들에게 도덕적 정당성을 제공하면서 쉽게 구할 수 있는 섹스 대상('그 여자 자신이 그것을 원한다')으로 만드는 돈에 대한 욕망을 의미한다. 그만큼 그 여자들은 타이완 기업인들이 정부로 삼거나 타이완인과 결혼해서 '대륙 부인'大陸太太이 되는 '대륙 여자大陸女子나 대륙여인大陸女人'들과는 달랐다. 그렇지만 다루메이나 대륙 여자, 대륙 부인이라는 용어 사이에는 인식론적 명확성이 없었다. 이유는 바로 뒤의 두 용어의 경우 발화자가 중국 여자를 폄하하고 싶어 하면 다루메이로 쉽게 전락할 수 있기 때문이다. 그래서 대륙 여자가 타이완에 불법적으로 거주하고 있는 것이 발각될 때, 그녀는 즉시 다루메이라 불리게 되었다. 본토 여자가 타이완의 남편과 중매결혼을 할 자격이 없는 것으로 보이면 다루메이로 전락하는 것이었다. 그러나 만일 다루메이 매춘부들이 타이완 경찰에 의해 성매매를 하다가 발견되어 구출되었다면 그들은 경찰의 도덕적 권위와 자비심이 미묘하게 주장될 수 있도록 대륙여자라는 명예 호칭을 부여받았다.17)

신문이나 잡지에 나오는 다루메이라는 표현은 대부분 '금을 찾고 있다'는 독특한 집착이 그녀를 그 목적을 달성할 어떠한 활동으로 이끄는 것처럼 보이는 평면적인 성격을 가지고 있었다. 신문에서는 가끔 그녀들의 성적 학대에 관한 선정적인 기사들을 싣기도 했지만 그것은 이상하게도 그녀들을 더욱 매혹적으로 만들곤 했다. 그 역설은 일종의 수행적 모순 때문이다. 그 문제에 대한 사람들의 우려를 불러일으키기 위해서 신문 보도는 결국 다루메이에 대한 보도를 섹스와 돈을 엮어 감질나는 이야기로 바꾸었다. 그 이야기들은 성 사업에 대한 여성들의 비자발적이고 자발적인 참여에 대한 이야기였고, 그녀들의 노동에 명백한 금전적 가치를 부여했다. 예를 들어 밀수 수수료가 얼마인지, 다루메이가 어떻게 돈을 지불했는지, 아니면 강요당했는지, 그리고 현재 다루메이에게 무슨 일이 일어나고 있는지 등을 보도하는 것이 관례였다. 1994년 9월 다루메이에 관한 뉴스 기사의 작은 헤드라인에는 "350명의 고객 받기: 타이완에 올 수 있는 금액"이라고 쓰여 있었다. 기사는 위조 여권으로 태국을 거쳐 타이완에 두 명의 다루메이를 밀입국하도록 한 수수료가 각각 350명의 손님을 받았던 것으로 350,000타이완 달러(미화 14,000달러)였다고 보도했다. 두 매춘부는 5개월도 안 되어 밀입국 수수료를 갚았고 그 이후 적발될 때까지 한 건의 거래 당 40%를 유지하고 있었다.18)

성 노동에 착취된 다루메이에 대한 이전의 언급은 그들의 복지[19])에 대해 특정한 염려를 담고 있었지만 1995년 중국과의 파장 이후 표현에서는 강제적인 성 노동까지도 아이러니한 유머로 묘사되었다. 1996년 2월 3일, 뉴스 기사에서는 다루메이 세 명이 매춘을 강요당했을 때 경찰에 의해 어떻게 구조되었는지를 묘사했고, 그들 중 한 명이 유방확대수술을 받는 '모험'을 했다고 언급했다. 여기서 분명히 허를 찌르는 것은 매춘부가 되는 자신들의 임박한 운명을 깨닫지 못하는 척하는 다루메이에 대한 것이었다. 매춘부가 되려는 의도가 없다면 왜 다루메이가 유방확대수술을 받겠는가? 다루메이는 (타이완의 도덕적 우월성을 확인시켜 주었을) 동정의 대상이 아니라 조롱의 대상이 되었기 때문에 이 글에 도덕적 관심의 부재가 두드러졌다. 이전의 이야기들은 밀수업자들이 다루메이를 어떻게 비인간적으로 속여 들여왔는지에 집중되어 있었지만, 1995년 이후의 이야기들은 어떻게 이 다루메이가 밀수업자들과의 계약 하에 기꺼이 매춘부가 되어 성행위를 통해 밀수 수수료를 갚게 되었는지를 말해주는 경향이 있었기 때문이다. 따라서 사회의 도덕적 동정이나 지원은 필요하지 않거나 오히려 과한 것이 되었다. 도리어 그 여성들이 이제 밀입국비를 미리 지불하지 않고 타이완에 올 수 있다는 사실이 이들의 침투에 타이완 국경이 얼마나 취약한지를 보여주었다. 다루메이들은 실제로 공짜로 와서 나중에 밀입국 비용을 지불할 돈을 벌수도 있는 것이다. 다루메이의 복지에 대한 우려는 그 어느 때보다도 깨끗하게 '부패한' 다루메이에 대한 경각심을 나타낸 것으로 타이완을 '오염'시키고 있었다.

타이완의 인기 뉴스 잡지 《차이나 타임즈 위클리》는 다루메이에 관한 의문에 대해 적어도 두 번의 특별 보도를 했다. 이중 첫 번째 것은 1993년 1월에 보도되어 국내에서는 다루메이를 다루지 않고 중국에서는 다루메이를 다루어 타이완 기업인들의 중국인 매춘부와 중국 정부情婦를 혼동시켰다. 타이완의 다루메이의 의미 분야는 불법적인 성과 돈으로 포화상태였던 반면 중국의 다루메이는 오히려 돈과 사치품, 물질적인 상품에 대한 끊임없는 욕심이 특징이었다. "타이완 남성을 죽이는 다루메이의 사랑"이라는 제목의 이 기사는 다루메이와 타이완 기업인들의 관계에 대한 세 단계를 거짓 분석적이고 거짓 역사적인 방법으로 묘사하고 있다. 기자는 첫 번째 단계를 타이완 기업이 중국으로 확장하기 시작한 1988년부터 1990년 사이에 일어난 것으로 정의한다. 이때는 타이완 기업인들이 중국에서 준비된 미녀들의 이용 가능성에 매력을 느꼈고 중국 여성들도 타이완 남성들의 '다정함'에 똑같이 감명받았을 때였다. 백인, 흑인 애인이 있는 것과는 달리 타이완 남성들과 거리를 걷는 것은 현지 사람들의 큰 관심이나 편견을 불러일으키지 않았다. 만다린을 거의 하지 않는 경향의 홍콩 애인과 남성 우월주의를 용납할 수 없는 일본 애인과 달리 타이완 남자들은 만다린을 구사했고 가장 중요한 것은 다정한 점이었다. 인종적으로 언어적으로 양립할 수 있는 양측은 서로에게 완벽한 낭만적 어울림을 발견했다. 이때는 타이완 남성들이 쉽게 정복할 수 있는 시기였다. 그들은 부드러움을 보여주었고, 약간의 돈과 작은 보석을 주었으며, 여자들은 쉽게 유혹되었다. 1990-91년 2단계에서 타이완 남성들은 이전에 의지가 있던 정부들이 더 이상 수백 위안의 외화나 수십 컬레의 스타킹에 만족하지 않고 상당한 양의 귀금속과 돈을 요구했기 때문에 더욱 어려워졌다.[20] 세 번째 단계에서 다루메이가 있다는 것은 더 많은 비용을 필요로 하게 되었다. 1992년까지 다루메이에게 드는 비용은 미화 월 1,000달러에서 2,000달러로 증가했다. 다루메이들은 전형적으로 아파트 구입(미화 200,000달러 정도)을 요구했다. 타이완 사

14 타이완 미디어의 다루메이의 사진

업가들은 그래도 타이완에 정부를 두는 것보다는 다루메이를 더 선호했는데 전자가 여전히 더 비싼 금액(월 미화 3,200달러)이 필요하고 부인에게 발견될 더 큰 위험을 수반했기 때문이었다.

기사 내용은 타이완 기업인들에게 다음과 같이 말하는 것으로 끝을 맺는다. "묻건대, 겉치레하고 부유함을 자랑하길 좋아하는가? 얼굴이 살집이 있어 보이게 하려고 뺨을 때리는가? 여자들을 유혹하기 위해 머리를 염색하는가? 오늘날의 본토 미녀들은 더 이상 그렇게 쉽게 유혹되지 않으니 자기 점검을 해보길 권한다."[21] 기사에서는 또 다른 경고를 한다. "당신의 돈으로 다루메이의 환심을 사도 고통받는 것은 당신 자신이다. 다루메이는 당신에게 점점 더 많은 것을 요구할 것이기 때문이다." 기자는 중국인들이 당신을 '타이완 동포'臺胞라고 부르는 대신 '멍청한 동포'呆胞라고 비슷한 다른 단어로 부르는 이유가 있다고 덧붙이면서 이렇게 경고한다. "갈수록 더 똑똑해지는 다루메이들은 멍청한 동포들을 기꺼이 잡아먹으려 하고 있다." 금융 통계로 가득 찬 타이완 기업인과 중국 본토 여성들 사이의 관계에 대한 가설은 '남자 대 남자' 정부情婦 가이드나 성적 모험 가이드로 읽히지만, 이 보도에서 경고한 것은 타이완 기업인들을 서발턴화하는 역이용 시나리오를 제시했다. 기사는 여성들을 더 잘 조종하고 차례대로 조작되는 것을 피하기 위해 재정력을 컨트롤하면서 사용할 것을 주장했다.

1995년 12월 《시보주간時報周刊(차이나 타임즈 위클리)》에 두 번째 특별 보도가 나왔다. 여기에는 다루메이와 이들의 활동 전반에 관한 몇 가지 새로운 정보가 포함되었으며, 당시 타이완 북부 신주 시의 여성 수용소에서 열린 57명 중 세 명의 다루메이와의 인터뷰도 포함되어 있었다. 인터뷰는 다루메이의 다양한 사회적 배경을 드러내기도 했지만 "오래된 금광은 미국에 있지만 새로운 금광은 타이완에 있다!"[22]라고 하는 신조어가 예시하는 것과 같이, 타이완으로의 이주를 위한 주요 동기부여로서의 돈에 대한 그들의 공통된 욕구를 강조했다. 인터뷰에 응한 세 명의 다루메이는 조금도 부끄러워하거나 수치스러워하지 않는 것으로 보여졌다. 그들은 돈을 버는 데 성공했다고 자랑하고 추방되더라도 이후 타이완으로 돌아오려고 애쓸 것이라고 맹세했다. 따라서 다루메이의 위협은 대규모 이주의 위협이었다. 57명의 억류자 외에도 그 기사에서는 아무도 타이완에 실제로 얼마나 많은 다루메이가 있는지는 '감히' 장담할 수 있는 사람은 없다고 언급했다. 기사는 중국 정부에서 타이완 사업가들이 자주 찾는 중국 해안 도시의 술집과 레스토랑에서 일할 다루메이를 스파이로 고용한 것일지도 모른다고 했다. 그러면서 타이완 내의 일부 다루메이는 중국 정부가 보낸 공산주의 공작원일 가능성이 있다는 결론을 내렸다고 언급하면서 중국의 고위 관리들과 연결된 다루메이의 이야기로 끝을 맺었다.[23] 돈을 좇는 다루메이는 이제 중국이 타이완을 겨냥한 과시적인 군사 훈련을 실시하기 시작하면서 국가 안보 우려의 투사로 치환되었다.

다루메이는 경제적 이득에 굶주린 성적인 신체로 따라서 착취적이고 타이완 남성들의 성적 정복에 빠지기 쉬운, 성적인 힘으로 번역되는 타이완 경제력에 대한 환상을 반영했다. 이 권력이 다루메이의 교묘한 책략에 위협받자 타이완 기업인들은 '멍청한 동포'로서의 지위를 상기하게 되었고 다루메이는 점점 구체화된 위협으로 다가왔다. 그녀들은 단순히 타이완 기업인들의 주머니 사정을 위협하는 것이 아니라 타이완이 점점 더 중국의 노동과 시장에 의존하게 되면서 타이완 자본과 산업적 이익에 대한 일반화된 위협으로 변해갔다. 그녀는 심지어 타이완의 국가 안보에 위협이 되기도 했다. 타이완 정부가 일찍이 타이완 기업의 남중국 진출을 "남쪽으로 연계해서 북쪽으로 접근"24)하는 전략으로 보았다면 – 타이완 자본이 중국 남부를 사로잡고 베이징으로부터의 통제를 느슨하게 하는 등 – 현재 타이완의 대중국 투자는 갈수록 공산정권의 변덕에 취약한 것으로 인식되어 부채가 되는 것이다. 타이완 비즈니스계 재벌 왕융칭王永慶이 타이완에 있는 대신 중국에 대규모 화학 공장을 건설할 계획이라는 소문은 정부 관리들을 긴장하게 하면서 그들을 왕융칭의 문 앞에 급히 달려가도록 했고 1997년 초 왕융칭이 이미 중국에서 공사를 시작했다고 공개적으로 발표했을 때 타이완 공직자들은 극도로 당황하여서는 왕융칭의 사업에서 불법으로 판명되는 것이 있다면 처벌을 받게 될 것이라는 발표를 하기에 이르렀다. 타이완의 경제적 정치적 관계에 대한 열망과 두려움은 다루메이에 대한 언론 표현과 놀랍게도 유사했다. 다루(본토)의 성적인 화신인 다루메이는 그녀의 유혹을 통해 타이완 자본을 약탈하고 소진시키는 경제적 위협과 이주, 침투, 침략의 정치적 위협을 독자들에게 구체화시킨 것이다. 타이완 기업인들에게 자제력을 발휘하라는 요구는 이제 국가적인 함의 때문에 긴박감이 고조되었다는 점을 강조하였다. 그만 유혹 당하라! 속지 마라! 자신을 더 약하게 만들지 말라!

그렇지만 이처럼 심한 다루메이에 대한 표현들에서 간과된 것은 중국 본토 여성들에 대한 실제 신체적 학대뿐만 아니라 타이완 자국 여성들의 운명이었다. 자국 여성들의 상황은 지역 페미니스트들에게 큰 관심사였는데 왜냐하면 다루메이의 가용성은 경제적 안정은 말할 것도 없이 일부일처제와 평등에 대한 자국 여성들의 욕구를 의심의 여지없이 위협했기 때문이다. 더 정확히 말하자면 자국의 가부장제는 다루메이의 이용가능성을 최대한 이용하여 자국 내 여성에 대한 자의적인 지배를 더욱 공고히 할 수 있게 된다. 남편의 중국 정부와의 불륜이 가족에 대한 완전한 방치로 이어진 후 아이들을 살해하고 자살한 타이완 여성의 이야기는 타이완해협을 가로질러 점점 더 심해지는 위험에 관한 이야기일 뿐만 아니라 현대판 메데이아[25]에 대한 이야기로 여겨진다. 그러므로 타이완 페미니스트들이 1995년 타이완에서 10대 매춘부들을 상대로 가두 행진을 벌였을 때, 그들은 다루메이 매춘부들을 그들의 의제에 포함시키지 않았는데, 진짜 서발턴들은 기꺼이 착취당하는 쪽을 선택한 다루메이들이 아니라 자기 남편의 부정을 견뎌야 했던 타이완 자국 여성들로 그들에게는 당연히 그렇게 보였을 것이다. 타이완 페미니스트들이 다루메이 문제를 꺼리는 이유는 바로 여기에 있으며 현지 유력 페미니스트 지도자인 리위안전李元貞[26]이 말하는 것처럼 "다루메이 문제는 우리 페미니스트의 사각지대"가 되는 것이다.[27] 따라서 욕망할만하고 쉽게 착취될 수 있는 신체로써, 그리고 위협의 구체화로써의 중국 여성들에 대한 언론 표현의 뻔뻔할 정도로 가부장적인 어조는 현지 페미니스트들에 의해 문제화되지 않았다. 남부 캘리포니아에서 있었던 중국인의 살인사건 재판에 대한 반응은 다음과 같이 조건화되었다. 타이완인 아내 린리윈은 타이완 여성들에 의해 피해자로 여겨졌다. 그녀가 남편의 중국인 내연녀를 살해했다는 것은 그들에게 타이완 부인들의 집단적인 복수를 상징할 만했다.

지역으로부터 유래한 페미니스트가 간통하는 타이완 남편의 부인들을 돕기 위해 노력했다는 가장 설득력 있는 증언은 유명한 페미니스트 변호사 치우창Chiu Chang이 린추이펀Lin T'sui-fen과 공동으로 펴낸 책 두께의 연구로 현상들을 연구한 것이다. 책 제목은 《일국이처One Country, Two Wives》로 홍콩에 사용되고 있는 '일국양제'의 공산당 슬로건을 패러디한 것이었다. 치우와 린은 수많은 대표적인 사건들과 현지 처에 대한 그들의 결과를 법률적으로 분석한 이 책을 통해서 남부 캘리포니아 살인사건에 있어서 불륜 남편인 펑정츠에 대해 신랄한 비난도 했지만, 부인들에게 상간녀를 죽이는 대신 더 현명한 해결책은 남편을 거세하는 것이라고 말했다. 두 사람은 내연녀를 살해한 것 때문에 아내 린(나중에 무기징역을 선고받았다)에게 매우 어려운 법적인 상황을 가져다주었다고 생각하지만 타이완 법에 따르면 거세는 최고 형량이 징역 2년에 불과한 '상해'로 간주될 뿐이다. 마찬가지로 그들은 가부장적인 타이완 법과 이 법이 보호하는 부패한 남편들을 비난하면서 재산 소유, 이혼, 양육권과 같은 문제들에 대한 법률 자문을 제공한다. 이 책에서 타이완 남성의 요구에 기꺼이 응한 중국 여성들을 선동가, 금광파, 기회주의자 등으로 묘사하여 민족주의 정서를 어느 정도 자극하는 측면도 있지만 그래도 비판의 주 대상은 일관되게 타이완 가부장제였다. 그들의 목소리는 완강하게 타이완 현지의 페미니스트들의 목소리였고 다른 여성들의 침투에 대항하기 위해 민족주의 정서를 미묘하게 그려내면서도 부인들의 돈과 남편이라는 '이중 손실'의 관점에서 가부장제를 소리 높여 비난했다.[28]

하지만 이 페미니즘의 로컬적 초점에도 불구하고 성별과 민족주의의 단일 국민국가를 기반으로 한 관계의 논의에 상호 모순이 되지 않았다. 대신 타이완 현지 여성들의 페미니스트 의식을 높이기 위해 민족주의 정서를 전략적으로 전용하는 일들이 있었다. 여기서의 전투는 젠더화된 시각에서 보자면 탈영토화와 재영토화하는 힘의 사이에 있었다. 이 전투는 젠더의 트랜스컨텍스트 이론에 저항하는 현지 특유의 페미니스트 정치에서 펼쳐져야만 한다. 따라서 이는 현지의 페미니즘이 서로 다른 지정학적 공간에 걸쳐 다른 페미니즘들과 대화할 수 없었다는 것을 의미하지는 않는다. 오히려 그것은 어떠한 단일 페미니스트의 입장도 어떻게 다른 맥락에서 발생하는 다양한 페미니스트 입장의 이념적 동시성을 설명할 수는 없으며, 페미니스트 투쟁은 다른 위치에 걸쳐 명료한 해석가능성의 범용론적 용어로 표현되어서는 안 되고 또 설명할 수 없다는 것을 시사한다.

'본토 사촌'의 여성화

> 이 기억을 소유하는 것이 중요하고, 그것을 통제하기 위해서 그것을 관리하면 그것이 무엇을 포함해야 하는지 말해라. - 미셸 푸코, 《영화와 대중 기억》 (1975)

1990년대 중반 홍콩에서 중국 여성의 유형 분류는 주로 중국에서 홍콩으로의 오랜 이민 역사, 홍콩으로의 접근 용이성, 홍콩 사회의 다양한 계층에서의 그들의 존재로 인해 더욱 두드러졌다. 홍콩 사회는 주로 초기 중국 출신 한족 이민자들로 구성되어 있으며, '홍콩인'이 아닌 '중국인'으로 여겨지는 '새로운 이민자들(신이민)'에 대한 편견은 적지 않았다.[29] 때로 성공한 기업가적이고 전문적인 신이민 여성들이 사회에서 눈에 띄기도 했지만 본토 여성들이 속했던 것은 대부분 하층 계급 개인들의 집단이었다. 홍콩에도 다루메이 매춘부들이 있었는데 이들의 호칭은 종종 그들의 출신지에 근거한 것이었다. 텐진 출신은 틴조엔메이Tinjoenmei, 후난성 출신은 우난무이Wunanmui, 중국 북부 출신은 일반적으로 버그무이Bugmui 등이었다. 1995년 한 해에만 천 명이 넘는 불법 본토 매춘부들이 경찰에 붙잡혔다.[30]

그러나 타이완의 경우와 마찬가지로 더 시급한 문제는 홍콩 기업인들의 본토 정부들이 공공연히 있었다는 것이다. 이런 대규모의 간통은 1994년 말과 1995년 초, 이른바 '첩/정부'抱一奶 현상이라는 홍콩 기업인들의 중국 내 정부 수립 통계가 공개되면서 언론의 주목을 끌었다. 홍콩 남성들은 자신의 중국 '첫번째 첩/두번째 첩'一奶/二奶[31]으로부터 전체 홍콩 인구 600만 명의 5%에 해당하는 약 30만 명의 사생아를 중국에서 집단으로 낳았는데, 중국 경제특구 선전深圳은 국경 도시 전체가 '이나이 마을'이 되고 중국은 아이러니하게도 '이나이 제공 지역'으로 불렸다.[32] 이 같은 이나이들은 불륜을 저지르는 홍콩 사업가들에게는 쉬운 먹잇감이 되었는데, 홍콩의 한 페미니스트 저널리스트는 그들이 제멋대로 인데다가 평등을 요구하는 홍콩 여성들과 달리 '저렴하고 아름다운 품질'에 경제적 이익을 대가로 홍콩 사업가들의 요구를 순순히 들어주었기 때문이라고 비꼬면서 말했다.[33] 배신을 당한 세 아이의 홍콩인 어머니가 자살 시도에서 구출되었고, 다른 한 명은 불륜을 저지른 남편을 살해했으며, 또 다른 한 명은 남편을 거세시켰고 다른 몇몇 비극적인 사건들도 공개되었다.[34] 1994년 말, 분노한 홍콩 부인들은 집단으로 자신의 남편들과 본토 여성들 사이에 만연한 간통죄의 축소 요구에 저항하는 시위를 벌였고[35] 새로운 입법을 통해 '바오이나이(첩을 두기)' 현상을 범죄로 규정하자는 토론과 제안이 촉발되었다. 이번 형사법 입안 요구에 대한 반대측 주장은 홍콩 기업인들이 사업상 장기간 중국에 체류하면서 각자의 성적 욕구를 충족시킬 필요가 있다는 주장과 함께 이나이 합법화라는 충격적인 제안을 내놓았다.36)

　홍콩 현지 페미니스트들의 상황은 순전히 그러한 사건의 수량과 홍콩에 합법적인 거주권을 가질 가능성이 매우 높은 사생아들의 압도적 수 때문에 어쩌면 타이완 페미니스트들보다 훨씬 더 긴급한 문제였을 것이다. 일반적으로 홍콩의 토착 여성들의 경우에는 평등을 위한 그들의 투쟁은 홍콩 남성들 대비 여성 인구수의 압도적 잉여로 인해 심각하게 토대가 약화되어 있었다. 일찍이 성 평등을 얻어낸 이후 더 이상 자국 여성들의 요구에 주눅들 필요가 없었던 홍콩 남성들은 부분적으로 여성이 부족해서 혹은 홍콩 남성들이 그들과 경쟁해야 할 필요성에 기인했다.37) 홍콩 부인들도 타이완 부인들과 마찬가지로 돈과 남편을 모두 잃게 되는 운명에 직면했고 타이완 아내들과 운명을 같이 하게 된 그들의 모습이 눈에 띄었다.38) 홍콩의 여성 봉사 및 여성 단체에 관한 첫 번째 책은 여성 커뮤니티 센터 중 한 곳의 주요 의제가 어떻게 중국에서 일하는 남편을 둔 부인들에게 지원을 제공하는 것이었는지를 주목했다. 홍콩 페미니스트들의 관점은 타이완과 마찬가지로 '바오이나이' 현상이 홍콩 여성들을 희생시키는 사회적 문제로 보았던 것이다.39) 두 맥락에서의 페미니즘은 모두 부단히 로컬적인 것이어야 했고 국경을 넘어 중국인 남성과 여성의 초국가적 이동에서 비롯되는 페미니스트 이상과의 타협에 저항하기 위한 열정적인 시도였다.

　그러나 타이완과 홍콩의 현지 여성들의 조건의 명백한 유사성을 넘어서서 나는 홍콩의 인기 있는 상상 속 광동어로는 'biutse' 표준어로는 'biaojie'라고 하는 본토 여성들의 독특한 범주에 대한 묘사에도 관심이 있다. 이런 고도의 이념적 범주는 타이완에는 없지만 그에 대한 탐색은 1990년대 중반 이념적 문제가 어떻게 해결되었는지를 이해하는 데 있어서 중요한 견해를 제공하고 있으며, 보다 비판적으로는 어떻게 이 범주가 퇴행과 함께 점차 소멸될 운명인 홍콩 문화 정체성을 정의하기 위한 본토주의의 긴급성의 운동의 장이 되었는지를 보여준다. 타이완은 마르크스주의 성향의 지식인들이 마르크스주의가 중국에 동조하는 것과 같다는 연합으로 인해 사회 내 소명을 크게 상실하는 등 공산주의 체제를 상징적으로나 실용적으로 부정하는 방법으로 민주화를 과시해 왔다.[40] 그러나 1990년대 중반 홍콩에게는 세계화된 자본주의와 이념적 교란을 계속하는 공산주의 체제 사이에 분명히 자리잡고 있었기 때문에 이데올로기가 중요했다. ‘biuzse’의 이데올로기적 범주는 공산주의 간부였는데 그 이름은 문자 그대로 ‘손위 여자 사촌’이라는 뜻이다. 남성 상대개념은 ‘biugo(손위 남자 사촌)’는 순진하거나 구식일 수도 있고 강도나 뇌물수수 같은 부도덕한 행동을 할 수도 있지만 ‘biugo’들은 또한 일련의 부정적인 특징을 나타내는 경향이 있다고 보는데, 예를 들면 후진성, 유행에 뒤떨어짐, 적절한 예절과 매너의 부족, 그리고 뇌물과 연줄을 사용하려는 것 등이다.[41] 두 용어는 아마도 문화대혁명 시절의 모범극 〈홍등기〉에서 중국 항일전쟁 당시 지하 공산주의자들의 암호명으로 사용되었던 ‘biusuk(외숙부)’라는 용어에서 유래했을 것이다.[42] 홍콩에서 유통되었을 때, ‘biusuk’은 적절히 ‘모국’과 ‘자식’ 홍콩 사이의 세대 차이에 대한 환유적 역할을 했다. 1997년 이전의 홍콩의 분위기에서 일부 사람들에 의해서 ‘모국’으로의 ‘반환’이 영국의 식민지에서 ‘조국 식민지祖國植民地’로 이행된다거나 ‘재식민再植民’의 과정으로 해석되는 동안 ‘모계’ 친척과의 관계에 대한 함의는 점점 더 문제가 되었다.

'biutse' 표현에 대한 나의 분석을 문맥적으로 설명하기 위해서 나는 문화현장에 대한 보다 지속적인 조사에 뒤따르는 정치, 경제, 인구통계학적 측면에서 1990년대 중반 홍콩의 역사적 특징에 대한 필연적으로 광범위한 설명을 제시하고자 한다. 1990년대 중반 홍콩 민중들의 1차적인 강박은 1997년 중국으로의 퇴보적 접근이었다고 해도 과언이 아니다. 1989년 6월 4일 천안문 광장 대학살은 공산주의 정권에 대항하여 홍콩의 민주 세력을 동원했고 공산주의 통치가 도래하기 전에 민주화를 하고자 하는 노력에 긴박감을 불어넣었다. 1995년 9월의 입법 선거는 민주 세력에게 압도적인 성공을 가져다주었다. 경제적으로는 부동산 가격 상승과 주식시장의 상승장(부분적으로는 중국발 '붉은 자본'의 투입에 힘입은 것)이 기이한 호황을 이루었다. 홍콩 거리에서 중국어(만다린)가 더 자주 들렸기 때문에 인구통계학적 변화는 분명했다. 이른바 왕복여행증雙程證을 받거나 또는 비교적 쉽게 홍콩으로 밀입국할 수 있었기 때문에 중국 신이민자들은 더 눈에 띄었다. 반대로 '반환'이 임박함에 따라 이전에 철저히 상업화되었던 문화 분야, 특히 대중 매체는 1997년 이후 중국을 배경으로 홍콩의 독특한 문화적 정체성을 묘사하는 것에 점점 더 집착하게 되었다.[43] 홍콩 정체성을 구축하려는 대중 매체의 욕구는 1995년 2월 실시된 여론조사 결과에서 볼 수 있듯이 대중의 욕구를 반영하고 병치시켰다. 36%가 자신을 '홍콩인'이라고 했고, 32%는 '홍콩계 중국인'이라고 했으며 '중국인' 20%, '영국계 중국인'을 12%에 불과했다.[44] 만일 우리가 '홍콩계 중국인'의 '중국인'을 단순히 민족적 명칭으로만 본다면 (내가 서문에서 설명했듯이 '중국인'은 민족이 아님에도 불구하고) 홍콩의 정체성을 주장하는 홍콩 거주자의 비율은 거의 70%에 달했다. 이와 함께 홍콩 정체성의 구성 요소로서 영국의 식민지 역사를 전략적으로 환기시킨 일종의 정체성 담론에도 중국과 구별하기 위한 욕구가 강했다. 예를 들어 미국의 저명한 홍콩 디아스포라 지식인인 레이 초우는 홍콩의 식민지성을 두 가지 해악 중 더 나은 것으로 보고 영국의 식민주의를 "탄압의 일상적 체험이 다른 형태의 자유를 찾는 자의 식적 탐색과 동시에 이루어지는 기회의 한 형태"라고 정의했다. 그래서 영국의 식민주의가 폭력의 한 형태였음에도 불구하고 그것은 "다른 곳에 있는 더 큰 폭력의 대안으로 살아온 것"이며 여기서 "다른 곳"은 의심의 여지없이 중국을 지칭하는 것이었다.45) 다른 글에서 레이 초우는 홍콩의 신흥 문화 생산을 영국과 중국 문화 시스템 사이의 '제 3의 공간'에서 '대체' 문화나 공동체의 비전을 제시하면서 또한 '불순'한 것으로 정의했다.46) 레이 초우는 식민지 역사의 폭력의 소멸을 기념하는 것처럼 호미 바바Homi Bhabha47)에 의해 대중화된 혼종성이라는 용어를 조심스럽게 피했고 대신 불순성의 개념을 주장했는데 이 불순성의 개념은 식민지화의 역속적 상황에서 식민지의 억압과 대리기관 모두를 강조했다.

홍콩 정체성의 다른 공식화는 쿠엔틴 리Quentin Lee가 내세웠던 것처럼 혼종성을 중국 국가주의와 홍콩 옥시덴탈리즘(즉, 서양 숭배)의 양쪽에서 구상되는 '문화적 순수의 환상'을 해체하는 수단으로 보았으며 이로서 양방향에서 지배를 무력화시킬 수 있는 것이다.48) 쿠엔틴 리는 여기서 혼종성과 불순성을 같은 것으로 취급했다. 하지만 홍콩의 혼종화된 문화 생산을 선택적으로 정당화시킨 것은 영국의 식민주의였기 때문에 영국의 시선과 얽힌 것으로 보는 다른 이들에 의해서 그러한 불순성/혼종성 담론은 비난받았다.49) 불순성/혼종성 담론의 또 다른 잠재적 위험은 바로 이것이다. 중국과 홍콩의 본질적인 차이가 전자의 순수성과 후자의 불순성이라면 1997년 이후 중국의 현대

문화 요소들이 홍콩의 불순성의 일부가 되는 것을 막는 것은 무엇인가? 홍콩의 불순함이 무해한 다문화주의의 또 다른 명분이 될 수 있는 방법으로 현대 중국 문화 요소들이 편입될 수 없었을까? 문화의 '토착주의' 패러다임이 없는 상황에서 홍콩 정체성의 독특한 구성에 대한 어떠한 주장도 문제가 되지는 않더라도 기껏해야 빈약할 수밖에 없다. 홍콩에서 (타이완과 마찬가지로) '국가적' 정체성을 상상하는 선택지가 전혀 없었던 탓이다.

'모국'으로의 반환이 여전히 또 다른 식민지 개척자에 의해 지배를 받는 것으로 묘사되면서 탈식민화가 해방이나 독립을 의미하지 않기 때문에 접두사 '포스트'[50]의 함축만을 조롱하는 일종의 '포스트식민지화'를 약속했다. 하지만 특별한 문화적 정체성을 찾고자 하는 수고가 헛될수록 긴박함과 욕망은 더 커진다. 닉 브라운Nick Browne이 1990년대 홍콩 영화의 시간적 모드를 '미래 전위'라고 묘사한 것은 '과거 업적의 미래 번복을 위협하는 임박한 수익의 복합성'을 암시하는 것으로 문화적 정체성을 찾고자 하는 모순을 강조하고 있다.[51] 매우 불가능하거나 무의미하다고 전제된 문화적 정체성에 대한 이와 같은 역설적인 탐색은 수잔 스튜어트Susan Stewart의 향수에 대한 논의의 관점에서 이해될 수 있을 것이다. 스튜어트는 이렇게 말했다.

> 향수는 사물이 없는 슬픔으로, 살아 있는 경험에 참여하지 않기 때문에 필연적인 갈망이 없는 그리움을 자아내는 슬픔이다. 오히려 그것은 그 경험에 뒤처지거나 혹은 그 이전에 남아 있다. 향수는 어떤 형식의 이야기와 마찬가지로 항상 관념적인 것이다. 그것이 추구하는 과거는 서사로서가 아니고는 존재하지 않았으며, 따라서 항상 존재하지 않는 과거는 계속해서 자신을 느낌의 부족으로 재생산하려고 위협하고 있다. 역사와 그 보이지 않는 기원에 적대적이며, 그럼에도 불구하고 향수는

기원의 장소에서 사는 경험이라는 불가능할 정도로 순수한 맥락에 대한 갈망으로 뚜렷한 유토피아적인 얼굴을 하고, 미래 – 과거로 향하는 얼굴, 이념적 현실만을 가지고 있는 과거를 입는다. 향수를 느끼는 이들이 추구하는 이 욕망의 지점은 사실 욕망의 바로 세대 메커니즘인 부재다.52)

홍콩 정체성에 대한 서사를 찾는 것은 향수와 마찬가지로 역설적으로 홍콩이 없는 것을 전제로 한 것이었다. 궁극적으로 그것은 불가능하기 때문에 정확하게 그리움을 자아내는 유토피아적인 꿈이었다. 따라서 이러한 욕망의 시간적 형식은 '미래 – 과거' 또는 '미래 – 전방'이었다. 미래에 대한 전망은 그 손실이 보장되었기 때문에 과거의 손실에 대한 불안감을 불러일으켰다. 문화의 기억 표식으로서의 어떤 물건이나 기념품을 찾고자 하는 욕망이다. 1997년까지 이어진 1990년대 홍콩 영화는 이런 의미에서 자주적 실체로 인식되지 않은 문화의 환상적인 기념품이었고 향수의 불안을 달래기 위한 시도였다.53)

홍콩 영화에서 'biutse'에 관한 영화 6편의 제작은 과거에 대한 기념품으로 이해될 수 있기 때문에 홍콩 문화의 '본질'은 'biutse'로 대표되는 중국의 그것들과의 대조를 통해 대표성의 주요 초점이 되었다. 하지만 이 영화들은 향수를 불러일으키는 것 이상의 역할을 했다. 그들은 1997년 이후 가능한 미래의 내러티브를 예상했기 때문이다. 이 영화들은 익살극, 코미디, 로맨틱 드라마에서부터 포르노에 이르기까지 다양하지만 알프레드 청 감독이 만든 4편의 영화 시리즈는 1990년에서 1994년 사이에 제작된 〈그녀의 치명적인 방법Her Fatal Ways(biutse nayhoye, 말 그대로 '본토 사촌, 브라보!'에 관해서 컬러 삽화 3번 참고)〉는 영화들이 홍콩과의 관계에 대한 정치적, 문화적 협상을 검토할 수 있는 이상적인 장을 제공하는데 그것은 바로 이 영화들이 과장되고 익살스럽게 만들어졌기 때문이다.54) 영화에서 내러티브의 형태에 있어서 홍콩과의 관계가 변화하는 'biuzse'를 보게 되면 비록 희극이라는 장르가 그러한 것처럼 다소 조잡하게 흉내내기는 하지만 홍콩의 과거와 미래에 대한 가능한 시나리오를 상징적으로 묘사하고 있다. 프로이트식의 수사법을 빌어서 말하자면 이런 영화의 연기기술은 아이들 놀이 중에 '포르트 - 다'55)에 비유할 수 있는데 여기서 홍콩의 실종과 출현을 나타낸 것은 홍콩의 부재를 통제하고 나아가 임박한 미래를 이해하기 위한 상징(영화)을 사용하려는 시도인 것이다.56) 이러한 통제의 식은 불안감을 웃음으로 대체하는 영화라는 장르에 의해 더욱 잘 전달된다. 이렇게 해서 얻은 쾌감은 비록 각 영화의 지속 기간 동안만 지속될 수 있을지라도 힘과 통제의 연습으로 볼 수 있다.

네 편의 과거 영화에서 'biutse' 그녀 자체는 코믹 효과의 혼합물이다. 홍콩 영화배우 캐럴 청鄭裕玲이 연기하는 그녀는 본토의 범죄 요소를 추적하기 위해 국경을 넘어 홍콩으로 향하는 남성적이고 총을 쓰며 쿵푸 마스터이자 당의 간부이며 또한 여자 경찰이다. 전형적인 탈젠더화된 '철의 여인'鐵娘子(이데올로기의 최전선에 서 있는 철의 여인)인 슈오난'碩男(번역하자면 '위대한 남자')은 공산주의 이데올로기로 살며 숨쉬고 있다. 그녀는 보폭이 넓게 남성적인 걸음을 걷고 권위적인 큰 목소리로 말하며 공식적인 정당의 수사법을 내뱉으며 당 간부에게 기대되듯이 여성성과 성적인 모든 모습은 지워진다. 코믹한 효과는 홍콩의 다른 맥락에서 그녀의 행동과 언어의 '이데올로기적 언어의 오/혼용'이라고 불릴 수도 있는 것에 의해서 이루어진다. 여기서 그녀의 이데올로기적으로 올바른 행동과 언어는 눈에 띄게 잘못 배치되어 관객들이 웃을 수 있는 코미디 소재가 된다. 그러나 또 다른 반전이 있다. 슈오난은 공산주의 이데올로기에 의해 이 지점에서 독점적으로 지시된 그녀의 남성적이고 무례한 행동과 언어에 대해 점점 더 자의식이 강해지게 되고 점차 그녀 자신의 깊은 억눌림과 여성적인 욕망에 각성하는 것으로 보인다. 때때로 슈오난 자신도 의식적으로 건조하고 진부한 이데올로기적 미사여구를 이용하여 그렇게 하지 않으면 자신의 내면의 욕망과 소망을 배반하도록 강요할 수도 있는 어색한 상황에 대처한다.

따라서 이데올로기적 자아와 사적 자아 사이의 분열은 명확한 선을 따라 구성된다. 억압되고 사적인 자아는 그녀가 유혹적이고 도시적이며 자본주의적인 홍콩에 들어간 직후 발견되고 점차 억압에서 풀려나게 된다. 홍콩 문화에 대한 명백한 확인을 보게 되는 것은 바로 그녀의 변신을 통해서다. 이런 변신의 과정은 시리즈 1부에 가장 분명히 묘사되어 있는데 이때가 'biutse'가 처음으로 홍콩으로 오기 때문이다. '부르주아' 욕망을 품어서는 안 되는 당의 간부로서 그녀는 재빨리 그리고 물론 비밀스럽게 립스틱을 바르고 드레스를 입으며 사랑에 빠지는 여성이 되고 싶어 한다. 꽝장히 잘 생기고 호감 가는 토니 렁梁朝偉이 연기하는 홍콩 경찰관과 함께 있는 장면에서 그녀는 이층버스의 위쪽 갑판에서 보이는 화려한 네온사인의 아름다움에 탄성을 지른다. 그녀의 탄성은 홍콩 문화의 우월성을 확인시켜준다. 왜냐하면 그것은 지금까지 그녀의 매혹을 감추기 위해 매우 조심해왔던 한 충실한 공산당 간부에 의해서 이야기되기 때문이다. 이러한 확인은 그녀가 홍콩으로 가는 길에 버스 유리창과 지나가는 오토바이 운전자의 입에 침을 뱉고 침을 뱉는 기술을 가르쳤던 이전 장면과는 대조적인 장면에서도 나온다. 맛도 감성도 없는 무식한 사관생도에서 미모와 사랑을 갈망하는 여성(그리고 원시적인 버스에서 이층버스로의 교통의 변화, 도시 홍콩의 가장 큰 상징)으로 변신한 그녀의 모습은 홍콩의 문화적 우월성을 확인시켜주는 것만큼이나 드라마틱하다. 이 영화는 '부르주아 자본주의' 모드에서 미와 쾌락의 보편적 타당성을 일관되게 내세우며 홍콩의 문화를 구성하는 요소들을 우월한 혹은 보편적인 것으로 파악한다. 다른 사람들에 대한 인간성, 공손함, 섬세함, 감정적 관심의 추상적 특성은 자본주의의 물질적 표현과 결합된다. 그것은 최첨단 기술, 번화한 도시 풍경, 개인의 욕망에 부응하는 제품(립스틱, 케이블 텔레비전, 유행하는 옷), 그리고 무엇보다도 홍콩 경찰에 의해서 '법치'의 사법 체계로 대표된다. 그런 다음 이 특성들은 'biutse'로 대표되는 중국과 중국성에 반대되는 홍콩 문화의 목록에 추가된다.

영화가 진행되면서 'biutse'는 그녀의 여성스러운 모습을 보여주면서 점점 더 편하게 느껴진다. 네 편 영화 각각에서 슈오난은 홍콩 남자와 사랑에 빠진다. 비록 그녀가 사랑에 빠지는 것은 중국을 위해 대표해야 할 것을 전복시키기 때문에 어떤 면에서는 파괴적이다. 영화 네 편 중 마지막 영화가 끝날 무렵 슈오난이 홍콩에서 한 남자와 결혼할 가능성이 확실시되는데 그녀는 영주권자로 홍콩에 남기로 결정했기 때문이다. 그러므로 이 영화 네 편의 진화는 슈오난의 여정을 완성하기 위한 진전과정이기도 하다. 국경을 넘는 것에서부터 슈오난이 홍콩에 정착하는 것, 그리고 '홍콩인보다 홍콩인'이 되겠다고 맹세하는 것이다. 홍콩으로 가는 길에 버스에 침 뱉는 법을 가르치고 높은 톤으로 혁명적으로 오페라 톤의 목소리로 유리를 산산조각 내도록 노래방에서 노래를 불렀으며 이념적으로 적절하도록 '좌측 손'으로 밥을 먹었던, 그리고 과장된 화장으로 문화대혁명 모범극에서의 '홍색낭자군'처럼 보이게 했던 중국 여자경찰은 이제 부르주아적 가치를 쉽게 흡수하고 보여주며 많은 사람들 중 또 다른 홍콩 여성이 된다.

그녀의 외모는 그에 따라 달라진다. 두껍고 어두운 테의 안경과 긴 생머리는 얇은 테의 안경과 약간 웨이브 진 헤어스타일로 계속해서 바뀐다. 헐렁한 셔츠와 바지는 매력적이고 딱 맞는 셔츠와 치마로 바뀐다. 크고 남성적인 목소리는 부드럽고 여성스러운 목소리로 부드러워진다. 넓고 드라마틱했던 걸음걸이는 관능적인 걸음걸이로 바뀐다. 현지의 남자와 결혼할 전망으로 그녀의 '홍콩화'는 완벽하다고 할 수 있다. 홍콩이 그녀에게 하는 일은 여자의 '보편적인' 열망을 불러일으키고 그녀를 진실하고 여성적인 사람으로 다시 젠더화시키는 것이다.

'biutse'를 여성적이고 부르주아적인 자본가로 '현대화'하는 것을 넘어 홍콩 자본주의 문화의 보편화와 인간화 역량을 확인하는 등 1997년의 논의에도 명백하게 관여하고 있다. 1990년에 제작된 이 영화들 중 첫 번째 영화는 1997년을 거의 자극하지 않으며 그렇게 할 때에도 그 위협이 아직은 직접적으로 느껴지지 않는다. 그래서 영화의 마지막 장면에서 슈오난이 국경에서 첫 홍콩 연인과 작별을 고할 때 그녀는 그에게 "1997년 이후 우린 다시 만날 것" 이라고 쓴 쪽지를 건네준다. 3부(1992)에는 홍콩을 방문 중인 고위 관리 치엔리[57]에게 고백하는 홍콩 정치국 직원들 전체가 등장한다. 그들은 중국에 대해 저지른 죄를 그에게 말하고, 1997년 이후의 보복이 두려워 용서를 구한다. 네 편의 영화에서 1997년은 관련된 홍콩 등장인물들에게 소모적인 집착과 공포가 된다. 또 다른 본토 여성 샤오루는 1997년 이후 홍콩에 주둔할 인민해방군을 지휘하게 될 중국 장군의 딸이기 때문에 절반은 영국인이고 절반은 중국인인 경찰 올리버에게 전략적으로 유혹당한다. 그녀를 유혹한다는 것은 홍콩에 관한 장군의 결정에 영향을 미치는 것으로 해석될 수 있으며 이는 홍콩 주가 및 기타 재정 여건에 직접적인 영향을 미치는 것으로 보인다. 사실 그녀의

15 파트 4에서의 〈그녀의 치명적인 방법〉에 대한 치엔 리의 인터뷰

유혹은 홍콩의 금융 미래와 경찰 자체의 금융 보안을 보장하기 위한 경찰국 전체의 음모다. 국경에서의 전형적인 장면을 이제 고통스러운 정도로 노골적이다. 우리는 올리버가 부패한 시스템을 향해하는 중국 본토인의 방식으로 그의 미래를 보장하기 위해 '연줄을 이용考關係'하는 것을 보게 된다. 그는 샤오루의 아버지에게 "장군님, 이게 제 신분증입니다. 저를 기억하십시오. 1997년 이후에도 홍콩에 남아 있을 것입니다."라고 말한다. 익살스러운 오버톤에도 불구하고 불길한 현실감이 어렴풋이 나타난다.

이 영화들은 '중국'이 계속해서 웃음의 대상이 되었음에도 불구하고 '중국'과의 일련의 협상을 그리고 있다. 슈오난의 홍콩에서의 로맨틱한 만남은 실제로 다른 인종의 남자들을 포함하고 있었다. 그녀는 첫 두 영화에서 두 명의 홍콩 한족 남자와 사랑에 빠지지만, 세 번째 영화에서는 혼혈(영국 절반, 한족 절반), 그리고 네 번째 영화에서는 스코틀랜드 사람과 사랑에 빠진다. 그리고 그녀의 사랑이 완전히 보답되고 하나로의 결합이 기대되는 것은 스코틀랜드인과 함께였다. 여기서 알레고리적인 읽기를 모험적으로 하기 위해 (아이러니컬하게도 식민지 정부를 대표하는) 스코틀랜드인은 중국인들이 홍콩인 스스로 참여하지 않고 홍콩의 운명을 결정했던 영국과 중국 정부의 정치적 협력을 흉내낸다. 비슷한 방식으로 샤오루를 유혹한 사람은 절반의 영국인으로서, 그들의 운명은 어쩔 수 없는 홍콩인들의 폐단을 암시하고 있다. 이와는 대조적으로 'biutse'는 홍콩 남성들에 의해 무한정 진정성이 있었고 그녀의 본토 문화를 홍콩 문화로 쉽게 대체했다는 사실 또한 동화라는 서사를 제시하였다. '현대', '문화' 그리고 자본주의자인 홍콩은 후진적인 중국인들을 '문명화'하여 1997년 반환의 효과를 무력화할 수 있는 것으로 다루어졌다. 적어도 이 도시의 자본주의적 유혹은 '강경한' 본토인을 '부드럽게' 할 수 있어서 어쩌면 1997년은 예상만큼 큰 충격을 받지 않을지도 모른다.

홍콩 문화의 동화력에 관한 이러한 낙관론은 당시 홍콩 대중 매체가 중국 남부에서 행사했던 엄청난 영향력에 의해 입증되었다. 알프레드 청 감독이 인터뷰에서 지적했듯이, 홍콩의 텔레비전은 중국 남부의 6천만 인구의 이념을 변화시키고 있었고 이 '홍콩 문화권'의 도달 범위와 영향력은 점점 더 북쪽에까지 미치고 있었다.[58] 홍콩 문화학에서 쓰이는 언어에서 홍콩 대중문화의 이와 같은 가공할 힘은 진보를 막을 수 없는 '북방 상상北津想象'이었다.[59] 그렇다면 〈북경 예스마담〉에서의 biutse의 여성화는 이러한 낙관론을 구체화시켰고 이 이야기에서 신기하게도 시간은 홍콩의 편에 있었다. 1997년에 대한 우려는 중국이 홍콩 틀에서 점점 더 자본주의가 되어 결국 획일적인 공산주의 지배를 뿌리칠 수 있는 더 먼 미래에 비전을 투영함으로써 사라질 수 있다.

물론 이러한 낙관론 속에서 말하지 않은 것은 노골적인 정치력의 행사 앞에서 문화 권력의 주장(홍콩 자본주의의 보편화 권력에서 파생된 것)의 잠재적 취약성이었다. 타이완의 중국과의 충돌은 이를 증명하는 것으로 볼 수 있다. 따라서 홍콩의 문화 권력에 대한 투영은 중국의 정치적 권위와 동화의 잠재력이 상당히 과장된 면에서도 똑같이 분열될 수 있는 또 다른 환상일 수 있다. '홍콩 문화 제국주의'로 불리게 되는 것은 홍콩 대중문화의 중국에 대한 침략에 싫증을 느낀 극좌파들과는 다르지만, 중국 내의 극보수주의적이고 국가의 후원을 받는 국가주의 좌파뿐만 아니라 모든 본국 태생이 아닌 형태의 문화에 대한 강제적인 비판으로 그들을 평등하게 만든 소위 중국의 포스트식민 비평가들(혹은 중국의 신좌파)에게도 비난을 받았다. 14억 인구에게서 뿜어져 나오는 거대한 창조적 에너지는 이제 홍콩 대중문화를 다른 쪽으로 향하게 하기보다 자신들의 층으로 동화시키기 위해 더 많은 힘을 발휘하고 있다. 이런 관점에서 볼 때 1990년대 중반 홍콩 대중문화의 여성화 패권의 투영은 권력과 대리기관에 대한 환상적인 상상력과 임박한 중국으로의 역행의 공포의 변위 형태로 해석될 수 있다. 타이완 언론이 중국 여성의 유혹을 거부하기 위해 민족주의 정서에 의존하여 타이완의 도덕적 패권주의와 경제적 지렛대를 주장했던 반면, 홍콩 언론이 문화적 정체성을 개척하기 위한 수단으로서 여성화 자본주의에 의지한 것은 결국 중국 자체가 마오 이후의 시대, 덩 이후의 시대, 혹은 소위 포스트 사회주의 시대에 융통성 있고 시장지향적인 '중국적 특성을 가진 사회주의'의 길을 힘차게 전진해 나감으로써 결국 상당히 부질없는 일이 되었다. 21세기 글로벌 자본주의의 한 가지 결과는 정확히 중국이 주요한 사례가 될 그것의 새로운 활동 중심지가 세계의 다른 구석으로 그것의 무한하고 국경 없는 도달을 통해 인간 활동의 모든 측면을 결정하는데 많은 지렛대를 가질 것이라는 것이다. 자본주의의 여성화 힘은 홍콩만이 사용하는 것이 아니라, 모두가 사용하는 것이다.

젠더와 공공 영역

타이완 언론에서 다루메이에 대한 표현이 오염에 대한 공포의 표현으로 크게 설명될 수 있다면 위에서 분석한 홍콩 영화들을 중국의 위협을 무력화하기 위해 동화 및 자국화에 대한 이야기를 상상한다. 중국 본토 여성들의 엇갈린 암호화는 1990년대 중반 타이완과 홍콩이 이용할 수 있는 자치권의 차원을 시사하고 있다. 1997년의 퇴보가 임박한 관계로 자치권의 이용가능성은 되돌릴 수 없었다. 타이완과 홍콩 대중 매체의 중국 여성 묘사에 있어서 이와 같은 상반된 기반에 비추어 볼 때, 대중 매체가 중국-타이완-홍콩 지역에 범중국적 공공영역을 건설할 가능성은 희박할 뿐만 아니라 불가능하기도 했다. 이는 1990년대 초 여러 문화권에서 볼 수 있었던 공언된 낙관주의와 21세기까지 영화의 공동제작이 계속된다는 사실에도 불구하고 그렇다.[60]

위르겐 하버마스Jürgen Habermas의 전통에 있어서 공공 영역에 대한 고전적인 논의는 대중 매체와의 관계를 대립적인 것[61]으로 보았던 반면 이 관계에 대한 재고론은 일반적으로 두 가지 형태에 속했다. 대중 매체의 잠재력을 탈영토화하는 것과 초국적 공공 영역을 형성할

수 있는 그것의 능력에 대한 축하, 그리고 지배에 대항하여 대체 정체
성을 제조하는 주변부 문화의 현장으로서 대중 매체에 대해 유사하게
축하하는 인식이 그것이다. 아르준 아파두라이의 미디어스케이프 개
념과 미리암 한센의 전자 매체의 초국적 흐름에 기반한 공공 영역의
탈영토화 논의는 앞서 형태의 한 예가 된다. 브루스 로빈스Bruce
Robbins가 대중 매체를 박탈된 소수민족의 잠재적 장소로서 또는 소외
된 집단들이 그들의 문화적 정체성을 명확히 드러낼 수 있는 잠재적
장소로 논의한 것은 후자의 예가 된다.62) 중국 학자들은 또한 1993년
《모던 차이나Modern China》에서 제국주의 중국에 공공 영역이 있었는
지와 오늘날 중국의 공공 영역에 대한 초국적 풍경에서 특정 위치를
찾을 수 있는지를 질문하면서 공공 영역의 문제에 대해 토론해왔다.
두웨이밍杜維明의 '문화 중국'을 지정학적 경계를 넘어 모든 중국 민
족에 대한 공통 인식의 영역으로 가져온 것이 중국 공공 영역의 가능
한 현장으로 확인되었다.63) 대중 매체와 관련 메이페어 양은 디아스
포라 시대와 자유롭게 흐르는 대중 매체 시대에 중국 내 중국인 정체
성 형성의 초국화 경향을 도표로 작성했다.64) 문화적 중국과 초국적
중국의 개념 모두 이러한 개념의 범위와 역동성 미덕에 따라 패권주
의적 국가 통제의 권위가 손상된다. 양은 중국에서 도시 중국 인민들
에 반통제주의 대리기관을 위치시킨다. 두웨이밍은 지정학적 중국,
즉 시노폰 공동체와 무관한 지역을 문화 중국의 가장 중요한 지역으
로 위치시킨다.

중국 - 홍콩 - 타이완(中 - 港 - 臺)라는 용어가 세 곳의 친밀함을 위
해 가능한 이름으로 존재했음에도 불구하고 가능한 공공 영역으로서
의 그것의 체질은 매우 문제가 많았으며 계속 그렇게 되고 있다. 중국,
홍콩, 타이완이라는 이름의 세 용어는 여러 가지 면에서 서로 분절되

었다. 하버마스의 독일과 해당 지역의 역사적 차이를 이론화의 출발점으로 허용한다 하더라도 하버마스의 패러다임에서 요구하는 '소통'과 '합리적 비판적 담론'의 기본 전제도 부재했다. 1990년대 중반 타이완과 홍콩에 대한 중국의 정치 권력에 대한 주장은 당시 덩샤오핑의 죽음이 임박했다는 점과 그 결과를 예측할 수 없다는 점에서 활발하고 두드러지게 나타났다. 따라서 타이완과 홍콩은 중국의 정치력에 저항하기 위한 수단으로서 경제력과 문화력을 주장하는 데 의존했지만 그러한 형태의 저항은 그들이 그랬는지 모르는 것처럼 폭발적이고 퇴행적인 수명주의와 불안감으로 가득 차 있었다. 타이완과 홍콩의 대중 매체가 환상적인 힘의 서사화 순간을 제공했다면 아마도 저항의 한 형태로서 대중 매체의 잠재력을 확인할 수 있을 것이다. 그러나 홍콩에서 중국, 타이완, 식민지 정부의 '국가' 세력과 타이완의 독립 주장 및 1997년 이후의 홍콩 봉쇄 정책에 대한 중국의 끊임없는 긴축 정책이 겹치면서 국제무대에서 인정받을 진정한 대안적 정체성을 창출할 수 있는 여지는 여전히 제한적이다. 실체로의 '위대한 중국'이 경제적 수사였다면 대중 매체의 젠더 표현에 있어서의 대립적 역학관계의 유행은 그것을 문화적으로나 정치적으로 통합할 수 있는 실체로 상상하는 것은 불가능하다는 것을 보여주었다. 따라서 대중 매체의 중국 본토 여성들에 대한 표현은 타이완과 홍콩 여성들과의 문화적 차이를 강조했고, 가부장적이고 자본주의적 무력화 에로틱화로 가득 차 있다. 결국 이 여성들은 아이러니하게도 이 지역에서 가부장적 '친족제'를 위한 연결요원이 되도록 만들어졌다 – 타이완과 홍콩 남자들은 합법적이든 불법적이든 중국 여성들과 결합을 했지만 그들의 '연계' 기능은 다루메이의 경우 오염에 대한 두려움을 유발시켰고 'biutze'의 경우는 동화의 환상을 불러일으켰다.

이러한 상황은 이런 장소들을 가로지르는 젠더화된 공공 영역의 지속불가능성에 대해 입증한다. 비록 타이완 페미니스트 집단이 자신들에게 힘을 실어주고 결속[65]을 상상하기 위해 중국 문화의 측면을 통합했지만 타이완의 국가적 안녕에 대한 절박한 요구는 받아들여지지 않았으며 여성 억압에 대한 어떠한 종류의 보편적인 페미니스트 비평이 되는 것도 계속해서 막을 것이다.[66] 당연히 지역의 여성들 복지에 관심을 가지고 있는 타이완과 홍콩 페미니스트 집단은 그들의 욕정과 음탕한 남편에 대한 가부장적 지배의 권위자로서 그들의 노력을 지역의 부인들에게 집중하기로 선택했다. 이들은 제3세계 여성 대 민족주의의 낡은 이론에서처럼 역사의 대리인으로 자처하기 전에 자기 나라가 해방되기를 기다리는 여성들이 아니다. 이들은 국경을 넘어 초국적 페미니스트 이론화에 매력적인 재료가 될 수 있는 초국적 페미니즘의 이상을 추구하는 여성들이 아니다. 오히려 이 여성들은 그들 자신의 정치의 의미를 정의하기 위해 실용적이고 국지적으로 자신들의 국가적이고 초국가적인 알레고리를 배치한다. 이런 영역에서 선택된 특정 페미니스트들 사이에서 상상하는 페미니스트 공공 영역의 구축은 페미니스트 보편주의자가 될 여유가 있는 사람들을 위해 분명히 분류된 작업이 되어야 할 것이다. 궁극적으로 중국 - 홍콩 - 타이완의 삼각관계에서 공공 영역의 출현을 허용하지 않는 것은 정치적 힘의 결정적인 불균형이다. 타이완 문화의 시노폰과 현지 감성은 중국과 중국성에 계속 싫증이 날 것이며 이러한 지칠 줄 모르는 현상도 계속 이어질 것이다.

1 리우훙, "올림피아 II"

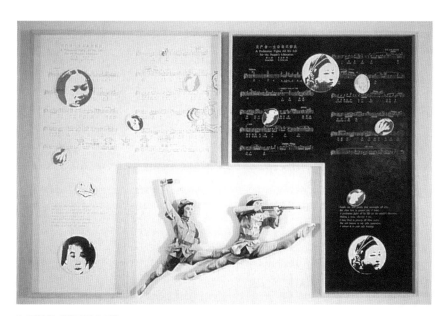

2 리우훙, "백조의 노래"

3 〈북경 예스 마담〉에서 이념적으로 코드화된 캐릭터들의 스틸 컷 왼쪽에서부터 반공주의 국민당 잔재 비우츠. 홍콩 경찰. 영화제작자 알프레드 청. 사진은 알프레드 청 제공

4 육위엔란의 〈중국성의 실제 The Practice of Chineseness〉 상세 표지. 저자 제공 사진

5 상하이 탕의 전시, 〈중국성의 실제〉 41쪽

6 우마리, "에피타프 Epitaph"

7 우마리, "신추앙 여성들의 이야기"

8 "신추앙 여성들의 이야기" 가운데의 직조된 천에 새긴 상세 글자

9 우마리, "포모사 클럽"(1998) 실내, 목판, 핑크 스펀지, 네온 사진, 칭탕류 사진(작가의 동의하에 사용)

10 우마리, "도서관" 팔라쪼 델 프라지아오니, 베네치아 비엔날레(1995), 찢어진 책, 복잡한 형태의 용기, 금색 라벨, 금속 책꽂이, 린청싱의 사진(작가의 동의하에 사용)

11 "도서관" 상세, 방 가운데 놓인 성경

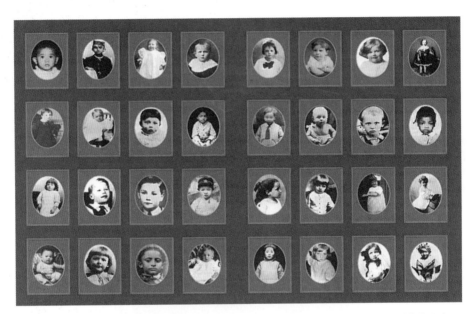

12 우마리 "세기의 귀여움"(1999) 유명인사들의 어릴 적 사진. 왼쪽 위에서부터 오른쪽으로, 아웅산 수지, 마하트마 간디, 어니스트 헤밍웨이, 제임스 조이스, 레이첼 카슨, 버트런드 러셀, 마가렛 대처, 오스카 와일드, 알버트 아인스타인, 버크민스터 풀러, 아돌프 히틀러, 지두 크리슈나무르티, 백남준, 장 폴 사르트르, 미하일 고르바초프, 오프라 윈프리, 마르셀 뒤샹, 바츨라프 하벨, 존 레논, 리텅후이, 거트루드 스타인, 라이너 마리아 릴케, 프리다 칼로, 루트비히 비트겐슈타인, 린화이민, T. S. 엘리어트, 하일레 셀라시에, 월트 디즈니, 달라이 라마, 다이아나 비, 시몬 드 보부아르, H. M. 부미볼 왕

제4장
모호성의 믿기 힘든 무게

- 비 오는 날 베이징의 4성급 호텔 옆 로비에서 '타이완의 우드페커'가 인쇄된 티셔츠 차림의 남성 20여 명이 국제 합창축제를 위해 합창곡을 연습하고 있다.
- 베이징 중심부의 고급 골드피쉬 레인에 위치한 타이완호텔은 '루안한 것 (亂: 엉망)'으로 악명 높아서 성매매 등 각종 문제가 산재해 있다. 게다가 호텔 객실은 이웃 호텔인 팰리스 호텔과 피스 호텔보다 훨씬 더 밋밋하고 싸구려로 보인다.
- 타이완 미술시장에 대해서 포기하다시피 한 타이완의 한 예술가는 산하이 (山海)로 이동해 쑤저우(蘇州) 강변의 옛 식민지 창고들을 아트스튜디오로 만들어서는 '쑤허(蘇河: 쑤저우 강)' 구역을 뉴욕의 소호에 버금가도록 변모 시키려는 움직임을 주도하고 있다.
- 타이완의 또 다른 예술가는 타이완의 예술계에는 미래가 없다고 아쉬워한 다. 아시아의 예술 중심지는 이제 의심할 여지없이 산하이다.
- 그 사이 타이완 텔레비전에서 가장 성공한 드라마 가운데는 중국 본토 여 배우와 배우들을 선보이고 있으며, 국내 영화 시장은 때때로 이루어지는 태평양 횡단 또는 타이완 해협 횡단의 합작 영화 같은 리앙 감독의 〈와호장 룡〉, 허우샤오시엔, 에드워드 양, 차이밍량 감독의 프랑스 또는 일본의 투 자를 받은 아트하우스 영화(art house film)들을 제외하고는 죽어가고 있다.
- 2002년까지 중국에 살고 일하는 타이완인은 100만 명으로 그 중 60만 명이 상하이에 거주하고 있다. 타이완 비즈니스 잡지에서는 이렇게 제안한다. 중국에서 성공하기 위해서는 타이완 사람들은 그들 자신의 타이완인으로 서의 우월감을 내려놓아야 할 것이라고 다른 잡지에서는 중국인들이 단지 타이완 사람들을 유용함의 정도에 따라 해당 기간 동안 이용하는 것일지도 모른다고 평가하면서 중국이 경제적으로 더 발전하기만 하면 타이완 사람 들은 버려질 것이라고 하기도 했다.

나는 이 장에서 타이완의 난해하고 단편적이며 체계적이지 않은데다 불안정한 중국과의 문화 및 경제 관계에 대한 논평을 하기 위한 방법으로서 일련의 일화적 관찰을 할 텐데, 이 부분을 타이완의 정체성이라는 난제를 강조하는 것으로부터 시작할 것이다. '중국과의 결별'과 동시에 특히 타이완의 지역 역사와 문화를 재건하는 데 상당히 성공을 거두어야 한다는 요구가 있는 가운데, 타이완의 정체성에 대한 문제는 계속해서 중국과 밀접하게 관련될 수밖에 없다. 이러한 중첩되는 부분이 '타이완인'이 되기 위한 투쟁에서의 시노폰의 지역성이다.

중국의 푸젠 성에서 쓰는 지역 방언은 타이완의 공식 언어 중의 하나인 민난어와 굉장히 유사한데 이는 국민당이 공식 지정한 '국어 國語, Guoyu'를 대체하고자 하는 언어적 투쟁이라고 할 수 있다. 표준어인 국어 역시 중국의 공식 언어인 '한어'와 비슷하다. '한어'와 '국어'의 차이를 예로 들자면 어떤 측면에서는 영국식 영어와 미국식 영어 간의 차이와 유사하다고 볼 수도 있다. 말하자면 '국어'는 한漢 왕조 때부터 1940년대 후반까지 타이완으로 이민을 가서 중국을 떠난 이주자들, 즉 지역적으로 바깥에서 왔다는 의미의 타이완 외성인外省人들이 표준어로 쓰던 것이기 때문이다. '국어'는 그 후 미국 영어처럼 사회주의 이념에 의해 세례를 받은 중국 대륙의 공식 '한어'와는 달리 다른 어휘들과 억양 및 표현들을 만들어냈다. 하지만 1940년대 후반까지 주로 민난어와 일본어 화자였던 현지 타이완인들에게 있어서 '국어'는 망명 정부인 국민당이 강요했다는 측면에서는 타이완의 식민지 언어였다. 강제적인 규제에 의해서 '국어'의 표준화와 가치평가는 국민당 통치 기간인 1987년이 될 때까지 민난어 사용자들을 2급 시민으로 격하시키는 것까지를 포함하고 있었다. 예를 들어, 타이완인들에게 있어서 아이러니하게도 '국어'는 "모국어를 잊어버리고 국가 언어를 다시 기억해내는 법"[1]에 대한 교훈을 준다고 빅터 메이어 Victor Mair가 언급한 바 있다.

시노폰이 '국어'와 '민난어' 사이에서 교섭하는 과도기적 용어라면, 전혀 다른 언어의 궤적을 추적해나가야 하는 원주민 언어는 여기서 제외되게 된다. 어느 원주민 문화들이 수세기에 걸쳐서 중국화되었는지는 프랑코폰이 북아프리카와 다른 지역의 원주민들에게 한 것과 마찬가지로 분명하게도 식민지적 부가 산물로 가정될 수 있다. 다시 말해 타이완적인 것을 말하든지 시노폰을 말하든지 간에, 타이완에서의 정체성 문제는 반드시 복수의 정체성, 민족성, 언어, 그리고 문화에 대한 질문이 되어야 한다. 하지만 타이완에서의 다문화 정체성의 강화를 줄곧 가로막아 온 것은 중국을 향해 있는 문화적 충실성이라기보다는 군사적 침략에 대한 중국의 은연중의 위협 때문에 생겨나는 압도적인 '중국에 대한 강박'[2]이었다. 중국성과 타이완성 간의 협상이 지속적으로 시각, 문학, 그리고 다른 형태의 문화에서도 재생된다는 사실은 타이완의 주권을 향한 중국의 위협에 대한 반응이자 동시에 중국에 대항하여 독특한 정체성을 구축하려는 욕구 둘 다로 해석되어야만 한다.

스스로 발견하게 하려는 목적으로 정체성의 문제를 정치, 문화, 경제 영역 안에서 신분을 등록하는 것의 문제로 나눌 수 있다면 명료성과 특이성에 대한 지역적 욕구를 압도하는 모호성과 역설의 요인들을 발견할 수 있을 것이다. 중요한 정치적인 역설은 바로 타이완의 정치적이고 국가적인 정체성이 민진당Democratic Progressive Party: DPP의 10년간의 통치 이후 21세기 초에 타이완의 사회적 상상 속에서 중국에 대항하여 전례 없는 특수성을 얻어냈다는 것이다. 하지만 타이완 내에서 만들어진 담론으로서의 특수성은 국제사회의 맥락에서는 즉각적으로 어려움에 부닥치게 된다. 미국이 주도하는 국제사회는 중국의 '하나의 중국' 정책을 존중하면서도 동시에 타이완에 대한 사실상의 보호 정책으로서 우호적인 입장을 고수하면서 타이완-중국의 관계에 대해 모호한 정책을 계속해서 전개해왔다. 미국의 애매한 공식 정책은 타이완이 미국, 타이완, 일본 사이에 설치된 3국 방위체계에 의해서 중국의 침략으로부터 보고받고 있음에도 불구하고, '독립'이라는 정치적 선언을 펼칠 수 있는 여지는 별로 주지 않았다.

20세기의 지난 20년 동안 이와 같은 모호한 상태는 타이완 지도부에게는 점점 더 위험한 것으로 여겨졌고, 따라서 리텅후이의 "두 나라 이론"과 천수이볜의 "각국은 별개의 나라"라는 타이완 대통령들의 선언과 같이 타이완이 별개의 국가 지위를 가짐을 주장하는 정치적인 수사들이 때때로 불거져 나오게 되었다. 명확성과 특이성을 위한 선언들이 불거져 나오는 것은 타이완의 자치권을 주장하고 타이완의 곤경에 대한 국제적인 관심을 끌도록 하고 있다. 이 선언이 모호성을 퇴치하는 효과적인 수단이 되었다면 위의 선언들은 바로 중국의 강력한 반발을 불러일으켰는데 그것은 미사일 위기와 중국인민회의에서의 2005년 반제법anticessation의 통과로, 후자는 타이완에서 "독립 선언"이 있을 때마다 타이완에 군사력 사용을 일방적으로 합법화하는 내용이었다. 타이완에 대한 중국의 효과적인 국제 외교 봉쇄는 또한 타이완을 국제 정치에서 극도로 주변화된 위치로 몰아갔다. 당시 정치 영역에서는 지역적 욕구들이 국제적인 제약들과 직접적으로 충돌하는 양상으로 흘러갔는데, 주로 타이완에서 민주주의를 촉진시키고자 하는 미국의 모순된 정책 때문에 야기되었는데 그 논리적 한계는 바로 타이완의 독립이었다. 이러한 모순은 모호함의 중요한 한 부분이 된다.

　타이완의 정체성에 대한 경제적 결정들 역시 모호함으로 가득 차 있다. 중국의 경제력 상승에 직면한 타이완 사람들은 지난 20년 동안의 중국에 대한 막대한 투자 이후 자신들의 경제가 너무 중국에 의존적으로 된 것을 깨우치게 되는 시점에 이르렀다. 정치적 문화적 이유로 중국으로부터 특수성을 욕망하는 상태 사이의 긴장을 알려주는 두 번째 역설의 위치가 바로 여기에 있다. 한편으로는 경제적인 이익을 위해서 타이완인들은 시노폰 문화의 보편주의라고 불릴만한 것에 활용했는데 그것은 자신들의 중국과의 문화적, 언어적 유사성을 의미하는 것이었다. 1980년대 이후 미국 등지에 지능적으로 중국의 수출 쿼터를 활용했던 서양 여러 나라들에 대한 수출 목적의 중국 노동력 투입에서부터 중국 내 소비시장 창출에 중요한 기여를 한 더 최근의 국내 중국 시장 진출과 확대에 이르기까지 타이완의 자본주의는 중국이 지속적인 경제 성장과 번영을 위한 수단이라는 것을 알았다. 문화적 보편주의를 전략적으로 전개해 낸 경제적 추동으로부터 생겨나는 추가적인 복잡성은 복잡하고 모호한 충성도를 가진 일종의 "중국인"으로 그들 스스로 어느 정도는 새로운 이민자가 되도록 바로 그 자본주의적 성격이 점점 더 중국에서 일하고 살고 있는 타이완인들의 국가적 성격을 사라지게 만든다는 것이다. 이런 경제적 보편주의는 타이완의 경제 부문에 있어서 그들의 안녕과 중국이 점점 더 얽히고 있음에 따라 타이완 원주민들의 독립에 대한 정치적 주장을 분명히 해치게 된다. 타이완이 중국 없이는 자국 경제를 지탱할 수 없을지도 모른다는 우려는 2002년 8월 발표된 것과 같이, 정부의 승인 없이 투자한 사람들에 대한 구속 위협과 같이 타이완 쪽으로부터 중국으로의 투자 유출을 줄이려는 시도로써 10년 동안 지속된 타이완 정부의 통제 정책으로 이어지게 되었다.

　문화적 영역에서 유사성과 차이에 대한 모호한 결정도 정체성에 대한 질문을 알려주고 있다. 타이완에서의 일상생활에서 보게 되면, 시노폰 문화는 종종 중국 문화와 혼동되기 일쑤여서 중국 고전 문화를 계속 즐기는 사람들은 단순하게 통일주의자(同派)로 규정될 수 있는 위험이 있는 반면, 타이완 중심의 문화 청렴주의자들은 중국과 중국성에 대항하여 그들의 독특한 문화적 지리, 기후학, 식민역사와 고고학을 바탕으로 타이완의 독특한 문화사를 서둘러 수립하도록 했다. 통일주의자와 독립주의자(獨派) 사이 모두를 분류하고 배척하도록 하는 속도가 너무 빨랐던 단순 정체성의 정치는 파장을 바로잡기 위해서 20세기 후반 몇 년 동안 새로운 집단의식이 발명되어야 할 정도로 타이완 사회의 구조를 갈기갈기 찢어놓았다. "신新타이완성"의 새로운 집합성은 정체성 정치의 분열을 극복하도록 만들어졌으며 또한 다문화주의, 다언어주의와 다민족주의를 기리게 되었다.

　하지만 모든 다문화주의와 마찬가지로 타이완 다문화주의의 군림도 내부의 계급화된 모습과 불평등을 감추고 있다. 이런 계급화와 불평등을 잠시 중단한다하더라도 다문화적 정체성은 아직은 타이완에 뿌리내리지 못하고 있다. 정치경제적 '중국에 대한 강박'의 문화적 결과들은 문화적 가치라는 새로운 위치를 찾고 성문화하기 위한 노력에 있어서 타이완의 중국과의 문화 관계의 강박적인 단계이자 성과이다. '중국'과 '중국 문화'의 의미는 오랫동안 복수적이고 모순적이며 해결되지 않았는데 이는 주로 20세기 후반 대부분에 걸친 국민당의 중국화 운동 때문이었다. 국민당이 상상하기로 타이완은 문화대혁명(1966-1976) 기간 동안 사회주의 중국이 중국 문화를 맹비난한 것과는 대조적으로 진정한 중국 문화를 보존한 지역이다. 따라서 국민당의 세계를 향한 자기표현은 "경쟁적 진정성"이라는 방식이었는데, 중국에서 공산주의에 의해 전복되어버린 그 문화의 고전적 특성을 계승하고 보호했기 때문에 타이완의 '중국' 문화라는 것은 중국의 중국 문화보다 더 진짜인 것이다. 그런 의미에서 진정한 중국성에 대한 국민당 정부인 타이완의 주장은 중국 문명의 마지막 보루인 만주 통치하의 청淸나라 중국에 대항하여 한국의 조선이 스스로를 '작은 중국小中華'이라고 칭한 것과는 다른 것이었다.

국민당 정책의 결과, 자신을 '중국'인이라고 부르는 것으로부터 '타이완'인으로 부르게 되는 용어의 변화는 기본적으로 민주적 수단을 통하더라도 국민당 정권의 타도라는 정치적 혁명을 요구해왔다. 그후 '중국 문화(중국의 문화)'로부터 '타이완 문화'로의 전환이 크게 이루어지게 된다. 그러나 '타이완 문화'는 '중국 문화'에 반대하는 것이기 때문에 '중국성'이라는 것을 타이완 문화의 모든 면에서 무차별적으로 삭제시켜버리는 경향이 있다. 이와 관련한 한 가지 분명한 예는 1940년대 후반에 중국에서 태어나 타이완으로 이주한 타이완 작가 세대들에 대한 호의가 사라지는 것이다. '지역적 아웃사이더'들은 정치적으로 중국에 대한 올바르지 못한 향수로 인해 문자 그대로 문학 정전에서 추방되었다. '중국 문화中國文化)'를 '시노 문화中華文化' 혹은 '시노폰 문화華語文化'와 융합해버린 결과이다. 시노폰은 중국 문화에 의한 것이나 그 자체가 아니라 중요하다고 여겨지는 중국 문화에 대한 로컬의 번역이자 개정이며 재창조이다. 중국에 대한 타이완의 문화적 유사성을 부인할 필요는 없지만 이런 유사성이 타이완 문화의 결정적인 요소는 아니다. 반대로, 어떤 이들은 현재 타이완 문화는 그 어떤 것보다 더 일본화되고 미국화되어 있다고 주장할 수도 있다.

중국에서의 중국 문화와 중국 바깥에서의 시노폰 문화에 대한 이와 같은 혼란이 왜 타이완에서 유독 독특한 것인지 비교적인 관점을 통해서 이해하는 것이 도움이 될 것이다. 동남아시아나 북미 지역에서의 다른 디아스포라 한족 공동체와 사회는 자신들의 '중국성'은 유산의 제한된 범주에서는 문화적이며, 자신들의 것이 중국으로부터의 현재 중국 문화와 불필요하게 관계짓지 않는 로컬 문화라는 사실을 받아들이면서 디아스포라와 이주의 관점에서 자신들의 '중국성'을 역사화하고 이론화했다. 예를 들어, 미국의 중국 문화는 주로 미국 태생의 중국인들이 자신들의 이주자인 부모들의 문화에 반항하는, 곧 중국 문화에 대한 대항으로 폭넓게 정의되고 있다. 이때 세대 차이는 일반적으로 문화적, 언어적 차이로 옮겨가게 된다. 중국계 미국인의 개념에서 중국인이라는 것은 미국인이라는 용어의 핵심 명사를 설명하기는 하지만 결정지어주지는 않는 이론상 불필요한 형용사이다. 아시아계 미국인 운동과 그로부터 야기한 학문적 연구의 주요한 의제는 아시아가 아닌 미국이라는 나라에서의 아시아계 미국인에 대한 주장에 있다. 아시아에서 온 다양한 언어에 대한 것이 아니라 영어에 관한 것이다. 다른 화어계 언어를 말하며 시노폰 공동체를 구성한 것은 1세대 이민자였으며 언어가 영어로 바뀌면서 이 공동체가 아시아계 미국인이 되었다. 아시아계 미국인 연구들은 화어계 언어 자료들을 배제하는 경향이 있는데 – 대표적인 예는 중국계 미국 문학의 정전에서의 이주자의 경험에 대해서 한어로 쓰여진 문학 작품들을 고려하는 것을 거부하는 것이다 – 그러므로 시노폰은 미국의 맥락에서는 필요하고 또 유용한 범주가 되는 것이다.

타이완에서 시노 문화나 시노폰 문화와 중국 문화 간의 구별을 둘러싼 혼란은 위에서 제시된 것과 같이 처음부터 이것이 불가능이었다는 것이 분명했음에도 불구하고 타이완만이 진정한 중국 문화를 대표했다는 국민당 이념의 부자연스러운 결과다. 이것은 이데올로기가 어떻게 환각에 가까운 거짓 의식이 될 수 있는지를 보여주는 교과서적인 예다. 1980년대와 1990년대에 걸친 타이완 문화와 중국의 차이점을 지속적이고 광범위하게 분석하고 이론화하려 했음에도 불구하고 이 유산은 타이완인들이 중국 문화와 중국성에 대해서 모호하게 느낌을 가지도록 하는 네 번째 종류의 역설에 대해 알려준다. "중국과의 결별"에 입찰하는 것은 예상보다 좀 더 어려운 것으로 판명되었다.

요컨대, 모호성은 "타이완 정체성"이라는 개념이 유연해져야만 할 정도로 중국에 대한 타이완의 경제적, 문화적, 정치적 관계를 둘러싸고 있다. 만약 후기 자본주의의 경우 유연성이 생산과 재생산의 주요 모드라면, 융통성 있는 주체가 순응하고 이끌어야 한다.[3] 타이완의 불가능한 모호성은 이 장의 제목이기도 하듯이, 타이완 자체를 피할 수 없는 존재의 상태로 만들게 된다. 핵심 자본주의 국가에 있어서 유연성은 전례 없는 이익을 가져다주지만 타이완과 같은 반주변부이면서 그다지 중요하지 않은 경제 실체에게 있어서는, 경제적, 문화적, 정치적 생존을 제한된 수준의 안정성을 유지하는 수단이다. 여기서의 유연성은 선택이 아니라 필수다. 즉 경제적 생존이 중국에 달려 있을 때 타이완 자본가가 문화적, 정치적 충성의 관점에서 무엇을 해야만 할 것인가? 중국의 '통일' 요구에 굴복하지 않고 안보와 번영을 위해서 모호성과 유연성이 최선의 보증이라면 모호성과 유연성의 의미와 가치는 그것들의 통상적인 의미에 반하게 되며 극도의 맥락적 특수성을 가지게 된다. 모호성이 현재의 가치이면서 당분간의 안전을 보장하게 된다면 어떻게 명확성을 찾을 수 있을까? 아이러니하게도 이 장의 도입부에서 신新비평가인 윌리엄 엠프슨William Empson이 인용한 것에 반향을 한 것과 같이 얼마나 많은 종류의 모호성이 타이완으로

하여금 정체성의 위기나 문화적 혼란 속으로 계속해서 더 깊이 빠져들지 않고서 용인하거나 발명할 수 있도록 할 것인가?

본 장에서는 특히 타이완의 대표적 문화적 담론들과 텔레비전의 여행 프로그램들에서 나타나는 것과 같이 "중국"中國大陸 혹은 줄여서 "본토"大陸라고 부르는 선택적 수사의 계보학을 제공하도록 한다. 이 여행 프로그램의 주된 배경은 1990년대인데, 이때는 프로그램들이 주요 텔레비전 방송국에서 방영되어 중국으로 여행하는 것이 큰 인기를 얻기 시작하던 무렵이었다. 이러한 프로그램들은 1990년대 중국과의 문화적, 정치적, 경제적 관계의 시작을 나타내어주었는데 시각적 매체로 표현되면서 여기서 우리는 시각성이 어떻게 정체성 협상의 근거로 작용하는지를 보게 되었다. 가장 중요한 것은, 프로그램들이 중국 및 중국성과 관계 맺는 타이완의 계보에 있어서 중요한 순간으로써 기록을 남긴다는 것이다.

'본토'의 짧은 역사

'본토'의 1949년 이후 아니면 문자 그대로 '대륙大陸'은 타이완의 사회적, 문화적 상상에 있어서 다양한 의미를 지니고 있다. 국민당의 정치적, 이념적, 문화적 자기 권한self-legitimation과 관리를 위해서 타이완에서 동원된 사람들은 공식 담론에서의 '본토'와 대중 매체에서 밀접하게 담론에 의해서 지시된dictated 것들은 1980년대 중반까지 공산주의자들의 손으로부터 광복을 '얻어내거나/회복해야'하는 것이자 동시에 유토피아적 과거, 유년기, 향수의 땅으로 존재해왔다. 미래의 땅으로서 그것은 그리움의 대상이었고 또한 회귀의 희망을 약속했다.

향수는 전통문화의 보호와 정치통일에 대한 기대로 이어졌고 두 가지 모두 타이완에서의 국민당이 통치를 공고히 하는 데 도움이 되었다. 따라서, 1990년대 초반까지 초등학교 때부터 아이들은 "본토를 역습하라!"反攻大陆, "삼민주의가 중국을 구할 것이다!"三民主意拯救中国, "우리의 본토 동포들을 깊은 물과 뜨거운 불구덩이로부터 구하자!"拯救大陆同胞与水深火热之中 등등과 같은 정치적 수사들로 주입식 교육을 받았고 정치적으로 정확하게 하기 위해 모두들 암기했다. "본토"는 국민당의 욕망의 공식 지정대상으로 집요하고도 주의 깊게 보호받아왔고 이와 같은 이념적 교란을 통해서 대체로 타이완 국민들에 의해 별다른 의심 없이 모방되었다.4) 백색테러시기였던white terror era 1950년대와 1960년대의 타이완 공산주의자들과 같이 의문을 던진 사람들은 그 즉시 투옥되거나 살해되었다.

  1980년대 후반과 1990년대 초, "본토"의 진영은 급진적인 변화를 겪게 되었다. 이러한 변화는 1987년 중국 방문 금지 조치가 공식적으로 해제된 이후 인적, 상업적으로 타이완과 중국의 유대관계가 증가할수록 특히 다양한 병행적인 발전을 반영했다. 1986년에는 민진당 창당으로 다당제 구축이 예고되었고, 1947년 특히 '2·28사건'과 관련해 타이완 사람들에게 자행된 국민당의 폭력과 폭압 및 학살 피해자들에 대한 국민당의 피해보상에 대한 의지 등에 대한 대중들의 요구가 있었고, 그리고 1987년 계엄령의 해제는 복수 문화들과 이데올로기의 대중적 표현의 가능성들을 열어두게 되었다. 이런 다양한 발전들은 공식적으로 승인되거나 상상하기보다는 보다 개인적이고 구체적인 중국과의 관계를 가능하게 했다. 중국과의 관계에 있어서의 이와 같은 개방은 또한 자아정체성 및 이 정체성을 정의하는 데 필요한 새로운 의문을 제기하게 되었고 따라서 두 가지 원주민 관련 의제의 출현을 부추기게 되었는데 한 가지 의제는 리텅후이와 중국의 정치적 패권에 저항하는 것을 목표로 한 민진당이었고 다른 한 의제는 타이완 원주민 문화 인력들에 의해 전파된 것으로 이들은 중국으로부터의 문화적 독립을 새로운 타이완 문화의 토착주의라고 부를 수 있는 것으로 기대했다.

타이완 문화 토착주의의 새로운 담론 안에서 중국은 타이완의 문화적 원천이자 지도자로서 역할하는 것을 거부당했다. 국민당에 의해서 전파된 중국 문화와 전통은 타이완 사람들을 주변화시키고 지배하려는 "중국 문화 제국주의" 혹은 "중원 중심주의"로 부정되었고 "반패권담론counterdomination discourse" 혹은 "불일치의 담론反支配論述"의 필요성이 대두되었다.5) 이러한 "반패권담론"은 "타이완 문화의 자주성臺灣文化的自主性"과 "타이완 문화 독립文化的態度論" 이념 혹은 문화적, 정치적 차이의 전통적인 출신지生籍와 종족種族을 아우르면서 충성을 하는 수많은 주요 지식인들에 의해 표현된 "자주 문화 시스템自主文化體系"으로의 타이완에 근거를 두었다.6) 이런 전제 하에서, '타이완 문화'라고 하는 것은 모든 민족과 출신지를 포함하는 타이완의 '본토 문화本土文化'를 지칭하게 되었는데 타이완의 문화지리학적 공간에 의해 정해지거나 경계지은 것으로 이는 중국과 중국 문화로부터 명확하게 기술되어야 할 것이었다. 따라서 많은 다른 사람들처럼 젊은 2세대 중국 본토인外省人 문화비평가들은 "우리는 확실히 중국과 타이완 간의 영토적 차이를 밝혀야 할 필요가 있다…중국 문화는 더 이상 타이완 문화의 어머니 문화가 아니라 미국 문화처럼 하나의 '다른 문화'다"라고 선언했다.7)

국민당의 계획적인 무시와 누락에 대항하여 타이완 역사를 다시 쓰고, 또 특수한 지리적, 영토적, 기후적, 기타 조건들에 근거하여 타이완 문화를 재정립하며 중국을 경유하여 타이완성의 경계를 기술하려는 노력이 이루어졌다. 이는 1990년대 신新타이완 시리즈, 타이완문학사 시리즈, 타이완 시민 시리즈와 같은 특별 시리즈에 등장한 책들의 범람으로 입증되었다. 시리즈들은 아방가르드출판사前衛라는 헌신적인 한 출판사에 의해 출판된 것만 추린 것이며 자립만보自立晚報 및 인기 출판사였던 황관黃冠에서는 모두 타이완에 대한 '새로운' 주제와 관련하여 다작의 출판물들을 내놓았다.

그러나 타이완의 문화적 본토주의에 대한 담론의 번성은 문화와 문화상품의 상업화와 점점 얽히게 되면서 모순된 결과를 낳았다. 1990년대 타이완의 문화적 본토주의라는 새로운 담론이 크게 기여한 타이완의 문화적 비판의 성행은 자극적인 제목과 화려한 표지를 가진 책과 잡지 패키지들로 인해 부인하기 어려울 정도로 부채질되었다. 대중적으로 인기를 얻었던 외교관 첸푸錢父의 아버지 이름인 첸수량錢數亮으로 문자 그대로 번역하면 뜻은 '돈, 생각하다, 똑똑한'인데 신조어로 만들어져서 '돈이 많은 것이 똑똑한 것이다(有錢就亮)'라는 뜻으로 사용되었다. 타이완 도시 사회에서 일종의 조정된 어두운 유머를 통해서라도 상업화의 조정을 묘사하는 것이었다. 이 이름은 원래 유명한 교육자 엘리트 문화의 지도자 이름이었다는 사실은 주식시장의 흥망성쇠에 집착하는 대중적 상상력의 참혹한 힘의 예시로 볼 수 있다.[8]

이와 같이 새로운 타이완의 문화 본토주의에 대한 또다른 실질적인 위협은 국민당의 정치적 반대 통합과 무력화였다. 왜냐하면 1980년대부터 1990년대 중반까지 자기 정당화의 수단으로써 스스로를 "본토화本土化"하려고 했기 때문이다. 국민당의 토착화 미사여구는 이처럼 문화적 토착주의자들에 의해 즉각적으로 비난을 받았다. 즉,

리첸헝Li Chien-hung에 따르면 국민당은 토착민들과 비토착민들 사이의 경계를 모호하게 하고 스스로를 인증하기 위한 노력으로 스스로를 "본질적인 정권"이라고 선언했다. 반면 근본적인 의제는 "타이완 본토臺灣本土"를 "중국 본토주의中國本土"9)로 통합하는 것이었다. 국민당이 공식적으로 1996년 사용하기 시작한 타이완사臺灣史라는 새 역사 교과서를 공식 지정하고 1995년부터 쑨원의 삼민주의를 대입시험의 과목에서 없앤 것을 예로 들 수 있다. 이것은 부분적으로는 대중의 요구에 대한 국민당의 반응이었고, 일부는 타이완 본성인인 리텅후이 총통 하에 그 자체를 "귀화"하려는 욕구였으며 또 일부는 타이완 독립에 대해서 문화적이든 정치적이든 중국 정부의 군사적 위협을 부인하는 미묘한 제스처이기도 했다. 리 총통은 새로운 외교정책들의 비호를 받으며 중국 본토 정부를 "도적떼들土匪"이라고 비웃었는데 1994년 소용돌이치는 다국적 외교 순방 중 "유연 외교彈性外交", "실용 외교wushi, 外交" 혹은 아이러니컬하게도 "휴가 외교度假外交"로 다양하게 정의되었고 국민당 정부가 UN에 하나의 국가로써 재가입하려는 고도의 외교적 노력을 보여주었다. 국가의 지위가 아니라 하더라도 당시 국제무대에서는 국민당이 중국이라는 정치적 패권으로부터 점차 멀어지고 있음을 보여주었다. 비록 타이완 문화 토착주의는 분열적이고 비실용적이라고 비난하지만 국민당의 토착화 캠페인은 그것의 많은 안건들을 약간 다른 형태들로 통합해내었다고 할 수 있다.

이토록 복잡한 맥락에서 1990년대에 타이완의 미디어에서 표현된 중국 본토는 불가피하게 정치와 경제라는 쌍방의 명령에 의해 영향을 받은 다양한 투영의 현장이었다. 타이완에 있는 3개 텔레비전 방송국이 크고 작게라도 정부의 직접적인 관할 하에 있었다. 차이나TV(中視)는 국민당의 소유로 자금지원을 받았으며 타이완TV(臺視)는 지방 정부라고 불리는 이상한 단체로부터, 그리고 CTV(華視)는 국방부 및 교육부로부터 자금지원을 받고 있었는데 이런 매개변수들이 종종 허점이 많음에도 불구하고 이들에 의해서 프로그램이 정의되었다. 타이완 매체에서 "중국 본토"를 건설한다는 것은 한때 경제적 이익을 위한 중국의 원시성, 국가성, 원래의 문화적 재료들을 통합하는 초국가적 운영과 유사한 방식으로 중국을 상품화하면서 동시에 다양한 문화와 정치적 담론들의 융합을 도표로 삼으려는 충동을 나타냈다. 타이완은 중국으로부터 문화적 지리적 고향, 그리고 정치적으로 다른 곳으로부터 눈을 돌리기 시작했는데 바로 타이완 기업들이 '안착登陸'하거나 '시장을 확장廣脫大陸市場'하거나 마침내는 '침범하여 정복强攻'[10]하는 대량 소비와 경제적 기회의 원천으로 보았다. 지역 잡지와 신문에서 사용하는 부풀려지고 과장된 군사 은유법들은 '본토'에 대해 반격을 가하는 국민당 수사법을 아이러니컬한 반전으로 그대로 반영했다.[11] 이 과장된 수사는 1990년대 초 타이완의 경제적 우월성에 대한 인식에서 비롯된 자신감과 상승세를 반영했다. 이것은 당연하게도 곧 불안과 모호함으로 대체될 일시적인 자신감이었다.

비록 국민당 지배가 리텅후이에 의해 점차 본토화되고 있었지만 그것의 정치적·이념적 기반은 이 시기 동안 견고하게 유지되었다. 따라서 타이완의 문화 형태에 대한 대부분의 논의는 국민당에 의해 세워진 문화적 표현의 정치적 변수들이 점차 변화하고 있는 것에 대해 불가피하게 협상한 문화적 경제 내에 위치해야만 했다. 특히 중국에 대한 텔레비전 여행에서처럼 문화적 표현이 중국과 관련될 때 그런 협상은 가장 두드러지게 된다. 그러나 이러한 협상이 국민당 정부에 대한 긍정적(포용적)이든 부정적(저항적)이든간에 그들은 상품화에 의해 철저히 포화된 문화 경제의 포스트모던, 후기 자본주의 조건이라고 할 수 있는 것에 더욱 휘말렸다. 문화나 시각적 작업에 있어서 정치적이거나 이데올로기적으로 쉽게 간주될 수 있는 것이 무엇인가에 대한 면밀한 검토가 종종 이윤 지향적인 시장 경제에 대한 깊은 투자를 드러내기도 한다. 상업적인 것과 정치적인 것의 우선순위 사이의 상호작용interweaving traffic이 타이완의 미디어에서 "중국 본토"의 표현은 특히 심해졌다.

확실히 이 시기 타이완 사람들은 값싼 중국의 노동력에 대한 약속과 거대한 시장이 더욱 커지게 될 가능성을 발견했기 때문에 경제적인 추동이 중국에 대한 타이완의 관심을 뒷받침하고 있었다. 우선은 생명이 짧아도 꽤 자신감도 있었다. 이 같은 자신감은 1990년대 중반 최고조에 달했던 타이완의 경제 기적에 의해서, 그리고 10년 이상의 문화적 토착화 추진에 의해서 뒷받침되었다. 1980년대 내내 중국 의식 혹은 중국 콤플렉스中國意識, zhongguojie[12])에 반대되는 타이완 의식 혹은 타이완 콤플렉스臺灣意識, taiwan jie에 대한 논쟁은 계속되어 왔다. 1987년 타이완은 또한 포스트모더니즘과 포스트모더니티에 관한 미국의 마르크스주의 이론가들을 통틀어 가장 유명한 프레드릭 제임슨의 타이완 방문 이후 그로부터 공식적으로 '포스트모던'의 자격을 부여받았다. 제임슨이 자주 인용한 타이완 영화 에세이에서 그는 에드워드 양 감독의 영화 〈테러리스트恐怖分子〉를 특별히 언급하면서 타이완의 도시 문화는 상당히 필수적인 포스트모던 특징들을 지니고 있다고 주장했다. 1987년 타이완은 '후기 자본주의의 국제 도시 사회'가 되어 이로써 경제가 어떻게 모든 문화 영역을 철저히 파고들었는지를 보여주는 현장으로 선언되었다.[13) 타이완의 포스트모더니티 선언은 타이완이 더 이상 제3세계 국가가 아니라는 것을 보여주었고 중국에서의 전망에 대한 호기심은 경제적 자신감에 의해 부풀어있었다.

1990년대 중국 본토의 미디어 사용은 "중국"을 이미지, 문화, 상품 카탈로그로 지속적으로 상품화하고 "중국성"을 시장성 있는 상품으로 포장하면서 강한 포스트모던적 충동을 드러냈다. 타이완의 문화현장에서 상품화에 대한 충동은 정치적 의제마저 오락의 형태로 중화시키는 효과를 가져왔고 일종의 상품 페티시즘을 강화시키고 일종의 문화적 복잡성을 예견했다고 말할 수 있는 것으로 미디어의 공간을 종종 모순적이기는 하지만 복수의 욕망의 놀이터로 제공했다.[14] 등급별로 나뉘어 국민당의 검열을 받은 중국에 관한 텔레비전 여행 프로그램은 국민당 산하의 이념을 담고 있는 다양한 에이전트들, 본토 정부, 타이완 원주민 비상사태, 궁극적으로는 시장과 협상했다. 더 독점적으로 정부가 자금을 지원하여 본토에서 이상한 곳을 찾는 프로그램 (大陸尋奇)의 경우, 국민당 이념은 모호한 토착주의 기조의 건설을 통해 중국 본토의 문화적 정치적 패권주의에 영리하게 저항하는 한편 타이완 문화가 중국 문화와 다르다는 타이완 문화 토착주의의 주장을 교묘하게 반박했다. 즉 전통 중국문화의 계승자 겸 수호자로서 타이완의 독특한 정체성을 동시에 구축하면서도 타이완 문화 토착주의자들이 주장하는 정체성과도 조심스럽게 차별화했다.

1990년대의 '영원한 중국'

'중국 본토'를 주제나 오락의 원천으로 만들어 이념적 또는 정치적 내용을 무력화시킨 것은 이 기간의 3대 여행 프로그램들을 통해서 충분히 엿볼 수 있었다. 이 프로그램들의 이름은 본토의 이상한 곳

찾기大陸尋奇, 강과 산 사랑의 만리江山萬里情 그리고 8천리 길, 구름과 달八千里路雲和 등이다. 이 프로그램들은 그들의 시청자들이 땅, 사람, 관습, 그리고 역사의 이미지에 중첩된 다양한 내러티브들을 가지고 중국 영토를 통해 삽화적이고 단편적인 여행을 하도록 했다. 이 프로 그램들에서 두드러진 유사점 중 하나는 대부분의 에피소드에서 중국 현대 정치와 이념적 장면에 대한 통제된 부재가 있었는데 제임슨은 중국 영화에 대한 토론에서 '이데올로기적으로 두드러진 내용의 일종 의 표현상의 세탁'이라고 언급한 것을 보여주었다.15) 이 프로그램들 에서도 중국 사회경제체제의 흔적들은 말하자면 당시 중국의 사회주 의 경제의 흔적은 여전히 뚜렷하게 남아 있었으며, 종종 제거되었다. 장면과 에피소드들은 주로 두 개의 큰 범주로 구성되어 있었는데 즉 종족적 소수 문화와 관습, 그리고 1949년 이전 중국의 고전 중국 문화 의 위대한 역사적 유산이었다. 달리 표현하자면 공산주의에 사로잡힌 중국을 드러내는 징후들이 능숙하게 사라졌기 때문에 중국을 여행하 는 것은 공산주의 중국이 아니라 중국 공산당의 정치적 이데올로기적 오염을 어떻게든 모면한 자연스럽고 본질적인 '중국' 여행이 되는 것 이었다.16) 여기서 중국은 민족국가라기보다는 태곳적부터 공산주의 가 인수한 이후로 별로 변하지 않은 문화에 가까웠다. 예를 들어 세 프로그램들 모두 성공적으로 제목에서부터 민족국가로서의 적당한 이름으로 중국을 언급하는 것을 피했으며 대신 자연주의적인 용어로 중국을 가리켜 '본토/대륙', '길, 구름, 그리고 달', '강과 산'으로 지칭 하는 것을 주목하자, 당시 중국을 여행한다는 것은 비록 단편적인 형 태로 되어 있긴 했지만 상징적으로 중국의 영토와 국민당이 건설한 것처럼 현재의 중국(전통, 문화, 지리적 중국의 연속으로 건설된 것) 과의 조화를 매개로 타이완 민중들의 상상 속에서 중국의 영토에 대한 권리 주장을 밑바탕에 깔고 있었다. 타이완이 중국에 대한 주장을 증명하는 과정에는 중국 공산당을 존재하지 않는 것으로 대체하는 (혹은 그것에 대해 희소하게 언급하는 문제의 존재로서의) 과정이 포함되어 있었으며 중국 풍경과 풍속의 고전적 특성을 예견하는 동안 그것은 재구성되고 재생된 조각들에 의해 단편화되었다. 이와 같이 '중국'은 문화 파편의 별자리나 백과사전, 관광지들의 집합체, 중국 문화의 저장소가 되었고 백과사전식 지식들은 외관상 관리하기 쉬운 데이터로 순차적으로 변모되었다. 영토로서의 중국을 관광지의 집합체로 바꾸어 단편적으로 주장한다면 상품 카탈로그와 같이 백과사전으로서의 중국은 더욱 관리하고 저장하고 물론 소비하기도 쉬워졌다.

"본토에서 이상한 것 찾기" 프로그램의 대부분 에피소드에서 그렇게 시대를 초월한 영원한 중국을 만들어내는 것은 내레이션 목소리와 카메라 렌즈가 채택한 일련의 전략에 의해 가능해졌다. 부드럽고 온화한 여성적 목소리로 우아하게 내레이션 내내 전통 시적 표현들의

16 "본토에서 이상한 것 찾기" 프로그램의 비디오 CD판에서의 콜라주 이미지

음율을 발음한 사람은 유명 언론인인 시웅루양Hsiung Lu-yang이었는데 이 프로그램은 이국적이고 고전적인 아름다움과 이국적인 관습으로 가득찬 특징들로 끊임없이 대단히 선택적으로 중국으로 들어가게 되었다. 이상한 곳 찾기尋奇에서의 이상함奇은 엽기獵奇, exoticism에서의 기이함奇과 같이 이국적인 것을 의미하기도 한다. 말 그대로 엽기獵奇는 이국적인 것을 사냥한다는 의미이며 이상한 것 찾기尋奇는 이국적인 것을 찾아간다는 의미인데 이 둘은 본질적인 의미의 유사성을 공유한다. 《서쪽으로의 천릿길 여행千里西遊》이라는 제목의 4부작 특별 시리즈가 좋은 예였다. 이 시리즈 내내 실크로드의 도로와 마을들은 지금의 이름이 붙기 이전 옛날 이름으로 중국 지도에 표시되었다. 이들 소수 마을들은 '전통적인 그들만의 방식의 삶'을 살면서, '수백 년 동안' 변치 않고 있었다고 설명되었고 이 사람들과 풍경은 옛날의 시간과 공간에 갇혀 있었다. 다른 에피소드에서, 쓰촨四川의 소수민족인 '이 Yi'족은 비슷하게 변화에 저항적인 것으로 묘사되었는데 '자기 조상들의 평화로운 삶의 방식을 따르는' 내용으로 마을 바깥의 '현대적 문명화'에 관심이 없는 것처럼 표현되었다.

중국의 일부 지역을 미개발되고 시간을 초월한 채 목가적인 모습으로 묘사한 것은 복합적인 함의를 가진다. 첫째, 역사적 인증의 일환으로 그런 시대를 초월한 것이 1949년부터 현재까지 아무것도 변한 것이 없다는 식의 국민당이 만든 버전의 중국 역사를 복제해냈다. 중국은 공산주의 변화에 저항해왔고 항상 그렇게 해왔던 방식대로 여전히 그렇게 했다. 중국 문화와 역사에 대한 비전을 구현한 중국에 대한 국민당의 잔존하는 향수는 에피소드에 이어서 그 다음 에피소드에서도 확인되었다. 이런 형태의 향수는 일찍이 국민당이 '본토를 회복하는' 이념에 대한 심리적 정당화였다. 둘째, 그것은 부인의 여지없이 카메라를 든 여행자이자 동시에 인류학자의 현대성을 예견하는 방법 중 하나였는데 (여행자는 종종 서양식 장비를 들고서 서양식 옷을 입고 나타나서 전통 민족 복장을 한 '원주민'에 대한 질문을 던졌다) 그것은 중국을 매력적인 관광지로서 원시적이고 이국적인 것으로 만들었다. 타이완과는 다른 시대에 살고 있는 중국의 건설은 요하네스 파비안Johannes Fabian이 말한 유명한 '만성 담화'인 전형적인 관행으로 인류학자의 목표는 다른 시대에 놓여 있고 동등성이 거부되었다.17) 같은 만성화적인 담론은 도시적 중국의 매우 선택적인 묘사에도 적용되는데 바로 전략적으로 감추어진 기술적 현대성의 표상이다. 대신 눈에 띄는 것은 음식, 수공예품, 한약 등 여행자의 고도로 선택적인 흥미와 욕구를 충족시키는 상품 카탈로그의 품목들이었다.

현대 중국을 드러내기보다는 감추는 절차를 통한 이러한 공멸을 부정하는 것은 곧 불안정한 타이완 에이전시의 있을 수 없는 투영이었다. 더 많은 타이완 사람들이 중국을 여행하고 사업을 하면서 중국에 공장을 짓고 중국에 정착하고 살아가게 되면서 이 사람들이 특히 상하이나 샤먼廈門과 같이 번영하고 있는 해안 도시들을 고려해야 하는 것은 지금의 중국이다. 이러한 타이완의 여행 방송들은 중국을 전통적인 이국적 향수의 운영을 통한 근대화 대 원시주의의 선형적이고 현대적인 궤도에 올려놓음으로써 중국 근대성을 위협으로 본 타이완에서의 담론 구축에 기여했다. 이런 상상 속에서 현대성을 향한 중국의 발전은 타이완의 기술적 우월감과 자본주의적 우월감을 위협하게 될 것인데 바로 그 우월성이 원시화된 중국에 의해 제시되었기 때문이다. 타이완이 실크로드나 외딴 지역의 '민족' 혹은 시골 지역 중국뿐만 아니라 사회주의 플러스 자본주의의 현대화가 매우 본격적으로 일어나고 있고 큰 성공을 거두어 온 중국과 맞서야 할 때, 보다 현대적인 타이완 자체의 비전은 취약해지고 궁극적으로 실추될 수밖에 없었다. 왜냐하면 중국은 현대화의 후발주자가 아니라 이미 글로벌 현대화의 일부였기 때문이다. 이러한 중국 원시주의의 한계는 정확히 현대화 기반 궤도에 있는 타이완 이외의 타이완이 중국을 다루는 대안적 상상력의 종착점이다.

1990년대 초 이들 여행 프로그램이 방영되자 문화 퀴즈 프로그램인 "강과 산, 사랑의 만 리"도 큰 인기를 끌었다. 유명한 토크쇼 진행자 두 사람이 매 회마다 퀴즈쇼 형식으로 경쟁을 하기 위해 연예인과 문화 인물들을 두 팀으로 초대했다. 커다랗게 불빛 나는 중국 지도 한 장이 벽에 걸려 있었고 또 벽에는 고전적인 건축 장식을 한 기둥 두 개와 점수판 두 개가 중국 전통 타일 지붕 디자인에 걸려 있었다. 쇼에서 '중국'은 역사, 관습, 음악, 지리, 암시, 유머, 사람, 건축, 음식

17 "강과 산, 사랑의 만 리"의 세트장, 프로그램 제작자 사진 제공

등의 지식 범주로 나뉘어 있었다. 범주 선택이 되고 나면 그 범주와 관련된 비디오 클립이 마지막에 주어진 질문으로 표시되었다. 그리고 나서 참가자들은 가능한 한 가장 잘, 혹은 유머러스하게 질문에 답하도록 되어 있었다.

이 퀴즈쇼에서 주목할 만한 점은 참가자들이 중국에 대한 지식이 아닌 '스타성'의 자질로 선정되었다는 점이다. 중국에 대한 참가자들의 지식이 상당히 부족하다는 것이 곧 드러났고, 이 쇼의 퀴즈 형식은 불편하게도 국민당 정부가 학령기 아이들에게 요구했던 중국에 대한 모든 교과서적 지식을 다시 다루고 있었다. 타이완에서 살았지만 중국사를 국사로 연구한 이후로 타이완사는 타이완을 무시하고 모든 민족적 갈망을 중국에 투영할 것을 요구하는 이념적 교육으로 인해 변질되어 왔다. 중국 역사와 문화에 대한 지식은 매우 값진 것이었다. 이 지식은 학생들이 대입시험과 같은 주요 시험들에서 좋은 점수를 받을 수 있도록 해주었다. 그러나 퀴즈쇼의 경쟁에서 질문들이 종종 난해했기 때문에 참가자들이 정확한 답이 중요하지 않다는 것을 알았는지 아니지 여부는 중요하지 않았다. 요점은 참가자들이 유머러스한 방법으로 답을 추측하도록 하는 것이었다. 그들은 종종 중국에 대해 대체로 무지함을 드러냈지만 재미있는 답을 제시했기 때문에 쇼의 익살스러운 추진력을 높였다. 전반적으로, 이 쇼의 유머는 중국에 대한 과거의 지식의 신성함을 뒤엎고 대신 중국에 대해 알지 못하는 것이 그 자체로 부끄러운 일이 아니라는 것을 암시했다. 여기에서의 즐거움은 역설적으로 참가자들이 질문에 대답할 수 없는 데 있는 것처럼 보였다. 여기서 다시 중국은 백과사전이었지만 중국에 대한 단편적인 지식은 중국을 주장하거나 문화적 향수를 파는 데 사용되지 않고 간접적으로 중국을 모르는 것이 괜찮다는 것을 암시하는 데 사용되었다.

무지를 에이전시의 형태로 암시하기 위해 퀴즈쇼를 한다는 사실은 양날의 검이었다. 여기서의 춤은 국민당의 중국 지식을 강요하는 것과 그것을 아이러니컬하게 왜곡하는 것 사이의 것이었지만 그 실추 자체는 직장에서의 일종의 문화적 정신분열증을 보여주었다. 중국에 대한 지식의 시험을 극화함으로써 그 부담에 대한 마조히즘적 회상법이 제정되었다. 아이러니컬하게도 이 시험은 충격적인 이데올로기적 영향의 현장을 반복한 것이었다. 1990년대 초 타이완이 중국과는 차별화된 정체성을 아직 강력하게 주장하지 못하자 퀴즈쇼와 관객들의 웃음소리는 양면성과 불안감으로 가득 채워졌다. 이런 텔레비전 프로그램들은 긴장된 웃음과 해방감으로 적절히 찔러대면서 고향 중국으로부터 고향 타이완으로 이행하도록 하는 국민당의 이데올로기로부터 점차 멀어져가는 증인으로서 역할하게 되었다.

21세기의 '친밀한 적'

21세기로 접어들면서 타이완과 중국을 비교한 자신감의 규모는 크게 다른 쪽으로 기울게 되었다. 21세기 초 타이완의 정치 경제적 상태에 대해 가장 아이러니한 것은 특정성의 한 형태로서의 '정체성'이 점점 더 사치스러워지고 있다는 점이다. 위에서 언급한 바와 같이, 타이완의 비즈니스들은 수년 동안 서구 시장을 위해 중국 노동력을 활용하는 것에서 중국 시장 자체에 대한 완전한 관여로 변화해 왔으며, 이는 타이완 비즈니스들이 장기적으로 중국에 있다는 것을 의미하며, 많은 사람들이 중국에서 새로운 종류의 타이완 이민자가 되었다는 것을 의미한다. 타이완 사업가들이 중국에 정부를 두고 있어(3장 참고) 앞서 지적한 것과 같이 타이완의 가족들에게 중요한 문제는 타이완 기업인들의 단기 체류 사고방식에서 미리 제시된 바 있다. 이제 그들은 중국 시장으로 영원히 진출하게 되었으니 가족 전체를 중국으로 이주시키거나 현지 여성과 결혼하게 되어, 특히 상하이에서 이들 기업인들의 자녀들을 위해 특별히 문을 연 다양한 초등학교와 중학교들이 생겨나게 되었다. 다른 타이완 사업가들은 자신의 자녀들이 지역사회에 보다 완벽하게 통합되도록 하려고 상하이 현지 학교에 다니는 것을 선호하기도 한다. 소비하고 투자할 돈은 있었지만 그 수입을 타이완에서 가족을 부양하기 위해 돌려받길 원했던 '해외 동포'로부터 상하이의 타이완인들은 다른 현지인들과 마찬가지로 사업을 운영하고 일상을 살아가고 있었다. 타이완에서만 이용할 수 있었던 '타이완사람' 전문 카페인 융허 두유 카페永和豆漿가 상하이의 화이하이로淮海路 주요 쇼핑 지역에 생겨난 것은 바로 타이완인들이 로컬 문화를 흡수하여 자신들을 현지화하기를 꾀했던 것처럼 타이완의 일상 문화가 분명히 도착하여 현지 생활과 통합되어 있었다는 것을 의미한다.

중국의 경제발전에 의해 열린 경제적 기회들은 중국 내 타이완 비즈니스 커뮤니티의 경제적 문화적 통합을 증가시키는 결과를 가져왔고, 이것은 중국 내에서의 사업의 성공과 실패에 대한 정보를 제공하면서 중국 내 타이완 이민자들의 언론 표현의 확대로 이어졌다. 한편이것은 타이완 스타일의 가게와 식당, 패션과 대중음악, 텔레비전 쇼와 대중 소설과 같이 거의 직접적인 이식이 가시적으로 드러나는 중국의 도시 대중 및 소비문화의 '타이완화'를 야기시켰다. 반면 중국은 타이완 시장에서의 시장 포화뿐만 아니라 수년간 불황으로 시달려온 비즈니스에 활력을 불어넣을 수 있는 곳으로 갈수록 주목받고 있다.

타이완 정부가 중국에 대한 자본과 사업 노하우의 유출을 줄이길 원하는 것만큼 동시에 불황에 허덕이는 타이완 기업들은 더 본격적으로 중국 시장으로 진출했다. 비즈니스 서적, 여행관련 서적(대형 서점에는 중국에 관한 여행서적 전용 서가까지 있음), 중국인과의 상호작용에 관한 다양한 이야기, 홍콩 및 기타 지역에서 발행된 중국에 관한 잡지, 중국 주요 텔레비전 방송국의 직접 위성 수신(이후 금지됨), 중국 영화배우와 가수들의 대중화 등, 이는 중국이 실로 많은 양가적인 감정을 느끼는 '친밀한 적'이 되었다는 타이완인들의 인식을 높이는 데 기여한다.

친밀감은 경제적 필수품, 사업 기회, 문화적 유사성 때문에 주어지는 것이지만, 이러한 친밀감은 중국 정부가 지속적으로 타이완을 군사적으로 침공하겠다고 위협함으로써 조건적인 것이 된다. 게다가 1980년대와 1990년대에 그토록 열렬히 건설된 타이완 원주민주의에 대한 좌절도 21세기가 지나면서 타이완 내에서의 입지를 점점 잃어가고 있을 것이다. 이는 중국의 위협(타이완 본토주의가 타이완의 독립으로 이어지게 되어 곧이어 중국이 타이완을 침공하게 되는 것)과 그 배타적 성격(타이완 본토주의는 부분적으로 국민당에 의해 저질러진 과거의 부당함에 대한 그것의 반발에 의해 촉발되었고 때때로 몇몇 사람들이 '타이완 본토인 우월주의'라고 부르는 것을 보여주었다) 둘 다 때문이었고 타이완 내의 다른 민족과 정체성 집단들 사이에서 정체성 정치를 악화시켰던 것이다. 중국과의 관계에서 타이완에게 새로운 형태의 본토주의가 정치적으로 필요하다면 이는 새로운 타이완 다민족주의, 다문화적 본토주의일 수밖에 없을 것이다. 그러나 지금까지 지식인들과 정치인들 모두가 논쟁적인 정체성 정치에 지쳐있는 것처럼 보였기 때문에 이 새로운 다민족적 본토주의에 대한 강력한 표현은 없었다. 따라서 타이완의 문화적, 정치적, 경제적 특수성을 정의하는 것은 좀 더 '현대적', '민주적', 그리고 '발전적'이라는 한정된 표현과 함께 모호하게 남게 된다.

이러한 예선전들은 지리적으로 구체적이지 않으며 타이완이 중국에 비해 어떤 이점을 유지하려면 더 글로벌하고 더욱 더 글로벌 경제에 통합되어야 한다는 인식된 필요성을 예시하고 있다. 여기서 역설은 중국은 떠오르는 경제대국이고 타이완은 그 규모와 활력에 상대가 되지 않는다는 것이다. 중국은 현재 타이완 기업과 대중문화가 중재자 역할을 하고 있는 것처럼 보이지만 아마도 타이완보다 더 빠른 속도로 세계화 게임에서 따라잡을 것이다. 20세기 초 식민지 타이완에서 일본 문화가 행했던 역할과 일본 고유의 문화 상품을 수출하는 것 외에 타이완을 위해 서구 문화를 어떻게 중재하고 있었는지, 그리고 문화 권력의 등급이 있는 조정 시스템을 주목하지 않을 수 없다. 그러나 많은 사람들은 상하이가 홍콩과 도쿄를 넘어서는 아시아의 경제적 메카로 대체될 것이라 주장하며 중국이 아시아뿐만 아니라 아시아를 넘어서서까지 미치게 될 미래의 경제적, 정치적, 문화적 영향력은 더욱 심오해질 것이라고 예견하고 있다.

모호함이 일면 타이완의 현상유지에 도움이 되는 것처럼 보이지만 변하지 않는 현상유지란 없다. 타이완의 친밀한 적은 아무리 많은 정도와 유형의 모호성을 유지하려고 해도 선한 사람이거나 나쁜 동지가 될 가능성이 있다. 많은 타이완인들은 중국과의 친밀감을 부인하면서도 경제적 이익을 위해 이 친밀감을 이용하고 있다. 타이완인들은 이러한 적대감과 친밀감의 상태를 그들이 원하는 한 오랫동안 배치할 수 있는 모호함의 형태로 보고 싶어 할 수도 있지만 중국 정부의 타이완에 대한 가혹한 주장에 대해 정당성을 제공하는 것은 이러한 건설적인 친밀감이다. 21세기 미래의 발전은 중국의 부상하는 권력을 직면함에 따라 타이완의 사회적, 문화적, 정치적, 경제적 상상 속에서 타이완이 친밀한 적의 지위를 더욱 명확히 하도록 하는 것이 불가피하다.

시노폰의 투쟁

중국과의 친밀한 관계에서 타이완의 상황은 아시스 난디Ashis Nandy가 자신의 책《친밀한 적The Intimate Enemy》에서 인도의 식민지 상황을 특정 지은 것과 크게 다르지 않다. 난디의 주된 논점은 식민주의가 '서양'을 '서구라는 것이 모든 곳에 있으며 서양의 안팎, 구조와 정신 속'에도 있는 것으로, '서구'의 범주를 지리적 범주에서 토착민의 심리적 범주로 변화시켰다는 것이다.[18] 따라서 식민주의에 대한 각본화된 저항은 종종 '승리한 자들에 대한 경의의 형식forms of homage to the victors'이 되었고, 그들의 반응적 논리는 서구 중심의 식민지 역학에서 포착되었다. 식민주의는 식민자와 피식민자 모두에게 공유된 문화였고 '서구의 역逆'이 되어야 한다는 압력은 식민지화된 '서구에 더 돌이킬 수 없을 정도로' 묶여버릴 수 있기 때문이었다.[19] 난디의 해결책은 여러 가지가 있다. 인디언들은 서양에 대항하는 사람이거나 대항하는 사람이어야 하는 것으로부터 자유로울 수 있다. 이와 같은 인도 문화는 이미 서구적 요소와 혼합되어 있기 때문에 후자에 대한 거부감은 인도 문화의 일부에 대한 거부감이다. 인도 문화의 독특함은 '문화적 모호성과 함께 사는 능력'에 있는데 이것은 '문화적 침략에 대한 심리적, 심지어 형이상학적 방어력'을 구축하는 데 이용된다.[20]

유럽인, 중국인, 일본인의 복수 식민지 경험을 가진 섬 문화로서, 타이완 문화는 우리가 난디의 식민지와 식민지 이후의 인도에서 볼 수 있는 것과 유사한 다중 식민지 시대의 역동성이 있는 곳이다. 만약 '중국' 문화가 오늘날 타이완인들의 주된 불안의 현장이 된다면, 다른 식민지 시대, 특히 네덜란드와 일본인들의 문화적 복합성은 자신도 모르게 억압되고 있다. '중국'은 반세기 전에야 식민지화가 일어났고 그 영향은 지속되어 크게는 심리적 범주에 이른다고까지 단언할 수 있을 정도였다. 타이완 문화의 시노폰 측면은 타이완에서와 같은 문화의 전체성으로부터 벗어날 수 없으며, 일부 구세대 타이완인들이 계속해서 일본어를 하고 있고 현대 도시문화는 도쿄에서 일어나고 있는 것에 의해 크게 영향을 받기 때문에 저패노폰(일본어계)의 측면도 벗어날 수 없다. 난디의 주장을 바꾸어 말하자면, '인도는 서양이 아닌 것이 아니라 인도일 뿐'이며 우리는 '타이완은 중국이 아닌 것이 아닌 그저 타이완'이라고 하거나 혹은 동일하게 '타이완은 일본이 아닌 것이 아니라 그냥 타이완'이라고 말할 수 있을 것이다. 서양의 문화와 그 안에 있는 타이완의 세계적 위치에 비추어 볼 때, '타이완은 서양이 아닌 것이 아니라 그냥 타이완이다'라고 말할 수도 있다.

영국 식민주의 이후의 인도 문화에 대한 난디의 우려는 타이완의 중국과의 관계와는 전혀 다른 맥락에서 나타나지만, 난디의 타이완에 대한 묘사에서 나타나는 이상한 적합성은 오늘날 타이완의 포스트식민적 상태를 내포하면서 나타내어주고 있다. 주요 차이점은 영국은 더 이상 인도[21])에 군사적 위협을 가하지 않는 반면 중국은 타이완에 대한 군사적 수단 사용권을 계속 행사하고 있다는 점이다. 인도인들은 문화적 모호함을 감내하면서 서양의 심리적 범주를 자생적인 문화 자본으로 옮길 수도 있다. 그러나 타이완인들이 '중국'을 문화 자본으로 옮기는 것은 더 어렵다. 타이완인들은 또한 매일 정치적 모호성을 가지고 살아야 하는데, 왜냐하면 이런 모호성은 국제적으로 인정된 주권을 위한 타이완의 시도를 동시에 저해하는 모호성의 예측 가능한 범위에서 생존과 안보를 보장하는 것으로 보이기 때문이다. 타이완의 시노폰 문화는 이같은 모호함의 전달자이자 그러한 모호함이 표출되는 바탕이다.

제5장
민족적 알레고리 이후

사람들은 야만인은 더 이상 우리 안에 존재하지 않으며, 우리는 문명의 종말에 있으며, 모든 것이 이미 말해졌고, 야심을 품기에는 너무 늦었다고 말한다. 그러나 이 철학자들은 아마 그 영화들을 잊어버렸을 것이다.
- 버지니아 울프 《중국의 힘》 (1926)

　1997년 7월 1일 반환식의 화려함과 장관의 구경거리 이후 이상한 고요함이 홍콩에 내려앉았다. 비가 억수같이 쏟아졌고 인민해방군이 행진했으며 중국의 이민 작곡가 탄둔Tan Dun의 교향곡은 중국 제국주의(자)의 웅대함과 기원전 5세기 음악 종과 포스트모던 불협화음을 결합하여 홍콩인들을 흠뻑 적셨다. 그리고 피할 수 없는 불꽃놀이가 있었는데 전 영국인 홍콩 병사인 프룻 챈Fruit Chan의 영화 〈그 해 불꽃놀이는 유난히 화려했다The Longest Summer〉에 따르면 반복해서 '하늘에 글자를 써대던' 불꽃놀이였다. 그 광경이 권력을 증명하는 주요한 수단이라고 주장하는 이론들은 1997년 7월 1일의 사건에서 그들의 교과서적인 예를 찾은 것으로 보인다.

　1997년에 대한 모든 불안, 노이로제, 두려움, 집착은 아마도 그 순간부터 목표를 잃었을 것이다. 홍콩의 중국 통치로의 회귀, 즉 어떤 사람들에게는 하나의 식민지 강국에서 다른 식민지 강국으로의 전이였던 것은 이제는 기정사실화되었다. 천안문 대학살 이후의 '중국으로부터의 탈출' 신드롬을 통해 홍콩으로 이민 온 많은 이민자들의 '역류回陸'에 이르기까지 염려가 무엇이든지 간에 이제 그들은 홍콩이 반환되고 나서도 계속 상태유지가 된다는 점에서가 아니라 누구도 아무것도 할 수 없었기 때문에 걱정이 쓸모없다거나 혹은 비실용적이었다는 점에서 쉬어갈 수밖에 없다.(결국 고정 관념이라는 차원에서는 홍콩인들보다 더 실용적인 이들이 있을까? 홍콩의 학자들, 예술가들, 그리고 비평가들이 1997년까지 홍콩의 '마지막으로 본 사랑'에 대해 의무와 같이 깊은 사명감과 똑같이 강렬한 상실감을 가지고 그들의 지역 문화를 바라보는 '홍콩문화연구香港文化研究' 혹은 '홍콩학香港學'의 전성기는 이제 그 열정과 존재 이유 모두를 잃은 것처럼 보였다.[1] 홍콩 태생의 파키스탄 학자 아크바르 아바Ackbar Abba의 서정적이면서도 아이러니한 렌더링에서는 이것은 곧 사라질 순간에 나타난 '비존재dis-appearance'의 홍콩 문화였다.[2] 만약 우리가 수잔 스튜어트를 다시 불러올 수 있다면 이 이별의 눈길은 향수라는 심리적 구조를 물체가 없는 그리움으로 재현시켰고 따라서 역사학, 문화 비평, 고고학, 자민족학, 그리고 가장 주목할 만한 것으로는 홍콩 영화 같은 형태의 역사 기념품을 간직해야 할 향수병의 필요성이었다. 돌이킬 수 없이 상실될 현재에 대한 향수였다.[3] 그렇다면 그 다음은? 홍콩 문화학 열풍과 반환 기념식의 구경거리가 모두 끝나고 나면? 향수 뒤에 무엇이 오는가? 그 후를 어떻게 이론화할 것인가?

1997년 이전의 홍콩 문화 상상의 특정한 구조를 임박한 미래에 대한 두려움 속에서 식민지 현재에 대한 향수라고 잠정적으로 부를 수 있다면, 이러한 향수의 상실은 97년 이후의 문화 상상에서 다른 시간적 의식의 필연성을 암시한다. 대부분의 일상적인 관습에 즉각적으로 역사적, 상징적 의미가 스며드는 현재의 페티시즘은 현재가 더 이상 향수의 현장이 되지 않기 때문에 다른 시간적 논리로 대체되어야 할 것이다. 이 새로운 시간의 향수의 시간들과 마주해야 할 것이며 이 시간은 미래-과거의 시간, 그리고 이미 도착했고 앞으로 무한정 계속될 중국 통치의 예측 가능하고 선형적인 시간으로 가장 잘 묘사될 수 있다.4) 사실 사람들은 1997년이 어떻게 그토록 굉장히 어처구니없을 수 있었는지에 대해 놀라움을 감추지 못한다. 유혈사태도 없었고 홍콩인들의 노골적인 반란도 없었으며 중국 정부가 행사한 노골적인 억압도 없었다. 오히려 그것은 평상시와 다름없는 대규모 사업이었다. 1997년 이래로 홍콩의 대부분의 사람들은 중국 통치에 저항하기보다는 아시아 금융위기와 dot.com의 흥망성쇠에 더 집착해 온 것으로 보인다. 단, 중국 정부가 반역법 논란과 더 심해진 미디어 검열과 같이 홍콩인들을 상대로 명백히 퇴행적인 움직임을 보일 때를 제외하고는 말이다. 1997년 이후 로컬 지역 내 홍콩학의 문화적 열기는 어떻게 되었는가?

이는 1997년 이전의 홍콩에서 홍콩학 열풍이 '서구'로부터 순수하지 않았다는 것과 함께 트랜스로컬 지형으로 확대해야 할 의문이다. 홍콩학은 냉전 시대의 반중 히스테리를 고수하기 위한 최후의 노력이자 세계에서 마지막으로 남아 있는 서구 식민지 중 하나에 대한 식민지 향수의 표현인 중국성에 대한 홍콩의 독특함을 찾기를 열망하는 서방세계에 의해 그 자체로 직간접적으로 고무되었다. 이것은 왜 영국 식민지 정부로부터 1997년까지 홍콩학을 위한 많은 기금이 있었는가를 설명해주고 있으며 그래서 이전에 식민지의 경멸로 여겨졌던 기강을 시작하는 데 도움을 주었다. 식민지 말기에 앞서 지역 의식이 없었던 것은 아니지만 식민주의의 종말을 맞이하는 마지막 해까지

식민기구의 제재를 받지 않았다. 홍콩 문화 관련 인사들이 홍콩의 독특함을 보존하고 기록하는 데 열심이었다면 식민지 정부는 그 이상은 아니더라도 딱 그만큼은 열심이었다.

식민지 향수의 이 경제가 미국에서의 우리 자신의 위치를 어떻게 암시하는가 하는 것은 친숙하지만 골치 아픈 민족적 알레고리 문제와 관련이 있다. 비록 홍콩이 민족국가는 아니었지만 민족적 알레고리와 유사한 서술에 대한 미묘한 기대는 1997년 홍콩을 원초적이고 일차적 기준의 틀로 문화 연구의 대상으로 총체화시킨 홍콩 바깥의 홍콩학 프로젝트의 일부분이었다. 홍콩에 관한 학술지 및 서적에서 홍콩 연구에 관한 특별 호는 한동안 학문적 가치가 높은 상품이 되어 홍콩 액션 영화에 대한 오랜 대중적 관심과는 매우 다른 경제를 따라갔다. 홍콩 액션 영화가 최근 청룽, 저우룬파, 제트 리의 할리우드에서의 성공과 존 우의 감독적 업적으로 동화되고 있다는 점에서 점점 보편화되고 있는 가운데,[5] 홍콩 문화 연구에서의 자체적인 제한된 학계에서의 주류화는 매우 다른 정통의 논리를 의미한다. 홍콩 액션 영화는 겉보기에는 점점 '범용적'이 되어가고 있지만 홍콩 문화 연구는 확산 특성의 현장이다. 홍콩 연구에는 역사적, 문화적 특수성이 요구되므로, '민족적' 민족적 알레고리의 함의를 가진 문예 작품들을 더 잘 볼 수 있을 것이다. 특히 1997년의 정치적 부담의 순간을 전후하여 홍콩이 자신의 것과 자신에게만 특별하다는 것을 서술하는 세계 다문화주의의 친숙한 요구는 홍콩의 문화 인사들과 영국의 식민지가 진정한 홍콩성을 찾는 것과 일치한다. 그렇다면 홍콩인, 영국 식민지, 서양의 학계 등 복수의 동인이 겹치는 향수에 의해 홍콩인이라는 것이 생겨나는 것이다.

나는 프레드릭 제임슨의 민족적 알레고리 개념은 '모든 제3세계 텍스트들은 필수적으로… 민족적 알레고리이다'라고 이름 높게 단정하는 데 대한 구체적인 언급으로 서구 학계의 향수를 말하고 있다.[6] 나는 제임슨의 민족적 알레고리에 대한 개념이 미국이 잃어버린 것에 대한 향수의 산물이라고 보지만 그가 말하는 제3세계에 위치할 수 있다. 아이자즈 아마드Aijaz Ahmad가 자신의 민족적 알레고리 이론에 대해 열정적으로 비판한 것에 대한 짧은 반응으로 제임슨 자신은 자신의 이론을 개인의 서사와 '부족들의 이야기', 그리고 '문화 지식인의 정치적 역할'을 연결시킬 수 있는 능력과 같은 '현대 미국에서 특정한 문학적 기능과 지적 약속의 상실'을 지적하기 위한 방법으로 인정했다.[7] 그와 같은 기능과 약속의 상실을 계기로 제임슨은 다른 곳을 바라보는데, 그 다른 곳은 상상 속의 제3세계로, 서구에서는 이미 사라진 것을 발견하게 된다. 제임슨이 제1세계에 대한 비평으로 의도했음에도 불구하고 제3세계를 과거의 구현으로 규정하는 것은 자아의 과거에 대한 향수의 한 형태가 된다. 이런 다양한 형태의 향수들의 결합은 풍부한 함축성과 함께 1997년경의 홍콩 영화를 분석할 수 있는 하나의 광범위한 맥락을 구성한다. 만약 알레고리가 근본적으로 분열된 시간과 공간의 지형에 대한 여러 향수들의 결합을 포착하는 형태라고 가정한다면 우리는 알레고리라는 특권 안에서 무엇이 상실되는지를 물어볼 필요가 있다. 복수의 때로는 모순되는 향수를 불러일으키는 욕망을 층층이 쌓이게 하는 알레고리의 표면을 어떨까? 이 표면은 어떻게 작용하는가? 그것은 무엇을 대체하는가?

알레고리allegory는 물론 하나의 의미 생성 형태일 뿐이며 우리가 텍스트를 읽을 때 취할 수 있는 것은 단지 은밀한 암호의 하나일 뿐이다. 내가 제안하고 싶은 것은, 영리한 독자들은 열심히 읽는 데 노력을 투자하면 어떤 글이라도 알레고리적으로 읽어낼 수 있다는 것이다.

텍스트의 문자적 의미와 알레고리적 의미 사이의 일시적 틈새는 해석적 노동의 영역이 된다. 결국 제1세계 이론가의 향수가 읽기 쉬워지고 결실이 풍부하게 비평될 수 있는 것은 가치 생산 노동의 한 형태로서의 알레고리적 해석의 정치로, 즉 누가 그것을 하고, 누가 그것을 억지로 해야 하며, 누구는 하지 않을 여유가 있고 또 누구는 그것을 해야 할 부담을 가지고 있는가, 그리고 누가 그것을 할 수 있는 특권을 가지고 있는가 하는, 알레고리적 해석의 정치 경제가 되는 것이다.[8]

큰 문제는 알레고리적 형태에 내재된 것으로 되돌아간다. 문자적 의미보다 알레고리적 의미에 대한 우리의 특전에 있어서 무엇이 퇴색하고 또 도망가는지는 정확히 문자적 의미의 수준이다. 알레고리화의 순간 실제 '홍콩'은 사라질 수 있을 것인가? 만약 그토록 많은 향수에 의해 겹쳐진 알레고리의 반짝거리는 표면을 벗겨낸 뒤에 일상생활의 문자 그대로의 평범함만이 남게 된다면 어떨까? 만약 1997년 이후 영국의 식민지배 이후의 홍콩의 포스트식민으로서의 초기 건설이 끝난 뒤에도 포스트식민성이 결코 오지 않는다면? 향수, 민족적 알레고리, 그리고 포스트식민 이후에는 무엇이 오게 될 것인가? 1997년을 참고의 주요 프레임으로 삼은 선택된 영화들과 문화 텍스트들에 대한 조사를 통해서 이러한 질문에 답하고자 할 때, 홍콩의 중국과 중국성에 대한 시노폰의 양면적인 현장을 예로 들고 싶다.

알레고리화 된 시간과 도시

프룻 챈의 홍콩 3부작 중 첫 작품인 〈메이드 인 홍콩香港製造〉(1997)은 거의 직설적인 알레고리적 서술이다. 가장 분명한 수준에서 볼 때,

18 프룻 챈의 영화 〈메이드 인 홍콩〉에서 수잔이 빌딩 꼭대기에 있는 모습

홍콩의 중국 반환이 있었던 1997년이 배경에서 불길하게 다가옴에 따라 4명의 10대 청소년들이 차례로 죽어가는 이야기다. 비록 영화 속의 알레고리가 국가적인 구성으로 쉽게 식별될 수는 없지만 - 홍콩은 자체의 군사력을 갖춘 국민국가가 아니거나 국가적 상상된 공동체에서 요구되는 것처럼 목숨을 걸고 국가를 위하지 않기 때문에 - 영화 속의 개인과 집단의 서술 사이의 우연은 국가적인 것에 가까운 갈망을 표현하고 있다. 다르게 표현하자면 정치헌법상 국가는 아니지만 국가와 같은 공동체적 상상력과 유사한 특성을 보이는 상상의 공동체를 찾는 도시적 시각으로써의 알레고리적 의미를 지니고 있다는 것이다.

〈메이드 인 홍콩〉은 1996년 가을에 열악한 환경에서 촬영되었는데, 50만 홍콩달러(미화 약 7만 달러 정도)의 예산으로 무급 아마추어 배우들과만 작업했으며 두 곳의 다른 영화 스튜디오에서 모은 빈 필름의 쓸모없는 나머지를 활용했다. 1997년 개봉된 이 독립 영화는 1년 만에 국내외에서 29개의 영화상을 수상했으며 (홍콩 골든 오크 시상식에서 최우수 작품상과 최우수 감독상을 포함) 아마도 반환 이후 지역 문화계에서 아무런 의미도 없고 놀랍도록 조용함을 지닌 그해에 가장 화제가 된 영화일 것이다. 영화는 세 개의 관계없는 장면들로 시작된다. 첫 번째는 수잔이라는 이름의 16세 여학생이 높은 플랫폼에 서 있다가 뛰어내려 죽게 되며 몸에서 피가 스며나와 나무뿌리처럼 보이도록 선으로 뻗어나가는 것이다. 이런 나무뿌리가 뻗어나가는 듯한 디자인은 유동적인 후기 자본주의 세계에서의 유연한 시민이 아니라 정확히 그 반대로 로컬에 깊숙이 뿌리박혀 있는, 그래서 그로부터 탈출할 수 없는 사람을 높이 평가하기 위해 형성된다.[9]

그리고 카메라는 어떤 사람이 아파트 벽에 빨간 페인트를 튀기는 장면으로 이동한다. 아파트에는 10대 한 명이 어머니와 살고 있다. 이 소녀의 이름은 핑으로 말기 간암을 앓고 있다. 다음 장면은 주인공 문(가을 달 축제에 생겼다고 붙여진 이름)이 친구들과 농구를 하고 있는 농구코트로 옮겨가는데 발달지연의 부하 실베스터가 얼굴이 멍들고 다친 채 다가온다. 수잔, 핑, 문, 실베스터는 이 영화의 주인공들로 영화는 이들의 이야기를 비뚤어진 형태로 따라간다. 수잔의 죽음은 자살이든 말기암이든 집단 폭력에 의해서든 그들의 파멸에 하나하나 다가가는 다른 세 인물들의 죽음을 예견해주는 것이다. 그 사이엔 문과 핑의 가슴 아픈 사랑 이야기, 문이 어머니를 포기하는 것, 폭력단의 다양한 폭력 장면들, 어른들에 의해 지배되는 사회로부터 배신당하는 청소년들, 그리고 영국과 중국에 관해 아버지로서 상징적으로 언급하는 장면들이 들어 있다.

문의 아버지는 일찍이 본토의 정부를 위해 가족을 버렸는데 이는 내가 3장에서 논의했듯이, 홍콩의 가장 사적인 공간인 가족에까지 깊이 파고든 중국의 위협을 나타내주는 전형적인 예다. 핑과 문 두 사람 모두 아버지가 없으며 (핑의 아버지는 엄청난 빚 때문에 떠나버렸고

핑과 어머니는 폭력적인 채무자의 학대 속에 남겨진다) 반면 실베스터는 태생도 알려져 있지 않다. 그들의 아버지들에 의해 버려진 이십대들은 식민지 말기 홍콩의 위험한 환경에서 표류하고 있다. 문은 가족의 버림과 배신을 위해 아버지를 살해하려 하지만 공중화장실에서 도플갱어 같은 어린 남학생이 정육점 칼로 아버지의 팔을 베는 것을 목격하면서 무반응에 충격을 받는다. 결국 문은 자신과 친구 실베스터를 배신한 조직의 리더이자 그의 대리 아버지 격인 웡을 쏘게 된다. 문의 총에서 불꽃이 발사되면서 "세상이 이제 젊은이들의 지배를 받고 있다고 당신이 말한 것을 기억하고 있어. (무슨 말인지) 내가 보여주겠어!"라며 문은 웡의 거짓 약속을 폭로한다.

> 이것이 너희들의 세계 그리고 어른들의 세계다. 오늘이 끝날 때까지 여전히 너희들의 것이다. 너희 젊은이들은 활기가 넘친다. 아침 햇살처럼 너희들의 힘의 최고점에 있다. 우린 모든 희망을 너희에게 걸었다. 너희들은 홍콩에서 인민방송을 듣고 있다. 우리가 인용한 건 마오 주석이 젊은이들의 지도자들에게 한 연설이었다. 보통화로 그 메시지를 반복하고 연구해 보자.[10]

이 영화는 영국인에 의한 아버지다운 청년 보호라는 미사여구, 중국과 홍콩을 왕복하는 지하세계 폭력조직, 그리고 라디오 방송으로 대표되는 중국인의 상태, 그리고 유기와 파괴의 현실의 차이를 폭로한다. 내성적인 문은 내적 독백에서 이런 감정을 수차례 표현하는데 그중 하나로 그는 이렇게 말한다. "나뿐만 아니라 모두들 이야기를 가지고 있다. 실베스터, 핑, 수잔 … 그리고 공중화장실에서 자기 아버지를 찌른 그 아이도. 어른들은 배짱이 없고 무책임하다. 일이 잘못될 때마다 어른들은 숨거나 도망칠 것이다. 어른들은 쓸모가 없다. 때로

나는 정말 어른들의 심장을 뽑아서 심장이 무슨 색인지 보고 싶다. 그것들은 대부분 거지같이 생겼을 것이다."

이 홍콩의 10대 시절이자 식민지 시대 강대국으로써의 아버지 상징은 폭력적인 입문 과정을 겪게 될 것으로 예상되는 젊은 세대로서의 홍콩인들의 위상을 강력하게 표현한 것이다. 심지어 무법 폭력배들조차도 아마도 '합법적' 아버지들이 십대들에게 하는 거짓말을 모방할 뿐이다. 생물학적, 대리의 상징적인 아버지들은 모두 똑같은 거짓을 살고 있다.[11] (핑에 대한 문의) 사랑, (실베스터에 대한 문의) 우정, (멋지게 행동하는) 영웅적 행위, (총, 칼, 스크류드라이버를 사용하는) 초超남성성에서 대안적 의미를 추구함에 따라 청소년들이 할 수 있는 유일한 다른 것은 내적으로 폭발하는 것밖에 남지 않는데 바로 파괴의 에너지가 자멸의 힘으로만 한정되어 있기 때문이다. 결국 사랑과 우정은 아버지의 세계의 폭력에 너무 취약하고, 영웅주의와 초남성성은 죽음을 재촉한다. 공공주택 구조물의 꼭대기에 서서, 문은 자살에 대해 혼자 생각한다. "내가 이렇게 되다니. 난 이제야 왜 수잔이 자살했는지 알 것 같아. 막다른 상황에 대한 유일한 대안이었던 거지. 넌 그냥 뛰어내렸어. 그건 무서울 게 하나도 없어. 죽는다는 건 정말 그렇게 큰 용기가 필요한 건 아니야. 글쎄, 쉽게 들릴지도 모르겠어. 하지만 네가 정말 그걸 해야 할 때와는 별개의 문제야," 이로써 그는 수잔이 체육 코치에 대한 짝사랑으로 투신자살하는 과정에서 보여준 용기를 강조한다. 그는 뛰어내리지 않기로 결심하고 그 대신 그 무렵 암으로 죽은 핑의 새 무덤 옆에 앉아 있다가 나중에 자신의 머리를 쏜다.

아버지 유기의 고통은 죽음으로 끝난다. 왜냐면 문은 죽음 안에서 더 이상 그것으로 인해 고통받지 않을 수 있기 때문이다. 반대로 가부장제에 의한 봉쇄는 죽음으로 끝난다. 문은 더 이상 갱단의 지하세계인 영국이나 중국에 의해서 영향을 받기 위해 살아있지 않는다. 죽음은 유기와 봉쇄를 모두 무효화시키고 그 결과 연이은 식민주의의 패러다임적 일시성을 초과하게 된다. 오히려 그것은 또 다른 일시성을 말해주고 있다. 이것은 과거에도 미래에도 상징적으로 고정되어 있는 일시성이며 과거에서 미래로의 연속으로서 현재에 대한 인식에 개입하지 않는다.

영국이나 중국이 정의한 역사에 고정되어 있지 않은 이 일시성은 영화의 시각 구조 속에서 영화적으로 보정되어 있다. 영화는 설명의 임시 표시 없이 과거와 현재, 그리고 미래의 다양한 지점들 사이에서 유동적으로 움직인다. 예를 들어, 수잔의 자살로 영화가 시작하지만 시퀀스는 수잔이 문의 꿈에서 그를 쫓는 것과 같이 수많은 플래시백들로 완전히 뒤죽박죽되어 있다. 꿈의 시퀀스처럼 우리는 수잔이 실제로 뛰어내리기 전후의 다양한 시점에서 그녀를 반복적으로 보게된다. 그 반복은 뒤에 나오는 이야기에 대한 예감으로서 그녀의 자살에 상징적인 무게를 더하지만, 수잔 자신과 같은 등장인물들을 맴도는 유령적 존재로서의 시간 관리는 내가 생각하는 다른 시간의 개념의 표현이라고 생각한다. 문은 이렇게 말한다. "하지만 세상은 너무 빨리 움직이고 있어. 너무 빠르기 때문에 네가 적응하고 싶을 때가 되어야만 또 하나의 새로운 세계가 되는 거야." 선형적으로 따라잡는 것은 한 마디로 소용없다.

이 비역사적인 시간은 영화 속에서 문이 핑의 아버지 빚을 갚는 것을 돕기 위해 폭력배들로부터 살인 임무를 받는 신랄한 장면에서 예시된다. 그는 빅토리아 피크에서 중국인 두 명을 살해하기로 되어 있다. 여기서 당신은 홍콩의 미래 점령자로서 중국인들을 분명히 다른 것으로서, 영국 식민주의의 중요한 식민지 지리적 장소라는 유리한 입장에 의해 제공되는 홍콩의 조감을 즐기고 있다. 영국 식민주의의 높은 땅인 빅토리아 피크는 상징적으로 중국인들이 점령하고 있다. 이 시퀀스에서 시간은 역사적 시간과 가상의 시간 사이에서 힘들이지 않고 움직인다. 여기서 문의 상상적이고 성공적인 임무 완성은 실제 실패한 시도와 뚜렷한 논리 없이 뒤섞인다. 촬영 전, 후, 촬영 중(또는 촬영하지 않음)은 플래시백 안에 플래시백이나 전광판 안에 전광판이 있는 비연대기적 방식으로 렌더링된다. 공격의 대상이 되는 중년의 중국인 두 명이 미래를 상징하기 위한 것이었다면 - 그들 중 한 명이 다른 한 명에게 1997년 이후 자신이 홍콩에 와서 도시 주심부에 사업을 벌일 것이라고 말한다 - 두 사람을 상상으로 살해하는 문은 중국 미래에 대한 범주적 거절의 환상을 나타낸다. 모든 것은 존 우 스타일의 갱스터 영웅의 음악과 몸집에서 문을 포착하는 카메라 작업과 동반되는데 아이러니하게도 그는 트렌치코트 대신 유행하는 빨간 캔버스 신발, 청바지, 선글라스, 워크맨을 가지고 있다. 상상 속의 시퀀스에서는 문은 영웅적인 활기와 독선으로 침략하는 중국인들을 상대로 조직의 영웅처럼 총을 쏘아대며 차분하게 임무를 완수한다. 그러나 실제 이야기는 그렇지 않다. 문은 중국인들을 향해 총을 겨누지만 쏘지는 못한다. 그의 망설임 때문에 결정적인 시간이 주어지게 되고 중국 남자들은 뿔뿔이 흩어지게 되며 그는 패닉 상태로 빅토리아 피크에서 트램 선로를 따라 달려 내려온다.

분명히 이 영화는 1997년 이전에 홍콩 영화계를 주름잡았던 향수를 불러일으키는 영화들 중 하나가 아니다. 식민지 말기 홍콩의 현시점, 즉 공공주택사업과 제멋대로인 청년들의 현실은 전혀 그리움과 소속의 로맨틱한 현장을 구성하지 않기 때문에 말할 수 있는 향수는 없다. 오히려, 그것은 사적이고 비선형적이며 궁극적으로 인가되거나 권위

19 〈메이드 인 홍콩〉에서 문이 빅토리아 피크 정상에서 총을 쏘는 모습

있는 시간적 관점에 의해 정의되기를 거부하는 대체 시간을 구성함으로써 향수를 불러일으키는 (과거와 곧 상실될 현재를 위해 가치 있는) 형태와 역사적인 (미래를 피할 수 없는) 형태를 모두 거부한다.

만약 이 영화가 알레고리라고 불릴 수 있다면, 알레고리적인 주제는 시간 그 자체다. 그것은 식민지배에서 비롯된 향수와 중국의 역사 시간성의 부정("미래는 중국에 속한다")과 규범적 언어의 정의를 초과하고 회피하는 다른 것에 의한 이러한 시간들의 변위에 관한 것이다. 이러한 시간적 관념을 통해 홍콩의 문화적 정체성에 대한 모호한 의식이 이중 거절의 형태로 표현된다. 즉 식민지 향수의 일시성과 중국인의 인수를 거부하는 것이다. 이것이 '홍콩에서 만들어진 것(메이드 인 홍콩)'이다. 영화에서의 시간은 창조적인 조작에 가장 취약하기 때문에, 영화는 다른 시간적 구성을 위한 완벽한 무대다. 그 후 이 영화를 민족적 알레고리적으로 읽는 것은 챈은 서술에서 시간을 조작하는 것을 그들의 다양한 식민주의자와 민족주의 내러티브를 강요한 영국과 중국 모두의 손에서 도시를 착취하고 몰수하고 유폐하는 행위로 결론짓는다. 즉 여기서 알레고리는 게릴라 전술, 전복 행위, 최후의 반항적 제스처로 볼 수 있다.

이 영화가 1997년 홍콩 골든 오크 영화상에서 최우수 작품상으로 선정되어 유럽과 아시아 전역에서 다양한 상을 받은 것은 역사적 사고가 아니다. 이 영화의 민족적 알레고리적 의미는 이런 영화가 만들어지기 전부터 여러 배급사들에 의해 예상되었다. 즉, 홍콩을 중국에 반환하는 데 힘들이지 않고 굴복하는 것은 완전히 소극적이지는 않더라도 불명예스러운 것으로 간주될 것이다. 국경을 넘는 관객들은 1997년에 홍콩에서 온 민족적 알레고리가 필요했는데, 이것이 이 영화의 엄청난 비판적 찬사에 기여했다. 그러나 방금 분석된 시퀀스에 대한 또 다른 잠재적인 해석이 있다. 영화의 총기난사 사건은 사실 사업 거래, 살인, 계약 살인으로 문이 핑의 가족 부채를 갚기 위해 필요한 자금을 마련하는 것이지 민족주의 정서가 뒷받침하는 상징적이고 반식민지적인 행위가 아니다. 총을 쏘지 못한 것은 여기서 더욱 아이러니를 가져다주는데 왜냐하면 우리가 그 행위를 반식민지라고 읽어내면 그것은 한편으로는 반식민 행위의 불가능을 암시하고, 다른 한편으로는 반식민 행위의 범용화된 성격을 암시하기 때문이다. 이 시퀀스는 결국 민족적 알레고리가 아닐 수도 있다. 오히려, 그것은 민족적인 알레고리에 대한 시청자들의 욕구를 좌절시켜, 비非서구 문화 상품에 대한 인식 체제 내에서 통역자의 특정한 집착이나 표현적 입장과 함께 투자된 해석적 노동으로서의 알레고리 읽기를 노출시킨다.

형용할 수 없는 혼탁한 시간적 순서는 우리가 시간의 직선성을 규범으로서 가정해야만 미래 - 과거의 시간을 읽을 수 있는 향수를 가진 사람들의 권위를 더욱 돋보이게 한다. 향수에 젖은 민족적 알레고리에 대한 열망은 수잔 스튜어트의 말을 다시 인용하는 '대상이 없는 갈망'으로, 따라서 '홍콩'은 향수를 불러일으키는 기념품으로 존재하지 않으며, 과거의 기념품으로 전락할 수도 없다.

알레고리화와 일상

홍콩 3부작에서 프룻 챈의 다음 영화인《그 해 불꽃놀이는 유난히
화려했다The Longest Summer, 今年煙火特別多》(1998)는 1997년 3월에 이야
기를 시작하고 7월에 반환을 끝으로 막을 내리는 또 하나의 표면상
알레고리적이고 정치적인 영화다. 그것은 위에서 논의된 이중 거부를
대부분의 구체적인 용어로 표현하고 있는데, 이는 그들이 식민주의
말기에 해산된 후, 홍콩 군 복무단의 전 영국 병사 5명의 삶을 통해서
볼 수 있다. 영국 식민지 정부가 이들 참전용사들에게 직업훈련, 고용,
주택을 약속했던 것은 공허한 것으로 드러났고, 그들은 거리에서 은
행 경비원, 지하철 보조원, 운전기사, 군용 용품 판매 등의 일을 하며
허덕이고 있었다. 중국에 대한 거절은 여러 장면에서 설명되는데, 중
국 본토의 남자 아나운서가 마이크로 춤추는 홍콩인들에게 소리를
치고 있는 디스코 장면이다. "자, 물 속 깊은 곳과 불볕더위 속水深火熱
之中에 사는 홍콩인 여러분, 며칠 후면 새로운 시대로 접어들게 됩니
다!" 홍콩에 대한 중국 민족주의자들의 이야기를 틀리게 하는 이 구
출의 미사여구는 필연적으로 어울리지 않지만, 이 부조화는 디스코
파티의 잘못으로 더욱 악화되었다. 1997년 반환의 결과가 퇴역 군인
들과 영화 속 다른 노동자 계층 인물들의 삶의 터전을 전혀 개선시키
지 못함에 따라 그것은 공허하게 들린다. 구조와 약속은 퇴역군인들
이 외면하는 중국의 봉쇄 조건이다.

이 영화는 5명의 퇴역군인을 따라가지만 다섯 명의 주인공들 가운
데서도 가장 중요한 인물은 까인으로 그의 도덕성과 의리는 1997년의
반환 이후 홍콩 사회의 변화하는 방식에 의해서 끊임없이 위협을 받
게 된다. 까인의 남동생 까쑤엔은 눈 하나 깜빡하지 않고 살인을 하는

젊은 깡패이다. 까수엔으로는 같은 배우인 산 리가 맡았는데 그는 이전 영화에서 문을 연기했다. 까인은 실직한 퇴역 군인으로 그의 부모는 동생과 그를 계속 비교하는데 동생은 폭력조직에 일하면서 집세를 충당할 수 있고 가계소득으로 쓸 수 있는 돈을 가져다주고 있다. 까인은 자신의 도덕성을 계속 유지하려 애쓰며 그 변화로 깊은 고민에 빠진다. "내가 어렸을 땐 부모님은 명예로운 사람이 되라고 가르쳤다. 이제 그들은 내가 돈만 빨리 벌고 충의는 가지지 못하도록 한다. 돈이 모든 것이다. 홍콩이 변할 뿐만 아니라 우리와 가장 가까운 사람들조차 변하고 있다." 중국의 홍콩은 빠르게 부도덕한 지역으로 잠식되어가면서 깊은 비도덕화가 만연해지고 여기서 법을 준수하는 퇴역군인들조차 점점 조직폭력배 활동에 빠져들어 은행 강도까지 계획하기에 이르게 된다. 까인은 한편으로는 동생에 대해 감복하면서 다른 한편으로는 동생을 부도덕한 행위로부터 구해야 한다고 느끼면서 이 부도덕한 세계 속에서 깊은 혼란을 겪게 된다.

20 〈그 해 불꽃놀이는 유난히 화려했다〉에서 은행강도

은행 강도는 중요한 장면이다. 또 다른 퇴역군인인 은행 경비원 친구 바비는 은행 내부 사람으로 그를 포함한 네 명의 퇴역군인들과 까수엔은 철저히 사건을 계획하는데 이 강도 사건은 캠프에서 군사 훈련을 하는 새로운 과정까지도 포함한다. 정해진 시간에 그들은 은행에 도착해서 다른 강도들이 전리품을 가지고 은행을 떠나는 것을 보기만 한다. 자신보다 빠른 10대 폭력배들, 가짜 총 대신 진짜 총기를 들고, 가차 없이 살인을 저지르는 이들이다. 십대들과 대조적으로, 퇴역군인들은 효율적이고 효과적인 은행 강도들이기엔 너무 맞지 않는다. 어른들에 대적하는 위치에 젊은이들이 있었던 '메이드 인 홍콩'과 반대로 여기서는 어른들, 퇴역군인과 까인의 부모처럼 특히 가장 정직하고 법을 준수하는 사람들이 있는데 젊은 폭력단들과 상대가 되지 않는 무도덕의 세계에 빠져 있다. 이 영화는 반환식 직전의 시간을 세상의 종말과 같이 묘사하고 있다. 반환식 당일, 비와 불꽃놀이 속에서 폭력이 스며든다. 영화의 마지막에 까수엔과 퇴역군인 두 명은 죽는다. 까인은 신경쇠약을 겪으며 젊은 깡패를 동생으로 착각하고 폭력적으로 고문하고 총을 쏜다. 총은 젊은 깡패의 뺨을 관통하고 까인도 조직원들에 의해 총살된다. 깡패의 구멍 난 뺨은 전조로써 영화의 시작 시퀀스에서 등장했다. 말 그대로 1997은 그의 존재에 큰 구멍을 냈고 어떤 식으로도 주목받지 않을 수 없을 정도로 눈에 보이는 상처를 남겼다.

프룻 챈이 아주 공들여 제공한 영화의 민족적 알레고리의 독법은 중국의 침략으로 인한 더 크고 언급되지 않은 폭력과 함께 개개인의 삶 속에 들어 온 폭력을 비추고 있으며 그의 영화에 있어서 1997에 대해 언급하는 것이 중요하다는 것도 충분히 인지하고 있다. 그러나 프룻 챈은 동시에 독법을 약화시키기도 한다. 영화가 지하철에서의 신랄한 시작 시퀀스에서 구멍 난 뺨을 삽입한 것은 호기심 많은 아이가 망원경이나 쌍안경을 통해 보는 것처럼 보이는 구멍이기도 하다. 폭력적인 상흔은 그것만큼 평범할 수도 있다. 그 구멍은 또한 지하철 터널과 몽타주를 이루면서 아이러니를 불러일으키고 있다. 만약 구멍이 트라우마의 지점이라면 이 트라우마 역시 일상성의 아이러니한 느낌에 의해서 극복된다. 아이는 구멍의 시각을 통해서 퇴각 장면을 바라본다. 까인이 총상에서 회복한 후 그는 노동자가 되고 평범한 생활에 만족하는 것처럼 보인다. 1997년 가장 충격적인 시기에 홍콩을 떠나 막 돌아온 옛 지인의 접근에 그는 그녀를 모른다고 말한다. 그것이 진짜 기억상실인지 아니면 그가 단지 그런 척하고 있는 것인지 영화는 우리에게 말해주지 않는다. 그러나 그녀가 떠난 후 그의 얼굴에 서서히 떠오르는 미소에서 이 영화는 그가 과거와 연관되지 않고 현재에 있는 일상적이고 평범한 존재에 몰두하는 선택을 하고 있음을 암시한다. 마치 젊은이의 뺨에 난 구멍이 호기심을 불러일으키는 또 다른 특별한 시각적 이미지에 지나지 않으며 궁극적으로는 또 다른 평범한 세부사항으로 존재하는 것처럼 말이다. 그는 향수를 거부한다.

1997년 7월 1일 인민해방군(PLA)의 행렬을 포착한 시퀀스는 이 영화의 민족적 알레고리의 독법을 좌절시키는 또 하나의 설득력 있는 예다. PLA의 도시 진입에 홍콩인들이 격렬하게 반응할 것이라는 보안 우려가 고조된 가운데 홍콩 경찰은 잠재적인 폭력과 갈등을 억제하기 위해 집중적인 감시 및 보안 시스템을 구축했다. 챈은 홍콩인들의 반란을 충분히 예상하고 있는 이 경찰관들의 높은 긴장감을 클로즈업 숏으로 묘사하고 있다. 긴장된 순간, 어떤 경찰관이 폭탄으로 보이는 것을 들고 있는 평범한 옷을 입은 구경꾼을 발견한다. 여섯 명의 경찰관들이 그 남자에게 뛰어들어 폭탄을 빼앗고 안전한 장소에서 폭발시키려 한다. 하지만 폭탄이 던져졌을 때 아무것도 터지지 않고 우리는 터져버린 수박만 보게 된다. 폭탄은 수박이다. 여기서 아이러니한 것은 폭력에 대한 과장된 기대감인데 이것은 평범하고 일상적인 것을 정치적인 것으로 과대평가한다. 인민해방군의 홍콩 진입에 대해서 민족적 알레고리의 과대독법을 투사하고자 하는 욕구는 홍콩, 영국, 미국 학계와 다른 곳의 학자, 지식인 정치인들이 가질 수 있는 그런 향수다. 구경꾼과 같은 홍콩의 평범한 사람들에게 그것은 단순히 수박을 집으로 가지고 가는 것을 막을 필요는 없는 또 다른 사건이었다.

마니교적Manichean 정치 방식에서 벗어나 영국과 중국을 거부하는 이 영화는 홍콩인들을 권력 투쟁의 이분법적 구조로 묶는 반응적 논리로 귀결되지 않는다. 영국을 거부하는 것은 영국과의 격렬한 전쟁을 의미하는 것이 아니다. 중국을 거부하는 것은 중국과의 격렬한 전쟁을 의미하는 것은 아니다. 따라서 영국과 중국의 거절은 작용과 반작용이라는 이항적 구조 안에 내재되는 것을 거부하는 것이다. 따라서 이런 비非반응적 상상력은 또한 홍콩 텍스트를 집단적, 개인적 차원 모두에 있어서 1997의 폭력에 대한 의무적인 언급이 있는 '필수적'으로 '민족적 알레고리'로 보고자 하는 제1세계 이론가들의 민족적 알레고리 해석적 충동을 거부한다.

또 다른 중요한 장면은 비반응적인 중국과 중국성을 설득력 있게 보여준다. 영화 중간에 까수엔과 까인, 그리고 그의 친구들은 이층버스를 타고 있다. 그들은 두 명의 승객들이 시골뜨기처럼 보이는 것을 보고, 자본주의나 모더니즘의 우월성에 대한 전형적인 서술로의 범주 안에서 이 시골뜨기들이 중국으로부터 온 중국인임에 틀림없다고 추측한다. 까수엔이 막 그들을 괴롭히려는 찰나, 두 승객은 현지 광둥어로 주식 시장에 대해 이야기하기 시작한다. 중국인들의 다른 점을 인식하는 것은 잘못된 인식으로 판명되었다. 여기엔 다른 사람들이 없다. 이것은 곧 뒤따를 일의 전조가 된다. 까수엔은 퇴역군인들을 위해 편의점에서 선글라스를 훔쳤으며, 각자 액자에 여전히 걸려 있는 가격표를 한 벌씩 붙였다. 퇴역군인으로 그들은 이해될만큼 유행에 맞지 않은 차림을 하고 수줍은 선글라스를 가지고 있으나 자신들이 오히려 우쭐한 교복을 입은 여학생들 무리에게 중국 본토 사람으로 오해를 받았다. 까수엔은 화가 난 듯 일어서서 잘못된 편견의 대상으로 자신이 홍콩인임을 증명하기보다는 보통화를 말하는 척하며 한 여학생에게 보통화로 응답할 것을 요구한다. 대답을 못하니 까수엔은 여학생을 집어 올려 그들이 있던 버스 위층에서 학생을 창밖으로 내던진다. 모든 여학생들이 화내기는커녕 박수를 치며 까수엔이 아주 멋지다고 여기며 심지어 사인을 부탁하기까지 한다. 여기서 까수엔이 아이러니하게도 '본토성'이나 중국성을 행해버림으로써 타자로서의 중국 본토에 대한 과민성이 유머(젠더 문제가 있긴 하지만)로 대체된다. 이것은 중국인에 대한 편견의 심각성을 경시하는 동시에 홍콩인이 아이러니컬한 방식으로 '중국인'이 될 가능성을 열어준다. 이것은 일상적 존재의 평범한 측면으로 영웅주의가 진위나 거짓의 문제를 초월한 수행적 행위가 된다. 잘못 인식된 두 경우 모두 편집증(중국 지배에 대한 두려움)과 편견(근대성이 부족한 것으로 추정되는 중국에 대한 미움)이라는 일반적인 분위기에서 다른 로컬 사람에 의해 본토 중국인으로 오인되는 것은 현지인임을 알 수 있다.

홍콩의 중국과 중국성과의 관계에 있어서 이분법적이고 마니교적 논리를 탈출하고 이어지는 홍콩의 식민주의의 거대서사에 있는 저항과 마니교적 지배 논리에 의해 생산된 향수에 종지부를 찍는 것, 이것이 내가 말하는 챈의 영화에서의 일상의 정치학이다. 중국성에 대한 명백한 거절 대신에 중국성에 대한 아이러니한 재조정이 있다. 아이러니는 퇴역군인들과 까수엔의 삶의 이야기의 높은 심각성과 비극적 결과를 완화시키고 희극적 안도감을 제공하는데 이 안도감은 동시에 번역의 알레고리화 충동을 어지럽힌다. 그러자 챈의 영화는 두 개의 목소리를 내는 연기를 하는데 하나는 자기 선전(챈은 예술관 시장에서 정치영화의 가치를 충분히 잘 알고 있다)을 통해 능동적으로 민족적 알레고리의 독법을 가능하게 하는 것이고 다른 하나는 일상적인 세부사항과 관행으로 승인을 다지는 것이다. 제1세계 이론가들에 의한 민족적 알레고리의 요구는 동시에 그 이론가를 교활하지만 완전히 창조적인 책략으로 반격하는 아이러니한 복종의 형태로 대응한다. 1997년의 민족적 알레고리로서의 트라우마는 이 영화가 그러한 내러티브를 열망하는 관객들의 세계적 회로에 진입할 수 있도록 하는 전략이 되는 반면 1997년의 밑바탕에 깔려 있는 평범한 이야기는 오래전에 미하일 바흐친이 그렇게 설득력 있게 이론화했던 곁눈질로 그러한 열망을 약화시킨다. 프레드릭 제임슨에게 프룻 챈은 제임슨의 이론을 하나하나 비판하며 그 뒤에 숨어 있는 전체주의와 환원주의의 논리를 폭로한 또 다른 아이자즈 아마드가 아니다.[12] 챈의 주장이 약한 반면 아마드의 것은 제임슨에 대해서 강력한 비판이었을지 모르지만 챈은 분명히 민족적, 반식민지적, 포스트식민지적 담론의 바탕의 뚜렷한 사치 없는 관점에서 민족적 알레고리 서사를 강하게 다시 쓴 것이다. 이 다시 쓰기는 이론가를 아이러니한 웃음으로 되받아쳐 민족적 알레고리를 홍콩 영화의 가능한 조건으로 인식하는 동시에 아이러니한 이중 목소리로 그 한계를 드러낸다. 그것은 그 힘을 인정하면서도 냉소적인 반전으로 그것에 대응하면서 유머러스한 자기반성으로 호령하는 방향으로 돌아서서 복종하는 것을 속인다.

1997년 이후 2년 만에 공개된 3부작 중 마지막 작품인 〈리틀 청〉(1999)에서 프룻 챈은 홍콩 서민층 어린이와 노인들의 일상적인 평범함으로 관심을 넓힌다. 이 세 편의 영화를 합치면 10대, 중년의 퇴역군인, 방치된 어린이, 노인들의 노동계급 삶을 세대별로 볼 수 있다. 이들은 4개의 인구통계학적 집단으로, 이 집단의 전망과 예측은 드물며 홍콩의 어떠한 식민지나 식민지의 토대가 될 가능성은 거의 없다. 카메라는 학령기 어린기의 눈높이에 위치시킨 채, 리틀 청은 그들의 시각에서 세상을 바라본다. 그들에게 매일매일 삶의 일상성은 영국이나 중국인과 관련된 포스트식민의 문제를 거의 포함하지 않는다.

오히려, 이야기의 초점 중 하나는 필리핀 가정부와 홍콩에서의 그녀와 같은 사람들의 어려움에 관한 것이다. 그들은 홍콩 사회의 새로운 일원으로서, 고용주로부터 다양한 학대를 받을 수도 있지만, 때로는 부서지고 소외된 가정의 감정 닻 역할을 하기도 한다. 영화의 말미에서 홍콩의 서민사회가 폭력의 파도로 서로를 찢는 동안 필리핀인들은

21 〈리틀 청〉에서 카메라가 아이의 눈높이에 위치한 모습

종교적인 축하 행사를 위해 넓은 광장에 모여 홍콩인들의 계급적 억압 아래 함께 지내는 대안적 공동체로의 강력한 집단성을 주장한다.

그렇지 않으면, 거리에서 폭력배들에게 학대를 받는 것 외에 정서적으로 물질적으로 박탈당한 리틀 청 같은 노동자 계층 아이들에게 유일한 휴식은 서로의 위안과 그들이 생각해낼 수 있는 어떤 독창성이다. 아이들이 자전거를 타고 가서 잠시 휴식을 취하는 항구의 평화로운 장면도 드물고, 리틀 청이 피 묻은 탐폰을 몰래 찻잔에 떨어뜨려 깡패에게 복수하는 장면만큼 장난스러운 장면은 거의 없다.

홍콩 섬과 스카이라인은 학자들이 서둘러 분석하는 것처럼 큰 상징적 의미를 부여할 수도 있지만 아이들에게 있어 그것들은 단지 그들의 삶이 서로 연결되거나 교차하는 것 같지 않은 아름다운 배경을 형성할 뿐이다. 영화의 대부분은 낮은 앵글로 좁은 골목길에서 촬영된 숏이다. 카메라는 스카이라인을 올려다보지 않는다. 스카이라인이 식민주의와 포스트식민주의의 경쟁적인 서술로 역사에 기록될 홍콩이라면 좁은 골목길은 그 논리가 국가, 민족적 알레고리, 후기 식민주의의 동방화에서 벗어나거나 초과되는 평범한 삶이 일어나는 곳이다.

홍콩성의 개조

다른 문화 장르도 비슷한 문제를 다루는데, 나머지 장에서는 디자인과 패션에 관한 책과 고고학 전시회에 초점을 맞출 것이다. 홍콩을 유행시키는 행위가 문자 그대로 패션과 정통 홍콩인의 기원에 대한 고고학적인 탐구 측면에서 일어나는 두 가지 영역이다.

육위안란Yuk-yuen Lan의 디자인 책 《중국성의 실천The Practice of

Chineseness》은 제목에서 알 수 있듯이 홍콩인들이 어떻게 홍콩에 있으면서 중국성을 연습할 수 있는지에 대한 지침을 담은 책이다(색판 4 참조). 홍콩 대중문화의 디자인과 기호 체계에 대한 시각적 이미지와 학술적 분석으로 채워진 이 책에서 란은 어느 정도 중국성의 사용법이 "역사적 범위 내에서 능동적이고 근심 없는 상태"[13]가 될 수 있도록 허구, 아이러니, 파스티체pastiche, 믹스, 장난스러운 종류의 향수에 유리하게 고전주의와 진품성을 폭발시키는 '누보 차이나스Nouveau Chineseness'를 제안한다. 란은 상하이 탕 매장과 그 제품에 대한 상세한 사례 연구를 통해 이 누보 중국성을 분석하는데, 여기서 중국성은 노랑, 초록, 주황색의 비정통적이고 야한 색상의 청삼과 같은 모방되고 수정된 유산이다. 반대로, 청삼에서부터 가게의 장식까지 이런 것들은 일본 문화의 미학적 원칙인 '작은 것이 아름답다'는 그것의 표본에 있어서 가짜이면서 일시적 유행을 쫓아가는, 소니 워크맨 미니어처처럼 소비지향적인 중국성 내에서 홍콩 정체성의 물질적 구현이 되어 일본 문화적 정체성을 실현할 수 있을 것이다(색판 5 참조).[14] 따라서 홍콩의 문화적 정체성은 이해하고서 아이러니하게도 홍콩을 위해 개조된 소모성, 자유부동, 탈역사화, 탈문맥화한 기호로서의 중국성이라는 감각을 포함하게 되었다.

란은 또 홍콩역사박물관, 지역협의회유산박물관 등의 박물관에서 홍콩의 역사, 고고학, 문화의 박물관화로서 홍콩 문화정체성 찾기에 대한 동시다발적인 노력을 언급하고 있다. 홍콩은 연구, 전시, 민족학의 주제가 된다. 여기서 이 연구는 일종의 홍콩의 진위성에 대한 것이다. 따라서 이것은 홍콩학의 1997년 이전 프로젝트와 매우 유사하다. 나는 "로 팅Lo Ting"이라고 불리는 3년간의 예술 설치 프로젝트가 미묘하게 비판한 것은 정확히 홍콩학(홍콩 버전의 진품 찾기)을 중국 통치에 대한 저항의 자동적인 중심지로 평가하려는 경향이라고 생각한다. 진짜 중국성이 폭발할 수 있다면 진짜 홍콩성은 왜 안 되겠는가?

1997년, 1998년, 1999년 로팅 전시회를 3회 연속으로 설치했다. 첫 번째 전시회는 1997년 6월 23일부터 7월 12일까지 홍콩 아트센터에서 열린 '미술관 97: 역사, 공동체, 개인'이라는 단체 전시회의 일부로서 홍콩의 '반환' 공식 날짜인 7월 1일을 포함시켰다. 로팅 전시회는 그룹 프로젝트의 '선사 홍콩박물관'의 섹션에 속해 있었다. 전시 카탈로그 에 요약되어 있는 로팅의 기본적인 스토리는 다음과 같다.

> 오래전 란타우 섬 주변에 로Lo라는 물고기가 살고 있었다. 우주의 영적 에너지를 흡수하고 나서 그들은 인간이 되었다. 바다의 신이 그들의 성공을 부러워했고 그들은 영원히 뿌리 없는 삶을 살도록 저주받았다. 그들은 4세기 초 유명한 수도사 페이 타오(베이두 찬시Beidu chanshi)가 저주에서 해방시키기 위해 많은 영적 바위를 이 지역에 배치할 때까지 반인반어로 남아 있었다. 그들은 결코 자기 영역을 넘어서서는 안 된다는 조건으로 완전한 인간이 되었다. 많은 역사책에서 이 사람들은 "로 팅"이라고 불린다. 서기 400년경, 로둔이라는 '로 팅'이 준 왕조(동진의 왕조)의 억압적인 정권에 대한 반란군을 이끌고 광저우까지 북상했다. 그러나 자신들의 영토를 떠나면서 병사들은 반인반어로 변해버려 더 싸울 수 없게 되었다. 로둔은 살해되었고 그의 추종자들은 살고 있던 란타우 섬과 그 주변 지역으로 다시 도망쳐서 극도의 가난 속에 살았다. 그대로 머물게 된 로 팅들은 인간으로 남을 수 있었고 탄카danzu 족의 조상이 되었다.
>
> 1197년 쑨 [송 왕조] 병사가 소금 생산업을 인수하려는 시도로 그곳 란타우 섬에서 대학살이 일어났고, 실제로 로팅과 대부분의 탄카인들을 살해했다. 그러나 아직 살아남은 로팅이 몇 명 있었고 오늘날에도 홍콩 주변의 외딴 섬에서 어부들이 그들을 우연히 만난다.[15]

이 전시회의 주요 이미지는 타이완인 예술가 허우춘밍Hou Chun-ming
이 번체자로 쓴 비문이 새겨진 목판화다. 여기에는 다음과 같이 적혀
있다.

> 1997년 구름은 희고 개는 파랗고 사람들은 불안하고 불안했다. 1997
> 년이 되면 더 이상 언론의 자유가 없어질 것을 두려워한 홍콩인이 있었
> 다. 그는 입을 테이프로 묶고 시위대로 자신의 손발을 묶고 거리를 배회
> 했다. 사람들은 그가 1997년에 격분하여 더 큰 재앙을 불러올 것을 걱정
> 했고, 그래서 그들은 그를 함께 바다로 밀어 넣었다. 그는 죽지 않았고
> 썩은 그의 몸이 로팅으로 변하여 섬 주위의 주위를 떠돌며 떠나려 하지
> 않았다. 그의 외침은 마치 갓난아기의 울음소리 같았다.

이 이론은 홍콩인들이 로팅의 후손이기 때문에 중국의 한족과는
거리가 멀다고 추측하고 있다. 이 점을 더욱 분명히 하기 위해, 그들의
것은 단순한 민족적 차이가 아니라 종의 다양성이다. 두 번째 전시회
에서 로팅의 이야기는 더 복잡하고 학문적으로 정밀하게 조사되어
첫 번째 전시회에 대한 고발이 가짜로 통합된다. 세 번째 전시회에서
는 고고학이 공연적으로 만들어진다. 고고학의 모든 절차와 메커니즘
을 보고 유물을 박물관화한다. 이 전시회에는 고고학 관련 추정 권위
자와의 텔레비전 인터뷰, 목격자 설명, 고고학 발굴 사진, 이 발굴에서
발견된 유물, 로팅 역사의 다양한 순간을 그린 삽화와 설명, 그리고
심지어 로팅의 실물 크기 모델까지 포함되었고 이모든 것들이 미장센
으로써의 홍콩성을 무대로 올려놓았다. 실물 크기 모델은 아이러니하
게도 벨기에 초현실주의 르네 마그리트Rene Magritte의 그림, 특히 1934
년 《집단의 발명The Collective Invention》이라는 제목의 유화에서 거꾸로
된 인어(생선의 상체와 인간의 하체)의 모습을 상기시킨다. 홍콩 예술가들

22 허우춘밍의 로팅 목판(1997년 전시)

의 집단발명이 아닌 로팅은 과연 무엇일까? 이 전시회에서 로팅 목격
이 관광국 후원을 받는 관광객들을 위한 홍콩 일일 관광에 포함된다
는 포스터가 태평양 북서부에서 고래가 지켜보는 것처럼 그럴듯한
방식으로 공개되면서 아이러니감이 더욱 고조되고 있다.

　이런 전시회의 의미는 매우 다양하며 이러한 의미 자체는 각각의
전시회의 준비 순간에 역사화될 필요가 있을 것이다. 첫 번째 전시회
를 계기로 우리는 홍콩성의 역사이전을 찾으려는 필사적인 시도를 보
게 될 수도 있는데 이것은 이 전시회의 주창자인 오스카 호Oscar Ho에
의한 가공과 신화 만들기의 극한 사례로 이어졌다. 여기서 이 이야기
는 중국 정부의 민족주의 내러티브에 대항하는 경쟁적인 것으로 읽힐
수 있는데, 홍콩의 역사는 아편 전쟁이 끝난 1842년부터 시작되기 때
문이다. 그 취지에서, 그것은 중국 서술의 높은 심각성을 조롱하고
후자의 역사학을 중국 중심적이라고 폭로한다. 2차 전시회는 중국 본

23 르네 마그리뜨의 "발명수집품들"(1934, 유화, 35x113cm). C. 허스코비치 (Herscovici)와 브뤼셀/예술가 권익협회(뉴욕)의 허가로 재제작

토가 어떻게 계속 비판적 성과의 표적이 되었는지를 보여주는 명백한 정치적 제스처인 반환 1주년(1998.6.20.~7.14) 때 열렸다. 하지만 3차 전시회는 다음 기념일 동안 열리지 않고 1999년 8월 말에서 9월 중순까지 진행됐다. 날짜 선택은 중요한 것 같다. 여기서 목표는 홍콩성만큼 중국성은 아닐지도 모른다. 97이후의 홍콩 문화 정체성의 구축과 보존의 의제를 다시 생각해보면 1999년 로 팅 전시회는 분명히 자기 아이러니의 한 형태로서 중국과 절대적으로 다른 진정한 기원을 찾는 데 재미를 준다. 그것은 대신에 진정한 홍콩 문화 정체성의 그러한 존재론은 거짓이거나 가짜일 수 있다고 설명한다. 중국성에 대한 반성으로 시작된 것은 자기 반성적이고 아이러니한 자기비평이 되었다.

익명의 독립 예술가의 '가짜예술 만화' 시리즈는 1997년 이전의 홍콩 문화 정체성 담론이 자기선전, 자기 상업화, 자기기만의 형태임을

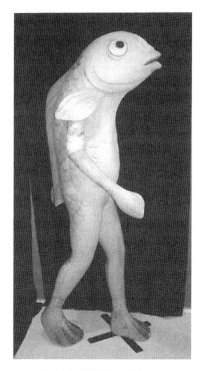

24 로팅의 실물크기(직접 찍은 사진)

시사하는 자기 아이러니를 더 부각시킨다. 홍콩의 차이를 중국으로부터 차별화하기 위해 문화 건설이라는 고상한 목표를 세운 것처럼 보이지만, 홍콩의 정체성의 담론은 상품화의 희생양이 되기 쉽다. 그러므로 이 만화들의 어조는, 비극이 아니라 아이러니한 것으로서, 식민 지배 후와 민족적 알레고리를 추구하는, 결국 문화적 정체성의 행상인이 되는 자아를 희화화했다.

이러한 다양한 문화 표현 장르에서 내가 발견한 것은 탈진정성의 이중적 과정이다. 진정한 중국성은 한편으로는 실추되고 수정되는 반면, 진정한 홍콩성에 대한 낭만적인 탐구는 불가능으로 비꼬아진다.

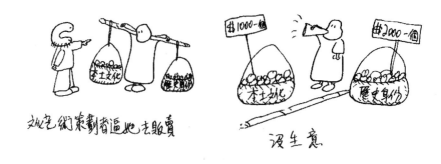

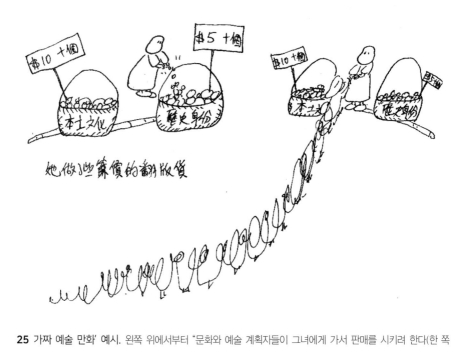

25 '가짜 예술 만화' 예시. 왼쪽 위에서부터 "문화와 예술 계획자들이 그녀에게 가서 판매를 시키려 한다(한 쪽 바구니에는 지역 문화를, 다른 바구니에는 역사적 정체성을 담고 있음)", 오른쪽 위: "장사 안 함(각 지역 문화들은 1,000달러씩에 팔리고 역사적 정체성은 2,000달러에 팔림)", 왼쪽 아래: "그녀가 저렴한 해적판을 만든다(10개의 지역 문화는 10달러이고, 10개의 역사적 정체성은 5달러씩)", 오른쪽 아래: "구매자들이 줄을 서 있음"

순수하고 진실한, 오염되지 않은 홍콩성은 중국성과 절대적으로 구별될 수 있는 단순한 공상에 불과하며, 그렇게 쉽게 노출되는 조작에 불과하다. 홍콩은 여전히 양면성이 있으며, 그것의 경계를 구분하려는 문화 민족주의자들의 시도를 피한다. 오히려 홍콩성은 무대나 공연의 행위로서 고고학적 발굴, 인터뷰, 공예품 등이 이 무대의 소품이다. 수행되거나 무대에 올려지는 것은 홍콩의 정체성 탐구로 낭만적이고 향수를 불러일으키는 욕망에 대한 아이러니한 메타비평이다.

향수와 민족적 알레고리를 추구하는 프룻 챈의 홍콩 3부작과 여기서 살펴본 다른 문화 작품들은 그것의 식민지 과거와 중국성의 협상의 복합적 과정이며 동시에 식민 - 포스트식민 - 신식민 연속체에서의 불확실한 입지도 가지고 있다. 1997년 이후 홍콩 영화제작자들과 예술가들은 홍콩이나 홍콩 문화의 본질적 개념을 서둘러 명명하고, 수집하고 보존하는 한편, 자기반복적인 아이러니를 가지고 '홍콩학'의 전제를 재고하는 것을 거부했다. 시노폰 홍콩은 중국과 중국성의 주변을 모호하게 돌아다니고 있는데 그 활기찬 문화는 원주민이고 자기인식의 다양성을 포함한 어떤 진품도 더럽히지 않고 있다. 표준 보통화가 더 많이 교육되고 사용되면서 그리고 홍콩의 대중국 통합이 점점 더 철저해짐에 따라, 홍콩은 불가피하게 중국과 중국성의 주변에서 시노폰 공동체가 되기를 그만두게 될 것이며 중국 내 새로운 형태의 중국성에 대한 상상력에 더 구체적으로는 참여하게 될 것이다.

제6장
제국 가운데의 세계시민주의[1]

식민주의는 '오늘날' 이름이 없는 물질이다. 제국은 사그라든 적이 없어서 망령이 주위를 빙빙 돌고 있다. - 웡빅완(Wong Bik-wan), 《Records of Postcoloniality》 (2003)

마지막 분석에서, 사람은 인간이라는 사실만으로도 세계 공동체의 일원이다. 이것은 한 사람의 '세계시민주의적 존재'이다. - 한나 아렌트(Hannah Arendt), 《Lectures on Kant's Political Phiolosophy》 (1982)

제국의 시대가 다시금 도래한 것처럼 보이는 상황 속에서 타이완 세계시민주의[2]가 가능한가 하는 질문을 던지기 위해서는 이러한 제국 시대로의 회귀를 현대사라는 맥락에서 고려해야만 한다. 심지어 대도시의 세계시민주의가 전반적으로 점점 더 큰 제국주의적 의도를 보이고 있고 새로운 형태의 제국주의의 압력이 주변부로부터 세계시민주의적 잠재력을 위한 공간을 좁히고 있는 것처럼 보이더라도 이와 같은 문맥화의 목적은 타이완의 경우와 같은 시노폰 문화의 세계시민주의적 표현을 이해하는 방법을 모색하는 데 있다. 이 장에서는 규제적 논리와 초국적 인식의 정치에 저항하는 주변으로부터의 윤리적으로 책임이 있는 형태의 세계시민주의를 분석한다. 또 타이완 다문화 특성에서 문화, 구전, 문어, 시각 언어의 한 측면으로서 시노폰의 중국 중심주의에 대한 저항성을 보여주는 한편 시노폰이 다른 한편으로는

(다종족적이며 다문화적으로 정의되는) 타이완적인 것으로 어떻게 변하는지 보여줄 것이다. 이들의 구성 관계는 부분과 전체(시노폰 문화가 타이완 문화의 일부분)의 관계다. 나는 아래에서 두 가지 틀을 세웠는데 하나는 제국과 제국주의, 그리고 다른 하나는 세계시민주의다.

제국의 시대, 특히 그 크기

에릭 홉스봄Eric Hobsbawm이 그의 저서 《제국의 시대The Age of Empire, 1875-1914》의 앞부분에서 분석한 내용과 지금 우리의 현대적 제국이라는 것의 형성이 어떻게 관련되는지 고려하는 것이 도움이 될 것이다. 만약 우리가 1914년 이후의 제국 형성이 미국이 세계에서 가장 강력한 단일 제국으로서 지속적으로 부상하는 것이 특징이라고 대략적으로 주장할 수 있다면, 영국이 세계에서 제국의 중심이었던 이전 시대와 의미 있는 비교를 할 수 있을 것이다. 홉스봄은 제국의 마지막 시대는 주로 경제적, 정치적 용어로 설명되어야 한다고 주장한다. 그는 제국의 이전 시대에 취해진 특정 형태의 전제가 만료됨에 따라 세계 경제의 7가지 주요 특징을 다음과 같이 열거하고 있다. 광범위한 지리적 확장, 다원화의 증가, 기술 혁명, 집중된 자본과 합리화된 생산, 더 많이 공급되고 더 많은 양으로 만들어진 소비 경제의 상승을 부채질하는 대량 생산, 사무실과 다른 서비스 분야의 증가, 그리고 마지막으로 경제와 정치 사이의 성장하는 컨버전스 등이 그것이다.[3] 즉, 경제의 지리적 팽창은 제국의 영토 확장의 원인과 효과 둘 다였고, 합리화된 대량 생산에 의해 촉발된 과잉 생산은 해외 시장을 창출하고 해외 자원을 선별할 필요를 가져왔다. 이때는 자본주의가 진정으로 세계화되어 우리가 알고 있는 세계자본주의를 인도하는 시기였다. 그때나 지금이나 세계자본주의는 불평등한 국가 및 국제 분업을 통해 저렴하고 가장 철저하게 착취 가능한 노동력과 최대 이익을 추구한다.[4]

영국, 프랑스, 독일, 이탈리아, 러시아, 미국 등 당시 세계의 대부분을 조각낸 6개의 주요 제국 중 영국은 식민지로부터 가장 많은 이익을 얻었다는 점에서 식민지의 경제와 가장 밀접하게 얽혀있는 나라였다. 다른 제국들에게 있어서, 홉스봄은 정치적 동기가 때때로 경제적인 동기보다 더 중요하다고 말한다. 이탈리아, 독일, 미국은 경제적 이익이 아니라 확장이 가져다주는 순수한 지위를 위해서 식민지를 확장했다.[5]

우리는 세계자본주의가 어떠한 외적인 측면도 고려하기 힘들 정도로 점점 더 퍼져나갔기 때문에 제국의 시대와 우리 시대 사이에 분명한 연속성이 있음을 반드시 볼 수 있다. 시장이나 값싼 노동력을 찾아나서는 일이 그 어느 때보다 강도 높게 계속되고 있으며, 제3세계의 더 먼 지역이 노동력에 편입되는 한편, 국제 분업형 노동과 생산이 철저히 정당화되고 있다. 이와 같은 연속성의 가장 분명한 예가 바로 중국이다. 제국의 시대 초기에는 서양 상품의 약속된 땅으로 비쳤고, 이같은 욕망은 계속해서 서구 자본가들로부터 중국에 대해 큰 열정을 불러일으켰다. 21세기 세계자본주의의 가장 큰 역사적 아이러니로 말하자면 시작은 유럽중심주의였지만 이후에는 미국 중심이 되었던 것인데, 이 점으로 인해서 제3세계 국가가 제국의 지위에 오르도록 한 것일지도 모른다. 낮은 수준의 제조업 일자리의 덤핑장부터 새로 축적된 경화를 이용한 첨단제품의 생산국이자 최고 상징자본의 입찰자까지, 중국은 세계 경제 및 정치 강국으로 부상했고, 미국의 패권에 대한 유일한 잠재적 위협으로 부상했다. 20세기 후반에 이르러 우리는 이미 유럽연합의 비효율성을 미국의 균형을 맞추기 위한 블록으로서 목격하고 있었기 때문에 유일한 잠재적 위협은 중국으로부터 온 것으로 인식되었고 따라서 '중국의 위협China threat'이라는 새로운 문구가 널리 유행하게 되었다. 예를 들어 데이비드 하비는 미국의 이라크 침공이 중국과 중국의 엄청난 석유 수요라는 맥락에서 초강대국 지위를 유지하려는 미국의 의도에 따라 설명될 수 있다고 주장해 왔다.[6] 세계 권력 구성의 다음 단계에서 헤게모니를 위한 투쟁은 가용 석유의 통제 정도에 달려있다고 해도 과언이 아니다. 로스 테릴Ross Terrill의 〈신중국 제국과 그것이 미국에 대해 가지는 의미The New Chinese Empire and What it Means for the United States〉는 겉보기에는 '중국의 위협'에 대한 학자의 실체적 검증을 제공하는 듯하지만 실제 내용을 보면 이 책은 전근대 시기부터의 중국의 제국주의에 대한 역사적 개요를 서술하면서 이어 현대 중국이 당면한 문제점에 대해서 냉철하게 분석하고 있다.[7] 다른 종류의 '중국의 위협'을 받고 있는 동남아 국가들은 중국의 영향력과 권력을 완화하기 위해 동맹에 대한 동원을 시작했지만 때때로 미국과 중국의 협력 제국들 사이에서 타이완만큼 직설적으로 붙잡히는 나라는 없다. 따라서 이 두 제국의 가장자리에 있는 타이완의 위치 자체가 은유가 아니라 문자 그대로의 묘사라고 보아야 한다.[8]

프랑스 철학자 레기 드브레Régis Debray의 2004년 소설 《제국 2.0 Empire 2.0》은 부제가 '서방 미국에 대한 가장 온화한 제안'인데, 범서구 제국주의 연합을 촉발하였던 '중국의 위협'에 대한 두려움을 풍자적으로 표현하고 있다. 이 소설은 현대 제국주의 형성에 있어서 '크기'에 기인하는 가치를 묘사하는 데 유익하다. 이 소설은 전체 이름이 쓰이지 않은 자비에 드 Cxxx라는 인물이 레기 드브레에게 쓴 긴 편지로 구성되어 있는데, 정치, 문화, 경제 등등의 모든 면에서 서로 칭찬을 하면서 본질적으로 미국과 유럽의 결합으로 더 큰 '궁극의' 국가, 즉 '범서구 연합국'으로 나아가자는 제안을 하고 있다. 연합체는 서구와 나머지 국가들 사이의 압도적인 인구 불균형에 대한 유일한 방어책으로 제안된다. 그것은 이슬람의 위협에 대응하기 위해 새로운 민주주의를 활성화시킬 것이며 무엇보다도 적들이 누구인지에 대한 분명한 의식을 갖게 할 것이다. '911사건' 직후의 맥락에서 가장 분명한 적은 이슬람이 되었지만, 세계를 지배할 유일한 '하이퍼 파워'가 될 것으로 우려되는 것은 바로 중국이다. 간단히 말해서 이슬람과 중국의 잠재적 위협에 대해서 범서구국가의 필요성이 전제된다. 왜냐하면 자비에 드 Cxxx가 말한 것처럼, "공자+알라=지구 석유 매장량의 70%와 인구의 3분의 2를 차지"하기 때문이다. 자칭 '서구 문명의 사심 없는 전도사'인 그는 연합체가 서구의 우월성을 보존하고 이를 강화하기를 바라고 있다.[9]

이 소설에 관한 두 가지 논점은 당면한 문제와 가장 관련이 있다. 하나는 국제 권력 투쟁에서 그 규모가 커지면 커질수록 어떤 한 나라가 더 강대해 보이는 것이다. 한편, 이러한 규모의 이데올로기는 중국이 부상하는 것에 대한 보편적인 두려움에 의해 촉발되고, 다른 한편으로는 타이완이 그 작은 것에서 가치를 찾을 여지를 거의 남기지 않는다. 세계 각국이 중국의 잠재적 위협과 권력을 완화하기 위해 점점 더 큰 블록의 형성을 서두르고 있다는 전제에 동의한다면, 특히 타이완과 같은 작은 나라들이 국제정치에서 큰 영향력을 가지고 있지 않다면 무엇을 할 수 있을까? 그들의 문화는 무엇을 할 수 있을까? 노골적인 크기 경쟁의 이 시기에 그들의 문화는 전혀 문제가 되지 않는가?

두 번째 요점은 이 소설이 타이완을 미국의 52번째 주州가 될 '실효성이 있는 것'으로 언급하고 있다는 점이며 이스라엘을 51번째, 터키는 53번째 주로 언급하고 있다.[10] 자비에 드 Cxxx는 이 나라들을 서구 쪽에서 미국으로의 비서구 요소들의 '사실상의 합병'이라고 부르면서 (비록 에드워드 사이드가 우리에게 보여준 것과 같이 유사하지만 유대인의 경우는 정반대의 상황으로 두려고 했음에도 불구하고, 상징적으로나 다른 면에서 비서구와 분리되어 유럽인이 되었다)[11] 훨씬 더 다문화적이고 더 필수적인 것으로 만들었다. '클럽 51'의 활동이 타이완과 미국의 시노폰 계통 신문에서 충분히 연관되어 있기 때문에 타이완을 미국의 멀리 떨어진 주로 인식하는 것이 새로운 사실은 아니다. '클럽 51'은 미 의회가 타이완을 중국의 위협으로부터 해방될 수 있도록 공식적으로 51번째 주로 병합하도록 설득하고 싶어한다.[12] 이런 것이 완전히 터무니없다고 생각하든 아니든 간에, 이러한 사실은 멀리서 일상적으로 타이완을 관찰하는 허구의 인물 자비에 드 Cxxx와 같은 이도 동일한 생각을 하게 될 것이라는 점을 보여주고 있다. 어떤 조치들에 의해, 만약 우리가 식민주의에 의해 위험시 *모국*에 의존할 수 있는 식민지의 권리를 제안한다면 타이완은 미국의 신식민지로 보일지도 모른다. 페리Perry 사령관 시대 이래로 타이완의 일부를 점령하거나 합병하라는 미국의 다양한 권고에서부터 타이완을 자본주의 사회로 변모시키려는 미국의 적극적인 참여에 이르기까지, 미국과 타이완의 실제적 신식민주의 관계는 필리핀이나 푸에르토리코와 같은 여타 명백한 미국의 식민지들 사이의 관계와 유사하다.[13] 이런 점에서 다른 사람들은 타이완을 사실상 미국의 보호령이라 불렀다.[14] 실제로 미국 제국을 이전의 유럽 제국들과 구분 짓는 것은 미국의 '소프트 파워' 즉, '정치사상의 확산, 교육 노하우, 그리고 때로는 보편적인 대중문화'이다.[15] 타이완은 높은 비율로 지금의 미국에서 고급 학위를 소지하고 있는 상류층 기술자, 교육자, 관료들로 구성된 민주주의의 모범(다른 말로는 모범적 소수집단)이며, 그곳의 젊은이들은 타이완 현지 감독들이 만든 것보다 할리우드 영화에 더 친숙하다.

미국이 양안해협을 가로지르는 긴장과 관련해 모호한 정책을 계속 유지하고 있는 가운데, 타이완의 '아버지 나라'라고 자처하는 중국은 미국의 암묵적인 승인과 함께 타이완을 향해 수백만 개의 남근과 같은 미사일들을 겨누고 있다.[16] 두 제국이 타이완을 위해 대화하거나 타이완을 대신해 자세를 취하거나 타이완을 위해 결정을 내릴 것으로 상정하는 맥락에서 스스로의 권위를 확립하기 위해 고군분투하면서 타이완이 이 두 제국 사이에서 교묘하게 조종당하길 강요받는 것은 비밀이 아니다. 타이완 역사는 식민주의를 거친 이후 또다시 중국대륙과의 애매한 관계를 맺고 있는 역사다.[17] 그만큼 지금의 상황은 새로운 것이 아니다. 새로운 것은 타이완 경제와 복지가 미국과 중국 모두에게 있어서 그토록 친밀하게 의존적인 것이 되도록 만든 특정한 제국주의적 형태라고 할 수 있다. 어느 쪽과의 관계에서라고 하더라도 타이완이 경제적으로 자신만을 추출해내는 것은 불가능하다. 문화적으로는 타이완 문화 국가주의가 중국과 연결되면서도 중국대륙 자체와는 별개의 문화 혈통을 일궈내는 데 성공했지만 중국과의 경제적 친밀감은 타이완 정부 내에서 중국에 대한 정치적 양보를 위한 실질적인 로비의 목소리를 내고 있다. 결국 타이완과 미국, 중국과의 관계는 현 상황을 특징짓는 깊은 경제적·정치적 얽힘에 바탕을 두고 있다. 상황은 매번 미국의 애매모호한 입장에 의해 악화되는데 이것은 사실상 모순된 정책이다. 미국의 모순된 정책은 타이완의 민주주의를 촉진하고 (그 논리적 목표는 독립이 될 것이다) '하나의 중국'(그 논리적 목표는 중국대륙의 타이완 점령이 될 것이다)만 인정하고 있다.

이러한 모순은 미국이 자신의 상상된 혹은 상상 속 보호국인 타이완에 대해 보여주는 위선과는 다르다.

변화의 가능성을 불러일으키기 위한 더 큰 책략으로 남겨진 영역은 지금의 상황에서는 문화의 영역이다. 현대 타이완에 대한 담론이 주는 교훈에서 보다시피, 살아 있는 경험과 담론 둘 다 새로운 정체성을 굳히고 새로운 미래를 상상하기 위한 효과적인 수단뿐만 아니라 비옥한 기반을 제공한다. 타이완의식과 타이완정체성의 담론은 20년도 채 안 돼 그 힘과 효과를 입증했고, 지금도 연속적인 (재)건축과 (다시)쓰기 과정에 있다. 역사책의 고쳐쓰기부터 거리와 공원의 개명에 이르기까지 타이완 사람들이 변화의 시대에 살고 있다는 징후가 많다. 점진적으로 보일 뿐임에 불과하지만 의식의 대규모 변형이 진행되고 있다. 공식적인 담론이 점점 다문화, 다민족, 다국어 오리엔테이션을 채택하게 됨에 따라 타이완성의 재형성은 모든 경쟁적이고 모순적인 방식으로 정당한 과정을 거치고 있다. 그렇다면 타이완의 문화는 무엇을 할 수 있을까? 그보다 타이완의 문화는 어떻게 해 온 것일까?

세계시민주의, 다양성, 위험성

제국주의와 제국의 연구는 식민지의 문화를 지속적으로 등한시해 왔다. 위에서 논의된 홉스봄의 저서는 시장 확대를 포함한 생산의 다면적인 관계의 변화에 대응하여 제국의 부상을 설명하고자 하기 때문에 경제학에 분명히 더 집중되어 있다. 그는 문화를 분석할 때 이국주의와 오리엔탈리즘의 친숙한 기술면에서 대도시 문화가 제국 형성의 영향을 받은 것은 분명하지만, 제국의 시대는 대도시 중심들이 나머지 세계를 "열등하고 바람직하지 못하며 미약하고 낙후되거나 심지어 유치하기까지 한 것"으로 보는 방식이 놀라울 정도로 일관되어 있다는 특징이 있다고 지적한다.[18] 이 지적이 의미하는 것은 몇 가지 주목할 만한 영향력 있는 사례들(아프리카의 원시주의와 일본의 이국주의 등) 외에 대도시 제국주의 문화는 어떤 통합적인 방식으로든 식민지의 존재에 영향을 받지 않았다는 것이다. 에드워드 사이드의 저서 《문화와 제국주의Culture and Imperialism》는 제국주의 시대에 식민지주의와 제국주의가 얼마나 심오한 서구 문학을 형성했는지를 보여주면서 그러한 관점에 분명히 반대했지만, 이 책의 분석의 중심은 식민지의 서사 정신이 아니라 제국의 서사 정신에 있다.[19] 《오리엔탈리즘 Orientalism》 출판 이후의 사이드의 엄청난 영향력은 서발턴 연구 그룹의 작업들과 가야트리 스피박의 탈구조의 한 가닥을 결합하여 결국 식민지의 문학과 문화에 대한 연구를 포함하게 된 포스트식민주의 연구의 등장을 초래했다. 하지만 지난 수십 년 동안의 포스트식민주의 연구는 저항과 봉쇄의 방식을 특권화하는 마니교도적 비판주의 모델인 이분법적인 입장을 자랑해 왔다. 세 번째 항이 이분법의 논리에 도입되는 경우라면, 드물지만 우선적으로 욕설과 침묵(스피박은 서발턴은 결국 말할 수 없다고 했다) 혹은 모방과 혼종(호미 바바는 이것이 식민통치자와 피식민자 모두를 포함한다고 말했다) 등으로 특징지어지게 된다.[20]

스피박은 《차별받는 여성Woman in Difference》이라는 제목의 대표 에세이에서 식민화된 여성의 신체는 이분법 논리로 동기화 된 국가주의, 식민주의, 그리고 자본주의에 의해 부과된 표의들을 능가하는 아포리아로 분석한다. 하지만 이처럼 부과된 의미를 거부하기 위해서는 신체는 완전히 위축된 상태, 즉 '건조된 폐에 있는 피를 모두 토해

낸 채 성병에 걸린' 시체와 같은 상태로 있어야만 한다.[21] 서발턴은 이해될 수 있는 언어로 스스로 말할 수 없고 그래서 그녀도 말할 수 없는 것이다. 그녀의 혐오스러운 몸은 강요된 의미로부터 벗어날 수 는 있지만 결국 그것은 비천한 몸에 지나지 않는다. 그렇다면 세 번째 조항이라는 것은 극도의 비참한 상태에서만 가능해진다. 바바의 틀에 서 세 번째 용어는 식민과 피식민의 혼합으로 그들의 경계를 교란시 켜 식민지 지배권을 위협하게 된다. 후자의 이와 같은 틀에 있어서 문제점은 식민지 권위에 대한 도전으로 인식되지 않는다면 혼종성은 단순히 식민지에 부과되는 무게일 뿐으로 문화적 혼종이 되도록 만들 어진 피식민의 식민화 징후일 수 있다는 것이다. 식민지의 내부와 그 자체의 혼종성이 반드시 본국metropole에 어떠한 위협도 주지 않는 것 은 아니다. 만약 있다면 그것은 본국 문화의 동화력에 대한 효과적인 증거가 될 뿐이다.

GDP가 일부 제1세계 국가들과 어깨를 나란히 하는 타이완의 경우 로 그 맥락을 바꾸어보자. 제국 가장자리에 있는 타이완의 위치는 식 민지 인도의 그것과 극적으로 다르다. 스피박의 서발턴은 절대적인 경제적 서발턴으로 궁극적으로 타이완에서 가능한 주체성의 갤러리 와는 매우 다르다. 우리는 타이완의 문화지형에서 비참함과 혼종성을 포함한 모든 가능성들을 발견한다. 하지만 우리는 또한 구체적으로 정의된 세계시민주의의 가능성을 발견한다. 우리는 작은 나라의 세계 시민주의적 열망을 어떻게 현대 제국들과 비교해서 이해할 수 있을 까? 제국의 그늘 아래 계속되는 심리적이고 정치적인 전쟁의 위험성 을 어떻게 헤쳐나가고 있을까?

다른 주제들의 입장으로부터 다양한 세계시민주의를 검토함에 있 어서 우리는 메트로폴리탄 형식에 대한 지방어를 반대할 수도 있다.

지방어라는 말은 흔히 표준, 주요, 주류, 지배적인 것에 반대하여 정의되는데, 예를 들면 비엘리트어 또는 소외된 지식인과 식민지의 언어와도 같은 것이다. 따라서 메트로폴리탄적 세계시민주의가 대도시 지식인에 의해 중심에 있는 복수의 문화와 다국어를 지지할 수 있는 능력으로 정의된다면 지방어의 세계시민주의는 비슷하지만 본질적으로 대도시적 세계시민주의와는 다른 주변부 사람들의 상호문화주의를 기술하는 한 방법이 될 수 있다. 예를 들어 지방어의 세계시민주의는 대도시 언어와 타이완어, 힌디어, 한국어 또는 다른 비수도권 언어로 2개 국어를 할 수 있는 반면, 메트로폴리탄 2개 국어는 오직 대도시 언어만 말할 수 있다. 언어의 위계질서와 각자가 내포하는 세계시민주의의 종류가 분명히 존재한다. 종종 세계시민으로 인식되는 것 자체는 의심스러운 권력 정치, 즉 국제주의로부터 면역이 되지 않기 때문에 의문을 가질 수 있다. 만약 우리가 위의 지방어 세계시민주의라는 넓은 정의를 가지고 간다면, 대도시적 세계시민주의와 모순되게 세워진 지방어적 세계시민주의는 다음의 여러 가지 면에서 대도시적 세계시민주의에 도전할 수 있다. (1) 그 지배를 동요시키는 유사성과 혼종성의 위협을 통해서 (우리는 또한 세계시민이 될 수 있다. 그리고 우리 중 몇몇은 - 위에서 논의된 바바의 전략과 같이 - 프랑스어 및 영어를 말하게 된다) (2) 비표준 언어와 주변 언어와 문화를 포함하도록 관용어를 확장함으로써 (회복 계획) (3) 격렬한 항의와 격정적 표현을 통해, '지방어' 세계시민주의가 인식의 헤겔식 역학에 의해서 '인정'될 수 있도록, 그리고 (4) (만일 이것이 가능하다면) 메트로폴리탄 세계시민주의를 완전히 제거함으로써. 미국의 맥락에서 소수민족의 지방어 세계시민주의는 실현가능한 선택권, 차이점의 표현, 그리고 궁극적으로 그 중심부의 일부를 주장하는 프로젝트로 인식되는 것을 목표로 한다. 국제적 맥락에서 주변 국가들의 지방어 세계시민주의는 내가 다른 곳에서 '대략적 세계시민주의'라고 불렀던 세계 문화의 불평등한 지형에서 회원 자격을 과시할 뿐만 아니라 서구 중심의 문화적 기준과 규범에 대한 대안적 가능성을 전파하는 것을 목표로 하고 있다.[22] 인도의 노벨상 수상 작가이자 시인인 라빈드라나스 타고르Rabindranath Tagore는 비서구 지역에서부터 온 지방어 세계시민의 두드러진 예가 될 것이다.

동등하지 않은 세계시민주의의 영역 안에서 투쟁하는 것은 여기서는 세계 전역의 민주주의 정치라는 측면에서가 아니라[23] 세계시민주의의 정치라는 측면에서, 미국에서 인도의 포스트식민 연구에 대한 시나리오의 일부일 뿐 아니라 (담론의 '진정한' 대상은 영국이지만)[24] 미국에서의 윤리적 연구 시나리오의 일부이기도 하다. 각각은 특정한 저항 문화에 의해 뒷받침되고 각각은 한편으로는 경멸을 표현하고 다른 한편으로는 반론을 표현하는 프로젝트다. 한쪽 면은 불만과 슬픔이고 다른 쪽은 지방어의 회복을 통한 분별력 강화이다.

그러나 표현과 회복의 의제는 위험할 정도로 피해자의 담론으로 넘어갈 수도 있는데 이것은 지방어 세계시민주의 현명하게 경계해야 할 필요가 있다. 미술사학자 할 포스터Hal Foster는 이런 경향의 부정적인 측면에 대해 신랄한 풍자로 논평한다. "지금과 같이 '자기 패션'은 나르시시즘적인 자기 교란행위의 관행이 되고 있다. 학계나 예술계에서 누가 새로운 공감의 지식인의 증언이나 새로운 유목 예술가의 이런 소요에 대한 증언을 목격하지 못했을까"[25] 민족학자로서의 예술가는 여기서 포스터의 조롱의 대상이지만, 일반적인 요지는 잘못 적용되거나 솔직하지 못한 정체성 정치의 이기적인 잠재력에 관한 것이고, 자기타자화가 자아도취가 되는 것, 자기 변형이 '자기 쇄신

self-refurbishing'이 되는 것에 관한 것이다. 모든 비판적 내용이 중화되고 예술작품이 정체성의 이름으로 자아도취와 자기 선전의 예술품이 될 정도로 말이다. 자본의 초국가화에 힘입어 미국의 학계에 포스트식민 지식인들이 도착한 것과 마찬가지로 포스트식민 이론을 풍자적으로 비평한 것과 같이 아리프 딜릭이 영국 식민주의에 대한 자기도취적인 비판이 식민지 이후 시기 학자들의 진로를 증진시키는 데 기여했다는 포스트식민이론에 대해 똑같이 풍자적으로 비판한 것은 때때로 피해자학으로 처단되는 것에 대한 많은 다른 비판들을 반영한다.26) 린다 알코프Linda Alcoff가 설득력 있게 보여준 것처럼 정체성 정치에 대한 많은 비평은 이론적으로 타당하지 않고 경험적으로 결함이 있을 수 있지만 헤겔식 변증법적 역동성의 구속은 계속해서 작용과 반작용, 지배와 저항, 주변화와 중심화, 그리고 이분법적 투쟁과 승화를 찾아가는 이중화의 조건을 지시한다.

여기서 주어진 투쟁에 대한 태도의 다양성에 대한 문제는 이론적으로 중요한데 왜냐하면 다양성은 복수 이항성의 집합 이상이기 때문이다. 다양성은 복수의 출처에 의해 조정되고 조정하는 특정 행위자나 대리인의 가능성을 내포하여 의도와 태도를 복수의 프레임, 맥락 및 참조들을 통해 분석해야 한다. 주어진 예술작품의 다중 조정은 이해의 지평이 명확하지 않지만 새로운 의미와 신호의 새로운 가능성에 대한 약속과 함께 복수의 참조에 대한 개방성에 의해 이항 모델을 대체해야 한다. 여기서의 다양성이란 '책임감 없는 다양성'이 아니라 메트로폴리탄 세계시민주의가 합법적으로 비난받을 수 있는 다중성이며 복수의 제국적 구성들 사이에 끼어들어 조종하는 대리인들의 필요한 결과와 선택으로의 다양성이다. 그것은 또한 원한으로 충동되는 지방어 세계시민주의이며 그들의 세속적인 지평은 종종 그것에 대해 유행하는 원한과 함께 자극받은 대도시 문화의 정도이며 다국어와 다문화성이 그 공개에 대한 저항의 제스처인, 다른 무엇보다도 대도시 서부에 대한 사랑과 같은 집착이다. 예를 들어, 우리는 종종 자칭 주변주의자들이 중도파들보다 더 유럽 중심주의의 핵심에 있다고 본다. 그들의 인종 때문에 그들의 한계성을 주장하는 상류층 소외계층은 주변에 빠진 약자들보다 유럽 중심적인 혈통을 기꺼이 과시하려 한다. 국지적인 영역은 계급정치에 영향을 받지 않는다.

먼저 이분법적 모델을 세워서 세 번째 조항을 찾는 대신에 앞서 논의했듯이 여백에 매개된 세계시민주의의 증식이라는 개념은 복잡성을 희생할 필요 없이 주어진 예술이나 텍스트의 작품에 대해 훨씬 더 광범위한 토론을 할 수 있게 하는데, 여기에는 불편함을 일으킬 가능성이 있는 의미가 포함될 수 있다.

타이완의 상황으로 돌아가기 위해서는 포스트식민 모델과 세계시민주의 모델은 유용하지만 제한적이다. 타이완은 비록 세계 제국주의 주변에 있어 복수의 패권세력의 그늘 아래 있는 소수 국가이지만 미국의 10대 교역 상대국 중 하나이기도 하다. 정치적으로 사방에서 배척되지만 활기찬 문화와 다양한 전통과 함께 다양한 방향으로 일하는 문화인사들의 든든한 대표그룹이 있다. 제국 간의 패권적 영향력과 치열한 크기 경쟁의 맥락에서 타이완의 시각문화의 휴대성과 가시성은 그것의 역설적인 가벼움과 작은 크기 속에서 지각변동과 상상력을 정확하게 변형시키는 힘을 부여받게 되는데 그 이유는 상처, 중국, 서양에 대한 강박관념을 뛰어넘을 수 있는 다수의 기록과 참고문헌들과 함께 작동하기 때문이다. 이 세계시민주의는 타이완의 다문화적 자원뿐만 아니라 다양한 형태와 주소의 대상을 가진 세계문화 위에 그려져서 억압과 주변화의 구도에서 벗어날 수 있게 한다. 그렇다면 아이러니하게도 이것은 위험을 안고서도 잘살게 되는 종류의 세계시민주의가 되는데 칸트가 이론화한 것처럼[27] 자신의 힘이 '잠들지 않을 수도 있다'는 것을 확실히 할 필요가 있는 일종의 마조히즘적 필요 때문이 아니라 내재된 위험이 제국의 그늘 아래 타이완의 삶의 실존적 조건이기 때문이다. 이런 실존적 조건 속에 살아간다는 것은 인류가 노력해야 할 모든 것을 의미하며, 평화는 그것이 극복될 수 있도록 영속적인 전쟁 가운데 필요한 전제조건을 설정함으로써 달성된다는 점을 철학적으로 해석할 만한 여지가 없는 것이다. 칸트가 기술한 두 부분two-part의 과정은 전쟁의 전제를 법이나 다른 합리적인 수단을 통한 구조적 극복이 가능하게 하기 위해 필요한 과정으로 제시한다. 타이완의 상황에 있어서 항구적 전쟁 상태는 전제가 아니라 결과이며 이 결과라는 것은 양안 해협을 가로질러 위협이 제기될 때마다 결론이 나기를 기다리는 것을 의미한다. 그러므로 위험은 세계시민주의를 정직하게 유지하기 위한 사치스러운 것이 아니다. 그것은 구속복을 착용하는 동안 좀 더 가볍고 깊게 숨을 쉬려고 하는 세계시민주의의 바로 그 조건이다.

번역불가능한 윤리학

이 장에서의 문제의 주인공은 설치미술가인 우마리吳瑪悧로, 그녀는 작품을 통해서 지금까지 알려진 모든 권위에 도전하면서 정치적 이념, 성적 억압, 제3세계 노동자들에 대한 착취와 그들의 교차점이 되었다. 2장에서 논의된 리우홍의 작품들과 마찬가지로 일련의 경쟁적 작품들에서 그녀는 타이완 사회, 정부, 그리고 문화의 성차별에 대한 자신의 비판을 분명히 했다. 그러나 이러한 초기 작품의 특징 가운데서도 그녀를 리우훙과 구별 짓는 것은 그녀의 정치적, 사회적 비난이 타이완 내에서 특히 국내 시청자들과 관객들을 염두에 두고 표현되었다는 점이다. 즉시 인정받기 위해 정치적 또는 민족적 알레고리를 전략적으로 배치하거나, 이국주의에 현대적이고 정치적으로 올바른 반전을 주기 위해 포스트모던 형태로 본질화된 문화재를 창조적으로 활용하는 다른 국가적인 위치에 있는 예술가, 영화제작자, 작가들과 달리, 우마리는 그녀의 정치적 알레고리들과 문화적으로 특정한 표현들을 로컬의 소비와 로컬의 시청, 로컬의 비평을 목표로 하고 있다. 국제적으로 전시된 그녀의 작품들은 종종 이 작품들과 상당히 다르다. 제1장에서 분석한 리앙의 초기 작품에서 발견되는 유연성과 반투명성 대신에, 우리는 문맥과 맥락 기반 표현들 사이의 비투명성에 대한 어떤 원칙적인 입장을 보게 된다.

　여기에서 종종 논의되는 시리즈에는 '포모사 이야기寶島物語'가 포함되는데 이 작품은 1998년 타이베이 IT파크 갤러리에 설치되고 전시되었다. 이 시리즈에 수록된 5개 작품 중 3개는 특히 여성 중심의 설치물로, 이것들은 〈에피타프Muzhiming〉(1997), 〈신추앙의 여성 이야기〉(1997), 〈포모사 클럽寶島賓館〉(1998)이다. 에피타프에서 우는 U자형의 양쪽 전시공간에 1947년의 2·28사건 희생자 가운데 여성 친지들의 증언서들을 배치했는데 그 가운데 놓인 바위에 파도가 부딪치는 영상이 담겨 있었다. 우마리의 정치적 비평은 분명히 드러난다. 그녀는 2·28사건을 되새기면서 억압된 여성 피해자들의 역사를 회복한다. 곧 '그의 역사'history에서의 여성의 생략에 대항하는 '그녀의 역사'herstory 인 것이다.[28] 이 정도의 읽기 수준에서 이 작품은 전형적인 페미니스트 작품으로, '그의 역사' 서술에서의 여성의 포함을 주장하고 있다.

그러나 중간에 설치된 비디오 설치물은 이 독법을 넘어서서 무언가를 요구한다. 단조롭고 반복적인 움직임과 바위에 부딪치는 파도 소리 속에서 우마리는 자연의 광대함, 깊이, 끈기, 고통의 씻김 또는 고통을 조금씩 없애거나 젠더화된 고통이 포괄되거나 초월되는 것에 의해서 고통의 경도를 침식하는 것을 환기시킨다. 요점은 단순한 비평 – 가능한 모든 것에 대한 무자비한 비판 – 이 아니라 그 평론을 초월할 가능성이다. 원한의 형식이 영원한 존재 방식이 되어서는 안 된다.

〈신추앙의 여성 이야기〉에서는 신추앙의 여성 직물 노동자들의 증언이 U자형 벽의 세 면에 걸려 있는 천의 직조에 기록되어 있고, 천으로 엮은 단어들에 형태, 질감, 물질성을 부여한다(색판 7과 8 참조). 역사가 인쇄된 페이지와 다른 매체의 모든 힘과 표현 수단을 가진 남성 영웅들의 기록이라면, 여성 섬유 노동자들의 경험을 유기적으로 포착하는 매체는 옷감 그 자체일 것이다. 따라서 그들은 단순히 천으로 된 의류 제작자가 아니라 '그녀의 역사' 제작자로써 회복된다. 그들의 작품은 단순히 교환 가치만을 위해 존재하는 것이 아니라 더 큰 상징적 의미를 내포하여 이념적, 문화적 가치를 부여하기 위해 존재한다. 그들의 양과 밀도에서 증언의 장황함은 이 여성 노동자들이 말하거나, 혹은 가장 자주 잊혀지기보다는 그들 자신을 대변하고 싶어 하는 강한 지하 욕망을 드러낸다. 자신들의 이야기를 천으로 꿰매어 고난과 항의를 기록하는 것뿐만 아니라, 이러한 형태의 표현을 통해 이러한 인생 이야기는 표현, 예술로 변모된다. 프로이드의 이야기 치료법처럼 이야기의 표현도 치유된다. 바느질은 글의 한 형태가 되고, 그들의 삶의 패턴은 천에 무늬로 나타난다.

〈포모사 클럽〉에서 우마리는 동시에 가장 아이러니하고 회복력이 있다(색판 9 참조). 16세기부터 여성 신체의 착취와 상품화에 바탕을 둔 역사로서 성적인 관점에서 타이완의 역사를 이야기하면서, 우마리는 강간을 당한 여성이라는 식민지 국가의 남성우월주의 은유를 타이완 여성의 정치적 경제적 이득을 위해 성노동에 의존해 온 복수의 가부장적 힘에 대한 페미니스트 비판으로 다시 묘사한다. 식민주의자든 민족주의자든 타이완인이든 국가의 웅장한 내레이션은 가장 말할 수 없는 형태의 노동의 피와 땀을 그들 뒤에 숨긴다. 따라서 이 역사를 되살리는 것은 타이완의 성공에 대한 국가적, 경제적 서술의 위선을 폭로하는 것이다. 그리하여 쑨원孫文의 유교적이고 도덕적인 문구의 틀에 박힌 서예 글씨 '천하위공天下衛公(하늘 아래 공공을 위해 봉사하는 것)'²⁹)을 벽에 붙인 아이러니한 것이다. 이 웅장한 미사여구는 남성 민족주의자들이 남성들을 성적으로 봉사함으로써 여성들에게 대중을 위해 봉사할 것을 요구하도록 하는 것으로 패러디되었다. 타이완의 전체 섬, 아름다운 섬 포모사는 태평양전쟁 동안의 '위안부'로 일본군에 동원되었고 베트남 전쟁 기간 중의 미국 군인들에게 동원되었으며 일본의 전성기에 타이완으로 '섹스 관광'을 온 일본 관광객 등으로 인한 섹스 클럽이었다. 식민주의자, 민족주의자, 자본주의자의 확장이라는 삼위일체는 로컬 여성들의 착취된 몸 위에 남아도는 남성 성욕의 제공에 달려있었다.

이 세 작품 모두 역사의 위선과 패권에 도전하기 위해, 동시에 관련 여성들을 위한 치유나 초월의 수단을 마련하기 위해 *그녀의역사*가 역사의 밑바닥에 어떻게 깔려 있고, 억압되고, 생략되며, 착취되고 침묵하였는지를 드러내듯이 표현한 것이다. 누군가는 말할 수 있을 것인데 그들은 타이완의 국지적인 지역 내에서 역사에 대한 젠더화된 개입을 나타내는 명백한 페미니스트의 표현이며 그 대상은 현지 타이완인들이다. 타이완의 국가 역사에 대한 그들의 노골적인 제스처에서는 이러한 설치물들이 민족적 알레고리라고 생각될 수도 있지만 민족적 알레고리가 잘 팔리는 글로벌 다문화 시장에서의 소비를 위한 것은 아니다. 여기에는 두 가지 문제가 관련되어 있다. 타이완의 민족적 알레고리를 상품화하는 데 있어서 분명한 장애물은 그것이 얼마나 잘 될 것인가에 대한 명확성의 부족이다. 중국 같은 결과적인 크기와 국제적인 권력을 가진 나라들 또는 부패를 폭로할 명백한 세3세계 국가들 그리고 타도할 소위 난해한 전통들(예를 들면 여성 할례와 베일의 관습과 같은)을 가진 나라들과 달리, 타이완은 경제적 번영은 물론 미국과의 정치적 결속 덕분에 특별히 끔찍한 민족 역사(실제로 그러함에도 불구하고)를 가졌던 것에 대해서는 세상에 잘 알려져 있지 않다. 국제정치에서 영향력이 없다는 점을 감안할 때 어느 특정 지역에서도 타이완이 세계로부터 매력을 가지지는 않는다.[30] 타이완과 같은 주변 혹은 주변화된 나라는 다시 말해서 민족적 알레고리의 상품화조차도 사치라고 할 수 있다. 결국 1997년경에는 홍콩으로, 전 세계가 많은 관심을 기울였고, 이때는 민족적 알레고리가 가장 많이 생산되었다. 민족적 알레고리와 국제적 관심 사이에는 공생 관계가 있는데, 하나는 다른 하나에 도움이 된다.

여기서 더 큰 관련이 있는 두 번째 논제는 국가 및 초국가적 지형에서 번역되지 않는 대표성의 윤리 문제와 관련된 것이다. 윤리의 투명성에 의해 나는 사회적 비평이 상품화되는 것을 막기 위해 주어진 특정한 맥락 안에서 그것의 관련성을 유지해야 한다고 제안한다. 민족적 알레고리 형식의 사회적 비평이 문맥에서 벗어나서, 따라서 문맥이 탈맥락화되면, 그 정치적 의미는 쉽게 상품화된다. 원래의 맥락에서 이전의 – 사회적 비평의 윤리적 잠재력 – 은 일단 문맥에서 벗어나면 사라지는데 왜냐하면 가장 쉽게 상품화를 허용하는 것이 바로 탈맥락화이기 때문이다.

이것은 리우훙과 우마리의 작품들을 대조해보면 알 수 있다. 문화대혁명에 대한 리우훙의 비판은 중국이 아니라 미국에서 일어난다. 그러므로 그녀는 그 원래의 맥락 안에서 잠재적인 검열관의 대상이 되지 않으며, 그녀의 일은 그 사건과 가장 즉시 연결된 사람들에게 정치적 영향을 미치지 않을 것이다. 문화대혁명의 탈맥락화 비평은 미국의 기회와 자기표현의 현 상태와 대비되는 자의식의 괴로움으로 중국에서 추방된 주체의 과거를 건설하는 역할을 할 때 문제가 있다. 그 목적론적인 서술은 영렬한 이민자의 동화주의 형식이다. 마찬가지로 중국 이민 작가인 하진Ha jin이 중국에서 발생한 트라우마들이 아니라 미국에서의 삶과 경험을 내러티브로 표현하며 영어로 글을 쓰는 순간은 바로 하진이 망명 작가가 되지 않고 현지 작가가 되는 순간이다. 그 후 그 지역은 중요하고 정치적인 투자의 장소가 된다. 바꾸어 말하자면 윤리성은 국가적인 경계와 초국가적인 경계를 넘나드는 것이 아니다.

다른 중요한 대조는 문화재의 소유와 사용에 관한 것이다. 21세기 초 미국에서 두각을 나타낸 중국으로부터의 이민 예술 대부분은 중국인으로 쉽게 인식될 수 있는 문화적 기호와 상징이 풍부하다. 쉬빙Xu Bing의 책《하늘》시리즈와 구원다Gu Wenda의 중국 서예 작품들은 중국 전통(마오주의식 유교라고 함)의 탈구조와 비평이 어떻게 그들의 개념적 작품의 핵심을 형성하는가를 보여주는 두 가지 두드러진 사례다. 말하자면, '중국'은 이주 중국 예술가들이 사용할 수 있는 풍부한 문화적 재료와 요소들의 보고이자 저장소인 셈인데, 그 저장소에 대한 그들의 주장은 의심할 여지가 없어야 하기 때문이다. 리우훙의 전족에 대한 비평은 지난 왕조 시리즈의 유화에서 청나라 황실의 이미지를 사용한 것과 마찬가지로 같은 범주에 속한다.

'중국'이라는 저장소를 문화 자본으로 삼지 않는다면 타이완 예술가들이 어떻게 초국가적 지형에 진입할 수 있겠는가? 특히 그들의 국적과 민족성, 또는 일반적으로 독특함을 표시하기 위해 그들이 '소유'하는 로컬적 문화 요소는 무엇인가? 앞 장에서 설명했던 이유로 디아스포라에서 번역된 중국 문화로서의 시노폰 문화가 이 자원 역할을 할 수 있음에도 불구하고 그 사용자 자신들은 종종 무엇이 중국이고, 무엇이 시노폰이고, 무엇이 타이완인지에 대한 혼란으로 불안과 양면성에 의해 마비되곤 한다. 따라서 타이완이 문화 유통의 초국가적 영역에서 발판을 찾으면서, 타이완의 예술가들은 특정한 평론을 이해하기 위해 국제 관객들이 쉽게 인식할 수 있는 문화적 코드를 마스터할 준비가 되어 있지 않다는 것을 발견하게 된다. 타이완의 모든 여성 예술가들 중에서 아마도 타이완 밖에서 가장 많이 전시된 우마리의 작품을 보면, 우리는 보편주의적 경향, 말하자면 타이완과 시노폰 문화만큼이나 서양 문화에 계류된 주제들을 발견하게 된다.

세계시민주의가 윤리적일 수 있을까?

우리는 본국에서 비서방 예술가에 의한 민족적 알레고리의 확산이 그들의 비판의 대상이 내지에서 멀리 떨어져 있다는 점에서 그래서 그것의 중심성이나 우월성이 의문을 받거나 위협당하지 않는다는 윤리적 문제에 해당한다는 것에 주목함으로써 위의 논의를 마무리할 수도 있다. 그러한 거리두기 기법은 자기 오리엔탈화의 자기 이국주의화로써의 기제와 유사한데 바로 본국에 도전하지 않는 타자로 지시된 희생자 유형인 것이다. 오히려 본국은 트라우마 현장과 그 자신 사이의 안전한 거리에 의해 위안을 받는다. 만약 그렇다면 우리 앞에 놓인 문제는 그가 민족적 알레고리를 거부하는 것이 어떤 종류의 세계시민주의인가 하는 것이며 그리고 역설적으로 어떻게 이 주변부 세계시민주의가 초국가적 대표성의 자기/타자의 역학에 빠지길 거부하는 타이완 예술가의 윤리적 자세인가 하는 것이다.

우마리는 여러 경우에 걸쳐 초국가적인 맥락에서 자기표현의 정치에 대해 매우 날카롭고 빈틈없이 말했다. 초국가적인 미술 시장에 나가기 위해 입을 '가장 적절하고 멋진' 의상을 선택해야 한다는 생각도, '황제의 방문을 기다리는 황제의 후궁'처럼 화려하게 치장해야 한다는 생각도 하지 않았고, '예술가가 나라를 위해 어떻게 자신을 희생해야 하는가'에 대해서도 끝없이 고민할 것이라고는 생각하지 않았다.31) 이처럼 매우 솔직한 논평에서 그녀는 초국가적인 소비를 위해 민족적 알레고리를 사용하는 전략을 반박하고 '인정되는 것'을 기다리는 소수 예술가의 수동적인 역할을 거부하며 국가에 대한 자신의 작품에 대한 불온한 독점을 부인한다. 본질적으로 그녀는 세계 다문화주의에서 인정받는 초국가적 정치와 국가를 위한 대표자의 역할을 거부한다. 이러한 거부에서 우마리는 빠른 경로로 세계대회와 지역대회 모두에서 인정받기 위해 자신을 탈출시킨다. 그래서 그녀는 비록 비용이 들지만 인정의 약속이 거부되는 세계와 지역 사이의 진부한 관계의 논리로부터 자신을 해방시킨다. 인정의 규칙에 따라 게임을 거부하는 것은 그녀의 작품의 윤리성이 어디에 있는가 하는 점이다.

매우 혁신적인 방법으로 세계 문화를 그려내는 우마리의 설치미술 두 작품을 간략하게 분석하는 것이 순서다. 이 두 작품은 세계의 여러 도시를 널리 돌아다녔으며, 이러한 작품에서 우리는 민족적 알레고리에 의한 충동의 부재를 고려해야 한다. 대표적인 예가 '도서관The Library' 시리즈와 '귀염둥이들The Sweeties' 시리즈다. *도서관*은 1995년 베니스 비엔날레에 처음 전시되었다. 커다란 창문의 양쪽 두 벽에는 세 개씩 금속 책꽂이가 두 세트 나란히 놓여 있다. 이 금속 책꽂이에는 책들이 줄 맞춰 놓여 있고 가운데에는 종잇조각으로 가득 찬 유리병이 놓여있는 테이블이 있다(색판 10 참조). 자세히 보니 온갖 고전적인 제목이 적힌 이 책들은 찢어진 종이로 가득 찬 투명한 아크릴 상자로 판명되었다. 저서로는 성경, 불교 경전, 유교 서적, 그리스 신화, 노벨상 수상 문학작품 등이 있으며, 모두 조각조각이 나 진열대에 늘어선 아크릴 상자와 설치 중간에 놓인 유리 항아리를 채운다(색판 11 참조). 조각난 책들은 세계의 규범적 문화와 문학에 대해 분명히 비판적인 논평을 하는 반면, 그것들은 또한 고전의 파괴로부터 생겨나는 물체처럼 자율적으로 서 있다. 세계 각지의 고전이 틀렸음을 밝힘으로써 이 고전들이 표현하는 구체화된 문화주의는 말 그대로 종잇조각으로 용해되는데, 이것은 고전으로부터 리메이크된 새로운 세계 문화의 물질적 구현으로, 다시 물질화되거나 혹은 우 마리의 표현대로 모노나트륨 글루타민산염과 같은 것으로 된다.[32] 이러한 청산의 행위는 또한 그녀가 적합하다고 생각하는 문화의 세계적 자원을 배치하는 대리 행위다.

다른 작품은 1999년부터 '세기의 귀여움Sweeties of the Century'이라고 불린다. 우마리는 여러 장소(독일, 타이완, 미국 등)에서 이 쇼의 전시를 여러 차례 가졌는데 설치물의 주요 아이디어는 악당이든 영웅이든 간에 역사적으로 중요한 유럽, 아시아 등지에서 온 인물들이 모두 한때는 아이였다는 것을 상기시켜주는 일종의 작품이다. 우마리는 어린 시절의 공유성을 환기시켜 제시함으로써 유토피아적이고 보편적인

26 우마리, "세기의 귀여움"(2000), 합성 이미지, 원저자의 동의하에 사용함

휴머니즘의 가능성을 시사한다. 말하자면[33] 그녀는 '큰 사람들을 다시 작게 만든다'고 말하며 따라서 다른 결과가 나올 수도 있었던 알려지지 않은 약속으로 어린 시절로 되돌아간다. 독일 녹색당의 히틀러, 로자 룩셈부르크, 장아이링, 린화이민, 페트라 켈리Petra Kelly의 초상화들이 모두 포함되어 시간순서와 상관없는 방식으로 병치되어 있었다. 전시 장소에 따라 그녀는 시리즈를 빅토리아 시대의 스위티즈(빅토리아 시대의 건물 등에서 전시되었기 때문에)라고 부르기도 했다. 세기의 스위티라는 제목의 이 마지막 합성 이미지는 오스카 와일드, 미셸 푸코, 장아이링, 린화이민, 우다요우, 어니스트 헤밍웨이, 그리고 타이완의 부통령 아네트 루를 보여준다.[34]

우마리는 세계문화의 자원에 대해 어느 정도 대리인을 맡고 있으며 그녀의 초기 작품에서 타이완에 대한 정치적 논평을 제공할 때와 같은 수준의 진지함이나 헌신을 가지고 그들에게 접근한다. 다양한 주

소에 뿌리를 둔 이러한 사이트별 작업들은 보편적인 주제를 감히 곰곰이 생각해 볼 수 있다. 참고문헌들을 다수 배치하여, 이 작품들은 감히 민족적 알레고리와 자기 오리엔탈화의 특수성을 거부하고, 인정받지 못할 위험을 무릅쓴다. 이러한 입장은 만티아 디아와라Manthia Diawara가 "정체성 감옥의 집"35)이라고 불렀던 것을 넘어, 거부감을 넘어서려는 다른 비활동적인 자국적 세계시민주의와 일치할지도 모른다. 그러나 이와 같이 구상되고 초월된 토착적 세계시민주의는 한 민족 국가 내의 표현 형태여서 초국가적 맥락으로 쉽게 전달되지 않는다. 문화적 특수주의를 거부하고 도전하는 초국가적 맥락에서 우의 입장은 제국주의의 가장자리에 있으면서 분노의 표현도 구체적으로 준비되지 않은 타이완의 입장과 역사적으로 특별하다. 그녀는 국가적인 결정들조차도 사치인 탓인지 세계시민주의적 예술가로 초국적인 곳으로 들어선다. 그녀의 것은 소수 민족 초국가 예술가가 표현한 쌍곡적 보편주의의 한 형태인데, 이는 국제주의적 접근을 과장할 수도 있지만, 결국 문화적인 일은 제국의 의지를 경쟁하고 결탁함으로써 정치와 다른 영역들이 철저히 식민화되었을 때 변형된 사회 실천의 현장이라는 비전을 증명한다.

결론: 시노폰의 시간과 장소

현재 일어나고 있는 일에 대해, 변함없이 우리의 이해 능력인 선험적인 것을 넘어서게 하라. - 니콜라스 부르리오(Nicolas Bourriaud), 《관계미학》 (1998)

이론적인 과거를 일격에 깨트리는 것은 불가능하다. 모든 경우에 단어와 개념으로 깨기 위해서는 단어와 개념이 필요하다.- 루이 알튀세르, 《마르크스를 위하여》 (1965)

시노폰이라는 용어와 관련하여 나의 가장 큰 관심사는 그것은 그자체일 뿐 문제적으로 포함되거나 명백히 배제된 사람들에게 다양한형태의 상징적 또는 물리적 폭력을 행사한 특정한 '진실의 시대'[1]에도전하는 것이었다. 어떤 진정성 체제 내에서 포함과 배제는 종종 폭력적인 경계를 추적하지만 포함과 배제의 차이는 또한 정도의 문제가될 수도 있다. 포함의 정치 내의 여러 가지 단층선은 명목상 포함시킨사람들에게 무력하고 억압적일 수 있으며 그러한 포함은 배제만큼문제가 될 수 있다. '중국', '중국인', '중국성'으로 알려진 범주는 역사적으로 소속과 공동체에 대한 주관적인 욕망만큼 기억상실, 폭력, 제국주의적 의도에 의해 만들어진 침전된 구조이다. 소속에 대한 욕구는 결국 이념과 문화적 봉합의 산물이 될 수 있고 그들은 국가주의의자부심이나 저항에 대한 호통에 대한 반응이다. 더 나아가 소속에 대한 욕구는 소속되지 않거나 소속될 수 없는 다른 사람들에 대한 상징적 그리고 다른 형태의 폭력에 기초하여 만들어질 수 있다. 오늘날 우리에게 국가적 의식으로 알려진 절차에 있어서 다양한 민족이 '중국인'으로 만들어졌는데 그 자체가 식민주의의 한 형태가 될 수 있다.

오늘날 우리가 중국에서 가장 큰 민족인 한족이라고 여기는 것은 그 자체로 다양한 민족들이 혼합된 것이다. 중국의 권위 있는 사전 정의는, 분명히 그것의 중심성에서 안전하며 잠재적인 의미를 의식하지 않는, 사실상 한족이 "매우 오랜 기간 동안 고대 화하와 다른 민족들이 혼합된 것으로 구성되어 있는, 중국의 주요 민족"이라고 말한다. 그 발전 과정에서 '한족'은 스스로를 더욱 강력하게 만들기 위해 다양한 소수 민족을 지속적으로 흡수하기도 했다.[2] '더 강력하다更加壯大'와 동사 '흡수吸收'라는 표현은 권력과 통합의 정치를 함축하고 있는데, 이는 대부분 사전에서 이 항목을 쓴 작가가 의도하지 않은 것처럼 보이는데 따라서 첫 문장에서 첫 문장에서 주체(누가 혼합을 했느냐)와 객체(누가 섞였는가)의 불평등한 관계의 영역과 같이 외관상 순수해 보이는 용어인 '혼합混合'으로 되짚어보게 된다.

화하華夏의 사전적 정의를 더 자세히 살펴본다면 우리는 중국이라는 용어로 거슬러 올라가는 연관성을 발견하게 된다. 화하는 중국의 옛 명칭으로 단어를 구성하는 두 글자 화와 하는 명사화 형용사의 결합으로 그 뜻은 앞의 글자는 '꽃' 혹은 '아름다움'을, 뒤의 글자는 '큰', '거대한'이라는 뜻이다. 장식이 화려한 무늬가 있는 화려한 예복을 화라고 부르고 큰 나라들을 하라고 부른다. 그래서 아름답고 큰 나라인 중국을 화하라고 부르는 것이다.[3] 최근 중국의 학문은 한정적이기는 하지만 탈구조주의적 의도를 가지고 '중국'의 윤곽을 탐구하기 시작했는데, 13세기가 되어서야 그런 '중국'이 생겨났고 우리가 알고 있는 지리문화적 경계는 시간이 흐르면서 제국주의적 팽창과 한족

274

의 문화적 식민주의와 제국 확장의 결과였다.[4] '중국', 즉 Zhongguo (문자 그대로, 중앙의 국가)를 위한 중국적 용어의 coming-to-being은 나아가 지리적 팽창의 물리적 과정을 추적한다. 원래는 화시아가 정착한 황하 주변 지역만 포함시켰으며 19세기 중반에 이르러서야 국가의 이름이 되었다.[5] 춘추전국시대뿐만 아니라 전쟁시대에도 "중앙 왕국"은 고유명사가 아닌 일반명사로 중앙의 지리권을 점령한 봉건 왕국을 지칭했다.[6]

중국과 조상의 연계를 맺고 있는 모든 민족을 포괄하는 용어로서 '중국인 디아스포라'는 종종 피할 수 없는 존재론적, 정착국 내의 인종화 그리고 다양한 동기부여를 받는 선험적 조건으로서 중국성을 할당하는 알리바이로 기능한다. 비록 세대는 살고 죽었을지 모르며, 분산 이후 수세기가 경과했을지 모르지만 말이다. '중국성'은 계량화 및 측정 가능한 범주가 되며, 가장 중요한 것은 디아스포라 종말일을 받아들이지 않는 기원의 이데올로기를 특권화한다고 주장했다. 이주는 영구적인 조건이 되는 한편 현지화와 정착은 의미 있는 경험의 척도로 평가절하된다. 만약 내가 영구적인 이주의 상태가 수세기에 걸쳐 중국에서 이주해 온 그 민족들에게 일어난 일을 전혀 진실되게 표현한 것이 아니라고 말한다면 나는 단지 분명한 사실만을 말하고 있을 뿐이다. 그러나 분명한 그 자체를 말하는 것은 중국인이라는 영원한 타당성, 중국인의 측정 가능한 질과 양, 그리고 중국의 본국으로서의 중심성에 대한 이해관계가 있는 대리인들, 즉 민족주의, 문화주의, 인종차별주의, 그리고 그 외의 다른 것들에 의해서 결정된다.

시노폰의 언어학적 분류를 제시하면서 다음과 같은 내용을 강조하고자 한다.

1. 디아스포라는 종료 날짜가 있다. 이주자들이 정착하고 로컬화되면 많은 사람들은 2세대나 3세대 이내에 그들의 디아스포라 상태를 끝내는 것을 선택한다. 이른바 조상의 땅에 대한 향수는 흔히 로컬화의 어려움을 힘이나 선택에 의해 암시 또는 변천시키는 것이다. 인종차별과 다른 적대적 조건들은 과거에 탈출과 위안을 찾도록 강요할 수 있는 반면, 문화나 다른 우월적 복합체들은 이민자들을 지역 사람들로부터 멀어지게 할 수 있다. 그러므로 디아스포라가 유통기한을 가지고 있다는 것을 강조하는 것은 문화적, 정치적 관행이 항상 장소에 근거한다고 주장하는 것이다. 모두에게 로컬이 될 수 있는 기회가 주어져야 한다.

2. 언어공동체는 변화의 공동체이자 열린 공동체이다. 이민자의 후손들이 더 이상 조상들의 언어인 한어와 화어계 언어를 쓰지 않을 때 그들은 더 이상 시노폰 공동체의 일부가 아니다. 따라서 시노폰 공동체는 필연적으로 로컬 사회와 더욱 통합되어 로컬의 구성체가 되는 과도기적 순간(아무리 긴 기간이라 하더라도)을 점유하고 있는 변화의 공동체다. 더 나아가 화자의 인종이나 국적이 아니라 자신이 말하는 언어에 의해 정의되기 때문에 열린 공동체가 된다. 앵글로폰 화자가 반드시 영국인이나 미국인은 아닌 것처럼, 시노폰 화자도 국적으로 한정하여 중국인이 될 필요는 없다. 국적, 인종, 언어를 동일시하는 것은 다국어의 존재를 맹목적으로 바라보는 것이다. 공동체들이 다국어적일 수 있는 범위 내에서 언어학적으로 결정된 공동체들은 반드시 다공성 및 우발적 경계를 추적하게 된다.

이 두 가지 의미를 염두에 두고, 이제 우리는 이 책의 장본인들이 제기한 시간과 장소 접속사들을 소급해서 생각해 볼 수 있다. 우선 타이완인에서 타이완계 미국인(리앙)이 되는 것 혹은 중국인에서 중국계 미국인(리우훙)이 되는 전환은 시간이 걸리는 과정이다. 소수화되는 것은 하나의 과정이고 따라서 정체성은 단순히 실존적, 문화적, 정치적 혹은 지리적 범주가 아니라 시간적 범주가 된다. 질문할 것은 타이완계 미국인이 무엇이냐가 아니라 언제 타이완계 미국인이냐 하는 것이다. 이 변혁은 시간이 걸리기 때문에 태평양을 가로지르는 공간과 장소를 넘나들며, 특히 문제의 예술가들이 고착된 인종, 성별, 계층 결정으로 포화상태에 이른 상업적 영역에서 성공하고자 할 때, 문화 정치의 환태평양 지역 내에 자신을 연루시킨다. 비슷한 질문은 페미니즘에 대해서도 던져질 수 있다. 어떤 종류의 페미니스트인가가 아니라 언제 어디에 페미니스트가 있는가 하는 것이다. 리우훙이 대표적인 예다. 그녀의 이야기는 제3세계에서 온 이민자가 자유주의 서구의 가부장제(전통적이거나 마오주의적)로부터 '해방'을 발견하는 이야기인데 여성과 페미니스트들 사이의 초국적 만남의 심각한 단층선을 폭로하는 목적론적인 이야기였다.[7] 리우훙의 작품은 이질적이면서도 연결된 힘의 요인에 대해 복수의 반감을 형성함으로써 이 설화를 복잡하게 만들지만, 반감 그 자체도 역설적으로 상품화라는 그다지 순진하지만은 않은 전략일 수도 있다.

중국과의 긴장을 고조시키는 맥락에서 타이완의 시각 문화를 관찰하는 것은 저항적인 정체성이 사람들의 의식에서 변화시킬 수 있는 기능을 수행하기 때문에 구성하는 것부터 효과를 나타내기까지 시간이 걸린다는 것을 보여준다. 국민당 정권에 의해 부과된 순수성 아래에서 특정한 종류의 격제유전적, 환상적, 보편적 '중국인'이 된다는 것으로부터 타이완 사람들은 하카족, 타이완인, (동남아시아 혹은 타지역 출신의) 신이주민들까지 '신타이완인新臺灣人'을 함께 이루게 되면서 '토착원주민들' (더 이상 경멸적인 '산지 동포山地同胞'가 아닌)이 되었다. 타이완의 지리적 근접성과 밀접한 경제적 유대는 변하지 않을지 몰라도 그들의 공간 의식은 점차적으로 중국과 거리를 둔다. 신타이완인의 정체성은 하나의 과정적인 것으로 볼 수 있다. 현대사는 그것의 발생과 형성의 미장센의 바탕이다. 중국에 저항하는 시노폰의 정체성은 로컬의 특수성을 주장함으로써 대륙의 중국성과는 차이를 분명히 하려고 하며 이와 같은 탐색과 구성은 시간에 따라 일어나는 과정이다. 새로운 정체성 담론과 실천의 효과는 그 사실 이후에 관찰될 수 있기 때문에 저항적인 정체성의 변형된 기능을 확인하기 위해서는 시간이 필요하다. 그렇다면 현재가 가능성에 임하고 변화를 가져올 잠재력을 가진 상상력과 상상력의 시공간이 된다.

타이완은 17세기에 대부분의 한족이 중국에서 타이완으로 이주해왔을 때 추정적으로 디아스포라 공동체였을지도 모른다. 하지만 디아스포라는 오래 전에 끝났다고 말할 수 있다. 현대의 타이완은 베네딕트 앤더슨이 스페인계 미국과 미합중국의 여러 주와 같은 '크레올 주'라고 불렀던 것과 유사하며 이 연방들은 그들이 싸웠던 사람들과 공통의 언어를 공유하는 사람들에 의해 주도된다.[8] 독립전쟁이 필요했던 미국과 영국 사이에 존재했던 긴장처럼 타이완과 중국의 관계는 잠재적 전쟁으로 가득 차 있다. 타이완 북부 해안 근처에서 미사일을 발사하는 것은 중국과 타이완의 관계를 군사화시키고 경쟁적인 무기 제조와 군비 경쟁에 양측을 참여시키는 중국의 방식이었다. 이 군비 경쟁 안에서 20세기 초 일본이 중국 침략을 정당화하는 데 일조했던 '공통 언어와 공통 문화'는 중국의 타이완에 대한 주장들의 광범위한 배경이 되는 것으로 보인다. 앤더슨은 민족해방을 위한 투쟁에 있어서 미국의 크레올 주들에게 결코 언어가 문제가 되지는 않았다고 알려주고 있다.[9] 언어와 국가의 분리는 유럽 많은 국가들에게 매일의 현실이다. 따라서 언어와 국가를 떼어놓는 것은 타이완과 같은 시노폰 국가의 특권이라고 할 수 있다.

지난 세기 중반 타이완으로 이민을 와서 타이완의 소수민족인 1세대 본토인에게도 그들의 디아스포라에는 유통기한이 있다. 그들이 중국으로 돌아가지 않을 것이라는 것을 깨달은 순간은 '본토를 수복할' 임시적이고 전략적인 초소가 아니라 타이완이 본국이 되기 때문에 새로운 하수도와 새로운 도로가 건설되어야 한다고 결정한 순간이었다. 환경오염과 조잡한 공공사업과 같은 고속 현대화의 통상적인 부정적 영향은 본토인 국민당 정권이 타이완을 본국으로 보지 못함으로써 더욱 악화되었다. 그들이 중국을 수복하는 데 걸리는 시간만큼만 타이완에 머무르려고 했는데 왜 장기적인 도시 계획이나 환경 보호가 필요한가? 따라서 단수이 강변 산책로, 타이베이의 지하철, 베이터우의 온천, 신주의 역사 마을 보존, 그리고 타이완 원주민들을 위한 많은 다른 곳들과 같이 공공사업을 개선하기 위한 플랫폼에서 타이완의 다양한 지방 관리들이 선출되었을 때 디아스포라는 이 본토인들에게조차도 기한이 끝나게 되었다. 타이완은 한번도 디아스포라적이었던 적이 없다. 따라서 정체성은 역사에서 구성되고 장소를 기반으로 하고 있으며 로컬 현실과 트랜스로컬을 마주하여 새로운 배치에 따라서 바뀐다. 정확하게는 정체성은 변화할 수 있는 능력을 가지고 있기 때문에 그들은 변혁적일 수 있다.

홍콩의 시각 문화와 유사하게 우리는 1997년 중국으로 역행한 역사를 본 적이 있다. 중국의 임박한 봉쇄에 맞서 뚜렷한 홍콩 정체성을 개척하려는 1997년 이전의 열정이 점차 범중국 정체성에 자리를 내어주며 타이완의 정체성과는 반대의 궤적을 따라가고 있다. 홍콩 3부작 이후 5장의 주인공인 프룻 챈은 홍콩이 반식민지적인 관계 외에 중국과 가질 수 있는 여러 가지 가능한 관계들을 탐구하기 시작했다.[10]

결국 '중국'은 여러 가지 다른 협상이 가능할 수도 있는 복잡한 실체다. 홍콩 예술가들에게 분명한 것은 이러한 협상은 우발적인 것이 아니라 '중국인이 되기 위한' 길에 있는 필수요소라는 점이다. 홍콩인들이 중국인이 되면서 중국대륙에서 온 중국인들은 3장에서 논의된 영화 시리즈 등에서 문제적으로 여성화되고 성적으로 변했던 '본토 사촌'이나 단순히 '본토인'이기보다는 '내지인'이나 '내륙에서 온 사람들內地人'이 된다. 중국이 홍콩에 대한 통제력을 높이려는 노력처럼 반체제법의 위협, 단명한 민주주의 체제의 점진적 철거, 언론 검열의 확대 등에서 보듯이 내부와 외부의 재편성이 이루어지고 있다. 어쩌면 일부 로컬 지식인들과 정치인들이 자치권을 위해 투쟁하고 있음에도 불구하고 홍콩에서 일어나고 있는 일은 점차 홍콩을 중국으로 내부화시키는 일이며 홍콩의 내부를 광대한 중국 자체의 내부로 만드는 것이라고도 말할 수 있을지도 모른다. 이는 통제하는 중앙 정부의 보호 아래서의 정체성의 변혁이며 곧 언론의 자유에 대한 그들의 입장에 따라서, 또 글로벌 경제에서 홍콩의 위치에 대한 관점, 그들의 공식적인 중국성과의 연결(비연결)성, 그리고 중요한 이슈들에 따라서 홍콩인들에게 억압적이거나 호의적인 것이 된다.

시노폰 문화의 예는 시노폰이 어떻게 과도기적인 범주가 될 수 있고 주어진 위치에서의 문화의 복잡성에 대한 부분적인 묘사가 될 수 있는지를 보여주기는 반복한다. 타이완은 멕시코가 히스패노폰이나 앵글로폰에서의 미국일 정도로 시노폰이지만 이 모든 장소에서 다국어와 다문화주의는 이 용어들이 형용사로서 문제의 지역 사회의 제한적이고 부분적인 현실을 기술하고 있음을 우리에게 상기시킨다. 타이완의 대다수는 중국 표준 보통화와 유사한 만다린을 구사할 수 있지만 문법상의 특정한 변절, 억양, 화법 심지어 문법의 측면도 발음은 말할 것도 없이 서로 다르다. 대부분의 타이완인들도 만다린보다 민난어를 더 좋아한다. 역사적 변화와 달라지는 사회적 형태 때문에 언어가 나뉘게 될 때 - 언어는 결국 특정한 맥락에서 그들이 용도에 의해 끊임없이 변화되는 생명체인 것 - 그들은 여전히 같은 언어일까? 미국 영어는 영국 영어와 같은 언어인가? 예를 들어 빅터 메이어는 우리가 방언이라고 생각하는 것은 사실 별개의 언어라는 주장을 했다.[11] 민난, 하카 그리고 타이완의 다양한 원주인 언어는 보통화와는 분명히 다른 언어이지만 만다린은 비교했을 때 더 분명하게 시노폰이다. 경계에 있는 언어에 대한 '방언' 상태의 귀속은 중심 그 자체에서 인공적으로 구성된 계층구조를 통해 무엇이 표준이고 아닌지를 정의하는 제국주의적 의도를 실현하는 것으로서 나온다.

그렇다면 시노폰 연구는 무엇을 하는 것인가? 아니면 오히려 시노폰 연구가 무엇을 할 수 있을까? 이 질문에 대해 나는 다음과 같은 제안을 통해 몇 가지 시험적인 제안을 하고자 한다.

1. 수 세기 전부터 현재까지 중국을 떠난 다양한 이주자들에 대한 연구를 위한 조직적 개념으로 '중국인 디아스포라'를 폄하함으로써 '중국성'과 '중국인'과 같은 본질주의적 개념 외의 조직된 개념을 제안할 수 있다. 그 대신 다양성, 로컬화, 크레올화, 메타세지 métassage와 같은 엄밀하게 재구성한 개념들을 전개하여 역사와 문화에 대한 보다 복잡한 이해를 도모할 수 있다. 에스닉 연구, 프랑코폰 연구, 앵글로폰 연구, 포스트식민 연구, 초국가 연구와 추가적인 관련 조사방식과 같은 다른 '어계phone' 연구는 모두 시노폰 연구에서 도출될 수 있다.

2. 시노폰 연구는 역설적으로 장소 기반보다는 조상으로서의 뿌리의 개념 또는 이동적인 개념의 역설적으로 윤리적이고 장소 기반적

인 것으로의 주거성homeness보다는 유랑이나 노숙으로서의 경로에 의문을 제기함으로써 뿌리와 경로의 관계를 다시 생각해 볼 수 있게 한다.12) 주거성과 기원을 구분하는 것은 깊은 로컬의 약속을 가지고 특정 시간에 특정한 지정학적 공간 내에서 정치적 주체로서 살아야 한다는 절박함을 인정하는 것이다. 따라서 주거성을 거주지와 연결하는 것은 로컬 내에서 구체적인 정치적 관여를 선택하는 윤리적 행위가 된다. 모종의 향수에 이끌린 중산층이자 1세대 이민자들에 의한 뿌리없음에 대한 주장은 예를 들어 자신의 참신한 보수주의나 심지어 인종차별주의까지도 의식하지 못한 정도로 나르시시즘적인 경우가 많다.13) 거주지는–어떤 사람들은 한 번 이상 이주하지만–바뀔 수 있지만 그 장소를 집이라고 가정하는 것은 그러므로 가장 높은 형태의 뿌리내림일 수 있다. 그러면 경로는 뿌리가 될 수 있다. 이것은 로컬의 민족국가에서 벗어나 로컬의 정치를 해치는 이동성 시민의 이론이 아니라 그 모빌리티의 정치화다.

3. 경로가 뿌리가 될 수 있을 때 다방향성의 비평은 가능할 뿐만 아니라 필수적인 것이 되기도 한다. 국경을 초월하여 시노폰 공동체는 출발지와 정착지 모두에 대해 결정적인 위치를 유지할 수 있다. 그것은 더 이상 조상들의 땅과 그 지역 사이의 선택이 아니며 이민자들과 그들의 후손들의 행복을 위태롭게 하는 것으로 나타났다. 중국계 미국인은 중국과 미국을 동시에 비판할 수 있다. 타이완의 경우 이 이중 비평은 미국의 권리에 대한 타이완의 관습적인 연합을 넘어서서 비판적이고 명확한 입장의 출현을 허용하여 타이완이 중국과 미국의 봉쇄정책은 물론, 그들의 결탁과 공모에 대해 다른 한쪽을 선택하도록 강요받지 않고 비판할 수 있다. 그렇다면 개념적 의미로서 시노폰은 민족주의적이고 제국주의적인 압력에 굴복하지 않는 비판적 지위의 출현을 허용하는 것이 된다.

목록처럼 보이는 방법으로 이러한 제안을 쓰는 것은 시노폰의 개념에 의해 개방된 많은 가능성들을 정리하는 나의 방식으로 한편으로는 이 목록은 보충과 수정을 기다리는 공개적인 것이며 다른 한편으로는 목록 또한 시노폰이 될 수도 있고 안 될 수도 있는 것을 규정하지 않는 한계가 있는 것임을 강조하는 것이다. 용어가 유통되면서 새로운 의미가 부여되고 귀속되고 만들어진다. 학자들에 의한 용어의 점진적인 증가는 이미 용어의 생존기 자체에 활기를 불어넣기 시작했다.[14]

결론의 방법으로 그리고 시각의 문제로 되돌아감으로써 시각 언어와 구어 언어의 차이와 유사성을 강조하는 것도 중요한데 형태로서의 시각 언어는 구어로서 더 그렇지는 않더라도 다공성이 있기 때문이다. 전자적 가상적 수단을 통해서 이미지들이 점점 더 빠르게 이동하기 때문에 전 세계 시각 문화가 유로-미국 시각 문화의 패권적 보급에 대응함에 따라 초국적, 글로벌 문화 정치는 지역적이든 서구적 시장을 목표로 하든 간에 비서구적 사이트에서 영화와 예술 제작에 더 쉽게 뛰어들게 된다. 그러므로 아시아 영화제작자들이 이제는 포스트모던적이고 형식적으로 지적인 패션으로 기꺼이 자기 오리엔탈화에 참여한다는 혐의는 오히려 일반적인 것이 된다. 하지만 구두 언어가 외래어와 구문에 의해 끊임없이 변화되는 것과 마찬가지로 시노폰 시각 문화도 세계에 개방되어 문화 정치뿐만 아니라 문화 교차 교육에도 영향을 받게 된다. 시노폰 공동체가 위치한 지정학적 위치의 엄청난 다양성을 반영하여, 시노폰 시각문화는 한없는 실체다. 점점 더 많은 시각 매체를 가진 채 진행 중인 정체성을 표현하는 주요한 수단이다. 다공성 언어의 경계를 추적하는 동안, 시노폰 공동체는 시각 문화의 생산을 통해 세계에 개방된다. 타이완의 영화와 예술, 1997년 이전의 홍콩, 시노폰 아메리카, 그리고 라틴 아메리카, 동남아시아, 아프리카, 유럽에 걸친 이 책에서 연구되지 않은 시노폰 장소들, 즉 기본적으로 세계의 나머지 지역들은 우리에게 그들의 지역적이고 초지역적인 의미와 가능성을 탐구하는 데 도전하는 풍부한 초국가적인 본문을 제공한다.

시노폰의 글로벌 도달의 잠재력은 초강대국으로 부상함에 따라 전용될 수 있는 중국 중심주의의 위협에서 결코 멀리 떨어져 있지 않다. 그러나 지난 10년간의 초국적 연구와 글로벌 연구들이 보여주듯이 글로벌하거나 초국적으로 되는 방법에는 다른 방법들도 있다. 제국주의, 신식민주의, 글로벌 자본주의와 저항하는 글로벌 초국적 문화가 아닌 공모하는 것들에 대해서는 조심스러운 설명이 시급히 필요한 작업이다. 우리 모두는 초국적 순간에 살고 있고 우리는 모두 세계화의 같은 맥락에서 살고 있으며 우리는 모든 문화가 갈수록 더욱 초국가화되고 있다고 말할 수 있다. 이것은 현대의 순간에 있어서 모든 문화의 동시대성을 인정하는 것이다. 그러나 동시대성은 고르지 못한 정치적, 경제적 지형에서 발생하며 따라서 현대의 권력 정치는 현대의 정치와 마찬가지로 엄격하게 비판되어야 한다. 시노폰 시각 문화는 그 자체로 하나의 문화인 동시에 주요 언어(구어든 시각적이든)의 크레올화를 통해 발생하는 초국적인 작은 형태다. 최종 결과는 중요하면서도 공모적일 수 있지만 중국의 글로벌 부상이라는 맥락에서의 중국중심주의의 위험은 바라건대 정직하게 유지되기를 바란다. 시노폰 표현 문화가 중국 중심주의와 결합하게 되면 그들은 저항적이고 변혁적인 정체성의 집합체로서의 접합적 기능을 상실하게 될 것이다.

서문

1) 홍콩에서 만들어진 광둥어로 된 영화는 중국과 다른 곳에서 만들어진 중국어 중심의 영화에 도전할 수 있는 유일한 비표준 중국어 영화다. 민난어(타이완어) 영화는 범위와 영향력 면에서 훨씬 작아졌다. 20세기 초 상하이에서 중국영화의 증가와 성장에 있어서 홍콩영화의 중요한 역할에 대해서는 Poshek Fu, *Between Shanghai and Hong Kong: The Politics of Chinese Cinemas* (Stanford, CA: Stanford University Press, 2003)을 볼 것.

2) 이 태평양 저편의 차원은 1장과 2장에서 상세하게 분석할 것이다.

3) 나는 용어 '중층결정'의 정의를 Arif Dirlik, *After the Revolution: Waking to Global Capitalism* (Hanover and London: Wesleyan University Press, 1994), 101쪽에서 인용된 Peter Gay의 *Freud for Historians*에서 사용할 것이다. (역자 주: Arif Dirlik의 위 책은 《전지구적 자본주의에 눈뜨기》(아리프 딜릭 지음, 설준규·정남영 공역, 서울: 창작과 비평사, 1998)라는 제목으로 국내에 번역, 출판되어 있다.)

4) Arif Dirlik, *After the Revolution*, 102-103쪽.

5) Raymond Williams, *Marxism and Literature* (Oxford and New York: Oxford University Press, 1977), 82-89쪽. (역자 주: 이 책은 《마르크스주의와 문학》이라는 제목으로 국내에 다수 번역, 출판되었다.)

6) Simone de Beauvoir, *Ethics of Ambiguity*, Bernard Frecntman 번역 (New York: Citadel Press, 1976), 122쪽. (역자 주: 이 책의 원제는 *Pour une morale de l'ambiguité*로, 국내에는 《그러나 혼자만은 아니다: 보부아르의 애매성의 윤리학》(시몬드 보부아르, 한길석 옮김, 서울: 꾸리에, 2016)이라는 이름으로 번역, 출판되어 있다.)

7) Stuart Hall, "The Local and the Global: Globalization and Ethnicity", *Culture, Globalization, and the World-system* (Anthony King 편집 (Minneapolis: University of Minnesota Press, 1997), 27쪽.

8) Fredric Jameson, *The Cultural Turn* (London: Verso, 1998), 93-135쪽, Jameson, *Postmodernism, or, The Cultural Logic of Global Capitalism* (Durham, NC: Duke University Press, 1991), 67-96쪽을 볼 것.

9) W.J.T. Mitchell, *Picture Theory* (Chicago and London: University of Chicago Press, 1994), 16쪽.

10) 이 서술은 고어 비달(Gore Vidal)의 것이다. Wendy Everett, "Introduction", *The Seeing Century* (Wendy Everett 편집, Amsterdam and Atlanta: Rodopi, 2000), 6쪽에서 인용.

11) Samuel Weber, *Mass Mediauras* (Stanford, CA: Stanford University Press, 1996), 78-80쪽.

12) Martin Jay, *Downcast Eyes: The Denigration of Vision in Twentieth-Century French Thought* (Berkeley and Los Angeles: University of California Press, 1993), 329-353쪽. (역자 주: 이 책은 《눈의 폄하: 20세기 프랑스 철학의 시각과 반시각》(마틴 제이 지음, 전영백 외 옮김, 파주: 서광사, 2019)이라는 제목으로 국내에 번역, 출판되어 있다.)

13) Guy Debord, *Society of the Spectacle* (Donald Nicholson-Smith 번역, New York: Zone Books, 1995); Michel Foucault, *Discipline and Punish* (A. Sheridan 번역, New York: Pantheon, 1977); Mitchell, *Picture Theory*, 16-18쪽.

14) Mitchell, *Picture Theory*, 13-15쪽.

15) Martin Jay, *Downcast Eyes: The Denigration of Vision in Twentieth-Century French Thought* 를 볼 것, 특히 1-20쪽.

16) Debord, *Society of the Spectacle*; Walter Benjamin, "The Work of Art in the Age of Mechanical Reproduction", *Illumination* (Hannah Arendt 편집, Harry Zohn 번역, New York: Schocken Books, 1969), 217-251쪽; Martin Jay, "Scopic Regimes of Modernity", *Vision and Visuality* (Hal Foster 편집, Seattle: Bay Press, 1988), 3-27쪽; 폴 비릴리오는 Rey Chow, *Writing Diaspora* (Bloomington: Indiana University Press, 1993), 180쪽에서 설명된 대로다.

17) Paul Virilio, *The Vision Machine* (Julie Rose 번역, Bloomington and Indianipolis: Indiana University Press, 1994), 특히 5장을 볼 것.

18) 아이러니컬하게도, 데리다는 누군가의 이론이 로고스 중심주의를 전파했다는 스태퍼드의 예다. 또한 그녀의 예는 호미 바바(Homi Bhabha)가 거울 이미지를 "2배가 된 사악한 식민지의 눈 evil doubling colonial eye"

을 향한 시각의 감소로 사용한 것을 포함한다. Barbara Maria Stafford, *Good Looking: Essay on the Virtue of Images* (Cambridge, MA, and London: MIT Press, 1996), 7-23쪽을 볼 것.

19) Deborah Poole, *Vision, Race, and Modernity: A Visual Economy of the Andean Image World* (Princeton, NJ: Princeton University Press, 1997), 17-18쪽.

20) Roland Barthes, *Camera Lucida: Reflections on Photography* (Richard Howard 번역, New York: Hill and Wang, 1981), 26-27쪽. (역자 주: 이 책의 원제는 *(La) chambre claire: note sur la photographie*로, 국내에는 《카메라 루시다: 사진에 관한 노트》(롤랑 바르트, 조광희·한정식 옮김, 서울: 열화당, 1998)라는 제목으로 번역, 출판되어 있다.) 비록 바르트의 글쓰기 특히 *Camera Lucida*가 영화와 사진의 기호학에 대한 연구에 있어서 매우 영향력이 크다 해도, 마틴 제이는 바르트의 작업을 시각과 시각성에 대해 일반적으로 부정적인 것으로 이해한다.

21) Poole, *Vision, Race, and Modernity*, 20쪽에서 인용됨.

22) David Harvey, *Space of Hope* (Berkeley and Los Angeles: University of California Press, 2000), 411쪽.

23) Stafford, *Good Looking*, 4 39쪽.

24) 이엔 앙(Ien Ang)에 따르면, 이러한 이유로 TV와 영화를 보는 여성 시청자가 과장된 공감을 표현하는 것은 다른 삶을 실행하고 시험하는 방법이자 그들의 현재 삶의 한계를 보여주는 것이기도 했다. Ien Ang, *Living Room Wars* (London and New York: Routledge, 1996), 5장, 85-97쪽을 볼 것.

25) Dirlik, *After the Revolution*, 60-64쪽.

26) 개리 해밀턴(Gary Hamilton)은 여기에 쓰인 "장기지속 la longue durée"의 개념에 대해 페르낭 브로델(Fernand Braudel)을 인용한다. *Cosmopolitan Capitalists: Hong Kong and the Chinese Diaspora at the End of the 20th Century* (Seattle: University of Washington Press, 1999)에서 그의 서문을 볼 것.

27) 홍콩 이민자들에 의해 캐나다의 오래되고 예스러운 지역들에 최대한도로 지어진 큰 집들은 "괴물의 집 monster houses"으로 폄하되어 왔다.

Katharyne Mitchell, "Transnational Subjects: Constituting the Cultural Citizen in the Era of Pacific Rim Capital", *Ungrounded Empires: The Cultural Politics of Modern Chinese Transnationalism* (Aihwa Ong, Donald Nonini 편집, London: Routledge, 1997), 228-256쪽을 볼 것. 유연한 시민권에 대해서는 Aihwa Ong, *Flexible Citizenship: The Cultural Logics of Transnationality* (Durham, NC: Duke University Press, 1999)를 볼 것.

28) W.J.T.Mitchell, "The Surplus Value of Images", *Mosaic* 35, no.3.(2002. 9.), 1-23쪽.

29) Stafford, *Good Looking*, 200-212쪽.

30) Harvey, *Spaces of Hope*, p.411.; '세계 다문화주의'에 따라 내가 의미한 것은 본국이 아닌 국가들로부터 민족문화를 민족화, 소수화하는 다문화주의의 전반적 형태를 구성하는 민족문화의 문화주의자들이다. Shu-mei Shih, "Global Literature and Technologies of Recognition", *PMLA*, 119, no.1, (January 2004), 16-30쪽을 볼 것. (역자 주: Harvey의 위 책은 《희망의 공간: 세계화, 신체, 유토피아》(데이비드 하비 지음, 최병두 외 옮김, 서울: 한울, 2001)라는 제목으로 국내에 번역, 출판되어 있다.)

31) Ludwig Wittgenstein, *Culture and Value* (Peter Winch 번역, Chicago: University of Chicago Press, 1984), ie. (역자 주: 이 책의 원제는 *Vermischte Bemerkungen*으로, 국내에 《문화와 가치》(루트비히 비트겐슈타인, 이영철 옮김, 서울: 책세상, 2020)라는 제목으로 번역, 출판되어 있다.)

32) Jonathan L. Beller, "Capital / Cinema", *Deleuze and Guattari: New Mapping in Politics, Philosophy, and Culture* (Eleanor Kaufman, Kevin Jon Heller 편집, Minneapolis: University of Minnesota Press, 1998), 77-95쪽.

33) Debord, *Society of the Spectacle*, 특히 1장과 2장.

34) Karl Marx, *Capital: A Critique of Political Economy* 1권(Ben Fowkes 번역, New York: Penguin Books, 1990), 71-72쪽을 볼 것.

35) Poole, *Vision, Race, and Modernity*, 8-10쪽.

36) Jay, "Scopic Regimes of Modernity", 3-23쪽.

37) Everett, *Seeing Century*, 5-6쪽.

38) Hall, "Local and Global"을 볼 것. 이 글에서 홀은 "영국인의 눈 English eye"이 어떻게 식민지를 타자화하고 무시하는지 언급한다. 또한 *Black Skin, White Masks* (Charles Lam Markmann 번역, New York: Grove

Weidenfeld, 1967), 특히 7장에서 식민지를 헤겔 철학 방식으로 보려는 욕망에 대한 프란츠 파농(Franz Fanon)의 토론을 볼 것. 시선의 젠더화된 구조에 대해서는 Luce Irigaray, *Speculum of the Other Woman* (Gillian G. Gill 번역, Ithaca, NY: Cornell University Press, 1985)와 Laura Mulvey, *Visual and Other Pleasures* (Bloomington: Indiana University Press, 1989)를 볼 것.

39) Jacques Lacan, *Four Fundamental Concepts of Psychoanalysis* (Alan Sheridan 번역, Jacques-Alain Miller 편집, New York and London: W. W. Norton, 1981), 72쪽. (역자 주: 국내에는 이 책의 핵심이 되는 글들을 뽑아 번역하여 《욕망 이론》(자크 라캉 지음, 권택영 엮음, 민승기·이미선·권택영 옮김, 서울: 문예출판사, 2009)이라는 제목의 책으로 출판하였다.)

40) 앞의 책, 106쪽.

41) Christian Metz, *The Imaginary Signifier* (Celia Britton, Annwyl Williams, Ben Brewster, Alfred Guzzetti 번역, Bloomington: Indiana University Press, 1977), 3-68쪽, 인용구는 42쪽.

42) Anne Friedberg, "A Denial of Difference: Theories of Cinematic Identification", *Psychoanalysis and Cinema* (E. Ann Caplan 편집, New York and London: Routledge, 1990), 36-45쪽.

43) Irigaray, *Speculum of the Other Woman*, 133-146쪽.

44) Trinh T, Minha, *Woman, Native, Other* (Bloomington: Indiana University Press, 1989), 22-23쪽.

45) Louis Althusser, "Ideology and Ideological State Apparatuses", *Lenin and Philosophy* (Ben Brewster 번역, New York: Monthly Review Press, 1971), p.162, 180; Metz, *Imaginary Signifier*, 3쪽.

46) 비록 이 서술이 영화의 기호학을 분석하기 위한 수단처럼 순전히 형식적인 것으로 여겨지더라도, 영화의 이데올로기적 효과를 묘사하는 데에 주효하다. Francesco Casetti, *Inside the Gaze: The Fiction Film and Its Spectator* (Nell Andrew·Charles O'Brien 번역, Bloomington: Indiana University Press, 1998), 1-15쪽, 인용구는 47쪽. (역자 주: Louis Althusser 의 위 책은 《레닌과 철학》(루이 알뛰세 지음, 이진수 옮김, 서울: 백의, 1991)이라는 제목으로 번역, 출판되어 있다.)

47) Louis Althusser, *Lenin and Philosophy* (Ben Brewster 번역, New York: Monthly Review Press, 1971), 177쪽.

48) Mitchell, *Picture Theory*, 30쪽.

49) Sarah Kofman, *Camera Obscura of Ideology* (Will Straw 번역, Ithaca, NY: Cornell University Press, 1999), 1-20쪽, 인용구는 17쪽.

50) 장치 이론에 대한 요약과 비평은 Jay, *Downcast Eyes*, 471-491쪽을 볼 것.

51) 린다 알코프(Linda Alcoff)는 이 점과 관련하여, 정체성에 대한 비평은 자신보다 위에 있는 다른 사람의 권력을 피하려는 사람들에 의해 의도적으로 행해진다고 주장한다. Alcoff, "Who's Afraid of Identity Politics?", *Reclaiming Identity: Realist Theory and the Predicament of Postmodernism* (Paula Moya · M. Hames-Garcia 편집, Berkeley and Los Angeles: University of California Press, 2000), 335쪽.

52) Satya Mohanty, "The Epistemic Status of Cultural Identity", *Reclaiming Identity: Realist Theory and the Predicament of Postmodernism* (Paula Moya · M. Hames-Garcia 편집, Berkeley and Los Angeles: University of California Press, 2000), 43쪽.

53) 앞의 책, 33-36쪽.

54) Alcoff, "Identity Politics", 331쪽.

55) Mohanty, "Epistemic Status", 58쪽.

56) Linda Alcoff · Eduardo Mendieta 편집, *Identities: Race, Class, and Nationality* (Malden, MA: Blackwell, 2003), 3쪽.

57) Dirlik, *After the Revolution*, 89-99쪽.

58) Samir Amin, *Capitalism in the Age of Globalization* (London and New York: Zed Books, 1997), 62쪽.

59) Weber, *Mass Mediauras*, 78-80쪽.

60) 예를 들면, 대상 – 형성에 핵심적인 우울증에 대한 주디스 버틀러(Judith Butler)의 논의를 볼 것. *The Psychic Life of Power* (Stanford, CA: Stanford University Press, 1997).

61) 알랭 투렌(Alain Touraine): "개인이 대상으로 변화하는 것은 두 단언의 불가피한 결합이 원인이다: 커뮤니티에 반대하는 개인의 변화, 시장에 반대하는 개인의 변화", Manuel Castells, *The Information Age* 2권, *The Power of Identity* (Malden, MA: Blackwell, 1997), 10쪽에서 인용. (역자 주: 두 번째 책은 《정체성 권력》(마누엘 카스텔 지음, 정병순 옮김, 파주: 한울아카데미, 2008)이라는 제목으로 국내에 번역, 출판되어 있다.)

62) Castells, *Power of Identity*, xv.

63) 앞의 책, 2쪽.

64) 카스텔의 유형 분류 체계는 오직 합법화, 저항, 프로젝트 정체성만을 포함한다. 그는 프로젝트를 사회구조의 변형을 가능하게 하는 새로운 정체성의 생산이라는 뜻으로 말한다. Castells, *Power of Identity*, 8쪽.

65) 20세기 초 국민성의 형태는 다름 아닌 바로 중국현대문학의 아버지인 루쉰의 작품에서 나타나는데, 그는 자신의 임무를 알아볼 수 있고 부정적인 많은 특징으로 괴로워하는 병든 중국인을 문학적 의사로서 치료하는 것이라고 생각했다. 국민성에 대한 당대의 생각은 중국인의 '본질'이라는 화두다. 중국이 현대화의 길 위에서 빠르게 발전하도록 중국인의 본질이 향상될 필요가 있다는 주장이 있다.

66) 중국과 동남아시아 사이의 무역로는 이미 2세기에 열렸고, 6세기까지 중국에서 온 사람들의 공동체가 그 지역 전체에 걸쳐서 항구 도시에서 발견되었다. C. F. FitzGerald, *The Third China* (Melbourne: F. W. Cheshire, 1965)를 볼 것

67) 시노폰 사회와 민족, 민족성이 명백하게 동일시되지 않는 유럽 국가들 사이에서 유익한 비교가 만들어질 수 있다. 예를 들면 우리는 라트비아를 생각해볼 수 있는데, 그곳은 오직 인구의 56%만 라트비아 사람이고 나머지는 러시아와 다른 나라 사람들이다.

68) David L. Kenley, *New Culture in a New World: The May Fourth Movement and the Chinese Diaspora in Singapore, 1919-1932* (New York and London: Routledge, 2003), 163-185쪽.

69) Wang Gungwu, *The Chinese Overseas: From Earthbound China to the Quest for Autonomy* (Cambridge, MA: Harvard University Press, 2000), 79-97쪽. (역자 주: 이 책은 《(중국 밖의 또 다른 중국인) 화교》(왕겅우 저, 윤필준 역, 서울: 다락원, 2003)라는 제목으로 국내에 번역, 출판되어 있다.)

70) "이중 지배"는 Lingchi Wang이 이 상태를 설명하는 용어다. Lingchi Wang, "The Structure of Dual Domination: Toward a Paradigm for the Study of the Chinese Diaspora in the United States", *Amerasia Journal* 21, no.1-2(1995), 149-169쪽.

71) Carolyn Cartier, "Diaspora and Social Restructuring in Postcolonial Malaysia", *The Chinese Diaspora* (Lawrence J. C. Ma, Carolyn Cartier 편집,

Lanham, MD: Boulder, CO; New York, Oxford: Rowman & Littlefield, 2003), 69-96쪽.

72) 린 판은 이 사람들을 "혼종" 범주 하위에 열거한다. 이 범주는 판의 책 *Sons of the Yellow Emperor: A History of the Chinese Diaspora* (Boston, Toronto, London: Little Brown, 1990)의 장 표제이기도 하다. 156-158쪽.

73) Wang Gungwu, "Chineseness: The Dilemmas of Place and Practice", *Cosmopolitan Capitalists: Hong Kong and the Chinese Diaspora at the End of the 20th Century* (Gary Hamilton 편집, Seattle: University of Washington Press, 1999), 118-134쪽.

74) Pan, *Sons of the Yellow Emperor*, 289-295쪽.

75) *Ethnic Chinese as Southeast Asians* (Leo Suryadinada 편집, Singapore: Institute of Southeast Asian Studies, 1997)을 볼 것

76) Wang Gungwu, *Chinese Overseas*와 Pan, *Sons of the Yellow Emperor* 둘 다 이것을 예로 든다.

77) 예를 들면 Amin, *Capitalism in the Age of Globalization* 뿐만 아니라 Emanuel Wallerstein, *The Modern World-System* 제3권(San Diego: Academic Press, 1974-1989)을 볼 것

78) 빅토르 메이어(Victor Mair)의 중요한 작업은 우리가 표준 중국어로 알고 있는 것이 각종 한어에 속하는데, 각종 한어에서는 실수로 "사투리"라 이름 붙여진 것이 표준 중국어의 변형이 아니라 사실상 다른 언어라는 것을 보여준다. 따라서 민난어와 광둥어는 만다린(타이완 표준어)과 보통화(중국 표준어)와는 다른 언어들이다. Victor Mair, "What is a Chinese 'Dialect/Topolet'? Reflections on Some Key Sino-English Linguistic Terms", *Sino-Platonic Papers* 29(September 1991), 1-31쪽을 볼 것. 또한 *Hawai's Reader in Traditional Chinese Culture* (Victor Mair, Nancy Shatzman Steinhardt, Paul Rakita Goldin 편집, Honolulu: University of Hawaii Press, 2005), 1-7쪽에 실린 메이어의 서문을 볼 것.

79) Margaret A. Majumdar, *Francophone Studies* (London: Arnold, 2002), 210, 217쪽.

80) 포르투갈어를 사용하는 아프리카에 대해서는, Patrick Chabal 외, *The Postcolonial Literature of Lusophone Africa* (Evanston, IL: Northwestern University Press, 1996)을 볼 것.

81) Cartier, "Diaspora and Social Restructuring"

82) 물론 한족의 민족 범주조차 구성요소다. 이 점을 상술하기 위해서는 이 책의 결론을 볼 것

83) 〈Farewell China〉는 홍콩에 근거지를 두고 영국에서 교육을 받은 영화제작자 클라라 로우(Clara Law)에 의해 만들어진 영화의 제목이다. 타이완 문화비평가 Yang Zhao의 유명한 책 *Farewell China*(告別中国)은 이 정서를 생생하게 담아낸다.

84) Mieke Bal, "Figuration", *PMLA* 119, no.5(2004. 10.), 1289쪽.

85) Mitchell, *Picture Theory*, 83-107쪽.

86) "시노폰 아시아계 미국문학"은 이 문학이 언어에 의해 분류됨에 따라 "시노폰 미국문학"으로 단순하게 변화될 지도 모른다. 마찬가지로, 중국인 미국과 시노폰 미국을 구별할 수 있으면, 후자는 각종 한어를 말하는 미국인 공동체를 나타낸다. 거기에 언어의 지정은 민족성 또는 인종만을 바탕으로 만들어진 구별을 극복할 수 있는 가능성을 허용한다. Sau-ling Wong, "The Yellow and the Black: The African-American Presence in Sinophone Chinese American Literature", *Chung-Wai Literacy Monthly* 34, no.4(2005. 9.), 15-53쪽을 볼 것.

87) Margaret Majumdar, "프랑스어권 세계가 21세기로 이동한다", *Francophone Post-Colonial Cultures* (Kamal Salhi 편집, Lanham, MD; Boulder, CO; New York, Oxford: Lexington Books, 2003), 4-5쪽.

88) 조선 한국은 그것 자체를 만주족 청 왕조보다 더 정통인 중국어였던 소중화(말 그대로 작은 중국)라 생각한다.

89) Ernesto Laclau·Chantel Mouffe, *Hegemony and Socialist Strategy: Towards a Radical Democratic Politics* (London: Verso, 1985), 105-114쪽. (역자 주: 이 책은 《헤게모니와 사회주의 전략: 급진 민주주의 정치를 향하여》(에르네스토 라클라우·샹탈 무페 지음, 이승원 옮김, 서울: 후마니타스, 2012)라는 제목으로 국내에 번역, 출판되어 있다.)

90) 벤야민이 "변증법적 이미지들"이라 부른 것의 역사적 성격에 대한 이 특정한 견해에 대해서는, Susan Buck-Morss, *The Dialectics of Seeing: Walter Benjamin and the Arcades Project (Cambridge, MA, London: MIT Press, 1989)*, 290-291쪽을 볼 것. (역자 주: 이 책은 《발터 벤야민과 아케이드 프로젝트》(수잔 벽 모스 지음, 김정아 옮김, 파주: 문학동네, 2004)라

는 제목으로 국내에 번역, 출판되어 있다.)

91) 〈영웅〉이 2002년에 처음 중국에 개봉된 반면 〈와호장룡〉은 2000년에 개봉했다. 미국에서의 〈영웅〉 개봉은 2004년까지 지체되었다.

92) Craig Smith, "'영웅'이 날아오르고, 영화 제작자는 '와호장룡'에 감사한다", *New York Times* 2004. 9. 2, B1, B5.

93) "호랑이는 아직 쪼그리고 앉아있다", *Los Angeles Times* 2004년 8월 22일, E4.

94) Evans Chan은 두 편의 이전 영화 〈귀주이야기〉와 〈책상 서랍 속의 동화〉에서 중국 정부에 대한 장이머우의 체제 순응주의가 증가함에 따라 이 제국주의적인 궤적이 준비되었다고 언급한다. "Zhang Yimou's 'Hero': The Temptations of Fascism", *Film International* 8, no.2(2004), 14-23쪽을 볼 것

95) "호랑이는 아직 쪼그리고 앉아있다", *Los Angeles Times* 2004년 8월 22일, E4.

96) Weber, *Mass Mediauras*, 82-107쪽.

97) 시놉티콘에 대한 Thomas Mathiesen의 개념은 Zygmunt Bauman의 *Globalization: The Human Consequences* (New York: Columbia University Press, 1998), 51-53쪽에 의해 요약되어 있다.

98) 가능성을 향한 역동적인 추세를 가진 예술에 있어서 Richard Kearney가 인터뷰한 Paul Ricoeur, "The Power of the Possible"을 볼 것, Richard Kearney, *Debates in Continental Philosophy* (New York: Fordham University Press, 2004), 44-45쪽.

제1장 세계화 그리고 소수화

1) David Harvey, *The Condition of Postmodernity* (Cambridge: Blackwell, 1990).

2) Aihwa Ong, "On the Edges of Empires: Flexible Citizenship among Chinese in Diaspora", *Positions: East Asian Cultures Critique*, 1, no.3(1993): 745-78쪽.

3) Aihwa Ong · Donald Nonini, "Introduction: Chinese Transnationalism as an Alternative Modernity", *Ungrounded Empires: The Cultural Politics of Modern Chinese Transnationalism*, Aihwa Ong · Donald Nonini 편집, 3-33쪽. (London and New York: Routledge, 1997); Arjun Appadurai, *Modernity*

at Large: Cultural Dimensions of Globalization (Minneapolis: University of Minnesota Press, 1997), 1장; Mike Featherstone, "Global Culture: An Introduction", *Global Culture: Nationalism, Globalization and Modernity*, Mike Featherstone 편집 (London: Sage, 1990), 1-14쪽.

4) Frederik Buell, *National Culture and the New Global System* (Baltimore and London: Johns Hopkins University Press, 1994), 122, 137, 205, 247쪽.

5) Anthony King, *Urbanism, Colonialism, and the World-Economy: Cultural and Spatial Foundation of the World Urban System* (New York: Routledge, 1990), 39-45쪽 또한 Anthony King, "Introduction: Spaces of Culture, Spaces of Knowledge", *Culture, Globalization, and the World-System: Contemporary Conditions for the Representation of Identity*, Anthony King 편집 (Minneapolis: University of Minnesota Press, 1997), 8쪽도 볼 것.

6) Buell, *National Culture*, 196-205쪽.

7) Lisa Lowe, *Immigrant Acts: On Asian American Cultural Politics* (Durham, NC: Duke University Press, 1996), 1장.

8) Aihwa Ong·Donald Nonini, "Afterword: Toward a Cultural Politics of Diaspora and Transnationalism", *Ungrounded Empires: The Cultural Politics of Modern Chinese Transnationalism*, Aihwa Ong·Donald Nonini 편집 (London and New York: Routledge, 1997), 324쪽.

9) Lowe, *Immigrant Acts*, 7장.

10) Appadurai, *Modernity at Large*, 7장.

11) 나는 '제3세계'라는 용어를 Chandra Mohanty·Anna Russo·Lourdes Torres 편집, *Third World Women and the Politics of Feminism* (Bloomington: Indiana University Press, 1991)을 따라 제3세계와 제1세계 소수민족 내 제3세계의 지정학적 특성을 포함한 개념으로 사용한다.

12) Rey Chow, *Primitive Passions: Visuality, Sexuality, Ethnography, and Contemporary Chinese Cinema* (New York: Columbia University Press, 1995), 196쪽.

13) Harvey, *Condition of Postmodernity*, 9장을 볼 것. (역자 주: 이 책은 《원시적 열정: 시각, 섹슈얼리티, 민족지, 현대중국영화》(레이초우 지음, 정재서 옮김, 서울: 이산, 2004)라는 제목으로 국내에 번역, 출판되어 있다.)

14) Stuart Hall, "Old and New Identities, Old and New Ethnicities", *Culture, Globalization, and the World-System: Contemporary Conditions for the*

Representation of Identity, Anthony King 편집 (Minneapolis: University of Minnesota Press, 1997), 67쪽.

15) R. Radhakrishnan, *Diasporic Mediations: Between Home and Location* (Minneapolis: University of Minnesota Press, 1996), 159-160쪽 또한 Shu-mei Shih, "Nationalism and Korean American Women's Writing: Theresa Hak-kyung Cha's *Dictee*", *Speaking the Other Self: American Women Writers*, Jeanne Campbell Reesman 편집, 144-162쪽 (Athens and London: University of Georgia Press, 1997)도 볼 것.

16) Frank Kermode, *The Sense of an Ending* (New York and Oxford: Oxford University Press, 1967); Mariana Torgovnick, *Closure in the Novel* (Princeton, NJ: Princeton University Press, 1981), 3-8쪽, Hayden White, "The Value of Narrativity in the Representation of Reality", *On Narrative*, W.J.T.Mitchell 편집 (Chicago: University of Chicago Press, 1980), 22쪽.

17) Roland Barthes, "The Reality Effect", *French Literary Theory Today*, T.Todorov 편집, 11-17쪽 (Cambridge: Cambridge University Press, 1982).

18) Ernesto Laclau · Chantel Mouffe, *Hegemony and Socialist Strategy: Towards a Radical Democratic Politics* (London: Verso, 1985), 112쪽. (Emphasis in the original).

19) Mitsuhiro Yoshimoto, "Real Virtuality", *Global/Local: Cultural Production and the Transnational Imaginary*, Rob Wilson · Wimal Dissanayake 편집 (Durham, NC: Duke University Press, 1996), 116쪽. (역자 주: 이 책은 《글로벌/로컬: 문화 생산과 초국적 상상계》(롭 윌슨 · 위말 디싸나야케 엮음, 김용규 옮김, 서울: 에코리브르, 2019)라는 제목으로 국내에 번역, 출판되어 있다.)

20) Partha Chatterjee, *Nationalist Thought in the Colonial World* (Minneapolis: University of Minnesota Press, 1986); Chatterjee, *The Nation and Its Fragments* (Princeton, NJ: Princeton University Press, 1993); Nira Yuval-Davis, *Gender and Nation* (London: Sage, 1997)

21) Sai-ling Wong, "Ethnicizing Gender: An Exploration of Sexuality as Sign in Chinese Immigrant Literature", *Reading the Literatures of Asian America*, Shirley G. Lim · Amy Ling 편집, 111-29쪽. (Philadelphia: Temple University Press, 1992)

22) Frank Chin, "Come All Ye Asian American Writers of the Real and the

Fake", *The Big Aiiieeeee*, Jeffery Paul Chan 등 편집, 1-92쪽. (New York: Meridian, 1991)

23) 이 영화는 리앙의 〈결혼 피로연〉과 〈음식남녀〉가 성공한 후에야 VCR로 개봉되었다.

24) 영화 대본의 이전 버전에는 천안문 사태에 대한 명확한 언급이 있었는데, 리앙 감독은 정치적 암시를 피하기 위해 이를 완전히 삭제하였다. Peggy Hsiungping Chiao, "The Melancholy of Old Age: Ang Lee's Immigrant Nostalgia", *Cinedossier: Ang Lee*, Taipei Golden Horse International Film Festival Executive Committee 편집, 28-29쪽(타이베이: 스바오출판사, 1991) 을 볼 것.

25) Lau Mun-yee, "Heterosexualized Homosexual Love: Ang Lee's 'The Wedding Banquet'", *Cultural Criticism* (文化评论, Hong Kong) 2(1994), 137-44쪽.

26) Cynthia Lew, "'To Love, Honor, and Dismay': Subverting the Feminine in Ang Lee's Trilogy of Resuscitated Patriarchs", *Hitting Critical Mass: A Journal of Asian American Cultural Criticism* 3, no.1(Winter 1995): 1-60쪽.

27) Mark Chiang, "Nationalism and Sexuality in Global Economy: Presentations of the Chinese Diaspora in The Wedding Banquet", 출처는 UCLA의 Asian American Studies Center, 1996.4.18.

28) *Chinese Daily News*, 1996.1.22. A1.

29) *China Times Weekly* 65 (1993.3-4), 75쪽.

30) *Chinese Daily News*, 1996.7.4., B2.

31) Suzanne Hamlin, "Chinese Haute Cuisine: Re-creating a Film's Starring Dishes", *New York Times*, 1994.8.10, C3; Hamlin, "Le Grand Excès Spices Love Poems to Food", *New York Times*, 1994.7.31, H9, H20.

32) David Denby, "Someone's in the Kitchen with Ang Lee", *New York*, 1994.8.29, 110쪽.

33) Bruce Williamson, "Movies", *Playboy*, 1994.9, 26쪽.

34) 변화무쌍한 맥락 속 타이완의 '중국' 소비에 대한 상세한 분석은 4장을 볼 것.

35) Edward Said, *Orientalism* (New York: Vintage, 1979), 25쪽. (역자 주: 이 책은 《오리엔탈리즘》(Edward W. Said 지음, 박홍규 옮김, 서울: 교보문고, 2000)이라는 제목으로 국내에 번역, 출판되어 있다.)

36) *Chinese Daily News*, 1996.1.22. A1.

37) Sarah Kerr, "Sense and Sensitivity", *New York* 29, no.13 (1996.4.1.), 43-47쪽, Donald Lyons, "Passionate Precision: Sense and Sensibility", *Film Comment*, 1996. 1-2, 36-41쪽.

38) A. Lin Neumann, "Cultural Revolution: Taiwan Director Ang Lee Takes on Jane Austen", *Far Eastern Economic Review*, 1995.12.28, 1996.1.4, 97-98쪽.

39) Jack Kroll, "Jane Austen Does Lunch", *Newsweek*, 1995.12.18, 66-68쪽.

40) Kerr, "Sense and Sensibility"

41) 예를 들면 *New York*, 1995. 12. 18, 51쪽을 볼 것.

42) Janet Maslin, "In Mannerly Search of Marriageable Men", *New York Times*, 1995. 12. 13, C15

43) Graham Fuller, "Shtick and Seduction", *Sight and Sound*, 1996. 3, 22쪽.

44) 앞의 책, 20-22쪽.

45) Emma Thompson, *The Sense and Sensibility Screenplay and Diaries* (New York: Newmarket Press, 1996), 220쪽.

46) 앞의 책, 226쪽.

47) 앞의 책, 232, 228쪽.

48) 앞의 책, 207쪽.

49) *Chinese Daily News*, 1997.5.20, D6.

50) *Chinese Daily News*, 1996.4.9, D1.

51) Walter Benjamin, *Illuminations*, Hannah Arendt 편집, Harry Zohn 번역 (New York: Schocken Books, 1969), 71쪽. (역자 주: 이 책의 원제는 *Illuminationen*으로, 국내에 《문예비평과 이론》(발터벤야민, 이태동 역, 서울: 문예출판사, 1987)이라는 제목으로 번역, 출판되어 있다.)

52) Chow, *Primitive Passions*, 173-202쪽.

제2장 페미니스트 초국가성

1) 초국가적 페미니스트 실천과 초국가적 페미니즘에 관해서는 Ella Shohat 편집, *Talking Visions: Multicultural Feminism in a Transnational Age* (Cambridge, MA: MIT Press, 1998)에 수록된 기사들, 특히 Inderpal Grewal, "On the New Global Feminism and the Family of Nations: Dilemmas of Transnational

Feminist Practice", 501-530쪽을 볼 것. 또한 Marguerite Waller · Sylvia Marcos 편집, *Dialogue and Difference: Femini 는 Challenge Globalization* (New York: Palgrave Macmillan, 2005)도 볼 것.

2) 초국가적 페미니스트 실천면에서 중국, 시노폰, 미국을 아우르는 페미니즘을 삼각 구도로 나누는 이 장에 대한 나의 안내문을 볼 것: Shu-mei Shih, "Towards an Ethics of Transnational Encounters, or 'When' Does a 'Chinese' Woman Become a 'Feminist'?", *Diffreneces: A Journal of Feminist Cultural Studies* 13, no.2(Summer 2002): 90-126쪽. 이 기사는 또한 Waller and Marcos, *Dialogue and Diffrence* 에 수록되었다.

3) Kobena Mercer, "Ethnicity and Internationality: New British Art and Diaspora-Based Blackness", *Third Text* 49(Winter 1999-2000), 59쪽.

4) Theodore Adorno, *Negative Dialectics*, E. B. Ashton 번역, New York: Continuum, 1983. (역자 주: 이 책의 원제는 Negative Dialektik으로, 국내에 《부정변증법》(테오도르 아도르노 지음, 홍승용 옮김, 서울: 한길사, 1999)이라는 제목으로 번역, 출판되어 있다.)

5) Carmi Weingrod, "Collage, Montage, Assemblage", *American Artist* 58(April 1994), 18-21쪽.

6) Ernesto Laclau · Chatel Mouffe, *Hegemony and Socialist Strategy: Toward a Radical Democratic Politics* (London: Verso, 1985), 159쪽.

7) *Family* Ⅰ(1990-1991, 72×108×12)과 *Family* Ⅱ(1991, 60×80×9)라 명명된 그림에서 찻잔은 거꾸로 놓여 있는데 이는 여성을 엎질러진 물로 여기는 가부장적 폄하를 보여주기 위함이고, 빈 그릇이 사용된 것은 전통적인 이념에서 여성이 얼마나 가치 없는 존재인가를 보여주기 위함이다. 작품들에서 여성의 이미지는 더 희미하게 표현되는데, 이는 가족혈통기록에서 그들이 얼마나 기념되지 않았고 그들의 존재가 기억과 역사에 중요하지 않게 여겨졌음을 보여주기 위함이다. 리우훙은 여러 인터뷰와 기사들에 자신에 대해 분명히 설명하면서, 이때부터 모든 작품에 페미니즘적인 의도를 두드러지게 나타낸다.

8) Donald Kuspit, "Beyond the Passport Photograph: Hung Liu in Search of Her Identity", *Hung Liu*, 3-7쪽. (San Francisco: Rena Bransten Gallery, 1992)

9) Gayatri Spivak, "Can the Subaltern Speak?" *Marxism and the Interpretation*

of Cultures, Cary Nelson · Lawrence Grossberg 편집(Urbana and Chicago: University of Illinois Press, 1988), 296쪽을 볼 것.

10) Malek Alloula, *The Colonial Harem*, Myrna Godzich · Wlad Godzich 번역 (Minneapolis: University of Minnesota Press, 1986).

11) Gail Hershatter, *Dangerous Pleasures: Prostitution and Modernity in Twentieth-Century Shanghai* (Berkeley and Los Angeles: University of California Press, 1997).

12) 노래번호 210은 Marlon K. Hom 편집, *Songs of Gold Mountain: Cantonese Rhymes from San Francisco Chinatown* (Berkeley and Los Angeles: University of California Press, 1987), 312쪽에서 왔다.

13) Partha Chatterjee, *The Nation and Its Fragments* (Princeton, NJ: Princeton University Press, 1993), 6장과 7장.

14) Hom, *Songs of Gold Mountain*, 218-219쪽을 볼 것.

15) Mayfair Yang, "From Gender Erasure to Gender Difference: State Feminism, Consumer Sexuality, and Women's Public Sphere in China", *Spaces of Their Own*, Mayfair Yang 편집(Minneapolis : University of Minnesota Press, 1999), 35-67쪽.

16) 실제로 전족금지운동은 이미 19세기 후반에 시작되어서, 중국 마오쩌둥주의의 특권이 아니었다.

17) 몇 가지 주목할 만한 예는 다음과 같다. 안치 민(Anchee Min)의 *Red Azalea*, 다이 시지에(Dai Sijie)의 *Balzac and the Little Chinese Seamstress*, 가오안화(Anhua Gao)의 *To the Edge of the Sky: A Story of Love, Betrayal, Suffering, and the Strength of the Human Courage*, Ting-xing Ye의 *A Life in the Bitter Wind: A Memoir*. 안치 민의 자전소설에 관한 나의 논의는 Shih, "Transnational Encounters"를 볼 것.

18) Frank Chin, "Come All Ye Asian American Writers of the Real and the Fake", *The Big Aiiieeeee!*, Jeffery Paul Chan · Frank Chin · Shawn Wong 편집, 1-92쪽. (New York: Meridian, 1991)

19) Wong Bik-wan [黃碧雲], *On Postcoloniality* (後植民誌), (Taipei: Datian, 2003), 30쪽.

20) 앞의 책, 139쪽.

21) 예를 들면 Margo Machida · Elaine Kim · Sharon Mizota 편집,

Asian/America: Identities in Contemporary Asian American Art (New York: New Press, 1994)와 Shohat, *Talking Visions*를 볼 것

22) Thalia Gouma-Peterson, "Hung Liu: Stories, Identities and Borders", *Hung Liu: A Ten-Year Survey, 1988-1998*. 전시목록은 Kathleen McManus Zurko가 편집했다. (Wooster, OH: College of Wooster Art Museum, 1998), 10쪽.

23) Mike Giuliano, "Double Identity: East Meets West in Southeast Baltimore", *City Paper*, 1995. 3. 29. 35쪽.

24) 이것은 여러 미술관, 아카이브, 개인 소장품에서 나온 사진들의 전시목록이다. 전시는 필라델피아 미술관에서 1978년 4월 15일부터 6월 25일까지 개최되었고, 목록은 같은 해 뉴욕의 Aperture에서 출판되었다.

25) *The Face of China as Seen by Photographers and Travelers, 1860-1912*, Nigel Cameron 해설(Millerton, NY: Aperture, 1978), 89쪽.

26) Li Xiguang · Liu Kang 편집, *Behind the Demonization of China* (妖魔化中国的背后), (Beijing: Zhongguo shehui kexue chubanshe, 1996)

27) Roland Barthes, "Striptease", *A Barthes Reader*, Susan Sontag 편집, 85-88쪽. (New York: Hill and Wang, 1982)

28) Dorothy Ko, "Bondage in Time: Footbinding and Fashion Theory", *Fashion Theory* 1, no.1(1997.3.), 3-28쪽, 인용은 24쪽.

29) Gayatri C. Spivak, "Diasporas Old and New: Women in the Transnational World", *Textual Practice* 10, no.2(1996), 245-269쪽, 인용은 250-251쪽.

30) Hal Foster, *The Return of the Real* (Cambridge, MA: MIT Press, 1996), 153-68쪽. (역자 주: 이 책은 《실재의 귀환: 20세기말의 아방가르드》(핼 포스터 지음, 이영욱 · 조주연 · 최연희 옮김, 부산: 경성대학교 출판부, 2003)라는 제목으로 국내에 번역, 출판되어 있다.)

31) 앞의 책, 197쪽. 이 문장은 원문에서 이탤릭체로 쓰여 있었다.

제3장 욕망의 지정학

1) '위대한 중국'이라는 용어의 유용한 계보 및 '위대한 중국'과 관련된 쟁점에 대해서는, Harry Harding, "The Concept of 'Greater China': Themes, Variations, and Reservations", *Greater China: The Next Superpower?*, David Shambaugh 편집, 8-34쪽. (New York: Oxford University Press, 1995)를

볼 것. 마카오와 해외의 다른 한족 지역사회가 기술적으로 '위대한 중국'의 보다 포괄적인 개념에 포함되더라도, 주로 타이완, 홍콩, 중국이라는 이 3대 핵심 경제주역을 중심으로 논의가 진행되어 왔다.

2) 예를 들어 1994년 타이베이 금마 영화제의 공식 출판물은 중국어로 된 영화를 "중국영화 China Film"(中國電影)라 불렀다: *"Division" and "Reunion": A Perspective of Chinese Films of the 90s* ("斷裂"與"符合": 展望九十年代中國電影)를 볼 것. 중국영화에 관한 기사 모음집 제목은 범중국의 문화적 영역 형성에 대해 당시 유행하던 낙관적인 느낌을 드러낸다. 1996년 3월 타이완해협에서의 미사일 위협 이전 범중국의 민족국가 구성에 있어 범중국의 문화적 영역은 전제되지 않았다. 그만큼 "중국 中國"(China)은 "화어 華語"(Sinophone)나 "화인 華人"(Sinophone people)으로 대체되는 이후처럼 그렇게 큰 쟁점이 되지 않았다. 1990년대 중반의 낙관주의에 대해서는 Thomas Gold, "Go with Your Feelings: Hong Kong and Taiwan Popular Culture in Greater China", *Greater China: The Next Superpower?* David Shambaugh 편집, 255-73쪽 ; 타이완 영화평론가 Peggy Hsiungping Chiao, "'Trafficking' in Chinese Films" Johns Balcom 번역, *Modern Chinese Literature* 7, no.2(1993), 97-101쪽을 볼 것.

3) 하딩(Harding)은 1990년대 중반에 발생한 이 용어들의 유행을 언급하며 그 순환을 인용한다. 그러나 하딩 자신은 이러한 문화 통합의 가능성에 대해 의구심을 나타낸다.

4) 中-港-臺는 중국, 타이완, 홍콩을 지칭하는 한어로 된 신조어다: 中은 中國(China), 港은 香港(Hong Kong), 臺는 臺灣(타이완)에서 왔다. 이 용어 자체는 세 장소 간 깊은 관련성을 나타냈고, 1996년의 미사일 위협과 1997년의 홍콩 반환까지 '범중국' 문화의 가능성 있는 부상에 관한 1990년대 중반의 낙관주의를 다시 한 번 드러냈다.

5) Chandra Mohanty · Anna Russo · Lourdes Torres 편집, *Third World Women and the Politics of Feminism* (Bloomington: Indiana University Press, 1991); Partha Chatterjee, *The Nation and Its Fragments: Colonial and Postcolonial Histories* (Princeton, NJ: Princeton University Press, 1993); Deniz Kandiyoti, "Identity and Its Discontents", *Colonial Discourse and Post-Colonial Theory*, Patrick Williams · Laura Chrisman 편집, 376-391. (New York: Columbia University Press, 1994); Andrew Parker · Mary Russo · Doris Sommer ·

302

Patricia Yaeger 편집, *Nationalisms and Sexualities* (New York: Routledge, 1992).

6) Shu-mei, Shih, *The Lure of the Modern: Writing Modernism in Semicolonial China, 1917-1937*, 10장, "Gender, Race, and Semicolonialism"을 볼 것.

7) 본 장의 목적 중 하나는 문제적인 통합주의자 논리를 옹호하는 '위대한 중국' 이데올로기를 해체하는 것으로, 중국에 관한 타이완과 홍콩의 병치는 이 이데올로기의 방법론적인 제정으로 해석될 수 있다. 나의 대답은 이들의 상호관계를 직접 연관시켜야 한다는 것으로, 이 '위대한 중국' 이데올로기의 균열과 모순은 가장 철저하게 노출될 수 있고 시노폰 의식은 추적될 수 있다.

8) Christina Kelly Gilmartin, *Engendering the Chinese Revolution: Radical Women, Communist Politics, and Mass Movement in the 1920s* (Berkeley: University of California Press, 1995), Kumari Jayawardena, *Feminism and Nationalism in the Third World* (London: Zed Books, 1996)

9) 이 어린 유학생들은 낙하산 아이라고도 불린다. 이 어린 학생들은 그들의 미래를 생각한 부모에 의해 타이완과 홍콩에서 미국으로 중학교 또는 고등학교에 '낙하산을 타고 낙하한다'. 때때로 엄마는 그들과 동행한다; 다른 상황에서 그들은 인구통계학적 그룹에 맞는 특별한 가정에 배치된다. 이 장소를 왕래하는 아버지에 대한 신조어는 '우주 비행사 astonaut'라 불리고 엄마는 '미국에 있는 아내'라는 단어와 동음이의적인 말장난인 '이너뷰티 inner beauty'(內在美)라 불린다. 이 신조어들은 시노폰 언술과 별개로, 현대 이민이라는 독특한 환경에서 비롯되었다. 중국의 장악(홍콩에서)과 침범(타이완에서)에 대한 두려움은 이 추세를 1997년까지 전례 없는 최고 수준이 되게 했고, 이 추세는 홍콩과 타이완에서 미국으로 자본이 유출되도록 했다.

10) 이민 1세대에게는 일종의 디아스포라적 민족주의가 지배적이고, 타이완인과 중국인 간의 긴장은 2005년 로스앤젤레스 시청 앞에서 중국의 반분열국가법에 저항한 타이완인과 같이, 지역적으로 행해지던 장거리 투쟁처럼 느슨해진다. 이곳은 중국어가 쓰이거나 쓰이지 않을 때 거의 없는 다음 세대에 의해, 미국에 기반을 둔 아시아계 미국인에게 넘겨줄 수도 있는 시노폰 공간이다.

11) *Chinese Daily News*, 1996. 5. 1. *Chinese Daily News*는 로스앤젤레스에서

발행되는 한어 신문으로 중국, 타이완, 홍콩, 중미 및 남아시아와 동남아시아 나라에 있는 시노폰 지역사회의 소식을 대대적으로 보도한다. 우리는 이를 시노폰 출판의 전형이라 말할 수 있다.

12) 선전(深圳)과 같은 해안도시는 경제특구라 명명되었고, 중국 내 다른 지역과 달리 외국인 투자와 세계무역이 세금 감면 및 다른 혜택으로 장려된다. 이 경제특구는 중국 경제와 글로벌 시스템을 통합하는데 주도적인 역할을 해 왔다.

13) 게일 루비스(Gayle Rubis)의 대표적인 글 "The Traffic in Women: Notes on the 'Political Economy' of Sex", *Feminist Frameworks*, Alison M. Jagger · Paula S. Rothenberg 편집, 155-171쪽. (New York: McGraw-Hill, 1984)를 볼 것. 이 글에서 루빈은 그 중에서도 결혼과 다른 방법을 통한 여성의 이동이 가부장적 친족체제가 유지되는 수단이었다고 논한다.

14) 4장을 볼 것. 1990년대 후반까지 타이완을 통치하던 국민당 정부가 점차 본토에 기반을 둔 문화 이데올로기에서 지역주의적 문화 이데올로기로 전환하면서 진짜 중국성에 대한 이 주장은 설 자리를 잃었고, 결국 독립 지향적인 현지 정부인 민주진보당에 의해 교체되었다.

15) 이 편집증과 관련된 아이러니한 일화는 "1995년 8월 양안해협 횡단 파이널 배틀"이라는 책의 컴퓨터 게임 파생상품을 1994년 이후 각각 600 타이완달러(미화 24달러)에 팔았다는 것이다. 이 컴퓨터 소프트웨어는 타이완 가오슝에 위치한 소프트월드 국제 주식회사가 발행하고 있다.

16) 이는 다음과 같은 전개에서 확인할 수 있다. 타이완과 중국을 구별하게 하는 타이완 식민사학의 발동인 리텅후이 정부의 전략적 일본주의는 예전처럼 정치적 수도로 가치가 높지 않았다. 중국의 대륙 형성에 반대되는 해양 지리학적 형성을 가진 섬으로서의 타이완의 기후 및 지질학 이론도 쇠퇴하고 있는 것처럼 보인다. 심지어 민주진보당조차 1995년 입법 선거가 다가오고 1996년 대통령 선거가 가시화되자 당의 주장에서 독립이라는 의제를 하향 조정할 필요가 있다고 언급했다. 이런 특수한 분위기 속에서 1994년 결성된 선전 이념의 보루인 신당이 놀랍게도 많은 의석을 차지했다. 1996년 새로우면서도 보다 공격적으로 독립을 지향하는 정당인 건국당(建國黨)이 결성되었지만 대중의 지지는 얻지 못하고 있다.(역자 주: 건국당은 2020년 4월 29일자로 해산되었음.)

17) 여기서 중국 여성들의 유형은 다음과 같은 뉴스 보도에서 찾아볼 수 있다. 중국일보(中國日報 China Times Daily), 1994년 8월 24일자 A8, 1995년 2월 16일자 A1, 1994년 9월 5일자 A1, 1994년 11월 2일자 A9, 1995년 2월 16일자 A7, 1996년 2월 3일자 A8, 주간 차이나 타임즈 64호(1993년 3월) 80-81쪽, 61호(1993년 3월) 80-81쪽을 참조할 수 있다. 새 세기의 시작과 함께 이 특별한 화제거리는 뉴스에서 거의 완전히 사라졌다.

18) 중국일보, 1994년 9월 9일자.

19) 예를 들면 1990년대 초의 다루메이에 대한 동정적 수용은 왕펀후가 그의 인기 소설 아모이 신랑(샤먼 신랑: 타이중: 천싱출판사, 1991)에서 소설화한 이야기에서 볼 수 있다. 샤먼(아모이)은 타이완인들이 많이 투자목적으로 갔다가 나중에 정착하게 된 대표적인 도시 중 하나이다.

20) 환전은 외국인들만 가능했고 특정한 고급 상품들은 우정 가게와 같은 특별 매장에서만 그들과 함 살 수 있었기 때문에 일반 본토 통화인 인민폐보다 더 가치가 있었다. 이 이중 통화 체계는 1990년대 후반 중국에서 폐지되었다.

21) 시보주간 53호(1993년1월), 80-82쪽, 국외판.

22) 골드 마운틴은 캘리포니아에서 금을 찾으러 온 19세기 중국 노동자들이 만든 것이다. 오늘날 샌프란시스코의 두 개의 시노폰 이름 중 하나는 여전히 "올드 골드 마운틴(Old Gold Mountain, 舊金山)"이다.

23) 시보주간 930호 (1995년 12월), 41-51쪽, 타이완판.

24) Hsu, Chieh-lin, Li Wen-chih, and Shiao Chyuan-jeng. Taiwan's Asia Pacific Strategy (타이완의 아태지역 전략 臺灣的T亞太戰略) (타이베이: 국가 정책 연구소, 1991), 152-160쪽.

25) 그리스로마신화의 마녀 메데이아 – 역자주

26) 李元貞(1946-)은 타이완의 여성운동가로 1982년 계엄정부 시기《부녀신지잡지(婦女新知雜志)》를 창간했으며 2005년까지 단장(淡江)대학교 중문학과에 재직한 뒤 은퇴하고 다시 문학 창작 활동에 전념하고 있다. – 역자주

27) Author's personal communication with Lee Yuan-chen, April 1995, Santa Barbara, California.

28) Chiu Chang and Lin T'sui-fen, One Country, Two Wives (타이베이: 징메이

출판사, 1994).

29) 홍콩의 유명 뉴스잡지 〈90년대〉의 기고작가인 청잉은 '신이민'은 이전의 물결처럼 정치적인 이유가 아니라 경제적인 이유로 온 1980년대 이후의 이민자들을 가리키며, 이 집단은 정치적으로 친중적인 경향이 있다고 언급했다. 청잉, 〈1997년의 빛 속에 나타난 새로운 이민자 얼굴의 유형 (新移民的九七臉譜)〉, 《90년대》 301 (1995년 2월) 127-131쪽.

30) 중국일보, 1995년 11월 30일자.

31) 역자 주: 본처 외 첫 번째 정부는 이나이(一奶) 두 번째 정부는 얼나이(二奶) 로 부름.

32) Lau Sun, "Hong Kong Files" (xianggang dang'an), The Nineties 302 (March 1995): 78-79쪽, Ifumi Arai, "Suzie Wong's China" (Susi Huang de Zhongguo), The Nineties 302 (March 1995), 20-21쪽. 비슷하게도 타이완에서는 타이완 사람과 대륙 여성과의 결혼에 드리워진 불안이 통계 결과에 나타나도록 하였는데 매해 타이완에 입국승인되는 대륙인들에 50명씩 추가가 된다면 20년 내에 10만 명 이상이 타이완에 거주하게 될 것이라는 예측을 촉발시 켰다.(중국일보, 1993년 7월 26일자)한족이 지역 주민을 압도하는 전략으 로써 반감을 잠재웠던 것처럼 이 위협은 특히 한족을 티베트로 강제이주 시키는 중국의 정책에 비추어 볼 때 현실적이었던 것으로 보였다.

33) Leung Wu Suet Gei, "Valentine's Day: Red Rose and White Rose" (qing'renjie: hongmeigui yu baimeigui), The Nineties 302 (March 1995), 10-11쪽.

34) Lau Sun, "Hong Kong Files"; Chinese Daily News, November 30, 1995, and June 13, 1996.

35) 중국일보, 1994년 10월 7일자.

36) Leung Wu Suet Gei, "Valentine's Day."

37) Ifumi Arai, "Suzie Wong's China."

38) Leung Wu Suet Gei, "Valentine's Day."

39) 이는 신여성진흥협회(新婦女協進會)에서 발간한 책자 〈홍콩 여성들을 위한 서비스(香港婦女服務)〉에서 나온 것이다. 1995년 판, 특히 63-64쪽 과 135-136쪽 참고.

40) 특히 타이완 공산당의 역사와 타이완 마르크스주의자들의 일반적인 사 고방식은 바로 타이완 마르크스주의자들은 중국 동조자로는 자동적인

해임이 될 수 없다는 것을 보여준다는 것이다. 대표적인 사례가 여성 공산당 지도자 시에슈에홍(謝雪紅, Hsieh Hsueh-hung)이다. 그녀의 견해와 인생이야기는 타이완과 중국 마르크스주의 사이의 긴장감과 타이완 마르크스주의의 타이완 의식과의 융화를 보여주었다. 천팡밍의 A Critical Biography of Hsieh Hsueh-hung (Hsieh Hsueh-hung ping-chuan) (Taipei: Qianwei, 1988)를 참고할 것.

41) 대륙으로부터 온 사람이 제공한 정보가 홍콩 주민 정보원으로 변했다. (1995년 3월)

42) Weng Ouhong과 Ah Jia의 《홍등기 (紅燈記, The Red Lantern)》, (베이징: 중국희극출판사, 1965)

43) See the articles by Leo Lee, Li Cheuk-to, and Esther Yao in New Chinese Cinemas: Forms, Identities, Politics, ed. Nick Browne et al. (Cambridge University Press, 1994), for the analysis of allegorical renderings of Hong Kong's identity formation vis-a-vis China in Hong Kong films.

44) Press Freedom Guardian, July 21, 1995.

45) Rey Chow, "Thing, Common/ Places, Passages of the Port City: On Hong Kong and Hong Kong Author Leung Ping-kwan," Differences 5, no.3 (Fall 1993), 179-204쪽. The quotations are from 199쪽.

46) Rey Chow, "Between Colonizers: Hong Kong's Postcolonial Self-Writing in the 1990s." Diaspora 2, no.2 (Fall 1992), 151-170쪽.

47) Homi Bhabha, The Location of Culture (New York: Routledge, 1994)

48) Quentin Lee, "Delineating Asian (Hong Kong) Intellectuals: Speculations on Intellectual Problematics and Post/Coloniality," Third Text 26 (Spring 1994), 11023 질문은 19쪽에서 나온 것임.

49) Chu Yiu Wai and Wai Man Sin, "Between Legal and Cultural Colonialism: The Politics of Legitimation of the Cultural Production in Hong Kong," paper presented at the Seventh Quadrennial International Comparative Literature Conference, Tamsui, Taiwan, August 1995.

50) Ackbar Abbas, "Building on Disappearance: Hong Kong Architecture and the City," Public Culture 6, no.3 (Spring 1994), 441-459쪽.

51) Nick Browne, "Introduction," in New Chinese Cinemas: Forms, Identities, Politics, ed. Nick Browne et al. (Cambridge: Cambridge University Press,

1994), 7쪽.

52) Susan Stewart, On Longing: Narratives of the Miniature, the Gigantic, the Souvenir, the Collection (Durham, NC: Duke University Press, 1993), 23쪽.

53) 1997년 직전의 노스탤지어와 홍콩 영화에 대한 세부적인 논의는 5장을 참고.

54) Alfred Cheung, Her Fatal Ways (biutse nayhoye), parts 1-4 (Hong Kong: Golden Harvest, 1990-94). (홍콩 대중을 대표하여 말하는) 그 영화들이 터무니없고 폭발적이라는 사실은 중국에 대한 가장 직접적이고 노골적인 욕망을 표현할 수 있게 해주었는데, 그 이유는 감독이 그 영화들이 진정한 표현이라는 것을 항상 부정할 수 있었기 때문이다. 시장에서 영화의 성공과 인기는 관객들이 영화와 어느 정도 관련이 있다고 느꼈는지를 또한 증명한다.

55) 아이는 실이 감긴 나무 실패를 던진 후 시야에서 멀어지면 '포르트'(fort: 가버린)라고 외친다. 그리고는 곧이어 실패를 당긴 후 '다'(da: 거기에)라고 소리치며 놀았다고 한다. 프로이트는 어머니의 소유에 관해 수동적인 위치에 있던 아이가 놀이를 통해 능동적인 지위를 획득하려 한다고 봤다. (역자 주: Sigmund Freud, 윤희기 역, 〈쾌락원칙을 넘어서〉, 《정신분석학의 근본개념》, 열린책들, 2010, 279-282쪽)

56) 존 피스크는 프로이트의 '포르트 다' 게임 이론을 간결하게 요약하면서 "프로이트는 '포르트 다' 게임을 통해서 유아가 사랑한 물건을 계속 버리면서도 그 반환만을 요구하는 것이라는 점에서 우리의 관심을 끌고 있다. 그의 설명에 따르면 이 게임은 엄마의 나타남과 사라짐을 규정하고 아이가 게임을 함으로써 자신의 엄마에 돌아옴에 대한 불안을 상징화할뿐만 아니라 자신의 환경의 의미를 통제하기 위해서 상징들을 사용하기 시작했음을 의미하고 있다", 피스크의 다음의 책을 참고할 것, Television Culture (New York: Routledge, 1987), 231

57) 중국 전국인민대표대회 상무위원인 치엔리('천 개의 리'라는 의미)는 완리(글자 그대로 '만 개의 리')의 패러디다. 리는 중국의 고대 거리 단위다. 1리는 2킬로미터에 해당한다. '본토인 던디(表哥我來也)'라는 제목의 또 다른 본토인 영화에서는 여성 캐릭터의 이름이 지앙춘(지앙칭을 따라한 듯)이다. 이것들은 본토 정치 이사들에 대한 직접적 풍자의 예들

인 것이다.

58) 알프레드 청(Alfred Cheung)과의 저자의 인터뷰, Santa Monica, California, 1996.3.

59) 1995년 홍콩 중문대학교 홍콩문화연구과정에서 발간한 〈북방의 상상: 홍콩의 식민지 이후 담론 재배치〉라는 제목의 홍콩문화학게시보 특별호를 참조할 것. 이 '북방의 상상' 담론에 대한 보다 광범위한 비평은 스수메이의 〈'북방의 상상: 홍콩에서의 문화적 정체성 정치학〉, 스테판 찬(Stephen Chan) 편의《문화 상상과 이데올로기》(홍콩: 옥스퍼드대학출판, 1997), 151-158쪽을 참고할 것

60) 타이완의 인기 가수인 아메이(Ah mei)의 예에서 지정학이 어떻게 지역 간 대중문화를 지배해왔는지를 알 수 있는 대표적인 예를 찾아볼 수 있다. 그녀는 원주민 출신이며 역설적이게도 천수이벤(陳水扁) 총통의 취임식에서 여전히 국민당의 당곡인 타이완국가(國歌)를 불렀다. 아메이는 취임식에서 노래한 이후 중국대륙정부에 의해서 몇 년간이나 중국 입국이 금지되었고 중국대륙 내에서 그녀의 음악도 금지 당했다.

61) 위르겐 하버마스(Jurgen Habermas) The Structural Transformation of the Public Sphere, trans. Thomas Burger (Cambridge, MA: MIT Press, 1989)

62) 아르준 아파두라이(Arjun Appadurai)의 "Disjuncture and Difference in the Global Cultural Economy," in The Phantom Public Sphere, ed. Bruce Robbins, 269-95 (Minneapolis: University of Minnesota Press, 1993); Bruce Robbins, "Introduction: The Public as Phantom," in the same volume, vii-xxvi쪽, Miriam Hansen, "Unstable Mixtures, Dilated Spheres: Negt and Kluge's The Public Sphere and Experience, Twenty Years Later," Public Culture 5, no.2(1993), 179-212쪽 참고.

63) Richard Madson, "The Public Sphere, Civil Society, and Moral Community: A research Agenda for Contemporary Chinese Studies," Modern China 19, no.2 (April 1993), 183-198쪽.

64) Mayfair Yang, "Mass Media and Transnational Subjectivity in Shanghai: Notes on (Re)cosmopolitanism in a Chinese Metropolis," in Ungrounded Empires: The Cultural Politics of Modern Chinese Transnationalism, ed Aihwa Ong and Donald Nonini, 287-319 (New York: Routledge, 1997).

65) 가장 좋은 예는 타이완의 계몽재단의 자회사인 펨북스(여성 서점)가

중국에서 여성 서적이라 불리는 여성들의 글쓰기 대본을 출판한 것으로 당시 이사였던 리위안천은 이 장의 앞쪽에서 인터뷰한 바 있다.

66) 타이완 페미니스트들이 1995년 9월 베이징에서 열린 유엔여성회의 참석을 거부한 것은 중국 정부의 군사적 위협뿐만 아니라 타이완 대표가 아닌 '중국인'으로 참석해야 한다는 중국 정부의 주장 때문이었다.

제4장 모호성의 믿기 힘든 무게

1) 빅터 메이어의 "모국어를 잊어버리고 국가 언어를 기억하는 법"에 대한 전자문서는 2005년에 발표되었으며 다음 링크에서 검색할 수 있다. http://pinyin.info/readings/mair/taiwanese.html

2) C. T. Hsia는 "중국에의 집착"이라는 문구를 만들어 그것을 유명하게 만들었다. 그가 사용한 이 문구는 20세기 중국 지식인들이 국가 문제에 대해 가지는 강한 집착을 기리킨다. 타이완에서의 "중국에의 집착"은 21세기 초반 무렵 매우 다른 의미의 것으로 사용되었다. C. T. Hsia의 다음 책 참고, A History of Modern Chinese Fiction (New Haven, CT: Yale University Press, 1961), 533-554쪽.

3) 1장의 세계화 맥락에서의 유연성과 번역가능성을 참고할 것

4) 여기서 내가 사용하는 타이완 사람들이란 타이완에 사는 사람들을 가리킨다. 그러나 원주민(原住民), 타이완 원주민(1945년까지 중국에서 타이완으로의 이민자), 본토인(외성인, 1945년 이후 중국으로부터의 이민자), 하카족(客家人) 등 이른바 해외 중국인(華僑, 중국 이외의 국가에서 온 한족 이민자)들이 포함되어 있기 때문에 이들에 비해 덜 동질적인 인구 구성을 지적하는 것이 중요하다.

5) Li Ch'iao, The Formation of Taiwan Culture (臺灣文化造成)(타이베이: 첸웨이출판사, 1992), 144, 331쪽 참고. 또한 T'sai Shih-p'ing의 "The Formation of a Counter-Domination Discourse" (Yige fanzhipei lunshu de xingcheng) in Journeying through the Fin-de-siecle (Shijimo pianhang), ed. Meng Fan and Lin Yao-te (Taipei: Shibao chuban gongsi, 1990), 452쪽도 참고할 것

6) 대부분의 관련자들이 타이완 원주민, 본토인(특히 2세대), 하카인들이기 때문에 이러한 노력에 원주민들의 참여는 거의 미미한 수준이다. 원주민

들은 주류 문화계의 구성원들에게 그들의 목소리를 포함하려는 시도가 있었음에도 불구하고 문화적, 정치적 대표성이라는 측면에서는 크게 소외되어 있었다.

7) Li Chien-hung, Cultural Guerillas (Wenhua youjibing)(Taipei: Zili wanbao wenhua chubanbu, 1992), 170쪽.

8) 타이완 증시가 급등했던 1980년대 후반과 1990년대 초반에는 타이완, 특히 도시 지역에서 엄청난 수의 사람들이 주식 투기에 연루되었다.

9) Li, Cultural Guerillas, 170쪽.

10) 이러한 군사적 은유들은 중국일보, 국제일보, 중국시보같은 신문과 잡지에서 널리 사용되었다. 예를 들어 1993년 7월 31일에 발행된 중국시보 83호는 "본토 시장을 개방하고 발전시키기 위한 새로운 전략: 도시를 공격하고 영토를 점령하라"라는 제목의 앞 표지를 장식하고 있다. 이전 호인 82호(1993년 7월23일) 전면에는 다음과 같이 실렸다. "우한시를 침략하고 정복하라: 본토 내수 시장을 공략하기"

11) 1994년 6월 홍콩(타이완 중국 무역의 중재지) 수출이 처음으로 반세기 동안 타이완의 최대 교역국인 미국에 대한 수출액을 넘어섰다. Chinese Daily News, Los Angeles edition, June 14, 1994, C8

12) 타이완 의식(臺灣意識)의 타이완민족주의(臺灣本土主義)의 의제는 국민당에 의해 제도화된 중국의 문화 헤게모니에 대한 지시와 그 이상의 토지, 그 민족, 그리고 그 문화에 대한 애정 어린 관심을 촉구하는 데 다소 집중되었다. 1970년대 후반의 본토주의자 문학논쟁(鄕土問學論爭)에서는 마르크스주의적 관점(천잉전(陳映真)의 작품 등)에서 서구의 문화적, 경제적 패권을 향한 저항의 목소리가 나왔지만, 오늘날의 본토주의자들은 서구 문화 제국주의 문제를 의제의 중요한 문제로 여기는 경우는 드물다. 타이완의 본토주의 정서의 유형이나 타이완의 의식의 유형으로는 다음의 책 참고. Huang Kuangkuo, Taiwan Consciousness and China Consciousness: Meditation under Two Complexes (Taiwan yishi yu Zhongguo yishi: liangjie xia de chensi)(Taipei: Guiguan tushu gongsi, 1987), 35-47쪽.

13) Fredric Jameson, The Geopolitical Aesthetic: Cinema and Space in the World System (Bloomington: Indiana University Press, 1992), 114-57. See also, Jameson, Postmodernism, or, The Cultural Logic of Late Capitalism (Durham, NC: Duke University Press, 1991), xxi쪽.

14) 내가 여기서 콤플렉스라는 용어를 사용하는 것은 1980년대에 '타이완 콤플렉스'와 '중국 콤플렉스' 논쟁에서 심리적인 조건을 명명하는 것으로 의식으로 반향한다. Huang, Taiwan Consciousness, and Yang Ch'ing-t'su, The Fate of Taiwan and China Complex (Taiwan mingyun Zhongguo jie)(Kaohsiung: Dunli chubanshe, 1987)

15) Jameson, Geopolitical Aesthetic, 119쪽.

16) 그렇다고 해서 현대 중국의 사회정치 체제에 대한 언급이 전혀 없었던 것은 아니다. 그 시스템이 언급되었을 때, 그것은 대부분 비스듬하고 모호한 방식으로 행해졌으며 종종 중국 정부에 대한 비판적인 의도를 표현하려는 뚜렷한 목적을 위해 행해졌다.

17) Johannes Fabian, Time and the Other: How Anthropology Makes Its Other (New York: Columbia University Press, 1983), 143-165쪽.

18) Ashis Nandy, The Intimate Enemy: Loss and Recovery of Self Under Colonialism (Delhi: Oxford University Press, 1983), xi쪽.

19) 위의 책, xii, 1-2쪽.

20) 위의 책, 73-107쪽.

21) 위의 책, 73쪽.

제5장 민족적 알레고리 이후

1) "Love at last sight" is a phrase Ackbar Abbas coins in his Hong Kong: Culture and the Politics of Disappearance (Minneapolis: University of Minnesota Press, 1997), chaps.1 and 2.

2) 위의 책.

3) Susan Stewart, On Longing: Narratives of the Miniature, the Gigantic, the Souvenir, the Collection (Durham, NC: Duke University Press, 1993). 홍콩 문화에 대해 독특하고 중요한 것을 담아내는 것 같은 주요 문화 장르로서의 영화는 홍콩 영화계의 영어 장학금 폭증으로 증명될 수 있다. 연대 기순으로 다음의 책들을 참고할 것, Stephen Teo, Hong Kong Cinema: The Extra Dimensions (London: British Film Institute, 1997), David Bordwell, Planet Hong Kong: Popular Cinema and the Art of Entertainment (Cambridge MA: Harvard University Press, 2000); Esther Yau, ed.,At Full

Speed: Hong Kong Cinema in a Borderless World (Minneapolis: University of Minnesota Press, 2001), Esther Cheung, ed., Between Home and World: A Reader in Hong Kong Cinema (Hong Kong: Oxford University Press, 2004)

4) 닉 브라운은 프레드릭 제임슨의 미래 전위적 일시성에 대한 개념을 현재를 미래의 그 순간의 과거로 되돌릴 미래에 대한 두려움에 대한 홍콩의 포스트식민적 심리를 묘사하기 위해 사용했다. 3장의 서술을 참고할 것. Nick Browne, Paul Pickowicz, Vician Sobchack, and Esther Yau, eds., New Chinese Cinemas: Forms, Identities, Politics (Cambridge: Cambridge University Press, 1994)

5) 자주 인용되는 예는 홍콩식 무술 시퀀스와 미래 공상과학 스릴러 장르를 혼합한 영화 매트릭스다.

6) Fredric jameson, "Third World Literature in the Era of Multinational Capital," Social Text 15 (Fall 1986), 65-88쪽.

7) Fredric Jameson, "A Brief Response," Social Text 17 (Fall 1987), 26쪽.

8) 여기서 민족적 알레고리와 관련된 몇 단락은 스수메이의 책을 참고할 것. Shu-mei Shih, "Global Literature and Technologies of Recognition," PMLA 119, no.1 (January 2004), 16-30쪽.

9) 리좀에 대해서는 질 들뢰즈와 펠릭스 가타리의 책 A Thousand Plateaus: Capitalism and Schizophrenia, trans. Brian Massumi (Minneapolis: University of Minnesota Press, 1987)의 1장과 3-26쪽을 참고.

10) Fruit Chan, Made in Hong Kong, 1997. 영화로부터의 모든 번역은 저자가 한 것임을 밝혀 둠

11) 이것은 존 우의 "A Better Tomorrow" 시리즈와 같은 식민지와 중국 본토 통치자들의 위선으로부터 종종 대안적 도덕성과 영웅주의를 제공하는 홍콩의 초기 갱 느와르 영화와는 상당히 다른 것이라는 점에 주목하라.

12) Aijaz Ahman, "Jameson's Rhetoric of Otherness and the 'National Allegory,'" in In Theory: Classes, Nations, Literatures, 95-122쪽, (London: Verso, 1992).

13) Yuk-yuen Lan, The Practice of Chineseness (Hong Kong: CyDot Communications Management & Technology, 1999), 34쪽.

14) 위의 책, 60-65쪽.

15) Hong Kong Arts Center, "Museum 97: history, Community, Individual,"exhibition catalog, Hong Kong Arts Center, June 23, 1997, to July 12, 1997.

제6장 제국 가운데의 세계시민주의

1) 해당 챕터의 글은 2020년 7월 중국현대문학학회지에 번역원고로 발췌 투고한 글을 다시 수정 보완하여 원서에 맞도록 전문을 번역한 것임을 밝혀둔다. (역자 주: 고혜림, 〈타이완 세계시민주의의 시각과 정체성〉, 《중국현대문학》 Vol.94, 2020.7, 131-155쪽)

2) 역자 주: Cosmopolitanism에 대해서 '세계시민주의'로 번역하여 쓰고 있는 최근의 학계의 경향을 수용하여 여기서는 코스모폴리탄, 코스모폴리스 등으로 상관어들이 함께 사용되고 있지만 글에서 다루고 있는 또다른 키워드인 '제국주의'와 비교하여 사용할 수 있도록 '세계시민주의'로 사용하도록 한다.

3) Eric Hobsbawm, *The Age of Empire*, 1875-1914 (New York: Vintage Books, 1980), 50-55쪽.

4) 위의 책, 34-45쪽.

5) 위의 책, 67-68쪽.

6) David Harvey, *The New Imperialism* (Oxford: Oxford University Press, 2003)

7) Ross Terrill, *The New Chinese Empire and What It Means For the United States*. (New York: Basic Books, 2003)

8) 최근 많은 장학금이 청나라 시기 제국으로 중국에 집중되었다. 이런 관점에서 20세기 중국은 21세기에 새로운 표현을 찾을지도 모르는 긴 제국주의 전통에서 더 비정상적이라고 미루어 짐작할 수 있을 것이다. 예를 들어 피터 퍼듀(Peter Perdue)의 책 *China Marches West: The Qing Conquest of Central Eurasia* (Cambridge, MA: Harvard University Press, 2005); Laura Hostetler, *Qing Colonial Enterprise: Ethnography and Cartography in Early Modern China* (Chicago: University of Chicago Press, 2001)을 참고할 것. 중국이 국제무대에서 근육을 펴면서 위력을 과시하기 시작하자 갑자기 청 제국주의가 화두가 되고 있다는 점도 말해주고

있다.

9) de C***, Empire 2.0, 34, 43, 131쪽.

10) 앞의 책, 53쪽.

11) Edward Said, *Freud and the Non-European* (London: Verso, 2003)

12) Club 51에 관한 추가적인 내용은 이 책의 2장을 참고

13) V.G. Kiernan, America: *The New Imperialism* (1978; repr., London: Verso, 2005), 67, 114, 291쪽.

14) Perry Anderson, *"Stand-off in Taiwan,"* London Review of Books (June 2004), 12-17쪽.

15) Kiernan, America, 364쪽.

16) 타이완과 중국대륙과의 관계의 복잡성에 대해서는 3, 4장을 참조하라.

17) 역자 주: 타이완은 일제 식민지시기를 거친 직후 국민당의 퇴각으로 또다시 외성인에 의한 일종의 식민적 상태 속에 놓이게 되었다. 더 일찍이는 청나라 말기부터 중국대륙으로부터 관리가 파견되어 타이완성을 중앙 정부의 휘하에서 감시감독해왔다. 국민당의 타이완 퇴각 이후 지속적인 내성인과 외성인의 갈등이 본격적으로 불거진 사건이 바로 '2·28사건'이다. 이 사건으로 촉발된 내/외성인의 갈등은 20세기 말까지 계엄령 속에 타이완인들을 내버려 두었다. 계엄이 해제된 이후 타이완은 중미관계 속에서 하나의 국민국가로 인정받기 위해 고군분투해 오고 있다. 그러므로 저자는 식민주의의 역사 속에 국민당의 계엄 시기도 포함시켜서 언급하고 있는 것이며 이후 중미수교, 한중수교 등으로 타이완과의 단교의 역사 속에서 좌충우돌했던 타이완의 입지를 간단히 짚고 넘어가는 것으로 보인다.

18) Hobsbawn, Age of Empire, 79쪽.

19) Edward Said, *Culture and Imperialism* (New York: Knopf, 1993).

20) Gayatri Spivak, *"Can the subaltern Speak?" in Marxism and the Interpretation of Cultures*, ed. Cary Nelson and Lawrence Grossberg, 271-313 (Chicago: University of Illinois Press, 1988); Homi Bhabha, *The Location of Culture* (New York: Routledge, 1994), 4장 참고.

21) 마하스웨타 데비(Mahasweta Devi)의 이야기는 가야트리 스피박의 *Outside in the Teaching Machine* (New York and London: Routledge, 1993), 77-95의 "차별받는 여성(Woman in Difference)"에서 인용되고 논의되었다. 인용문

은 94쪽을 참조.

22) Shu-mei Shih, *The Lure of the Modern: Writing Modernism in Semicolonial China, 1917-1937* (Berkeley and Los Angeles: University of California Press, 2001), 5장 참고.

23) 세계의 민주주의 정치로서의 세계시민주의는 브루스 로빈스(Bruce Robbins)와 펑체아(Pheng Cheah)가 그들의 책 *Cosmopolitics: Thinking and Feeling beyond the Nation* (Minneapolis: University of Minnesota Press, 1998)에서 그 용어를 사용하는지에 관한 것이다.

24) 여기서의 대체 과정은 미국의 학계에서 영국의 것이 인기 있는 이론이 되는 것에 대해 표현된 (포스트)식민주의적 원망을 포함하고 있다.

25) 할 포스터(Hal Foster), *The Return of the Real* (Cambridge, MA: MIT Press, 1996), 180쪽.

26) Arif Dirlik, *The Postcolonial Aura: Third World Criticism in the Age of Global Capitalism* (Boulder, CO: Westview Press, 1997). 내용과 관련해서는 3장을 참고

27) Immanuel Kant, *"Idea for a Universal History with a Cosmopolitan Intent,"* in *Perpetual Peace and Other Essays*, trans. Ted Humphrey (Indianapolis: Hackett Publishing, 1983), 34-36쪽.

28) 역자 주: "Wu's political critique is clear: she recuperates the repressed histories of female victims in the commemoration of the 228 Incident; a herstory against history's ellipsis of women." 원문에서 보이는 것과 같이 'history'가 남성중심주의적 시각을 반영하고 있다는 의미에서 'herstory'를 사용했으며 그것을 여기서는 '그녀의역사'로 번역했다.

29) 본래의 의미는 개인이나 사적인 이익에 대한 협소한 집중이 아니라 공익에 대한 의식을 고취하는 것이다.

30) 여기서 유일한 예외는 타이완 영화일 수 있는데 허우샤오시엔, 에드워드 양, 차이밍량과 같은 감독들은 국제 영화계에서 적은 규모의 추종자들을 가지고 있다.

31) 이 발언은 중국일보에서 1995년 3월 11일자로 "베니스 비엔날레 참가자들에 대한 루머들"이라는 글에서 나온 것이다. Chen Shun-chu, *How Far Is the International 'Stage'? To Act in a Drama across the Ocean?* (The

Artist 314, July 2001.10)에서의 우마리에 작가들에게 보내는 편지(2000년 11월 14일자) 참고

32) http://web.ukonline.co.uk/n.paradoxa/maliwu2.htm

33) Information originally available at http://www.apt3.net/apt3/artists/artist_bio/mali_wu_a.htm

34) 장아이링, 린화이민, 우다요우 등은 타이완의 지식인들에게 자주 불리는 이름들이다. 장아이링은 상하이 작가로 타이완을 거쳐 미국으로 이주했는데 그녀의 작품은 세대를 걸쳐 학자들과 독자들의 사랑을 받고 있으며 '장아이링 연구'라는 학파를 형성하기도 했다. 클라우드 게이츠 댄스회사의 예술감독 린화이민은 타이완의 예술에 기여한 공로와 국제적 명성을 인정받아 타이완의 국보급 예술가로 평가받고 있다. 우다요우는 타이완에서 가장 상위 연구 기관인 아카데믹 시니카의 과학자다.

35) Manthia Diawara, *In Search of Africa* (Cambridge, MA: Harvard University Press, 1998), 31쪽 참고.

결론: 시노폰의 시간과 장소

1) 이 문구는 Prasenjit Duara의 책 *Sovereignty and Authenticity: Manchukuo and the East Asian Modern* (Lanham, MD: Rowman & Littlefield, 2003)에서 나온 것임.

2) The Ocean of Words (cihai) (Shanghai: Shanghai cishu chubanshe, 1989 ed.), 996쪽.

3) 위의 책, 139쪽. 더불어 The Origin of Words (ciyuan) (Beijing: Shangwu yinshuguan, 1988), one-volume edition, 1447쪽을 참고할 것

4) Discussed in Arif Dirlik, "Timespace, Social Space, and the Question of Chinese Culture" (미출판원고)

5) *Ocean of Words*, 1584쪽.

6) *Origin of Words*, 48쪽.

7) Shu-mei Shih의 "Towards an Ethics of Transnational Encounters, or 'When 'Does a 'Chinese' Woman Become a 'Feminist'?" in Differences: A Journal of Feminist Cultural Studies 13, no.2 (Summer 2002), 90-126쪽을 참고.

8) Benedict Anderson, *Imagined Communities* (London: Verso, 1983), 47쪽.

9) 위의 책

10) 다음의 책을 참고할 것. Durian, Durian (liulian piaopiao), 북쪽에서 온 중국 여성이 홍콩에서 매춘부로 일하러 왔다가 중국으로 돌아오는 장면. 이 영화에서 홍콩은 더 이상 중국 여성의 완전한 이국적인 장소로 역할 하지 않고 중국 출신의 입국자(內地人)의 국경 자본주의 전초기지가 된다. Pheng Cheah의 글 참고. who offers this interpretation of Hong Kong as the capitalist outpost, in "Another Diaspora: 'Chinese-ness' and the Traffic in Women from Mainland China to Hong Kong in Fruit Chan's Durian Durian," paper presented at "The Chinese Diaspora" conference, University of Zurich, 2005.8, 10-15쪽.

11) 빅터 메이어(Victor Mair)의 "중국 방언이란? (What Is a Chinese 'Dialect/ Topolet'?)을 참고. Reflections on Some Key Sino-English Linguistic Terms," Sino-Platonic Papers 29 (September 1991), 1-31쪽. 그의 다른 책 "Introduction," in Hawai'i Reader in Traditional Chinese Culture, Victor Mair, Nancy Shatzman Steinhardt, Paul Rakita Goldin 편, 1-7쪽(Honolulu: University of Hawaii Press, 2005) 역시 참고

12) 방황하는 중국인이라는 용어는 많이 통용되어왔다. 예를 들어서 지금의 에세이 클래식 모음 특별 원고 〈The 살아있는 나무: 오늘날 중국인이 되는 것의 변화하는 의미(Living Tree: The Changing Meaning of Being Chinese Today)〉 Daedalus 120, no.2 (1991.봄)을 참고할 것

13) 신시아 웡(Sau-ling Cynthia Wong)은 미국 이민 1세대 학생들이 쓴 해외 중국 문학이나 시노폰 중국계 미국 문학에 만연한 아프리카계 미국인데 대한 인종차별을 분석했다. 뿌리 없음이라는 감각에 대해 자기 연민에 빠져 있는 동안 이들 작가들 중 일부는 인종, 성별, 계급 문제에 대해 가장 보수적인 경향을 보이고 있었다. 웡의 책 참고, "The Yellow and the Black: The African- American Presence in Sinophone Chinese American Literature," Chung Wai Literary Monthly 34, no.4 (2005.9), 15-54쪽.

14) Sheldon H. Lu and Emilie Y. Yeh, in the introduction to their edited book, Chinese Language-Film: Historiography, Poetics, Politics (Honolulu: University of Hawaii Press, 2005), 1-24쪽, use the term Sinophone film interchange- ably with what they call Chinese-language film. 동시에 13번 주석의 웡이 사용한 "시노폰 중국계 미국 문학"이라는 용어를 살펴볼 것

Abbas, Ackbar. "The Last Emporium: Verse and Cultural Space." Positions: East Asia Cultures Critique 1, no.1 (Spring 1993): 1-23.

_____. "Building on Disappearance: Hong Kong Architecture and the City." Public Culture 6, no.3 (Spring 1994): 441-459.

_____. Hong Kong: Culture and the Politics of Disappearance. Mineapolis: University of Minnesota Press, 1997.

Adorno, Theodore. Negative Dialectics. Translated by E. B. Ashton. New York: Continuum, 1983.

Ahmad, Aijaz. "Jameson's Rhetoric of Otherness and the 'National Allegory'" In In Theory: Classes, Nations, Literatures, 95-122. London: Verso, 1992.

Alcoff, Linda. "Who's Afraid of Identity Politics?" In Reclaiming Identity: Realist Theory and the Predicament of Postmodernism, edited by Paula Moya and M. Hames-Garcia, 312-44. Berkeley and Los Angeles: University of California Press, 2000.

_____. "In Defense of Identity Politics." Lecture delivered for Transnational and Transcolonial Studies, University of California, Los Angeles, January 11, 2005.

Alcoff, Linda, and Eduardo Mendieta, eds. Identities: Race, Class, and Nationality, Malden, MA: Blackwell, 2005.

Alloula, Malek. The Colonial Harem. Translated by Myrna Godzich and Wlad Godzich. Minneapolis: University of Minnesota Press, 1986.

Althusser, Louis. Lenin and Philosophy. Translated by Ben Brewster. New York: Monthly Review Press, 1971.

Amin, Samir. Capitalism in the Age of Globalization. London and New York: Zed Books, 1997.

Anderson, Benedict. Imagined Communities, London: Veerso, 1983.

Anderson, Perry. "Stand-off in Taiwan." London Review of Books 26. no.II(June 3, 2004): 12-17.

Ang Ken. Living Room Wars. London and New York: Routledge, 1996.

Appadurai, Arjun. "Disjuncture and Difference in the Global Cultural Economy." In The Phantom Public Sphere, edited by Bruce Robbins, 269-96. Minneapolis: University of Minnesota Press, 1993.

_____. Modernity at Large: Cultural Dimensions of Globalization. Minneapolis: University of Minnesota Press, 1997.

Ash, Timothy Garton, Free World: America, Europe, and the Surprising Future of the West. New York: Random House, 2004.

Bal, Mieke. "Figuration." PMLA 119, no 5(October 2004): 1289-92.

Barthes, Roland. Camera Lucida: Reflections on Phtography, Translated by Richard Howard. New York: Hill and Wang, 1981.

_____. "Striptease." In A Barthes Reader, edited by Susan Sontag, 85-88, New York: Hill and Wang, 19182.

_____. "The Reality1 Effect." In French Literary Theory Today, edited by T. Todorov, 11-17. Cambridge; Cambridge University Press, 1982.

Bauman, Zygmunt, Globalization: The Human Consequences, New York: Columbia University Press, 1998.

Beauvoir, Simone de. Ethics of Ambiguity, Translated by Bernard Frechtman. New York: Citadel Press, 1976.

Beller, Jonathan L. "Capital/Cinema." In Deleuze and Guattari: New Mappings in Politics, Philosophy, and Culture, edited by Eleanor Kaufman and Kevin Jon Heller, 77-95. Minneapolis: University of Minnesota Press, 1998.

Benjamin, Walter. Illuminations. Edited by Hannah Arendt. Translated by Harry Zohn. New York: Schocken Books, 1969.

Bhabha, Homi. The Location of Culture. New York: Routledge, 1994.

Bordwell, David. Planet Hong Kong: Popular Cinema and the Art of Entertainment. Cambridge, Ma: Harvard University Press, 2000.

Browne, Nick, Paul Pickowicz, Vivian Sobchack, and Esther Yau, eds. New Chinese Cinemas: Forms, Identities, Politics. Cambridge: Cambridge University

Press, 1994.

Buck-Morss, Susan. *The Dialectics of Seeing: Walter Benjamin and the Arcades Project.* Cambridge, MA, and London: MIT Press, 1989.

Buell, Frederick. *National Culture and the New Global System.* Baltimore and London: Johns Hopkins University Press, 1994.

Butler, Judith. *The Psychic Life of Power.* Stanford, CA: Stanford University Press, 1997.

C***, Xavier de. *Empire 2.0: A modest Proposal for a United States of the West.* Prologue by Régis Debray. Translated by Joseph Rowe. Berkeley, CA: North Atlantic Books, 2004.

Cartier, Carolyn. "Daspora and Social Restructuring in Postcolonial Malaysia." In *The Chinese Diaspora,* edited by Lawrence J. C. Ma and Carolyn Cartier, 69-96. Lanham, MD: Rowman & Littlefield, 2003.

Casetti, Francesco. *Inside the Gaze: The Fiction Film and Its Spectator.* Translated by Nell Andrew, with Charles O'Brien. Bloomington: Indiana University Press, 1998.

Castells, Manuel. *The Power of Identity.* Vol.2, *The Information Age.* Malden, MA: Blackwell, 1997.

Chabel, Patrick, et al. *The Post-colonial Literature of Lusophone Africa.* Evanston, IL: North western University Press, 1996.

Chan, Evans. "Zhang Yimou's 'Hero': The Temptations of Fascism." *Film International* 8, no.2 (2004): 14-23.

Chatterjee, Partha. *Nationalist Thought in the Colonial World.* Minneapolis: University of Minnesota Press, 1986.

_____. *The Nation and Its Fragments: Colonial and Postcolonial Histories.* Princeton, NJ: Princeton University Press, 1993.

Cheah, Pheng. "Another Diaspora: 'Chinese-ness' and the Traffic in Women from Mainland China to Hong Kong in Fruit Chan's *Durian Durian.*" Paper presented at "The Chinese Diaspora" conference, University of Zurich, August 10-15, 2005.

Chen, Fang-ming. *A Critical Biography oh Hsieh Hsueh-hung*(Hsieh Hsuch-hung ping-chuan). Taipei: Qianwei, 1988.

Chen, Shun-chu, "How Far Is the International 'Stage'? To Act in a Drama across the Ocean?"(guoji xiuchang you duo yuan? Piaoyang guohai qu banxi?). *The Artist*(yishujia) 314 (July 2001): 10.

Cheng, Lang-p'ing. *August 1995*(yijiujiuwu runbayue). Taipei: shangzhou wenhua gufen youxian gongsi, 1994.

Cheng, Ying. "The Typology of New Immigrant Faces in Light of 1997" (xinyimin de jiuqi lianpu). *The Nineties*(jiushi niandai) 301 (February 1995): 127-31.

Cheung, Esther, ed. *Between Hone amd World: A Reader in Hong Kong Cinema.* Hong Kong: Oxford University Press, 2004.

Chiang, Mark. "Nationalism and Sexuality in Global Economy: Presentations of the Chinese Diaspora in *The Wedding Banquet.*" Paper given at UCLA's Asian American Studies Center, April 18, 1996.

Chiao, Peggy Hsiung-ping [Jiao Xiongping]. "The Melancholy of Old Age: Ang Lee's Immigrant Nostalgia." In *Cinedossier: Ang Lee,* edited by Taipei Golden Horse International Film Festival Executive Committee, 28-29. Taipei: Shibao chubanshe, 1991.

―――――. "'Trafficking' in Chinese Films." Translated by John Balcom. *Modern Chinese Literature* 7, no.2 (1993): 97-101.

Chin, Frank. "Come All Ye Asian American Writers of the Real and the Fake." In *The Big Aiiieeeee,* edited by Jeffery Paul Chan, Frank Chin, Lawson Fusao Inada, and Shawn Wong,, 1-92. New York: Meridian, 1991.

Chiu, Chang, and Lin T'sui-fen. *One Country, Two Wives* (yiguo liangqi). Taipei: jingmei chubanshe, 1994.

Chow, Rey. "Between Colonizers: Hong Kong's Postcolonial Self-Writing in the 1990s." *Diaspora* 2, no.2 (Fall 1992): 151-70.

―――――. "Things, Common/Places, Passages of the Port City: On Hong Kong and Hong Kong Author Leung Ping-kwan." *Differences* 5, no.3 (Fall 1993): 179-204.

―――――. *Writing Diaspora.* Bloomington: Indiana University Press, 1993.

―――――. *Primitive Passions: Visuality, Sexuality, Ethnography, and Contem-*

porary Chinese Cinema. New York: Columbia University Press, 1995.

_____. "The Politics of Admittance: Female Sexual Agency, Miscegenation and the Formation of Community in Franz Fanon." *UTS Review* 1, no.1 (1995): 5-29.

Chu, Yiu Wai and Wai Man Sin. "Between Legal and Cultural Colonialism: The Politics of Legitimation of the Cultural Production in Hong Kong." Paper presented at the Seventh Quadrennial International Comparative Literature Conference, Tamsui, Taiwan, August 1995.

Debord, Guy. *Society of the Spectacle*. Translated by Donald Nicholson-Smith. New York: Zone Books, 1995.

Deleuze, Gilles, and Félix Guattari. *A Thousand Plateaus: Capitalism and Schizopherenia*. Translated by Brian Massumi. Minneapolis: University of Minnesota Press, 1987.

Denby, David. "Someone's in the Kitchen with Ang Lee." *New York*, August 29, 1994, 110.

Diawara, Manthia. *In Search of Africa*. Cambridge, MA: Harvard University Press, 1998.

Dirlik, Arif. *After the Revolution: Waking to Global Capitalism*. Hanover and London: Wesleyan University Press, 1994.

_____. *The Postcolonial Aura: Third World Criticism in the Age of Global Capitalism*. Boulder, CO: Westview Press, 1997.

_____. "Timespace, Social Space, and the Question of Chinese Culture." Unpublished manuscript, 2005.

"Division" and "Reunion": A Perspective of Chinese Films of the 90s ("duanlie" yu "fuhe": zhanwang jiushi niandai zhongguo dianying). Taipei Golden Horse Film Festival, 1994.

Duara, Prasenjit. *Sovereignty and Authenticity: Manchukuo and the East Asian Modern*. Lanham, MD: Rowman & Littlefield, 2003.

Everett, Wendy, ed. *The Seeing Century*. Amsterdam and Atlanta: Rodopi, 2000.

Fabian, Johannes. *Time and the Other: How Anthropology Makes Its Other*. New York: Columbia University Press, 1983.

Fanon, Franz. *Black Skin, White Masks*. Translated by Charles Lam Markmann. New York: Grove Weidenfeld, 1967.

Featherstone, Mike, ed. *Global Culture: Nationalism, Globalization and Modernity*. London: Sage, 1990.

Fiske, John. *Television Culture*. New York: Routledge, 1987.

FitzGerald, C. F. *The Third ChinaI*. Melbourne: F. W. Cheshire, 1965.

Foster, Hal. *The Return of the Real*. Cambridge, MA: MIT Press, 1996.

Foucault, Michel. "Film and Popular Memoery." *Radical Philosophy* 11 (Summer 1975): 24-29.

_____. *Discipline and Punish*. Translated by A. Sheridan. New York: Pantheon, 1977.

Friedgerg, Anne. "A Denial of Difference: Theories of Cinematic Identification." In *Psychoanalysis and Cinema*, edited by E. Ann Caplan. New York and London: Routledge, 1990.

Fu, Poshek. *Between Shanhai and Hong Kong: The Politics of Chinese Cinemas*. Stanford, CA: Stanford University Press, 2003.

Fuller, Graham. "Shtick and Seduction." *Sight and Sound*, March 1996, 22.

Gilmartin, Christina Kelly. *Engendering the Chinese Revolution: Radical Women, Communist Politics, and Mass Movement in the 1920s*. Berkeley: University of California Press, 1995.

Giuliano, Mike. "Double Identity: East Meets West in Southeast Baltimore." *City Paper*, March 29, 1995, 35.

Gold, Thomas. "Go with Your Feelings: Hong Kong and Taiwan Popular Culture in Greater China." In *Greater China: The Next Superpower?* edited by David Shambaugh, 255-73. New York: Oxford University Press, 1995.

Gouma-Peterson, Thalia. "Hung Liu: Stories, Identities and Borders." In *Hung Liu: A Ten-Year Survey, 1988-1998*, edited by Kathleen McManus Zurko, 9-16. Wooster, OH: College of Wooster Art Museum, 1998.

Grewal, Inderpal. "On the New Global Feminism and the Family of Nations: Dilemmas of Transnational Feminist Practice." In *Talking Visions: Multicultural Feminism in a Transnational Age*, edited by Ella Shohat,

501-30. Cambridge, MA: MIT Press, 1998.

Habermas, Jürgen. *The Structural Transformation of the Public Sphere,* Translated by Thomas Burger. Cambridge, MA: MIT Press, 1989.

Hall, Stuart. "Old and New Identities, Old and New Ethnicities." In *Culture, Globalization, and the World-System: Contemporary Conditions for the Representation of Identity,* edited by Anthony King, 41-68. Minneapolis: University of Minnesota Press, 1997.

_____. "The Local and the Global: Globalization and Ethnicity." In *Culture, Globalization, and the World-System: Contemporary Conditions for the Representation of Identity,* edited by Anthony King, 19-39. Minneapolis: University of Minnesota Press, 1997.

Hamilton, Gary, ed. *Cosmopolitan Capitalists: Hong Kong and the Chinese Diaspora at the End of the 20th Century.* Seattle: University of Washington Press, 1999.

Hamlin, Suzanne. "Chinese Haute Cuisine: Re-creating a Film's Starring Dishes." *New York Times,* August 10, 1994, C3.

_____. "Le Grand Excès Spices Love Poems to Food," *New York Times,* July 31, 1994, H9, H20.

Hansen, Miriam. "Unstable Mixtures, Dilated Spheres: Negt and Kluge's *The Public Sphere and Experience,* Twenty Years Late." *Public Culture* 5, no.2 (1993): 179-212.

Harding, Harry. "The Concept of 'Greater China': Themes; Variations, and Reservations." In *Greater China: The Next Superpower?* edited by David Shambaugh, 8-34. New York: Oxford University Press, 1995.

Harvey, David. *The Condition of Postmodernity.* Cambridge: Blackwell, 1990.

_____. *Spaces of Hope.* Berkeley and Los Angeles: University of California Press, 2000.

_____. *The New Imperialism.* Oxford: Oxford University Press, 2003.

Hershatter, Gail. *Dangerous Pleasures: Prostitution and Modernity in Twentieth--Century Shanghai.* Berkeley and Los Angeles: University of California Press, 1997.

Hobsbawm, Eric. *The Age of Empire, 1875-1914*. New York: Vintage Books, 1989.

Hom, Marlon K., ed. *Songs of Gold Mountain: Cantonese Rhymes from San Francisco Chinatown*. Berkeley and Los Angeles: University of California Press, 1987.

Hong Kong Arts Center. "Museum 97: History, Community, Individual." Exhibition catalog, Hong Kong Arts Center, 1997.

Hong Kong Cultural Studies Bulletin. 1995. Special issue on "Northward Imaginary." no.3 (August 1995). Published by Hong Kong Cultural Studies Program at the Chinese University of Hong Kong.

Hostetler, Laura. *Qing Colonial Enterprise: Ethnography and artography in Early Modern China*. Chicago: University of Chicago Press, 2001.

Hsia, C. T. *A History of Modern Chinese Fiction*. New Haven, CT: Yale University Press, 1961.

Hsu, Chieh-lin, Li Wen-chih, and Shiao Chyuan-jeng. *Taiwan's Asia Pacific Strategy* (Taiwan de yatai zhanlue). Taipei: Institute of National Policy Research, 1991.

Huang, Kuang-kuo. *Taiwan Consciousness and China Consciousness: Meditation under Two Complexes* (Taiwan yishi yu Zhongguo yishi: liangjie xia de chensi). Taipei: Guiguan tushu gongsi. 1987.

Ifumi, Arai. "Suzie Wong's China"(Susi Huang de zhongguo). *The Nineties* 302 (March 1995): 20-21.

Irigaray, Luce. *Speculum of the Other Woman*. Translated by Gillian G. Gill. Ithaca, NY: Cornell University Press, 1985.

Jameson, Fredric. "Third World Literature in the Era of Multinational Capital." *Social Text* 15 (Fall 1986): 65-88.

_____. "A Brief Response." *Social Text* 17 (Fall 1987): 26-27.

_____. *Postmodernism, or, The Cultural Logic of Global Capitalism*. Durham, NC: Duke University Press, 1991.

_____. *The Geopolitical Aesthetic: Cinema and Space in the World System*. Bloomington: Indiana University Press, 1992.

Jay, Martin. "Scopic Regimes of Modernity." In *Vision and Visuality*, edited by Hal Foster, 3-27. Seattle: Bay Press, 1988.

_____. *Downcast Eyes: The Denigration of Vision in Twentieth-Century French Thought.* Berkeley and Los Angeles: University of California Press, 1993.

Jayawardena, Kumari. *Femenism and Nationalism in the Third World.* London: Zed Books, 1996.Kandiyoti, Deniz. "Identity and Its Discontents." In *Colonial Discourse and Post-Colonial Theory,* edited by Patrick Williams and Laura Chrisman, 376-91. New York: Columbia University Press, 1994.

Kant, Immanuel. "Idea for a Universal History with a Cosmopolitan Intent." In *Perpetual Peace and Other Essays,* translated by Ted Humphery. Indianapolis: Hackett Publishing, 1983.

Kearney, Richard. *Debates in Continental Philosophy.* New York: Fordham University Press, 2004.

Kenley, David L. *New Culture in a New World: The May Fourth Movement and the Chinese Diaspora in Singapore, 1919-1932.* New York and London: Routledge, 2003.

Kermod, Frank. *The Sense of an Ending.* New York and Oxford: Oxford University Press, 1967.

Kerr, Sarah. "Sense and Sensitivity." *New York* 29, no.13 (April I, 1996): 43-47.

Kiernan, V. G. *America: The New Imperialism.* London: Verso, 2005. First published 1978 by Zed Press.

King, Anthony. *Urbanism, Colonialism, and the World-Economy: Cultural and Spatial Foundations of the World Urban System.* New York: Routeldge, 1990.

_____. ed. *Culture, Globalization, and the World-System: Comtemporary Conditions for the Representation of Identity.* Minneapolis: University of Minnesota Press, 1997.

Ko, Dorothy. "Bondage in Time: Footbinding and Fashion Theory." *Fashion Theory* 1, no.1 (March 1997): 3-28.

Kofman, Sarah. *Camera Obscura of Ideology.* Translated by Will Straw. Ithaca, NY: Cornell University Press, 1999.

Kroll, Jack. "Jane Austen Does Lunch." *Newsweek,* December 18, 1995, 66-68.

Kuspit, Donald. "Beyond the Passport Photograph: Hung Liu in Search of Her Identity." In *Hung Liu*, 3-7. San Francisco: Rena Bransten Gallery, 1992.

Lacan, Jacques. *Four Fundamental Concepts of Psychoanalysis*. Translated by Alan Sheridan. Edited by Jacques-Alain Miller. New York and London: W. W. Norton, 1981.

Laclau, Ernesto, and Chantel Mouffe. *Hegemony and Socialist Strategy: Towards a Radical democratic Politics*. London: Verso, 1985.

Lan, Yuk-yuen. *The Practice of Chineseness*. Hong Kong: CyDot Communications Management & Technology, 1999.

Lau, Mun-yee. "Heterosexualized Homosexual Love: Ang Lee's 'The Wedding Banquet.'" *Cultural Critism (wenhua pinglun)* 2 (1994): 137-44.

Lau, Sun. "Hong Kong Files" *(xianggang dang'an)*. *The Nineties* 302 (March 1995): 78-79.

Lee, Leo Ou-fan. "Two Films from Hong Kong: Parody and Allegory." In *New Chinese Cinemas: Forms, Identities, Politics,* edited by Nick Browne, Paul Pickowicz, Vivian Sobchack, and Esther Yau, 202-15. New York: Cambridge University Press, 1994.

Lee, Quentin. "Delineating Asian (Hong Kong) Intellectuals: Speculations on Intellectual Problematis and Post/Coloniality." *Third Text* 26 (Spring 1994): 11-23.

Leung, Wu Suet Gei. "Valentine's Day: Red Rose and White Rose" (qing'renjie: hongmeigui yu baimeigui). *The Nineties* 302 (March 1995): 10-11.

Lew, Chynthia. "'To Love, Honor, and Dismay': Subverting the Feminine in Ang Lee's Trilogy of Resuscitated Patriarchs." *Hitting Critical Mass: A Journal of Asian Ameirican Cultural Criticism* 3, no.1 (Winter 1995): 1-60.

Li, Cheuk-to. "The Return of the Father: Hong Kong New Wave and Its Chinese Context in the 1980s." In *New Chinese Cinemas: Forms, Identities, Politics,* edited by Nick Browne, Paul Pickowicz, Vivian Sobchack and Esther Yau, 160-79. New York: Cambridge University Press, 1994.

Li, Ch'iao. The Formation of Taiwan Culture (Taiwan wenhua zaoxing). Taipei: qianwei chubanshe, 1992.

328

Li, Chien-hung. Culture Guerillas (Wenhua youjibing). Taipei: Zili wenbao wenhua chubanbu, 1992.

Li, Xiguang, and Liu Kang, eds. Behind the Demonization of China (yaomohua Zhongguo de beihou). Beijing: Zhongguo shehui kexue chubanshe, 1996.

Lowe, Lisa. Immigrant Acts: On Asian American Cultural Politics. Durham, NC: Duke University Press, 1996.

Lu, Sheldon H., and Emilie Y. Yeh, eds. Chinese Language-Film: Historiography, Poetics, Politics. Honolulu: University of Hawaii Press, 2005.

Lyons, Donald. "Passionate Precision: Sense and Sensibility." Film Comment(January-February 1996): 36-41.

Machida, Margo, Elaine Kim, and Sharon Mizota, eds. Asian/America: Identities in Contemporary Asian American Art. New York: New Press, 1994.

Madson, Richard. "The Public Sphere, Civil Society, and Moral Community: A Research Agenda for Contemporary Chinese Studies." Modern China 19, no.2(April 1993):183-98.

Mair, Victor. "What Is a Chinese 'Dialect/Topolet'? Reflections on Some Key Sino-English Linguistic Terms." Sino-Platonic Papers 29(September 1991):1-31.

_____. "Introduction." In Hawai'i Reader in Traditional Chinese Culture, edited by Victor Mair, Nancy Shatzman Steinhardt, and Paul Rakita Goldin, 1-7. Honolulu: University of Hawaii Press, 2005.

Majumdar, Margaret A. Francophone Studies. London: Arnold, 2002.

_____. "The Francophone World Moves into the Twenty-first Century." In Francophone Past-Colonial Cultures, edited by Kamal Salhi, 1-16. Lanham, MD: Lexington Books, 2003.

Marx, Karl. Capital: A Critique of Political Economy. Vol.1. Translated by Ben Fowkes. New York: Penguin Books, 1990.

Maslin, Janet. "In Mannerly Search of Marriageable Men." New York Times, December 13, 1995, C15.

Mercer, Kobena. "Ethnicity and Internationality: New British Art and Diaspora-- Based Blackness." Third Text 49(Winter 1999-2000): 51-62.

Metz, Christian. The Imaginary Signifier. Translated by Celia Britton, Annwyl Williams, Ben Brewster, and Alfred Guzzetti. Bloomington: Indiana University Press, 1977.

Mitchell, Katharyne. "Transnational Subjects: Constituting the Cultural Citizen in the Era of Pacific Rim Capital." In Ungrounded Empires: The Cultural Politics of Modern Chinese Transnationalism, edited by Aihwa Ong and Donald Nonini, 228-56. London and New York: Routledge, 1997.

Mitchell, W.J.T. Picture Theory. Chicago and London: University of Chicago Press, 1994.

————. "The Surplus Value of Images." Mosaic 35, no.3(September 2002): 1-23.

Mohanty, Chandra, Anna Russo, and Lourdes Torres eds. Third World Women and the Politics of Feminism. Bloomington: Indiana University Press, 1991.

Mohanty, Satya P. "The Epistemic Status of Cultural Identity." In Reclaiming Identity: Realist Theory and the Predicament of Postmodernism, edited by Paula Moya and M. Hames-Garcia, 29-66. Berkeley and Los Angeles: University of California Press, 2000.

Mulvey, Laura. Visual and Other Pleasures. Bloomington: Indiana University Press, 1989.

Nandy, Ashis. The Intimate Enemy: Loss and Recovery of Self Under Colonialism. Delhi: Oxford University Press, 1983.

Neumann, A. Lin. "Cultural Revolution: Taiwan Director Ang Lee Takes on Jane Austen." Far Eastern Economic Review, December 28, 1995, and January 4, 1996, 97-98.

Ong, Aihwa. "On the Edges of Empires: Flexible Citizenship among Chinese in Diaspora." Positions: East Asian Cultures Critique 1, no.3(1993): 745-78.

————. Flexible Citizenship: The Cultural Logics of Transnationality. Durham, NC: Duke University Press, 1999.

Ong, Aihwa, and Donald Nonini, eds. Ungrounded Empires: The Cultural Politics of Modern Chinese Transnationalism. London and New York: Routledge, 1997.

Pan, Lynn. Sons of the Yellow Emperor: A History of the Chinese Diaspora. Boston, Toronto, London: Little Brown, 1990.

Parker, Andrew, Mary Russo, Doris Sommer, Patricia Yaeger, eds. Nationalisms and Sexualities. New York: Routledge, 1992.

Perdue, Peter. China Marches West: The Qing Conquest of Central Eurasia. Cambridge, MA: Harvard University Press, 2005.

Poole, Deborah. Vision, Race, and Modernity: A Visual Economy of the Andean Image World. Princeton, NJ: Princeton University Press, 1997.

Radhakrishnan, R. Diasporic Mediations: Between Home and Location. Minneapolis: University of Minnesota Press, 1996.

Robbins, Bruce, ed. The Phantom Public Sphere. Minneapolis: University of Minnesota Press, 1993.

Robbins, Bruce, and Pheng Cheah, eds. Cosmopolitics: Thinking and Feeling beyond the Nation. Minneapolis: University of Minnesota Press, 1998.

Rubin, Gayle. "The Traffic in Women: Notes on the 'Political Economy' of Sex." In Feminist Frameworks, edited by Alison M. Jagger and Paula S. Rothenberg, 155-71. New York: McGraw-Hill, 1984.

Said, Edward. Orientalism. New York: Vintage, 1979.

_____. Culture and Imperialism. New York: Knopf, 1993.

_____. Freud and the Non-European. London: Verso, 2003.

Services for Women in Hong Kong (xianggang funu fuwu). Hong Kong: New Women's Promotion Association (xin funu xiejinhui), 1995.

Shambaugh, David, ed. Greater China: The Next Superpower? New York: Oxford University Press, 1995.

Shih, Shu-mei. "The Trope of 'Mainland China' in Taiwan Media." Positions: East Asia Cultures Critique 3, no.1(Spring 1995): 149-83.

_____. "Gender, Race, and Semicolonialism: Liu Na'ou's Urban Shanghai Landscape." Journal of Asian Studies 55, no.4(November 1996): 934-56.

_____. Interview with Alfred Cheung, Santa Monica, California, March 1996.

_____. "Nationalism and Korean American Women's Writing: Theresa Hak-kyung Cha's Dictee." In Speaking the Other Self. American Women

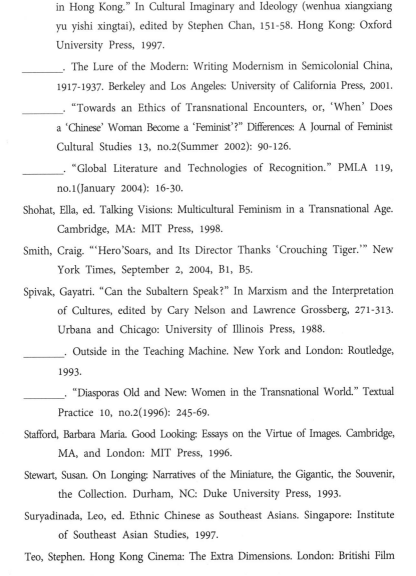

Writers, edited by Jeanne Campbell Reesman, 144-62. Athens and London: University of Georgia Press, 1997.

————. "Problems of the 'Northward Imaginary': Cultural Identity Politics in Hong Kong." In Cultural Imaginary and Ideology (wenhua xiangxiang yu yishi xingtai), edited by Stephen Chan, 151-58. Hong Kong: Oxford University Press, 1997.

————. The Lure of the Modern: Writing Modernism in Semicolonial China, 1917-1937. Berkeley and Los Angeles: University of California Press, 2001.

————. "Towards an Ethics of Transnational Encounters, or, 'When' Does a 'Chinese' Woman Become a 'Feminist'?" Differences: A Journal of Feminist Cultural Studies 13, no.2(Summer 2002): 90-126.

————. "Global Literature and Technologies of Recognition." PMLA 119, no.1(January 2004): 16-30.

Shohat, Ella, ed. Talking Visions: Multicultural Feminism in a Transnational Age. Cambridge, MA: MIT Press, 1998.

Smith, Craig. "'Hero'Soars, and Its Director Thanks 'Crouching Tiger.'" New York Times, September 2, 2004, B1, B5.

Spivak, Gayatri. "Can the Subaltern Speak?" In Marxism and the Interpretation of Cultures, edited by Cary Nelson and Lawrence Grossberg, 271-313. Urbana and Chicago: University of Illinois Press, 1988.

————. Outside in the Teaching Machine. New York and London: Routledge, 1993.

————. "Diasporas Old and New: Women in the Transnational World." Textual Practice 10, no.2(1996): 245-69.

Stafford, Barbara Maria. Good Looking: Essays on the Virtue of Images. Cambridge, MA, and London: MIT Press, 1996.

Stewart, Susan. On Longing: Narratives of the Miniature, the Gigantic, the Souvenir, the Collection. Durham, NC: Duke University Press, 1993.

Suryadinada, Leo, ed. Ethnic Chinese as Southeast Asians. Singapore: Institute of Southeast Asian Studies, 1997.

Teo, Stephen. Hong Kong Cinema: The Extra Dimensions. London: Britishi Film

Institute, 1997.

Terrill, Ross. The New Chinese Empire and What It Means for the United States. New York: Basic Books. 2003.

The Face of China as Seen by Photographers and Travelers. 1860-1912. Commentary by Nigel Cameron. Millerton, NY: Aperture, 1978.

The Ocean of Words (cihai). Shanghai: Shanghai cishu chubanshe, 1989 edition.

The Origin of Words (ciyuan). Beijing: Shangwu yinshuguan, 1988, one-volume edition.

Thompson, Emma. The Sense and Sensibility Screenplay and Diaries. New York: Newmarket Press, 1996.

Torgovnick, Mariana. Closure in the Novel. Princeton. NJ: Princeton University Press, 1981.

Trinh, T. Minh-ha. Woman, Native, Other. Bloomington: Indiana University Press, 1989.

T'sai, Shih-p'ing. "The Formation of a Counter-Domination Discourse" (Yige fanzhipei lunshu de xingcheng). In Journeying through the Fin-de-siécle (Shijimo pianhang), edited by Meng Fan and Lin Yao-te, 449-78. Taipei: Shibao chuban gongsi, 1990.

Tu, Weiming, ed. "The Living Tree: The Changing Meaning of Being Chinese Today." Daedalus 120, no.2(Spring 1991).

Virilio, Paul. The Vision Machine. Translated by Julie Rose. Bloomington and Indianapolis: Indiana University Press, 1994.

Waller, Marguerite, and Sylvia Marcos, eds. Dialogue and Difference: Feminisms Challenge Globalization. New York: Palgrave Macmillan, 2005.

Wallerstein, Emanuel. The Modern World-System. 3 vols. San Diego: Academic Press, 1974-89.

Wang, Gungwu. "Chineseness: The Dilemmas of Place and Practice." In Cosmopolitan Capitalists: Hong Kong and the Chinese Diaspora at the End of the 20th Century, edited by Gary Hamilton, 118-34. Seattle: University of Washington Press, 1999.

_____. The Chinese Overseas: From Earthbound China to the Quest for

Autonomy. Cambridge, MA: Harvard University Press, 2000.

Wang, Lingchi. "The Structure of Dual Domination: Toward a Paradigm for the Study of the Chinese Diaspora in the United States." Amerasia Journal 21, nos. I-2(1995): 149-69.

Wang, Pen-hu. Amoi Bride (Xianmen xinniang). Taichung: chenxing chubanshe, 1991.

Weber, Samuel. Mass Mediauras. Stanford, CA: Stanford University Press, 1996.

Weingrod, Carmi. "Collage, Montage, Assemblage." American Artist 58(April 1994): 18-21.

Weng, Ouhong, and Ah Jia. Red Lantern (Hongdengji). Beijing: Zhongguo xiju chubanshe, 1965.

White, Hayden. "The Value of Narrativity in the Representation of Reality." In On Narrative, edited by W.J.T.Mitchell, 1-23. Chicago: University of Chicago Press, 1980.

Williams, Raymond. Marxism and Literature. Oxford and New York: Oxford University Press, 1977.

Williamson, Bruce. "Movies." Playboy, September 1994, 26.

Wittgenstein, Ludwig. Culture and Value. Translated by Peter Winch. Chicago: University of Chicago Press, 1984.

Wong, Bik-wan [Huang, Biyun]. On Postcoloniality (Houzhimin zhi). Taipei: Datian, 2003.

Wong, Sau-ling. "Ethnicizing Gender: An Exploration of Sexuality as Sign in Chinese Immigrant Literature." In Reading the Literatures of Asian America, edited by Shirley G. Lim and Amy Ling, 111-29. Philadelphia: Temple University Press, 1992.

_____. "The Yellow and the Black: The African-American Presence in Sinophone Chinese American Literature." Chung Wai Literary Monthly 34, no.4(September 2005): 15-54.

Yang, Ch'ing-t'su. The Fate of Taiwan and China Complex (Taiwan mingyun Zhongguo jie). Gaoxing: Dunli chubanshe, 1987.

Yang, Mayfair. "Mass Media and Transnational Subjectivity in Shanghai: Notes od (Re)cosmopolitanism in a Chinese Metropolis." In Ungrounded Empires: The Cultural Politics of Modern Chinese Transnationalism, edited by Aihwa Ong and Donald Nonini, 287-319. London and New York: Routledge, 1997.

_____, ed. Space of Their Own. Minneapolis: University of Minnesota Press, 1999.

Yau, Esther. "Border Crossing: Mainland China's Presence in Hong Kong Cinema." In New Chinese Cinemas: Forms, Identities, Politics, ed. Nick Browne, Paul Pickowica, Vivian Sobchack, and Esther Yau, 180-201. Cambridge: Cambridge University Press, 1994).

_____, ed. At Full Speed: Hong Kong Cinema in a Borderless World. Minneapolis: University of Minnesota Press, 2001.

Yoshimoto, Mitsuhiro. "Real Virtuality." In Global/Local: Cultural Production and the Trannsnational Imaginary, edited by Rob Wilson and Wimal Dissanayake, 107-18. Durham, NC: Duke University Press, 1996.

Yuval-Davis, Nira. Gender and Nation. London: Sage, 1997.

| 지은이 소개 |

스수메이Shu-mei Shih, 史書美

한국에서 태어나 타이완으로, 그리고 미국으로 이주했다. 비교문학과의 '에드워드 W. 사이드(Edward W. Said) 교수'이며 UCLA의 아시아언어문화학과와 아시아계미국인학과의 교수로 재직 중이다. 미국비교문학협회의 부회장이며 2021-2022년 간 회장으로 활동하게 된다. 홍콩예술인문학아카데미의 펠로우이며 국립타이완사범대학의 저명한 동문상 수상자이기도 하다. 《시각과 정체성: 태평양을 넘어서는 시노폰 언술》이 처음으로 한국 독자들에게 공개되어 있다.

책 중에서도 특히 《시각과 정체성》(2007)은 시노폰이라는 새로운 연구 분야의 붐을 일으켰다는 평가를 받고 있다. 중국어판 번역은 3쇄(2013, 2015, 2018)까지 인쇄되었다. 《시노폰학: 비평적 독자》(2013)은 이 분야를 위해 그녀가 공동 집필한 교과서이다. 그녀의 최근 작품은 타이완에서 출간된 전공서 《반이산: 화어어계연구론》(2017, 2018 2쇄)가 있다. 지금은 가제 《Sinophone Studies: Interdisciplinary Engagements》라는 시노폰 연구에 관한 선집을 공동 집필 중이다.

시노폰 연구 외에도 그녀의 연구 분야는 모더니즘 비교를 다룬《근대의 유혹: 반식민 중국에서 모더니즘 쓰기: 1917-1937》(2001, 중국어역판 2007), 《소수 트랜스내셔널리즘》(2005, 2009 2쇄)의 트랜스내셔널리즘 이론, "비교인종화"(2008)라는 제목의 PMLA의 특집호 및 공동 편집한 《이론의 크레올화》(2011, 2014 2쇄), "포스트식민주의 연구"의 특집호에 타이완 연구에 관해서 초청되어 집필에 참여한《글로벌화와 타이완의 중요성/비중요성》(2003), 공저로 출판한《타이완 비교》(2015, 2018) 및 《지식 타이완: 타이완 이론의 가능성에 대해知識台灣: 台灣理論的可能性》(2016)와 《타이완 이론의 키워드들台灣理論關鍵詞》 (2019.3: 2019.5. 2쇄)가 있으며 이 외에도 타이완 연구에 관해 《Indigenous Knowledge in Taiwan and Beyond》(2021)와 《Keywords of Taiwan Theory II 台灣理論關鍵詞第二冊》의 책 두 권 역시 출판을 앞두고 있다.

스톡홀름대학교, 시드니대학교, 칼튼대학교, 바르셀로나대학교, 암스테르담대학교, 타이완사범대학교, 볼로냐대학교 등 유럽, 아시아, 미국의 유수 대학들에서 초빙교수를 역임했다. 그녀는 또한 전 세계에서 수많은 기조연설과 강연들을 했으며, 풀브라이트-헤이즈 재단, 미국철학협회, 미국학회의 연구펠로우십을 받았다. 그녀의 작품은 프랑스어, 일본어, 중국어, 터키어, 스페인어, 한국어 등으로 번역 소개되었다. 아시아, 유럽, 미국 등지의 수많은 편집이사회에서 일하고 있으며 현재 캘리포니아 대학 출판부에서 '시노폰 연구'의 시리즈 편집자로도 활동하고 있다.
그녀는 현재 시노폰의 다양성: 인종, 이론, 제국 그리고 관계의 세계에서의 비교문학에 관한 두 개의 연구작업을 진행 중이다.

| 옮긴이 소개 |

고혜림

부산대학교를 졸업하고 동대학원에서 중국현대문학 박사학위를 받았다. 화인문학과 화어계문학 및 디아스포라 문제 및 거시적 문화학 담론과 사회심리학적 접근에 관심을 가지고 연구와 학술 활동을 하고 있다. 현재 부산대학교 인문학연구소의 연구원이자 중문학과 강사로 재직 중이며 저서로는 《포스트식민시대의 디아스포라 문학》(2016), 역서로 《물고기뼈》(2016), 《중국 지역연구와 글로컬리티》(2017), 연구논문으로 〈화인디아스포라의 문화적 시각과 정체성 논의〉(2020), 〈치유적 기능의 중국문학 고찰〉(2018), 〈화인화문문학의 세계와 세계문학적 가능성에 대한 연구〉(2017) 등이 있다.

조영경

성균관대학교 중어중문학과를 졸업하고, 고려대학교에서 중국현대문학 전공으로 석·박사 학위를 받았다. 중일전쟁시기 국민정부지구의 작가와 작품을 중심으로 전쟁과 삶의 상호관계를 다루는 담론에 관심을 가지고 연구와 학술 활동을 하고 있다. 현재 고려대, 동국대 등에서 강의한다. 번역한 논문은 〈타이완 문학의 개념에 관하여 1, 2〉(2014), 연구논문으로 〈중일전쟁시기 여성 생존의 곤경-巴金의 《寒夜》를 중심으로〉(2020), 〈梁實秋《雅舍小品》에 나타난 자유주의적 작가의식〉(2016), 〈重慶시기 冰心의 여성관-《關於女人》과 문예항전활동을 중심으로〉(2015) 등이 있다.

시각과 정체성

태평양을 넘어서는 시노폰 언술

초판 인쇄   2021년 2월 5일
초판 발행   2021년 2월 20일

지 은 이ㅣ스수메이
옮 긴 이ㅣ고혜림·조영경
펴 낸 이ㅣ하운근
펴 낸 곳ㅣ學古房

주   소ㅣ경기도 고양시 덕양구 통일로 140 삼송테크노밸리 A동 B224
전   화ㅣ(02)353-9908 편집부(02)356-9903
팩   스ㅣ(02)6959-8234
홈페이지ㅣwww.hakgobang.co.kr
전자우편ㅣhakgobang@naver.com, hakgobang@chol.com
등록번호ㅣ제311-1994-000001호

ISBN 979-11-6586-131-5 93820

값: 20,000원